Wenyi De Chaoyuexing Pinge Zhisi:
Haidegeer Shixue Xintan

文艺的超越性品格之思

——海德格尔诗学新探

钟 华◎著

人民出版社

本书内容摘要

本书首次以“文艺的超越性品格”问题为核心，系统清理、重新审视和解读了海德格尔的思想历程和诗学思想系统。

海德格尔终生关注“文艺的超越性品格”问题，并对其有过独特系统的理论诉求和杰出的批评—阐释实践。这方面的思想不仅是其诗学思想的重要组成部分，同时还是准确理解其诗学思想实质的关键所在。凭借其出自本源的深刻性，它们至今仍然具有很强的现实针对性和理论穿透力，可谓是海德格尔诗学中极核心同时也是对现时代文艺创作和诗学美学研究极具启发意义的思想。然而令人遗憾的是，由于多方面的原因，它们却长期未能进入我们的研究视野。

忽视其关于“文艺的超越性品格”方面思想的研究，是目前海德格尔诗学研究中的一个重大理论缺失。这一缺失的产生，除了政治纠葛与纷扰、社会接受与选择、海德格尔未明确做此命名、海德格尔思想自身的复杂性和过渡性色彩等因素之外，主要还是“科学主义”、“后现代”两大思潮和现时代的“消费主义文化”特征共同作用的结果。事实上，关于“文艺的超越性品格”之思，不仅贯穿了海德格尔整个哲学—诗学思想历程的始终，而且还形成了一个较为完整的有着内在逻辑钩连的思想系统：

从时间上看，它以1927年出版的 *Sein und Zeit*（《存在与时间》）为起点，以论文集 *Wegmarken*（《路标》）中1930年发表的“Vom Wesen der Wahrheit（论

真理的本质)"的演讲为突破,以 *Holzwege*(《林中路》)中 1935 年发表的"Der Ursprung des Kunstwerkes(《艺术作品的本源》)"的系列演讲、20 世纪 30—40 年代写作的两大卷 *Nietzsche*(《尼采》)、以及与此差不多同期写作的 *Erläuterungen zu Hölderlins Dichtung*(《对荷尔德林诗的阐释》)、厚厚几大卷对荷尔德林"赞美诗"【如 *Germannien*(《日尔曼人》)、*Der Rhein*(《莱茵河》)、*Andenken*(《追忆》)、*Der Ister*(《伊斯特河》)等】的课堂讲义,还有《林中路》中 1946 年发表的"Wozu Dichter(《诗人何为》)?"的演讲等为全面展开,以《路标》中同在 1946 年写作的"Berif über den Humanismus(《关于人本主义的书信》)"以及整个集中在 50 年代写作的 *Unterwegs zur Sprache*(《在通向语言的途中》)为进一步深化,以海德格尔几近耳顺之年亲自动手写作长达 130 余行的长诗 *Aus der Erfahrung des Denkens*(《出自思的经验》)、1966 年《〈明镜周刊〉访谈录》中对现代艺术的担忧,以及临终前亲笔写下遗嘱要求儿子在他的葬礼上诵读自己亲自选好的荷尔德林的五段诗句为终点,海德格尔以他毕生的精力和实际行动系统表达了对"文艺的超越性品格"的诉求与坚守,以及对于具有"超越性品格"的真正伟大的文艺作品的热爱。

从内在逻辑理路来看,海德格尔基于"生存论—存在论"立场,对诸如"美"、"艺术"、"艺术作品"、"诗"、"真理"、"(诗性)语言"等一系列"美学"、"艺术哲学"范畴所做的全新思考和界定,对诸如"文艺与真理的关系"、"文艺与此在在世存在的内在的本质关联"、"世界黑夜(贫困)时代文艺家的天职与天命"、"一切真正伟大的文艺作品的标准"等一系列"美学"、"艺术哲学"重大问题所做的重新思考和言述,对"美学""艺术哲学"的学科观念和研究范式所做的重新考量与确立,对历史上曾经被人们忽视甚至遗忘了的伟大艺术家及其伟大作品所做的"重新发现"和长期坚持不懈的阐释(尤其是对荷尔德林)等,都无不指向"文艺的超越性品格"这个核心问题。通过这些独特、新颖而又深刻的论述和阐释,海德格尔不仅给我们"敞亮"了"文艺的超越性品格"的三个基本维度:文艺的"形上之维"、文艺的"神性之维"和文艺的"源初道德之维",而且还为我们提供了一个关于"文艺的超越性品格"的有着内在逻辑勾连的较为完整的思想系统,也为我们进一步思考这个问题指示了一条"道路"。

将海德格尔对"文艺超越性品格"的理论诉求与实践坚守纳入当下的时

代语境中进行观照，至少具有以下三方面特殊的理论价值和当代意义：第一，现时代文艺创作对“超越性品格”的遗忘，已经造成了日益严重的后果，步入了越来越多的“误区”：“理想”质素的缺乏、“人文关怀”的丧失、“媚俗”和对现实进行“文化—审美批判”职责的放弃等等。海德格尔关于“文艺超越性品格”那些极富本源深刻性和现代眼光的独特丰富的思想，至今仍具很强的现实针对性和理论穿透力，可以成为疗治现时代某些文艺疾病和精神乱象的一剂良药，对于探寻走出误区和困境的道路具有切近的现实意义。第二，关注“文艺的超越性品格”，原本是自“文化轴心时代”以来中西方文论美学中一个源远流长的优良传统（尽管它曾经存在某些时代的局限性），如今这一传统却慢慢被疏远和遗忘了，而海德格尔对“文艺超越性品格”的诉求与坚守则可以唤起人们对这一传统的重新关注、重新评述和批判继承。第三，凭借其出自本源的深刻性、独创性、系统性和开放性，海德格尔可以以其关于“文艺的超越性品格”之思位居柏拉图、康德等屈指可数的少数几个最重要的艺术哲学思想家之列；而研究海德格尔的相关思想，不仅有助于全面清理中西方文论美学中的相关思想资源，还将大大促进对“文艺超越性品格”本身的理论思考。

关键词：海德格尔　文艺的超越性品格　消费文化　价值理性　乌托邦

Abstract

This book, for the first time, takes the issue of "the Transcendental Characteristics of Literature and Art" as the core, and then systematically sorts out, re-examines and interprets Heidegger's thought progression and poetic thought system.

Heidegger stresses the problem of "the Transcendental Characteristics of Literature and Art" and elaborates too much on it. This is not only the component of his poetic thought but also the key to accuratly understanding the essence of his poetic thought. No doubt, the problem of "the Transcendental Characteristics of Literature and Art" becomes the one of major principle in the current literary creation and poetic–aesthetic studies. But it has escaped the scholars' attention.

The reasons about why it has escaped the scholars' attention lie in "scientificism", "postmodernism" and "consumerism" in addition to the political subtleties, reception or rejection, Heidegger's ambiguity in naming and complexities in Heidegger's thought. In fact, the problem of "the Transcendental Characteristics of Literature and Art" has penetrated the process of Heidegger's philosophical– poetic thought from beginning to end and established a thought system directed by the implicit logical links.

It may start from the monumental work *Sein und Zeit* (1927), make a breakthrough in "*Vom Wesen der Wahrheit*" (1930) from the collection of works

Wegmarken and develop much in "*Der Ursprung des Kunstwerkes*" (1935) from the collection of works *Holzwege*, two volumes of *Nietzsche* (1936—1946), *Erläuterungen zu Hölderlins Dichtung* (1936—1968) and a few lecturing materials on Hölderlin' s hymns including *Germannien*, *Der Rhein*, *Andenken*, *Der Ister*, and *Wozu Dichter*. Moreover, it is furthered in *Berif über den Humanismus* (1946) from *Wegmarken* and *Unterwegs zur Sprache* (1950—1959), and ends in *Aus der Erfahrung des Denkens* (1910—1976) as well as his testament about Hölederlin' s hymns. Overall, Heidegger devotes his lifelong efforts to a study in the problem of "the Transcendental Characteristics of Literature and Art" and the Great Literary Works concerned.

From the "existenzial - ontonlogisch" standpoint, Heidegger first makes a brand-new examination of such issues as "beauty", "art", "artistic works", "poetry", "truth" and "language"; Heidegger second makes reflections on the relationships between art and truth, the inner link between art and Dasein and the mission of artist in the dark epoch.; Heidegger third makes a re-assessment of such concepts as 'aesthetics' and 'philosophy of art'. In addition, Heidegger makes a never-ending interpretation of the Great Literary Works that have always been neglected in history. All that Heidegger has ever done fully demonstrates the problem of "the Transcendental Characteristics of Literature and Art". Through these unique, creative and depth-in demonstrations, Heidegger throws light on the three dimensions of problem of "the Transcendental Characteristics of Literature and Art": the Metaphysical Dimension, the Divine Dimension and the *Ursprünglich* Moral Dimension of Literature and Art, and at the same time provides a comparatively perfect thinking framework concerned.

Heidegger' s concentration on theproblem of "the Transcendental Characteristics of Literature and Art" is of the following theoretical values: 1) a remedy for curing a certain artistic disease and spiritual confusions in contemporary times; 2) a new call for the criticism, inheritance and development of the tradition concerned; and 3) a useful ordering of ideological sources in Chinese-Western aesthetics and an enhancement in thinking on the theoretical aspect of the problem of "the Transcendental Characteristics of Literature and Art".

Keywords: Heidegger; the problem of "the Transcendental Characteristics of Literature and Art"; consumer culture; valuational rationality; Utopia

目　　录

序一：一种重新解读海德格尔诗学思想的方式

朱立元

在复旦大学博士后流动站工作了三年，又经过两年多的反复修订，钟华教授终于完成了这部厚重的《文艺的超越性品格之思：海德格尔诗学思想新探》。作为联系导师，我甚感欣慰，并乐意为它的出版写上几句话。

钟华教授是我十几年来所联系的“博士后”中最为勤奋、扎实的学者之一。记得进站第二年暑期，天气特别炎热，留在校园里的学生已经不多，博士后更是屈指可数。钟华教授为了集中精力写作出站报告，硬是留在学校不回家，冒着高温酷暑，大汗淋漓地日夜苦战，我听说以后十分感动。本书就是这种执著于学问的勤奋精神的成果。

对海德格尔其人其思的译介和研究，无疑是近20年来中国学界中影响最为深巨的“重大事件”之一，其对中国当代文论和美学研究的影响，尤难估量。而这种影响并不如有的学者认为的是海德格尔所引导的，恰恰相反，是中国学界主动选择、引进、接受和传播的结果。

作为20世纪一位伟大的诗哲，海德格尔以其独特的问题视野、深邃的运思方式、精妙的文本阐释、别具一格的诗意言说，反思西方思想长期遗忘“存在”的形而上学倾向，感召思者们重返前苏格拉底时代那种“思—诗同源”、“思—诗一体”的诗性智慧；反思西方艺术思想史上浓重的科学化、专业知识化倾向，感召诗学—艺术哲学家们重新担负起“为一种历史性此在的伟大的自我沉思服务"的使命和天职。这些思想无疑都是振聋发聩的。此外,海德格尔与中国道家思想之间曾经发生过的深度契合与交融,自然也在一定程度上拉近了海氏思想与中国学人之间的距离。于是,海氏的"诗学—艺术哲学思想","作品—文本阐释实践",便顺理成章地成为了中国当代文论和美学关注的核心问题。海德格尔思想的巨大深广度是20世纪西方学界公认的,不是哪几个人用"主观唯心主义"之类的简单判决就能轻易地否定得了的。

钟华教授研究海德格尔诗学不自本书始。他曾以《从逍遥游到林中路:海德格尔与庄子诗学思想比较》为题,深入考察过海德格尔诗学与庄子诗学思想之间的联系。该书以翔实可靠的资料和扎实有力的分析,为我们展示了海氏走向中国道家精神的独特路径,以及海、庄二人诗学思想本质上的相通、相异和可以进行"生产性对话"的可能性,显示了其治学视野的开阔和理论功底的厚实,并为他后来进一步做海德格尔研究奠定了良好的基础。如今,他的这本新作又以"文艺的超越性品格"为核心,重新清理和解读了海德格尔的诗学思想系统,可谓是其近年来潜心研究、深入思考的精心之作。

海德格尔的诗学思想博大精深,且重在通过阐释各类经典文本来表述自己的思想。例如其早年致力于阐释希腊古典文本,后期则转向阐释荷尔德林诗歌。其大弟子洛维特曾感叹道:他的老师越是通过阐释别人的著作来表达自己的思想,其思想的强度越"不可把握"。海氏"作品—文本阐释实践"的重要性和研究的困难度由此可见一斑。如何准确地把握和评价海德格尔的"作品—文本阐释实践",对于理解和把握海氏的诗学思想至关重要。

在本书中,钟华教授系统地梳理了海德格尔的重要文本,提出并论证了"文艺的超越性品格"是海氏终生诗学思想的核心诉求的观点。我觉得这是有创意的。据我所知,最初推动他做此选题的是这样一个问题:海德格尔与其他文艺理论家的显著区别究竟何在?经过初步研究和思考,他得出的结论是:"海德格尔从不孤立地思考'艺术'问题,而总是要从'艺术与我们的历史性此在的内在关联'、'人的诗意栖居'出发运思使之'源出存在而通达存在之真理',从而成为其'存在之思'的一部分,使之'为一种对历史性此在的伟大的自我沉思服务',亦即为实现'此在'由日常的'非本己本真的存在'向'本己本真存在'超越服务。海德格尔所沉思的'艺术'也并非一般意义上的艺术,而是'伟大的艺术';他所阐释的'作品'也非碰巧遇到的任何感兴趣的作品,而是荷尔德林、里尔克、特拉克尔、梵高等伟大诗人或伟大艺术家的‘伟大作品’；他对尼采艺术哲学的研究，突出的是其关于‘伟大风格’的思想；他对‘美学史上六个基本事实’的反思，始终围绕着‘伟大艺术’在古希腊的产生和在现代的沉沦乃至趋于终结与‘美学’学科发展史之间的落差等等。而且，与此前康德、特别是席勒以来一直到尼采的西方‘浪漫派美学’的‘审美救赎’主张也不同，海德格尔并没有走泛泛地谈通过所谓‘审美体验’、‘审美教育’以‘重塑感性与理性和谐统一’的老路，而是强调将‘救渡之路’寄托在与伟大的诗歌、伟大的艺术作品展开‘思与诗的对话’上。因此可以说，他关于艺术的一切沉思，都是试图向在近现代社会中已经‘沉沦’的‘伟大艺术’之重新出场、重新上路发出吁请。而对‘伟大的艺术’的吁请，实质上就是对‘文艺的超越性品格’的召唤。”正是基于这样一种认识，钟华教授系统地梳理和重新解释了海德格尔的重要文本。他的研究有力地表明：围绕“文艺的超越性品格”问题，海德格尔诗学—艺术哲学思想中存在着一个较为完整的、具有内在逻辑钩连的思想系统。这个内在的思想系统，自海氏在《存在与时间》中确立其“起点”以来，在海氏一生的哲学沉思和作品阐释实践中不断得到发展和深化，最终成为了伴其终生的“天命和天职”。

在我看来，钟华教授对海德格尔诗学的阐释，至少具有以下三个方面的特点：

第一，钟华教授有一定德文功底，在研读海氏著述上，大多采用第一手西文资料，辅以汉译，来路可靠、翔实。据我所知，钟华教授作研究时要求自己在谙熟文本的基础上，有论必证，有据必引。在本书中，这种治学理念和精神得到了很好的体现。在本书中，对海氏文本的详细疏解，占据了近三分之一的篇幅。通过对海氏不同时期、不同阶段思想文本中相关内容的提要钩玄，他为我们展示了海氏对文艺的超越性品格问题的系统看法。尤其难能可贵的是，作者还能够从历史研究的高度，尽力去贴近和还原海氏对诗学—艺术哲学问题的“独一之思”，从而使之开显为一个有始有终的统一的历史性建构。透过钟华教授的这番解读，我们可以清晰地看到海氏的诗学之路起于《存在与时间》中的“生存论—存在论”分析，途经1930年左右著名的“思想转向”，以1935—1946年间对“艺术—存在”问题的集中思考为展开，深化定型于1946年后对“语言—存在”和“技术—存在”问题的思考，最终在耳顺之年成其圆满。正如

第二章开篇所言:“本章主要采用实证加点评的方式,大体以时间为顺序,主要以海德格尔的著述为根据,力求概略但却明晰地勾勒海德格尔一生中关注、探讨并以实际行动坚守‘文艺的超越性品格’的事实,以期证明‘文艺的超越性品格’是海德格尔的终生诉求这一基本论断。”纵观全书,对原始资料的占有(其中有不少新材料)、对海氏著名命题的疏解和还原,与作者本人启人深思的阐释,可谓是相映成趣。我个人认为,钟华教授在这一方面的治学态度和路径,是值得嘉许的。

第二,以独到的问题意识来观照海德格尔诗学—艺术哲学思想,力求系统地还原和解读海氏的内在诗学系统,指出海氏诗学思想的系统性和创新性。众所周知,海氏乃是以其独特的提问方式和深邃的问题意识独步于西方哲学史的。因此,在研究海德格尔思想时,提问能否“一语中的”,能否“切中肯綮”,无疑乃是成败的关键所在。本书始终以“此在之生存—存在的超越性渴求”为本源,以文艺的“形上之维”、“神性之维”、“源初道德之维”为主干进行清理和阐释,清楚地彰显出了他考察海氏诗学思想时自觉的问题意识:自始至终紧扣“文艺的超越性品格”问题入思。并且明确指出:“如果说‘审美性品格’是一切文艺作品的基本品格,那么‘超越性品格’则是伟大的文艺作品必须具备的根本特征,它是在‘审美性品格’基础上的向更高层次的升华。而上述三个方面,正是文艺的‘超越性品格’的三大基本维度。一部作品,至少应当在其中的某一方面有所揭示,方能越出平庸,臻于‘伟大’。”正是借助这一独特的问题意识,钟华教授得以将海氏的理论诉求和“作品—文本阐释实践”纳入一个诗学话语系统,并探讨其对西方美学史上一系列至关重要的范畴如“美”、“艺术”、“艺术作品”、“诗”、“真理”、“语言”等所做的“重新界定”及其创新所在。钟华教授特别指出,这种创新实际上是海德格尔终其一生通过精妙的文本阐释与伟大的诗人或艺术家进行“思与诗的对话”的结果。这种导向存在之源的“救渡之路”,这种对“伟大艺术”之“超越性品格”的“吁请”,是对德国观念论对艺术所下判词(这类判词的顶峰便是黑格尔的“艺术终结论”)的直接回应。由此,海德格尔“诗学—艺术哲学思想”在西方美学史的重要地位也就昭然若揭了。应该说,钟华教授对于海氏内在诗学思想系统的独特提问和解读,弥补了目前海德格尔诗学研究中的一个欠缺和不足,本身也是一个创新。

第三，通过对海氏诗学思想的系统研究和解读，重新提出了人文学科研究中的人文关怀和价值判断问题，回应了当下的文艺现状和危机，为当代美学研究贡献了有益的意见和建议。钟华教授着重提到马克斯·韦伯关于"价值中立"和"价值关联"的论述，认为人文学科研究需要一种"乌托邦精神"和明确的价值判断。因此，他没有满足于仅仅解读海氏的"玄思"，分析海氏的关键概念和命题，而是进一步追问海氏对文艺的价值立场设定和价值观念取向。他清晰地指出，在海氏看似"高头讲章"的道说背后，是其对于西方命运的深切关注，是其对现当代危机的全面回应。钟华教授在书中辟专章讨论海氏之思对于现时代的特殊意义，对人文学科研究中的价值理性和价值判断问题进行了思考，对现代"乌托邦精神"予以了同情的关切。在此解读中，他将海德格尔视为对伟大人文价值的透彻揭示者和继承者，并在这一路径上拒绝了后现代理论和消费主义文化对文艺的超越性品格的解构。应该说，在当下纷纷扰扰的理论思潮和时代效应下，钟华教授清醒地思考了人文学科研究中无法回避的价值关切和价值判断问题，拒绝堕入时下流行的某些花里胡哨的理论立场。在人文精神和人文关怀日益匮乏、文艺创作的理想质素日趋式微的时代语境下，重读海德格尔诗学思想无疑是一条苦路，却也因此是一剂良药。只有沉著的思者，敢于直面时代精神的困扰。

总而言之，虽然对该书中的某些具体观点和表述我并非完全赞同，但我认为它无疑是一部具有较高学术水准、体现了作者较深厚的理论功底和较强创新能力的成功之作。钟华教授是一位在学术上非常勤奋、执著的年轻学者，我希望他在今后的研究工作中取得更大的成就。

2011年10月写于美墅静心楼

序二:"我思故我在"与"我在故我思"

阎国忠

在我接触过的研究海德格尔的著述中,钟华教授这部书是写得比较明白透彻的一部。作者从系统的梳理中确信海德格尔哲学—诗学的核心是文艺的超越性问题,同时以文艺的超越性问题为线索对海德格尔的基本概念和命题作了仔细的辨析和阐释。这样,既让我们看到了海德格尔的博大而几近繁芜的一面,又让我们领略了海德格尔的深邃乃至玄奥的一面。受他的启发,我写了一则心得,放在这里,权且作为序。

谈起超越性,我想到了"我思故我在"与"我在故我思"这两个看似相反的命题。

无论哲学家们怎样评价,我相信这两个命题就其逻辑与历史性内涵来讲是真实的、合理的。

恩格斯在《自然辩证法》中曾讲:任何科学都是"一种历史科学,关于人的思维发展的历史发展的科学"。我理解这应该包含三重含义:第一,任何科学都是历史,包括思维发展史的产物,是对历史提出的问题的回应;第二,任何科学的价值和意义都是在历史中被确认的,因而只有置放在历史中才能获得准确的说明;第三,任何科学都是作为一个组成部分融入在历史中,构成历史发展的一个不可或缺的环节。

"我思故我在"之所以是真实和合理的,不仅是因为它见证了18世纪之前的一段历史,一段思维发展的历史,也是因为它为以后的历史,以后的思维发展史确定了一个方向,开辟了一条道路,营造了一种氛围。

我们可以不赞成笛卡尔那种将“思”与“在”并立起来的二元论的思维方式,但我们不能不同意他说的“我在”与“我思”相互关联的直接性:作为“在”的“我”的本性就是“思”。我可以没有肢体,也可以没有五官,但我不能没有“思”。这个“思”,像笛卡尔自己说的,包括思虑、欲望、情感和想象。

“我思故我在”,并不是说“我思”,我才存在,而是说“我思”才确证了我的存在。“我”不能与“思”切割开来,因为“我”就在我的“思”中。打开自己的相集,从牙牙学语到皱纹纵横、鬓发斑白,我惊异我的变化,但丝毫不怀疑那就是我,因为我在我的“思”中;我显达时,不忘记曾有过的落魄,我悲痛时,不忘记曾有过的欢欣,我相信如此踟蹰行进的是同一个我,因为我在我的“思”中。而恰是我的这样那样的“思”确证了“我”这样那样的存在。

从“我思故我在”,我们努力追寻着笛卡尔——从“思”的笛卡尔,到“在”的笛卡尔。我们相信,确有一个被称做近代哲学巨匠和开创者的笛卡尔因“思”而存在过。

“我思故我在”是讲认识论,它所回答的问题是认识,或者知识是怎样成为可能的。在这个意义上,“思”无疑是最基本的和最原初的问题,因为所谓认识或知识不过是“思”的结果和表现形式。与它相对的“我在故我思”则是讲存在论。就存在论讲,它所回答的是“在”如何可能。在这个意义上,不是“思”,而是“在”才是最基本最原初的问题,只是由于“在”,“思”才成为可能。“思”的根据、指向、意义全在“在”。

笛卡尔之所以能够“思”,是因为他“在”。如果他不是生活在18世纪,如果他头顶上不曾覆盖有宗教蒙昧主义和怀疑主义的阴云,他周围不曾遍布有启蒙主义的躁动和呐喊,如果他不曾从牛顿、伽利略、哥白尼的物理学和天文学中获得足够的启示和勇气,他能够成为作为思想者的笛卡尔吗?

“我在故我思”,这是被称做存在主义哲学的一个必然的结论。存在主义从对“我”的思索中意识到,“我”不就是“思”,“思”不过是身体的一种功能;“我”是我的身体,而身体与周边环境是联系在一起的。海德格尔将其称为“此在”。“此在”是在“世界”中“存在”的,具有“世界性”;同时,是在时间中绵延的,具有历史性。“我”之所以要“思”,是因为世界上存在着“激发我们思想的东西”,是它“召唤”我们去“思”,而我们虽具有“思”的本性,但认真说还需要学会“思”,因为所谓“思”不是单纯“主体”的行为,而是对“存在之本质的要求”的一种“应和”。

笛卡尔无须怀疑“我”的“在”,只需“我”的“思”,因为恰是“我”的“在”,迫使上帝开始退隐。“我”充满了自信。而海德格尔却必须追问“我”的“在”,因为上帝死了之后,“我”并没有真正出场。“我”只是在否定的意义上才是我。就地位来讲,“我”是“被抛到世界中”来的,“我”是个漂泊者。就意义来讲,“我”不过是个“计算机”,而自然是我的“加油站”。我必须行动,而为了行动就需要“思”,但这不是笛卡尔式的“表象的思”,而是“沉思之思”;“思”的目的不是确证我的“在”,而是“思索此时(当前的世界时刻)此地(这块故乡的土地)关系到我们每个个体的东西”,“思索在一切存在者中起支配作用的‘意义’”。

“我思故我在”是建立在“我思”与“我在”直接的关联性上的。“我思”就是“我在”的表征,“我在”就是“我思”的根据。只要我“思”着,我就“在”着。我不可能在没有“在”的情况下去“思”。当笛卡尔无视这种直接的关联性,以“共同意念”与“良知”作为“我思”的前提,去确证上帝和世界的存在的时候,显然就犯了逻辑上的错误。因为“共同意念”或“良知”对于我“思”与“在”都不是必然的。不过,笛卡尔有理由仅仅在“我思”的基础上构建一种逻辑,因为在他看来,“思”是人的本质,判定“思”的合理性或合法性的,只是“共同意念”与“良心”,只要“思”得“明白、清晰”就应该是确定的、可靠的。所以,如果说从“我”到“上帝”、到“他人”和世界是一种超越,那么,这只是“思”的超越,即逻辑意义上的超越。

而海德格尔讲的是“在”的超越。在海德格尔看来,“思辨辩证法”和“思想观念运动”并不能触及现象学讲的“事情本身”。超越的真正意义不是确证自己和与自己相关的世界,而是超离“无家可归”的状态,回归“天、地、神、人共在”的原初世界,也就是钟华教授讲的,超离“非本己本真的存在”,达到“本己本真的存在”。这种超越,从根本上说,是人的“本质要求”,是人的“天命”。“存在是绝对超绝的”,但这不是指时间或空间,因为存在就是“人的此在的澄明”。所以超越,就意味着“放弃对以往关于思的事情的思”,以便对现在有所“道说”。

"我在故我思","思"不是外在于"我"的,只要"我在"就必然要"思"。"沉思"是"我"的生命的本质。"思是一种行为。"这样,"思"就不再属于认识论,而是存在论的了。海德格尔之所以特别强调文学艺术的超越性质,是因为在他看来,文学艺术不仅是真理的现身方式,更是"真理发生和保存的突出方式",它"能够而且必须是我们历史性此在的一个本源"。

但是,当海德格尔讲马克思对柏拉图以来的形而上学进行了彻底的颠倒时,他指的是"思"(理念世界)与"在"(现实世界)的关系,并不包括和"思"相关的个体与和"在"相关的属类的关系。马克思讲"在现实性上,人是社会关系的总和",因此,马克思从不谈个体的人的超越,而总是讲人类的超越,即人类的解放。笛卡尔的"思"无疑是立足于这种被剥离了各种关系之后的单纯的"我"之上的;海德格尔的"此在"同样是立足于这种被卢卡奇称做"孤独的自我"的"我"之上的。笛卡尔的上帝和世界由"我思"来确认,"思"是整个哲学的出发点;海德格尔的天、地、神、人的"四方圆舞"要在"思与诗的对话"中去实现,"去存在"被视为"此在"的"天命"。显然,面对被异化和正在"沉沦"的世界,他们并没有找到真正的超越或救赎之路。

"我在故我思"是一种学术理念和学术勇气。我们读钟华教授的书深切感到了他的"在"和由"在"引发的"思"。也许我们还不认识钟华教授,但是我们相信,他像我们一样,生于斯,长于斯,欢乐和痛苦系于斯,他是怀着对现实的"烦"去寻找海德格尔的,同时又是怀着对现实的"畏"游离开海德格尔的。他写海德格尔不仅是为了给出一个真实的海德格尔,也是为了给自己寻找一个立足点,以便反思当代社会和文艺生活中的种种问题。他以整整一章的篇幅对后现代思潮、消费主义文化和享乐主义的人生哲学等进行了尖锐犀利的批判,情切意真、鞭辟入里,不仅使我们看到了他"思"的严肃和深沉,也看到了他"在"的执著和真诚。像海德格尔一样,他寄希望于伟大的或高雅的文学艺术,呼吁"坚守文艺的超越性品格",不过,他显然更现实得多,没有了海德格尔那种对"诗意的栖居"的近乎妄想似的迷恋。

"我思故我在"是一种学术追求和学术品格。我们读钟华教授的书也深深感受到他的"思"和由"思"敞显的"在"。我们不知道他是经过怎样艰辛的"思"才确认文艺超越性是海德格尔研究中长期被忽略了的哲学—诗学的核心问题,也不知道经过怎样艰辛的"思"他才以文艺超越性为核心重构了海德格尔全部哲学—诗学的学术理路。我们能够感受到的是被引进了那个“林中小路”,路边的一望无际的黑森林在眼前逐次向前伸展着。所有那些源自远古的生僻的词汇,那些凭空虚构的怪异的概念,以及那些令人琢磨不透的深奥的命题都被他安排在应有的位置上,井然有序,明白清晰。我们看到,海德格尔相关的意向和观念被一一陈示给了我们,继其之后的则是他的一些顺理成章、合情合理的判断和结论。于是,我们在海德格尔背后看到了钟华教授——一个执著、聪慧、清醒、敏锐的年轻学者的身影。

就是在读了钟华教授的书之后,我想,“我在故我思”与“我思故我在”应该成为我们这些热衷于学术的人的座右铭。

2011 年 10 月于北京大学蓝旗营

本书主要观点

1. 如果说"审美性品格"是一切文艺作品的基本品格，那么"超越性品格"则是伟大的文艺作品必须具备的根本特征，它是在"审美性品格"基础上的向更高层次的升华。"文艺的超越性品格"主要体现于三个基本维度："形上之维"、"神性之维"和"源初道德之维"。文艺作品至少应当在其中的某一方面有所揭示，从而具有了某种程度的"超越性品格"，方可越出平庸，成为"伟大作品"。"文艺的超越性品格"之所由出和向之归的本源，归根结底在于此在由日常的"非本己本真存在"向诗意的"本己本真存在"超越之追求。

2. 忽视海德格尔关于"文艺的超越性品格"之思的清理和评析，乃是当前海德格尔诗学—艺术哲学研究中的一个重大理论缺失。事实上，海德格尔的诗学—艺术哲学思想和作品—文本阐释实践，都是始终围绕着"文艺的超越性品格"及其三个基本维度展开的。因此，关于"文艺的超越性品格"之思，乃是海德格尔诗学—艺术哲学思想的灵魂和枢机。假如不从这一点入思，就无法全面把握和准确理解海德格尔诗学—艺术哲学思想的实质和精髓。

3. "文艺的超越性品格"不仅是海德格尔终生的理论诉求和阐释指归，而且其自身还形成了一个较为完整的有着内在逻辑勾连的思想系统。它体现于海德格尔对日常此在由非本己本真的存在状态向本己本真存在状态超越、文艺与历史性此在的内在关联、世界黑夜(贫困)时代里诗人的天职与天命等等问题的哲学沉思，和对具有"超越性品格"的伟大的文艺作品的终生热爱和乐此不疲的阐释，以及海德格尔本人的诗歌创作、对现代艺术发展现状和前景的忧虑等各个方面。

4. 海德格尔不同于一般文艺理论家、美学家和批评家之处在于:他从不孤立地思考"艺术"问题,而总是要从"艺术与我们的历史性此在的内在关联"、"人的诗意栖居"出发运思使之"源出存在而通达存在之真理",从而使之成为其"存在之思"的一部分,使之"为一种对历史性此在的伟大的自我沉思服务",亦即为实现"此在"由日常的"非本己本真的存在"向"本己本真存在"超越服务。

5. 海德格尔所沉思的"艺术"并非一般意义上的艺术,而是"伟大的艺术";他所阐释的"作品"也非碰巧遇到的任何感兴趣的作品,而是荷尔德林、里尔克、特拉克尔、梵高等伟大诗人或伟大艺术家的"伟大作品";他对尼采艺术哲学的研究,突出的是其关于"伟大风格"的思想;他对"美学史上六个基本事实"的反思,始终围绕着"伟大艺术"在古希腊的产生和在现代的沉沦乃至趋于终结与"美学"学科发展史之间的落差等等。而且,与此前康德、特别是席勒以来一直到尼采的西方"浪漫派美学"的"审美救赎"主张也不同,海德格尔并没有走泛泛地谈通过所谓"审美体验"、"审美教育"以"重塑感性与理性和谐统一"的老路,而是强调将"救渡之路"寄托在与伟大的诗歌、伟大的艺术作品展开"思与诗的对话"上。因此可以说,他关于艺术的一切沉思,都是试图向在现代社会中已经"沉沦"的"伟大艺术"之重新出场、重新上路发出吁请。而对"伟大艺术"的吁请,实质上就是对"文艺的超越性品格"的召唤。

6. 在以往的海德格尔诗学—艺术哲学研究中,海德格尔诗学—艺术哲学思想系统中的某些基本概念、基本命题和基本问题等虽然多多少少已被触及,但由于它们未被从根本上整体纳入"历史性此在的存在及其超越"这一"存在之思"、"本源之思"的视野下进行观照,加之海德格尔对"伟大的诗"、"伟大的艺术"的终生热爱和阐释,对"伟大的艺术在现代的沉沦"的忧思,对"知识化"、"专业技术化"艺术研究范式和美学观念的批判等等背后所传达的对"文艺的超越性品格"的诉求并未受到充分重视,他对"文艺的超越性品格"的三大基本维度的揭示也尚未得到系统清理,这就决定了海德格尔的诗学—艺术哲学思想系统没有、也不可能得到完整把握和准确理解。

7. 关注"文艺的超越性品格",原本是自"文化轴心时代"以来中西方文论美学中一个源远流长的优良传统,现时代文艺创作之所以步入越来越多的

“误区”，其根源正在于对其“超越性品格”的遗忘。而海德格尔则为我们提供了关于“文艺的超越性品格”的深刻而丰富的思想资源，他本人亦可借此位居柏拉图、康德等屈指可数的少数几个最重要的诗学—艺术哲学思想家之列。因此，研究海德格尔的相关思想资源，是一个极具理论价值和现实意义的课题。

8. 在现时代语境下，重提人文学科研究中的“价值理性”和“乌托邦精神”，重提诗学、艺术哲学中的“文艺的超越性品格”，全面清理和批判继承中西方文论—美学中这方面相关的思想资源并让它在新的时代语境下生成新的意义，已经作为一个紧迫的现实理论问题摆在了我们面前。相应地，系统整理海德格尔关于“文艺超越性品格”之思，则是目前海德格尔诗学研究中一个亟须解决的问题。

第一章　引论:目前海德格尔诗学研究中的一个重大理论缺失

此思迥非雄辩之才的炫耀
亦不是曲意逢迎之苟同
运思之帆坚定顺应实情之风
——海德格尔

本书中对“文艺的超越性品格”这一术语的理解包含三个基本要点:第一,如果说“审美性品格”是一切文艺作品的基本品格,那么“超越性品格”则是伟大的文艺作品必须具备的根本特征,它是在“审美性品格”基础上的向更高层次的升华。第二,“文艺的超越性品格”主要体现于三个基本维度:“形上之维”、“神性之维”和“源初道德之维”,文艺作品至少应在其中的某一方面有所揭示,方可越出平庸,臻于伟大。第三,“文艺的超越性品格”之所由出和向之归的本源,归根结底在于此在由日常的“非本己本真存在”向诗意的“本己本真存在”超越之追求。

第一节　目前海德格尔诗学研究中的一个重大理论缺失

最切近者或许最疏远
谁被遗忘,谁被记起
你知道上帝如何掷骰子?

众所周知，由于“纳粹事件”的影响，海德格尔经历了短暂辉煌瞬间变成永久罪责的人世沉浮，品尝了师友弟子众叛亲离、外国占领军隔离审查、“清查委员会”强制退休的孤寂落寞，遭遇了三教九流齐声讨伐、多国学界集体封杀的四面楚歌。可令人惊奇的是，坚持不能以结果推断开端而拒不道歉的他不仅逐一“挺”了过来，还居然在80岁生日那年在美国拉开了“老来俏”的序幕！① 如今，海德格尔已被公认为20世纪最伟大的思想家之一，“海德格尔思想研究”已在全世界多种学科中成为一门“显学”。

然而，对西方形而上学传统的坚决否定，对东方道禅思想的深契于心，对西方古代文献解读阐释的别出心裁，把宣讲特定诗人的诗歌作为正宗的哲学课程，同一切流俗之见抗争到底的决绝执著，与天主教会间长期复杂的恩怨纠葛等等，却又注定了他要获得西方正统学界的认同绝非易事。除了其思想自身的原创与深刻外，海德格尔学术声望的崛起，最初得益于他担任胡塞尔私人讲师时的众多杰出弟子和来自世界各地的多国留学生的大力传扬。据西方学者考证，日本或许是翻译和研究海德格尔著作最早的国家：早在海德格尔成名之前的1924年（海氏成名作*Seinund Zeit*发表于1927年），第一本真正开始关注海德格尔思想的著作——日本学者田边一（Tanabe Hajime）所著的《现象学的一个新动向：海德格尔的生活现象学》已在东京出版；1933年，第一本系统评介海德格尔思想的专著——日本哲学家九鬼周造（Kuki Shūzō）所著的《海德格尔哲学》又在东京出版；1939年，日本还开了翻译《存在与时间》一书的先河，出版了第一个日译本，比第一个英译本的产生早了23年。② 可是，正当海德格尔的事业和声望如日中天的时候，第二次世界大战结束了，1933年前后因多种原因被裹挟进去的那段特殊的人生经历很快改变了一切：海德格尔及其思想研究迅速被打入冷宫，这一冷就是20余年！直至20世纪60年代末，慢慢回复到客观、理性的海德格尔研究才又在西方世界渐渐多了起来。但欧美学界至今仍有出于意识形态的需要或仅仅为了哗众取宠而有意将其歪曲乃

---

① 1969年为庆祝海德格尔80岁生日，多国学者齐聚美国夏威夷，隆重召开了“海德格尔与亚洲思想”的国际学术会议，并于次年出版了论文集。从此，新一波“海德格尔热”在欧美学界蓬勃兴起；“海德格尔联合会”（“国际海德格尔学会”）的活动也日益增多。

② Parkes, G. "Translator's Preface", in May, R. *Heidegger's Hidden Sources: East Asian in Fluences on His Work*, tr. by G. Parkes, Routledge, 1996.

至妖魔化的举动。① 即便是严肃的学术研究,也大多集中在他对“此在(Dasein)”的“在世存在(In-der-Welt-sein)”所作的“生存论—存在论”分析(如美国学者约瑟夫·科克尔曼斯所著的《海德格尔的〈存在与时间〉——对作为基础存在论的此在的分析》②)和对现代技术之“普遍强制(Gestell,旧译‘座架’)”本质的追问中(如德国学者冈特·绍伊博尔德所著的《海德格尔分析新时代的科技》③)所暗含的“人的异化”、“敉平”等主题,以及他的哲学中源自中国道家的思想质素里(如美国夏威夷大学教授帕克斯所编的《海德格尔与亚洲思想》④)所暗含的“泰然任之”、“拯救大地(生态保护)”之类的思想上。

这或许会让某些人感到惋惜乃至沮丧。但我想强调的是,这不仅不应当受到责备,反而应当让海德格尔思想的爱好者们感到庆幸:实际上,正是因为

① 1992年,美国学者理查德·沃林以一种美国人特有的“世界民主导师”的文化优越感写了一本《存在的政治》(张国清、王大林译,商务印书馆2000年版),该书采用了一种主观评论与客观叙述缠杂不清、牵强索隐、过度阐释的文风,完全不顾《存在与时间》等著作的上下语境,硬是从“政治哲学”的角度从中索隐出了所谓“引导元首:服务于国家社会主义的哲学”等“纳粹思想”意涵;沃林2001年在同一出版社出版的《海德格尔的弟子们》同样如此。最离谱的事发生在1987年,只旁听了海德格尔一个学期“赫拉克利特研究”的课便号称“海德格尔学生”的智利人维克多·法里亚斯,胡乱罗织了一些在德国早已耳熟能详的材料,以捕风捉影和草率浮夸的文风编著了一本《海德格尔与纳粹主义》(中译本见:郑永慧译,时事出版社2000年版),搞出了一个动静儿很大的“海德格尔事件”,结果遭来了包括伽达默尔、德里达、列维纳斯等思想大师在内的学者们一致的愤慨和批判(参见《回答——马丁·海德格尔说话了》,G. Neske,E. Kettering编,陈春文译,江苏教育出版社2005年版)。但自此以后,深挖“海德格尔与纳粹”、“海德格尔与国家社会主义”问题的论著和文章便时有出现。其共同招数就是:通过海德格尔政治上的失足逆推其哲学思想的危险,从而欲置其思想于死地。

② Joeseph J. Kockelmans, *Heidegger's "Being and Time": The Analytic of Dasein as Fundamental Ontology*, The Center for Advanced Research in Phenomenology, Inc. & University Press of America, Inc., 1989.

③ 中译本见:《海德格尔分析新时代的科技》,宋祖良译,中国社会科学出版社1991年版;宋译本中“Gestell”作“座架”,这很长时间内也是通译。但这只是从“Gestell”的本义角度所做的对译,不太能反映出海德格尔赋予它的哲学概念义和它的运作义;孙周兴先生从构词法的角度将该词拆解为“ge-”(“聚集”)和“stell”(“设置”、“摆放”),主张将它译为“集置”。这有词源学基础,也符合海氏惯用的阐释策略,但“集置”一词在中文里比较生涩,意思也不够明确;大卫·库尔珀译作“universal impositing”,即“普遍强制”。这虽属意译,也不太像一个规范的哲学概念,但意思明确,且比较能体现其“敉平”和“强制”等特性。因此,在没有找到更合适的译名之前可暂用此译,但领悟其含义时则最好结合各个译名综合加以考虑。

④ Parkes, G. *Heidegger and Asian Thought*, Honolulu: University of Hawaii Press, 1987.

有了它们,才使海德格尔及其思想得以“重新出发”!当然,如果说其中真正有什么值得遗憾的话,那就是它延迟了西方学者对海德格尔诗学思想尤其是其中关于“文艺的超越性品格”思想的系统发掘和研究。

下面先来谈谈西方学术界的海德格尔诗学研究的情况。

在德语世界的海德格尔诗学研究中,一个重要的消极制约因素不得不预先提及:海德格尔20世纪30年代初的“政治失足”导致了十分严重的后果。其一,德语世界的许多第一流的思想家出于对海氏政治上的反感而有意漠视其思想。譬如,维特根斯坦只在一则笔记中、并且是以讽刺的口吻提及海德格尔的“存在”和“死亡”概念;①阿多诺在其长达568页(德文版)、并且大谈艺术问题的皇皇巨著——《美学理论》中,仅在《附录3》谈论黑格尔美学时所加的一个小注中、并且是出于批判的目的而提及海德格尔“以近乎神话的方式赞美或抬高诗化语言与传统诗歌”;②而曾经与海德格尔有过“哲学结盟”的老友雅斯贝尔斯,则更是从此与之绝交。其二,众所周知,海德格尔最杰出的弟子大多是犹太人,如勒维特、阿伦特、约纳斯、马尔库塞等等,他们也从那以后与其长期疏远甚至彻底断交,并且还有意识地在思想学术上与之进行不同程度的切割。毫无疑问,上述两个后果直接影响了德语世界对海德格尔诗学—艺术哲学思想的阐扬。当然,相关的研究论文和著作还是颇有一些。据我个人目前有限的阅读、了解,其中比较重要的至少包括:1. Karl Löwith: *Heidegger: Denker in dürftiger Zeit* (Frankfurt, 1953),该书比照荷尔德林被海德格尔称为“贫困时代的诗人”而将海德格尔称为“贫困时代的思者”,梳理了海氏从《存在与时间》到后来收入《林中路》中的几篇文章及《关于人本主义的书信》(即1927年——1946年期间)的思想道路,阐明了海德格尔前后期思想从“思”到“诗性之思”这一显著变化及其意义。但让海德格尔本人和读者都感到遗憾的是,作为海德格尔的大弟子,勒维特在该书中对海氏的后期思想表现出了极大的困惑与不解。2. Beda Alleman: *Hölderlin und Heidegger* (Zürich, 1954),该书重点讨论了荷尔德林诗歌对于海德格尔的决定性影响。3. Hermann Schweppenhäuser: *Studien über Heideggersche Sprachtheorie*

① 孙周兴:《我们时代的思想姿态》,东方出版社2001年版,第53页。

② 阿多诺:《美学理论》,王柯平译,四川人民出版社1998年版,第592页。

(Frankfurt,1956),该书重点研究了海德格尔的语言理论。4. Walter Biemel:"Sprache und Dichtung bei Heidegger"[in:*Man and World* 2,4(1969)],比梅尔是海氏的早期弟子之一,他的这篇论文着重讨论了海德格尔的"语言"观和"诗歌"观。5. Hans Jäger:*Heidegger und die Sprache*(Bern/München,1971),也重在讨论海德格尔的语言思想。6. F. W. von. Herrmann:*Heideggers Philosophie der Kunst*(Frankfurt,1980),该书是一本系统研究海德格尔艺术哲学的专著,它主要围绕《林中路》中《艺术作品的本源》一文的解读与阐释,全面、深入地论述了海氏的艺术哲学思想。需要特别提及的,是海德格尔最杰出的弟子伽达默尔1960年写作的《海德格尔的后期哲学》一文和同年出版的《真理与方法》一书。前者作为海德格尔《艺术作品的本源》单行本的"引言",它以西方19世纪下半叶以后社会现实和哲学思潮发生的巨大变化、海德格尔《存在与时间》中的"基础存在论"思想和"现象学方法"以及康德《判断力批判》中的"审美自律论"观念等为背景,对《艺术作品的本源》中的核心范畴和基本思想做了深刻的点拨和创造性的发挥;而后者,众所周知,则与海德格尔的现代阐释学思想、真理观和艺术观等存在明显的全面深刻的联系。此外,他的《海德格尔的道路》(*Heideggers Wege*,Mohr,1983)一书,不仅正面肯定了海德格尔思想道路所蕴涵的哲学和神学的转向的重大意义,而且还用专章讨论了海氏关于"艺术作品的真理"问题的思想。最后还需提及的是两本论文集:一本是比梅尔、F. W. von. 海尔曼两人为纪念海德格尔诞辰100周年所编的《艺术与技术》(*Kunst und Technik*,Klostermann,1989)一书,其中除收录了伽达默尔所写的《序言》外,还收录了Jiro Watanabe的《追问海德格尔和尼采的艺术本质观》、Gabriel Liiceanu的《论海德格尔〈艺术作品的本源〉中的"世界"概念》、Dieter Jähnig的《〈艺术作品的本源〉与现代艺术》、Gottfried Boehm的《时间视野中海德格尔的作品概念与现代艺术》等文章;另一本是Peter Trawny所编的《海德格尔与荷尔德林》(*Heidegger und Hölderlin*,Klostermann,2000)一书,内容涉及海德格尔对荷尔德林诗的阐释、海德格尔与荷尔德林产生思想上的亲和性的根源、海德格尔和荷尔德林对神圣者的理解、海德格尔和荷尔德林对未来的启示等等。总而言之,德语世界对海德格尔诗学—艺术哲学的研究固然不少,甚至还触及了文艺的神性等根本维度,但却没有人围绕"文艺的超越性品格"问题做全面、深入、系统的探讨。

在英语世界中，据我目前有限的了解①，较早集中涉及海德格尔诗学思想且影响较大的，大概是 *Existence and Being* (London：Vision，1949)一书。这本海德格尔著作英译选本不仅收录了包括《荷尔德林与诗的本质》在内的四篇经典文献，最重要的是在前面加进了剑桥大学 Werner Brock 教授分别为《存在与时间》和这四篇文献所写的"导论"。在这个长篇"导论"中，最引人注目的是其对海德格尔关于此在的生存论—存在论分析和阐释评论荷尔德林诗歌的研究。其次是 Albert Hofstabter 翻译的 *Poetry*，*Language*，*Thought*(New York：Harper & Row，1971)这本海德格尔诗学译文选集。该书部头虽然不大，却选出了《出自思的经验》、《林中路》、《演讲与论文集》、《在通向语言的途中》等几部海氏最重要的诗学文集中的七篇代表作，因而迅速扩大了海德格尔诗学思想在欧美学术界的影响。当然，其缺失也是十分明显的：竟然没有一篇出自《对荷尔德林诗的阐释》这本重要的诗学文集，当然就更不必说对荷尔德林那些长篇"赞美诗"的解读了！再次是 David A. White 所著的 *Heidegger and the Language of Poetry* (London：Lincoln，1978)一书。该书是我目前所见到的专门研究海德格尔诗学的最早的一本英文专著，可惜其内容仅限于海德格尔关于"诗性语言"的理论。尽管如此，以上三本书的意义却不可小觑。20 世纪 80 年代初，美国当代著名新实用主义、现代主义哲学家理查德·罗蒂在答记者问，谈到他 1979 年出版《哲学与自然之镜》之后的思想变化时说："我自己意识到的变化是，对晚年海德格尔越发敬重了。……晚年的海德格尔有着敏锐得多的观点。"②这正好可以说明，海德格尔研究在英美世界的复苏主要是以其后期的诗性之思发挥作用的。近年来影响较大的研究论著主要有两本：一是美国 Haim Gorden 博士所著的 *Dwelling Poetically*：*Educational Challenges in Heidegger's Thinking on Poetry* (Amsterdam - Atlanta，2000)。该书主要涉及海德格尔对人的"诗意栖居"，以及他关于"诗"的思想给现代教育提出的挑战等问题；另一本是新西兰奥克兰大学哲学荣誉研究员

---

① 移居美国洛杉矶从事律师工作的老友江冰女士，近年来为我购买到有关海德格尔研究的英文版著作 40 余种。在此，特向江冰女士的鼎力相助表示衷心的感谢。但遗憾的是，其中大多数是有关海德格尔哲学、神学、学术经历和思想来源、学术影响和传播，以及与德里达等人思想的比较等内容的，有关海德格尔诗学或艺术哲学的著作并不多见，只好寄希望于将来进一步搜集了。

② W·哈德逊、W·范·雷任：《美国哲学家罗蒂答记者问》，参见《哲学译丛》，1983 年第 4 期，第 81 页。

Julian Young 所著的 *Heidegger' s Philosophy of Art*(Cambridge University Press,2001)一书。评论者称,"这是英语世界中第一部全面研究海德格尔艺术哲学的著作。该书首先探讨了海德格尔 20 世纪 30 年代中期关于希腊神庙的讨论,和他那个宣称伟大的艺术作品在其奠基性'真理'获得肯定的庆典中凝聚整个文化的黑格尔式的论断,以及依此标准艺术在现代意义上的'死亡';然后指出,是海德格尔后来关于荷尔德林——那个对他成熟的哲学思想产生过决定性影响的人——的工作,引领他进入了与里尔克、塞尚、克利的艺术和佛教禅宗的充满激情的结缘,这不仅使他摆脱了 20 世纪 30 年代过分僵化的艺术观念的束缚,而且使他从那段沮丧的政治岁月中获得了解放;最后该书还发掘了许多在英语世界中至今不为人知的材料,建构了对海德格尔艺术哲学的新的思考,并且表明,海德格尔那个《艺术作品的本源》的著名演讲只是一个开端,而不是结束。"①在我看来,该书最值得关注的地方主要有两点:第一,注意到了在海德格尔前后期哲学思想的转变过程中对艺术(本质、本源)的沉思所起到的关键性作用(这种转变在 20 世纪 30 年《论真理的本质》中已初露端倪);第二,它打破了学界普遍认定《艺术作品的本源》是海德格尔艺术思想的最高的和最后定型的表述这一流俗之见,认为海德格尔对荷尔德林诗歌的研究、阐释更为关键,此后他的艺术思想还有许多重要变化和进展。我认为,这是非常有见地和价值的观点。但遗憾的是,它与前面提到的选集或著作一样,也没有从"文艺的超越性品格"的角度提出和思考问题。

在法语世界中,就我个人的看法,近年来较为全面阐述海德格尔诗学思想的当推 1996 年 Marc Froment-Meurice 所著的 *C'est à dire*:*Poétique de Heidegger*②(Collection La philosophie en effet)一书。该书对海德格尔关于阐释学、语言

---

① 美国加利福尼亚大学伯克利校区 Hubert Dreyfus 评语,见该书"扉页"和"封底"。译文为笔者试译。

② 该书的书名,英文本直译作 *That is to Say*:*Heidegger's Poetics*(translated by Jan Plug, Stanford,1998);中译本作《海德格尔诗学》(冯尚译,上海译文出版社 2005 年版)。若依照原文或英译本直译,应当译为《这就是说:海德格尔诗学》。我一直感到很纳闷儿的是:莫里斯先生在"海德格尔诗学"这个非常明确的名称前加上"这就是说"、"换句话说"这样一个固定短语"C'est à dire"究竟想传达什么特别的含义?据我的好友、四川外语学院莫光华博士推测,作者意在表明所谓"海德格尔诗学"不过是他"追问存在的哲学"的"另一种说法"而已。这种解释不无道理,因为该书正好被编辑在一套"哲学丛书"中,且海德格尔一直被定位在"哲学家"之列。但更有可能的是:"海德格尔诗学"这个名称的使用,在西方学术界里还存有争议,甚至连作者本人对此也心存疑虑。参见:冯译本"前言"第 13 页。

的道说力量、语言与存在的关系、诗的本质、存在之见证、存在之居所、艺术的本源、(不)超越之步①等各方面的思想,都不乏准确到位的精辟论述;最后还以专章篇幅,清理了海德格尔对德里达的影响。该书在法国一经出版,英语世界立即组织人手翻译,并于1998年在以迅速出版学术著作闻名于世的斯坦福大学出版社正式出版,足见该书学术价值之高及其在欧美学术界受到欢迎的程度。该书作者对于"诗学"这门古老学科在当下生成的鲜活内容非常敏锐,其中最引人注目的,是把海德格尔诗学的意义延伸到了以德里达为代表的后现代理论之中。这个独特而新颖的视角,为海德格尔诗学研究提供了一条新的路径,打开了一片新的视野。但颇为遗憾的是,它同样未自觉、深入地讨论海德格尔关于"文艺的超越性品格"方面的诗学思想。

总而言之,由于诸多学术或非学术方面的原因,加上一开始就将其定位在一个"哲学家"(尽管在某些正统哲学家眼中有些"离经叛道")身份上,西方学术界对海德格尔诗学思想的关注和研究实际上起步较晚(甚至可以说,是从20世纪70年代初才正式开始的,而取得突破性进展则是在最近10余年时间中),或许还没来得及从"文艺的超越性品格"这类比较具体和微观的角度对海德格尔的相关思想进行系统的梳理与研究。

至于中国内地的海德格尔研究,大家知道,乃是迟至上世纪80年代后期,在"杜威热"、"弗洛伊德热"、"尼采热"、"萨特热"等纷纷降温以后才逐渐兴起的。最初几年中,人们大谈"尼采的存在主义"、"萨特的存在主义"、"加缪的存在主义"甚至"克尔凯郭尔的存在主义",却几乎不提海德格尔的名字,以至于一部原本以"海德格尔"命名的英文传记被它的中文译者愤愤不平地添上了一个叫板式的头衔:"存在主义祖师爷"②,让人哭笑不得而又感慨系之!海德格尔最重要的著作《存在与时间》的第一个中文全译本,迟至1987年才在三联书店正式出版。此后,海德格尔才渐渐被内地学人广泛了解,研究也才

---

① 该书第八章题为"(不)超越之步",出现了"超越"字样,给读者以很高的阅读期待,但其主要内容却是从形而上学语言的欺骗性、"美学"学科的独特性等角度,以《艺术作品的本源》为主要根据,对海德格尔的艺术思想所做的一个总体评价。在笔者看来,由于其中颇多曲解、误读之处,因此只能算是"一家之言"。

② 英国传记作家乔治·斯坦纳所著的 *Heidegger* 一书,阳仁生先生翻译时便改名为:《存在主义祖师爷——海德格尔》(湖南人民出版社1988年出版)。

日益深入。在中国内地的“海德格尔研究”方面，熊伟、叶秀山、张志扬、刘小枫、俞宣孟、余虹、陈嘉映、王庆节、靳希平、王炜、宋祖良、张祥龙、彭富春、倪梁康、张汝伦、孙周兴、丁耘、柯小刚、张廷国、刘敬鲁、那薇、张文喜等先生的研究及翻译，都各有建树(详情请见本书所附“参考文献”)。

但内地学界的海德格尔研究同样大多集中在对海德格尔哲学思想、神学思想的绍介和评述上，关于海德格尔诗学思想的全面性专题研究并不多见。很长一段时间里，余虹先生1991年在中国社会科学出版社出版的《思与诗的对话——海德格尔诗学引论》成了这方面研究的唯一一部专著；其余的都只是部分涉及，较为集中的有刘小枫先生的《诗化哲学》(山东文艺出版社1986年版)、王一川先生的《意义的瞬间生成》(山东文艺出版社1988年版)、宋祖良先生的《拯救地球和人类的未来——海德格尔的后期思想》(中国社会科学出版社1993年版)、孙周兴先生的《说不可说之神秘》(上海三联书店1994年版)等。近年来，这种局面得到了一定改善：一是各类刊物上发表的研究海德格尔艺术哲学、诗学思想的专题论文明显增多；二是这方面的总体性专题研究的专著持续出版。仅就我个人所知或所见，2004年10月，笔者在中国社会科学出版社出版了专著《从逍遥游到林中路——海德格尔与庄子诗学思想比较》；同年次月，刘旭光先生也在上海三联书店出版了专著《海德格尔与美学》；2005年，余虹先生在中国人民大学出版社出版了《艺术与归家——尼采·海德格尔·福柯》；同年，苏宏斌先生又在商务印书馆出版了《现象学美学导论》。更为可喜的是，有老一辈文艺理论家、美学家还开始了将海德格尔的存在论思想与实践论美学有机地结合起来进行新的理论创造的尝试，在这方面，朱立元先生已取得了令人瞩目的成就；杨春时先生则借助海德格尔哲学—诗学思想，力图进行“超越(实践)美学”的构建。此外，曾繁仁等先生则从“生态美学”、“生态批评”的角度挖掘海德格尔哲学—诗学思想内涵，做得也有声有色。

然而，尽管对海德格尔著述的翻译和研究近20年来在中国内地学术界里“持续高热”，但坦率地说，较长时间里，中国内地的海德格尔研究似乎是“热闹”胜过“沉思”，“Fans”多于“学者”，偶尔还可见到望文生义、任意曲解甚至只知道几个名词概念就学着海德格尔腔调贩卖“私货”的现象发生，真正愿意花力气一本一本地细读海德格尔原著的人并不很多；再加上其他方面的某些原因,结果是:虽然早在差不多20年前,就已经有研究者从“超越性”角度界定海德格尔思想的总体精神特质①,但像海德格尔曾经终生付诸系统的理论诉求并有过杰出的批评阐释实践的“文艺的超越性品格”这样重要的问题,竟长期未能进入人们的研究视野。

近些年来,由于“文艺的超越性品格”的“缺席”使当今文艺创作逐渐丧失了“理想”质素、不断步入各种“误区”这一严峻现实,已经引起了部分有识之士的关注与反思:如周宪先生十多年前率先从文化哲学的角度系统思考了文学的超越性问题(《超越文学:文学的文化哲学思考》,上海三联书店 1997 年版);王元骧先生则集中论述了“文艺的形上性”和“艺术的审美超越精神”(《关于艺术形而上学性的思考》,《文学评论》2004 年第 4 期;《审美超越与艺术精神》,浙江大学出版社 2006 年出版);刘小枫、余虹、阎国忠等先生深入论述了“文艺的神性维度”;高楠先生专门论及了人的“精神超越与文学的超越精神”问题(《文艺研究》2006 年第 12 期);苏宏斌先生还发表了论述“海德格尔诗学的超验之维”的专题论文(见《人文杂志》2006 年第 5 期)等等。一句话,从不同角度和侧面涉及“文艺超越性”问题的论文已有许多。但遗憾的是,他们仍未直接涉及和系统探讨海德格尔关于“文艺的超越性品格”这方面的独特丰富的思想资源。与其重要性相比,这方面的研究还远远不够。

总而言之,无论西方还是中国至今都忽视甚至遗忘了对海德格尔关于“文艺的超越性品格”方面思想资源的清理和研究。这无论对于完整把握和准确理解海德格尔诗学思想本身,还是对于继承和发扬中西方文论—美学中注重文艺超越性品格的优良传统,以及治疗现时代文艺创作的疾病缺弱,都是一个重大的理论缺失。

① 根据笔者有限的阅读,在中国内地学界,最早从“超越性”角度界定海德格尔思想的总体精神特质的大概是俞宣孟先生。早在 1989 年,俞先生就在上海人民出版社出版了学术专著《现代西方的超越思考——海德格尔的哲学》。该书花了专章篇幅讨论海德格尔的艺术思想,但由于受“哲学”这一选题所限,它同样没有也不可能从“文艺的超越性品格”的角度对相关问题作出深入、系统的研究。

第二节　造成这一理论研究缺失的原因

是不是每一枚果实的绽出
都意味着一朵鲜花的枯萎？
万物差异之沟壑，莫非
都得以这样的方式来敉平？

的确，吊诡的是，海德格尔的思想是如此地丰富和深刻，其言述方式又是如此地蕴藉而迷人，以致于喜欢他的哲学思想的人们往往陶醉于其生存论—存在论智慧而多少有些忽视他的艺术之思；另一方面，喜欢他的艺术之思的人又往往沉迷于他那非凡的审美阐释能力，多少有些遗忘了其阐释乃是出自种“思之必然”①。

造成目前对“海德格尔关于文艺超越性品格之思”这一重大理论研究的缺失，原因是多方面的。除了我们前面已经提及的那些政治纠葛与纷扰、社会接受与选择等因素之外，还有一些或许更加直接和重要的根由：

就研究对象自身方面来说，海德格尔虽然基于“思—诗同源”、“思与诗对话”以展开“哲学的返回步伐”，对抗和终结“柏拉图—尼采形而上学”的哲学传统观念②的意愿，对“文艺的超越性品格”进行了毕生的、坚持不懈的理论诉求，且终生热爱具有“超越性品格”的伟大诗人和艺术家，并对他们的作品进行了坚持不懈的阐释、讲解，最终客观上形成了一套完整的关于“文艺的超越

---

①　海德格尔在《对荷尔德林诗的阐释》之“增订第四版前言”中说：“这一系列阐释，并不打算成为文学史研究或美学方面的论文。它们源出于一种思之必然。”请参阅：Heidegger, M. *Erläuterungen zu Hölderlins Dichtung*, Frankfurt: Vittorio Klostermann, 1996, S. 7. 另据亲聆海氏授课三年的熊伟先生在《存在与时间》中译本序中介绍，海德格尔授课不是像一个教授那样贩卖知识，而是像一个诗人那样满堂吟咏。

②　海德格尔认为，西方哲学在源头上的前苏格拉底时期是“思—诗同源”的，并有效地开始了“思与诗对话”的历史；但从柏拉图开始，西方哲学踏上了一条形而上学道路，直到作为“最后一个形而上学家”的尼采，都是如此，最后终于遭致了严重的危机和困境；哲学的唯一出路是“终结形而上学”，重新肩负起“思的使命”，亦即开始一种回到源头的“返回步伐”。详论参见拙著《从逍遥游到林中路——海德格尔与庄子诗学思想比较》，中国社会科学出版社2004年版，第41—43页。

性品格”的有着内在逻辑勾连的思想系统。然而可惜的是，在海德格尔本人的著作中，我们尚未找到现成的“文艺的超越性品格”这类的术语。或许正是由于“命名”的缺失，使得海德格尔这方面的思想长期得不到应有的关注，对其研究也一再被延迟。道理很简单。海德格尔本人就曾说过，命名召唤在场。唯当命名某物的词语开口说话之际，此物才从与他物浑然无别的晦暗状态中“一跃而出”作为如此这般的某个存在者而闪亮出场。反过来，当命名某物的词语尚还缺失之处，便没有如此这般的一物存在。为此，海德格尔不仅明白宣示了“语言是存在之家”①，而且还多次以长篇大论的方式为格奥尔格的诗句“词语破碎处无物存在”作注解②。可具有反讽意味的是，在海德格尔那卷帙浩繁的论著和讲义中不仅找不到“文艺的超越性品格”这样的命名，甚至连从肯定意义上使用的“美学”、“艺术哲学”、“诗学”这样的概念术语都不多见。“命名”的缺失带来“存在”的延迟，这再自然不过了。

此外，海德格尔思想本身就具有复杂性和过渡性色彩。③ 由于坚决反对“现代主体主义”哲学及其诗学体系，并直接而深刻地影响到了德里达、福柯等后现代代表人物的思想，海德格尔通常被视为“后现代思潮的先驱”（尽管他远非一个主张价值虚无、敉平价值分别和价值取向那类“后现代”思想家，事实上，

---

① 语出海德格尔 1946 年与法国哲学家让·波弗勒《关于人本主义的书信》（次年发表，后收入论文集《路标》中），参见 Heidegger, M. *Wegmarken*, Frankfurt: Vittorio Klostermann, 1996, S. 313. 另：该信中的“Humanismus”一词通译为“人道主义”，但若依此译名的内涵去阅读此信，海德格尔在其中所表达的思想就会出现诸多相互抵牾之处。因此，宋祖良先生反对这一译名，主张将其译为“人类中心主义”或“人本主义”（见《拯救地球和人类未来：海德格尔后期思想》，中国社会科学出版社 1993 年版，第 226—232 页）。正好，海氏此信所针对的萨特所作那个汉语通译为《存在主义也是一种人道主义》的著名演讲中的“人道主义”一词，英译本作“Humanism”，辜正坤先生认为也应译为“人本主义”。若按“人本主义”或“人类中心主义”的译名去理解海德格尔那封书信，其思想就完全圆通自洽了。

② 这句话原系德国诗人施特凡·格奥尔格《词语》一诗中的诗句，海德格尔写了《语言的本质》和《词语》两篇长文专门对之加以阐述。参见：Heidegger, M. *Unterwegs zur Sprache*, Stuttgart: Neske, 1997, SS. 159-216; SS. 219-238.

③ 杰姆逊《文化转向》明确称其为“最后的现代主义者”，库尔珀将其与黑格尔一道作为“纯粹现代性”的代表；而哈贝马斯《现代性的哲学话语》、韦尔施《我们的后现代的现代》、皮平《作为哲学问题的现代主义》、大卫·莱昂《后现代性》等则视其为“后现代先驱”。的确，海德格尔曾用大部头系统阐释过尼采关于“真理”与“权力意志”、“虚无主义”等带有过渡性的思想，并且从观念到方法（如“解构”、“语言考古”、“涂抹改写”等）都对福柯、德里达产生了直接而深刻的影响。

他那去蔽式的“反现代性”中存留了大量“现代性”的乃至“前现代性”的因素）。这种片面的误读，以及海氏思想中的确也客观存在着某些“后现代性”因素，加之“后现代”观念与“超越性”诉求之间天生就存在着巨大张力，这就使得其关于“文艺的超越性品格”之思在接受过程中很容易遭到忽略。

总而言之，以上诸端至少在客观上多少延迟了研究者们对海德格尔关于“文艺的超越性品格”方面思想的关注和研究。

但我个人认为，除了上述原因之外，忽视海德格尔关于“文艺超越性品格”方面思想的研究，主要还是“科学主义观念”、“后现代思潮”和现时代“消费主义文化特征”诸方面因素共同交互作用的结果。

一、“科学主义观念”的影响

所谓“科学主义观念”大约在17世纪的西方初步形成，18世纪获得迅猛发展；19世纪下半叶后虽然受到了一些冲击，但直到20世纪仍是与“人文主义思潮”相互对峙又并驾齐驱的最有影响的两大哲学主潮之一。其影响所致的直接后果之一，便是在社会科学和人文学科研究中对“认知理性”的崇尚和对“价值理性”的贬抑，对“意识形态”、“乌托邦”等等的“污名化”乃至“终结论”；体现在“社会科学方法论”上便是片面理解“价值中立”（Wertfreiheit; value neutrality 或 value free）原则，主张要将“事实”与“价值”分开，只做事实陈述，不做价值判断；只做客观研究，不涉价值立场和价值取向；重视“客观性知识”，贬斥“规范性设定”。

按照学术界较为普遍的看法，“价值中立”原则的萌生，至迟可以追溯到18世纪休谟在其《人性论》中关于“是”与“应该”的区分。他认为，事实判断与价值判断之间有着不可逾越的鸿沟，不能简单地从“是”与“不是”中推论出“应该”与“不应该”；后来康德不仅秉承了这一思想，而且以他的“三大批判”为“认知理性”和“价值理性”做了明确的划界，并据此建立了一个完整的哲学体系。①

---

① 康德的哲学体系主要由《纯粹理性批判》（认识论）、《实践理性批判》（道德哲学和宗教哲学）、《判断力批判》（美学）三部分构成，其中《纯粹理性批判》关注的是“我能认识什么”，牵涉事实判断或者说“是”与“不是”的问题；《实践理性批判》关注的则是“我应该做什么，我应该信仰什么”，牵涉价值设定和价值判断即“应该”与“不应该”的问题。这一“划界”在启蒙时代是有积极意义的。

但值得注意的是，康德虽然为“价值理性”留下了一席之地，但在“认知理性”与“价值理性”二者的天平上，他的倾斜是明显的。这无论从《纯粹理性批判》和《实践理性批判》写作的精心程度、篇幅部头还是客观影响上，都可以清楚地看出来。应当承认，休谟、康德的这一思想倾向和哲学主张，对于扭转欧洲中世纪以来一切科学都只能作为宗教神学的婢女而存在这一根深蒂固的传统观念，开始对那些先前躲在神圣权威背后的宗教信仰和伦理道德教条之合法性进行理性的审视等，是具有重要而积极的意义的。进入 19 世纪后，孔德所创立的实证主义哲学则进一步主张，科学的任务就在于如实地反映和精确地描述客观事实，得出客观结论，“实证”是科学唯一的也是最高的原则。到了 20 世纪初，德国哲学家马克斯・韦伯对此原则做了某种程度的修正与调和。他明确地主张：“经验科学的问题应该‘不加评价地’加以解决，它们不是评价的问题。但是，社会科学中的问题是根据被讨论的现象的价值关联而选择出来的。”①这就是说，在韦伯看来，“价值关联”与“价值中立”一同构成了社会科学方法论的特色，二者缺一不可，不容偏废。就我个人的理解，其含义有二：一是在社会科学研究中，不能以“价值理性”来否定或取代“认知理性”；二是在社会科学研究中，也不能因为要坚持“价值中立”原则而忽视乃至全盘抹杀研究对象的“价值关联”。换句话说，韦伯的这一思想观念既注重一切科学研究不可或缺的客观性，同时又兼顾到了人文学科之为人文学科自身的特殊性(后详)。

然而，在西方，尤其是强调做具体研究的英美学术界中，人们一方面尊奉韦伯为“现代学术规范的奠基者”；另一方面却肆意割裂其关于“价值中立”与“价值关联”二者并重的完整思想，独标其“价值中立”原则，甚至还把它拔高为衡量研究者是否是真正的“自由知识分子”的唯一标准。

在此风潮的推波助澜下(当然主要还是由于政治方面的原因)，20 世纪 50—60 年代期间和 90 年代前后，西方学术界还兴起了著名的“意识形态终结论”热潮。② 其中，雷蒙・阿隆的《意识形态的终结?》、丹尼尔・贝尔的《意识

---

① 马克斯・韦伯：《社会科学方法论》(Gesammelte Aufsätze zur Wissenschaftslehre)，朱红文等译，中国人民大学出版社 1992 年版，第 20 页。

② 西方的“意识形态终结论”热潮，前一阶段主要是由一些社会学家如雷蒙・阿隆、丹尼尔・贝尔和 S. M. 李普塞特等孕育起来的；而后一阶段则主要是由国际政治学家弗兰西斯・福山和他曾经的导师萨缪尔・亨廷顿推动起来的。

形态的终结:论五十年代政治观念的衰落》、李普塞特的《政治人:政治的社会基础》,是50—60年代的主要代表性著作;而弗兰西斯·福山的《历史的终结》、萨缪尔·亨廷顿的《文明的冲突与世界秩序的重建》是90年代前后的一时之选。他们都认为,随着资本主义制度的不断发展和完善,拥有不同"意识形态"的阶级及阶级斗争都不复存在了;随着资本主义和社会主义两大敌对政营冷战时代的结束,源于"意识形态"的差异而发生冲突的时代也结束了,代之以不同文明之间的冲突。因此之故,一切带有"意识形态"色彩的理论都过时了、失效了,理所应当"寿终正寝"(丹尼尔·贝尔语)了、"终结"了。

或许正是在肢解"价值中立"原则和强调"终结意识形态"热潮这样一种背景下,海德格尔的"纳粹问题"被一些自认是"自由知识分子"的西方学者大肆炒作和过度阐释;又由于海德格尔关于"文艺的超越性品格"方面的思想具有明显的价值立场设定和价值观念取向,正好属于他们意欲着力摧毁和清除的带有"意识形态"或"审美乌托邦"等等性质的对象,遭到他们的漠视乃至遗忘便是再自然不过的事情了。

而在中国学术界,众所周知,海德格尔研究甫一兴起,很快就遇上了20世纪90年代的"学术转型":自五四新文化运动至20世纪80年代,中国学术界原本一直不太注重"学术话语"与"政治(革命)话语"的区分,此时逐渐告别了"激情燃烧的岁月",韦伯及其"价值中立"原则一时间也变得异常"火爆"起来。加之西方"意识形态终结论"的浸染,中国学术界中"告别革命"、"告别乌托邦"、"淡出意识形态"的呼声日益高涨。有著名学者将其概括为"思想家退出,学问家凸显"、"告别革命"等口号①。于是,学术研究被片面理解为只做"客观实证性研究",而坚持做"有思想的学术"的学人被讥讽为"舍其田而耘人之田"。在这样一种学术理念和学术氛围的影响下,海德格尔有关"文艺的超越性品格"方面的思想,自然也得不到应

① "思想家退出,学问家凸显"这一口号,是由被20世纪80年代中国学术界许多学人引以为"精神导师"的李泽厚先生概括出来的。客观地说,这种取向在提出之初,对于反思中国现代学术史尤其是"激情理想有余,理性沉思不足"的20世纪80年代学风和学术范式有着非常重要的现实意义和理论价值。可是,任何真理被机械化和绝对化以后就会走向谬误,对于"学术"与"思想"之关系的处理也不例外。

有的重视和研究。

二、"后现代思潮"的影响

讨论"后现代思潮",是一个让人颇感头疼的难题。因为,其正式开端的时间、代表性人物、基本主张等问题,无论在中、外学术界里至今都还没有一个统一的说法(也许,这正好体现了后现代思潮那"拒绝整体化"的特征)。① 但具倾向性的看法是:"后现代思潮"是20世纪50—60年代开始在西方社会产生的一种哲学和文化思潮,它取得令人瞩目的发展则是在70年代之后,80年代始风靡全球。它是西方发达资本主义国家第二次世界大战后进入"后工业社会"和"消费主义社会"时代、西方20世纪60年代激进政治运动失败、新技术革命、知识分子对整个现代历史进程和现代思想—知识观念体系及其思维方式进行反思批判等多种因素综合作用的产物。它是以反思和批判整个现代思想观念的理论基础、价值取向、思维方式等为基本使职,以多元思维和解构思维及其话语方式解释世界及其意义为基本特征的一种文化思潮。自从福柯、德里达等解构主义者加入到后现代阵营之后,"后现代思潮"迅速发展成为了一股遍及哲学、美学、艺术、宗教等领域的在全球范围内都深具影响力的哲学—文化思潮。

"后现代思潮"尽管杂彩纷呈、众语喧哗,但其最突出的共同特征即是对"后现代性(post-modernity)"的诉求②,它直接体现为对"现代性(modernity)"的反思和解构。值得注意的是,在西方文艺理论家们那里,虽然"后现代主义"主张"后现代性",但"现代性"却并非"现代主义"的理论诉求(这一问题

---

① 譬如"后现代思潮"萌芽的时间,哈贝马斯就上溯到了尼采。认为,尼采《悲剧的诞生》"这部思古的现代性的'迟暮之作'变成了后现代性的'开山之作'"。参见:于尔根·哈贝马斯:《现代性的哲学话语》,曹卫东、何浩译,译林出版社2004年版,第100页。可是哈贝马斯在同一本书的"作者前言"中却又指出,是在利奥塔1979年出版了《后现代性状况》一书后,"后现代"这个字眼才得以"深入人心"。

② 关于"后现代性"的命名问题,目前中外学术界都未取得共识。据加拿大学者莱昂介绍,在西方,自从安东尼·吉登斯创造了"自反性现代性"概念从而发明了在"现代性"这一词汇前加前缀来表明"现代性"的发展以来,除"后现代性"外,人们还提出了"后期现代性"、"晚期现代性"、"高级现代性"、"激进现代性"、"过度现代性"、"超越现代性"、"超级现代性"等概念。参见大卫·莱昂:《后现代性》,郭为桂译,吉林人民出版社2004年版,第62—65页。

我们后面还会谈到)。这是因为:第一,虽然波德莱尔1863年在《现代生活的画家》那篇散文中已经预见到了“现代性”问题的来临,并且提出了一个著名的关于“现代性”的定义,①但“现代性”概念内涵的真正明确更多地是在“后现代性”观念产生以后迫使西方人对整个“现代”历史进程进行反思的结果;第二,从产生时间上看,“现代性”概念比“现代主义”晚了许多。有研究表明,20世纪70年代以前“现代性”这一概念还未被广泛使用,②而“现代主义”从19世纪末就已大肆流行开来;第三,“现代性”所表征的价值体系和思维方式,是近代理性主义哲学、尤其是启蒙运动所确立的,它代表的是以“人本”“理性”为基础、“自由”“进步”为承诺的“后中世纪文明”③的成果。因此,“现代主义”与“现代性”之间不仅存在严重疏离,在某种程度上甚至还是相互矛盾的;它与“后现代主义”一样都是对“现代性”观念体系和思维方式的对抗和冲击。只不过,包括“后现代主义”在内的“后现代思潮”是对“现代性”观念体系和思维方式的彻底颠覆和解构:它从根本上拒绝所谓“主体主义”、“逻各斯中心主义”、“本质主义”、“普适主义”等思维方式;高度质疑一切有关“确定性”、“普遍性”、“规范性”、“同一性”和“连贯性”等概念的合法性,将一切表达“相对化”、“情景化”和“拼贴化”,大肆解构一切“元叙述”和“宏大叙述”;④彻底否定一切带有“基础主义”和“规范”色彩的诸如“主体”、“理性”、“科学”、“历史”、“知识”、“本质”、“真理”、“道德”、“进步”等等“现代性”(含某些“前现代性”)观念的合法性根基;主张“价值救平”,肯定各种价值观念和价值取向的相对性及其差异的合法性,反对从某种特定的价值观念和价值取向出发对其进行等级划分;坚决反对任何人以“立法者”和“训导师”的身份颁布关于全人类的任何普遍性价值和规范。于是,不确定性、多元主义、视

① 指“现代性即虚无、短暂、偶然,它是艺术的一半,另一半是不朽与永恒”。在我看来,这一定义的真实意图是要在文艺上提倡一种“现代主义”,而不是要从思想整体上提倡一种今人所说的“现代性”观念。

② 大卫·莱昂:《后现代性》,郭为桂译,吉林人民出版社2004年版,第36页。

③ 大卫·莱昂:《后现代性》,郭为桂译,吉林人民出版社2004年版,第35页。

④ 本书中,“narrative”一词用于文艺领域时译为“叙事”,在其他社会科学和人文学科研究领域,或者在普遍意义上使用时,则均译作“叙述”。特此说明。

角主义、语言游戏等等，便成了“后现代思潮”的中心话语和突出特征。①

以文艺创作和文艺理论为例。如果说以叔本华、尼采、柏格森、弗洛伊德等人的非理性主义为哲学滥觞，以尼采、波德莱尔、T. S. 艾略特等人的艺术哲学为美学鼻祖，以波德莱尔、T. S. 艾略特、庞德等人的诗歌，乔伊斯、福克纳、卡夫卡等人的小说，塞尚、毕加索、马蒂斯等人的绘画为文艺代表的“现代主义思潮”，更多地体现为对各种传统价值观念的颠倒和反转：如英雄变侏儒（《尤利西斯》）、上帝成魔鬼、他人即地狱（《禁闭》）、爱与美神被装上空空洞洞的抽屉（《带抽屉的维纳斯》）等等；那么，以尼采的“虚无主义”、海德格尔的“终结形而上学”以及罗兰·巴特、福柯、德里达的“解构主义”、理查德·罗蒂的“新实用主义”、利奥塔的“后现代状况”、波德里亚②和费瑟斯通的“消费主义”理论等为哲学基础，以本雅明、马丁·埃斯林、大卫·格罗斯福格尔、德里达、哈桑、杰姆逊等人的文艺理论为美学旗帜，以罗伯特·文丘里、菲力浦·约翰逊等人设计之蓬皮杜艺术中心、洛杉矶、巴黎外围几座新城等建筑，贝克特、尤奈斯库等人的“荒诞派”戏剧，金斯伯格、克鲁亚克等“垮掉的一代”和约瑟夫·海勒、托马斯·品钦、小库尔特·冯内古特等“黑色幽默派”的诗歌与小说，歇弗尔、凯奇、布列兹等人的“具体音乐”或“偶然音乐”，杜桑、达利等“新达达主义”和沃霍尔的“波普”绘画与劳申堡的“垃圾箱废品”雕塑，以及《快刀手》和《蓝丝绒》等电影为文艺范本，遍及社会生活和文化建构方方面面的“后现代主义思潮”，则是对“现代性”观念体系和思维方式的彻底颠覆和解构。

在西方，后现代主义文艺思潮影响的一个直接后果就是，在艺术哲学上彻

---

① 相关论著很多，目前国内能见到尼采、巴特、福柯、德里达、德勒兹、加塔利、罗蒂等人的一般建基性哲学著作外，还有法国利奥塔《后现代状况——关于知识的报告》、波德里亚《消费社会》；美国杰姆逊《后现代主义与文化理论》和《晚期资本主义的文化逻辑》、道格拉斯·凯尔纳和斯蒂文·贝斯特《后现代理论》、艾尔伯特·鲍尔格曼《跨越后现代的分界线》；英国史蒂文·康纳《后现代主义文化——当代理论导引》、费瑟斯通《消费文化与后现代主义》、齐格蒙特·鲍曼《现代性与矛盾性》；德国阿尔布莱希特·维尔默《论现代和后现代的辩证法》、沃尔夫冈·韦尔施《我们的后现代的现代》；加拿大大卫·莱昂《后现代性》等。

② 关于 Jean Baudrillard 的中文译名，目前中国学术界同时存在“鲍德里亚”、“波德利亚”、“波德里亚”、“博德里拉”等多种不同译法，为了避免混乱，本书中笔者自由行文和引用其著作的中译本时一律采用“波德里亚”这一译名。特此说明，并敬请采其他译名的相关译者谅解。

底否定艺术天才，否定艺术个性，否定高雅趣味，否定审美乌托邦①，否定崇高，否定审美超越；主张无心绪（“冷淡”）、无救赎、无整体、无同一、不确定性、无中心、无深度、无秩序、无风格、可无穷复制等等。正如费瑟斯通所做的精彩概括那样，“在艺术中，与后现代主义相关的关键特征便是：艺术与日常生活之间的界限被消解了，高雅文化与大众文化之间层次分明的差异消弭了；人们沉溺于折衷主义与符码混合之繁杂风格之中；赝品、东拼西凑的大杂烩、反讽、戏谑充斥于市，对文化表面的‘无深度’感到欢欣鼓舞；艺术生产者的原创性特征衰微了；还有，仅存的一个假设：艺术不过是重复。”②叶朗先生主编的《现代美学体系》中认为，西方（后）现代主义文化的“审美大风格”是“荒诞”。十几年前笔者曾经撰文指出：“荒诞”最核心的内涵即“悖谬”和“虚无”③。这里的“悖谬”乃是指关系的悖谬，即人的存在与他的整个生活世界之间、事物与事物之间过去曾经存在过的一切方面的和一切性质的关系都发生了乖离甚至完全失去了关系，其结果就正如施太格缪勒所说的那样，“人的整个存在连同他对世界的全部关系都从根本上成为可疑的了，人失去了一切支撑点……留下的只是陷于绝对的孤独和绝望之中的自我”④；这里的“虚无”便是指价值的虚无，亦即“无意义”，人在这样一个与自己毫不相干而又茫然无序的世界中无根地生活，就会像荒诞派戏剧大师尤金·尤奈斯库所说的那样，“人就不知所措，他的一切行为就变得毫无意义，荒诞而无用”⑤。

在这样一种大的时代语境下，海德格尔关于“文艺的超越性品格”方面的思想自然显得非常地不合时宜，而且正好是后现代主义文艺思潮力图批判、冲

① 杰姆逊：《后现代主义与文化理论》，唐小兵译，北京大学出版社1997年版，第165页。另：对于Fredric Jameson先生的中文译名，目前中国学术界同时存在“杰姆逊”、“詹明信”、“詹姆逊”等多种译法，为避免混乱，本书中笔者自由行文和引用其著作中译本时一律写作“杰姆逊”。特此说明，并敬请相关译者谅解。

② 迈克·费瑟斯通：《消费文化与后现代主义》，刘精明译，译林出版社2000年版，第11页。

③ 参见拙文《西方现代主义思潮崛起的文化历史探源》、《荒诞：西方现代主义艺术的审美大风格》，《四川师范大学学报》1994年第4期、1995年第2期。需要说明的是，囿于当时的识见，两文中的“现代主义”概念用得不够准确，把一些“后现代主义”的内容错误地纳入了其中，特此说明并向读者致歉。

④ 施太格缪勒：《当代西方哲学主流》（上），王炳文等译，商务印书馆2000年版，第182页。

⑤ 伍蠡甫编：《现代西方文论选》，上海译文出版社1983年版，第358页。

破、否定和解构的对象，当然更无法奢望得到深入系统的研究和迅速有力的阐扬与传播。

受西方后现代主义文艺思潮影响所及，中国文艺理论界也曾经出现过大力宣传后现代文化与文论的著名学者，单在著名学府北京大学就曾产生过“王后主(王岳川)”和“张后主(张颐武)”两位代表性人物；在文学创作界也随之而发生过主要围绕“崇高/反崇高”问题而展开的著名的“二张”(张承志、张炜)与“二王”(王蒙、王朔)的争论，后来还引发了由文论界发起、最后波及全国许多领域的关于“人文精神”的大讨论。这场争论和探讨虽然在当时一定时期内和在一定程度上曾经引起过人们对文艺创作和文艺批评中的有关“崇高”、“理想”和“人文精神”等超越性品格方面的重视、反思及召唤，但由于后来市场经济改革、加入 WTO、“全球化”等等所带来的社会现实和思想观念的巨大变化，再加上学术界自身准备不足等多方面的原因，这些探讨和争论未能更好地深入下去，最后竟不了了之。在这样一种情形下，海德格尔关于“文艺的超越性品格”之思一直未能引起国内学术界的重视，自然也在情理之中。

三、“消费主义文化特征”的影响

需要说明的是，消费主义文化与后现代思潮一体共生，①只是描述当代社会的角度和侧重点有所不同而已。这里将它们分开来说，仅仅只是为了突出消费主义作为现时代社会状况的突出表征这一层面的含义。

以研究“后现代性”而著称的加拿大学者大卫・莱昂不仅认为，“消费主义和消费是后现代社会的核心主题，它们为正在出现的社会状况提供了富有启发意义的线索”②；并且公开宣称：“我们消费故我们存在。”③不仅用“消费(主义)”来概括现时代社会存在的基本特征，而且还将其提升到了规定现时

---

① 大卫・莱昂曾经指出：“后现代与这样一种社会密切联系，其中消费生活方式和共勉大众消费支配了所有社会成员：只要他们醒着。”参见大卫・莱昂：《后现代性》，郭为桂译，吉林人民出版社 2004 年版，第 100 页。此外，迈克・费瑟斯通还写有这方面的专题论著，参见《消费文化与后现代主义》，刘精明译，译林出版社 2000 年版。

② 大卫・莱昂：《后现代性》，郭为桂译，吉林人民出版社 2004 年版，第 5 页。

③ 大卫・莱昂：《后现代性》，郭为桂译，吉林人民出版社 2004 年版，第 5 页。

代人的存在—本体论高度，正如17世纪时笛卡尔宣称“我思故我在”从而将“怀疑—反思理性”确立为那个时代的人的存在—本体论根基一样。而且，照波德里亚等人的意思，甚至还可以加上一句：“我消费什么，我就是谁。”这就是说，在现时代社会里，消费（甚至浪费）什么产品，似乎成为了“我”之为“我”、“我”之区别于“他人”的重要根据。① 由此可见，“消费主义文化特征”对于现时代人们的生存到思想各个方面的影响是全方位的、极为深刻的。

西方有关消费主义文化的理论很多，譬如齐美尔的“时尚”消费理论、凡伯伦（T. Veblen）的“炫耀性消费”理论、里斯曼的“他人导向型”消费理论和布尔迪厄的“品味区隔”消费理论等等。但我个人认为，阐释“消费主义文化特征”最全面、影响也最广泛的，还是首推让·波德里亚。下面，我主要结合他的相关理论阐述一下有关问题。

在波德里亚看来，如果说马克思所处的时代是以“生产—交换”为主要特征的“商品社会”，卢卡奇所处的时代是以“商品向许多领域迅速蔓延”、“存在向占有堕落”为主要特征的“物化社会”，德波所处的20世纪60年代是以“大众传媒影像构造”为主要特征的“景观社会”，那么20世纪70年代以后的发达资本主义社会（他常常称之为“丰盛社会”）则进入了一个以“一切均已成为商品”、一切“真实”以及它与“虚假”之间的界限俱已消失，剩下的唯有“拟像—仿真”和“符号—消费”为主要特征的“消费主义”时代。波德里亚谈及消费主义文化的著述很多，②限于篇幅，我主要以他这方面的代表作《消费社会》为主要文本依据稍做介绍。

在《客体体系》一书中，波德里亚指出：“我们生活在一个客体的时代：我们是按照这些客体的节奏和代代相承而生活的。正是这些客体今天看着我们

---

①　波德里亚认为，在消费主义社会中，不仅到处充斥着商品消费，而且更重要、更能体现其特色的是符号消费，因为这些商品不但具有使用价值和交换价值，更根本的是它们都被赋予了符号价值。道格拉斯·凯尔纳用这样的话来概括波德里亚这一思想：“人们获得的地位高低要看他们依照一种有差异的消费逻辑消费并展示了哪些产品。在这种消费逻辑中，根据当前的品味和时尚，一些产品比其他产品拥有了更高的威信和符号价值。”参见道格拉斯·凯尔纳编：《波德里亚——一个批判性读本》，陈维振等译，江苏人民出版社2008年版，第3页。

②　主要有《客体体系》（1968年）、《消费社会》（1970年）、《符号政治经济学批判》（1972年）、《生产之镜》（1973年）和《象征交换与死亡》（1976年）等等。

出生，并伴随着我们成长……还将在我们死后继续存在。"[①]这就是说，消费主义时代是这样一个时代：它不仅意味着人们的日常生活已被彻底商品化，而且意味着物充斥着整个世界，人已被自己的造物所主宰、所淹没。并且，人们日常生活所需之物从住房、家具、小车到衣着，从功能系统、非功能系统到边缘系统，由于受到现代技术装置的功能主义、最简单主义等等的挤压，其中所蕴涵的情感因素、诗性韵致大大减弱甚至完全消失了。在《消费社会》一书中，波德里亚接着进一步指出，不断增长、日益丰盛的物包围着我们，人越来越沦为"官能性的人"、"现代新野人"。[②] 消费控制了我们的整个生活境地：杂货店里各种商品琳琅满目，超级购物中心更是成了我们的"万神庙"和"阎王殿"，"所有消费之神或恶魔都汇集于此"[③]。无处不在的消费催生出了一种神奇的思想与心态：它使人们误将物的丰盛错认为幸福的降临，将消费的益处当做奇迹来体验，对消费的美好信仰正在成为人们代代相传的集体无意识。[④] 这种神奇的思想与心态甚至催生出了一种奇怪的"垃圾箱社会学"："告诉我你扔的是什么，我就会告诉你你是谁！"[⑤]消费社会中，各种大众交际和传媒方式将各种消费信息整个地现实化也戏剧化、非现实化，结果"眩晕"代替了现实、符号掩盖了真相、好奇压倒了真实需求、不了解变成了尺度、货船或灾难都成了一种完美的诱惑。[⑥] 更吊诡的是，"浪费式消费"竟成了一种日常义务、一种无形的强制性指令；[⑦]无论个人还是社会，支出的增加甚至"白花钱"，竟成了自身价值、差别和意义的表现；[⑧]对昂贵消费品的选择和奢侈品的占有，竟成了个人地位与身份的象征，社会的"等级逻辑"。[⑨] 于是，炫耀、矫饰、复制、仿造、时尚、流行、搜珍猎奇、媚俗仿真等等疯狂蔓延，永不餍足。于是，不仅整个

---

① Baudrillard, *Systèm des Objets*, Paris: Denoel-Gonthier, 1968, P. 18. 转引自道格拉斯·凯尔纳编：《波德里亚：一个批判性读本》，陈维振等译，江苏人民出版社 2008 年版，第 6 页。

② 波德里亚：《消费社会》，刘成富译，南京大学出版社 2000 年版，第 1—2 页。

③ 波德里亚：《消费社会》，刘成富译，南京大学出版社 2000 年版，第 4—8 页。

④ 波德里亚：《消费社会》，刘成富译，南京大学出版社 2000 年版，第 9—10 页。

⑤ 波德里亚：《消费社会》，刘成富译，南京大学出版社 2000 年版，第 24 页。

⑥ 波德里亚：《消费社会》，刘成富译，南京大学出版社 2000 年版，第 10—13 页。

⑦ 波德里亚：《消费社会》，刘成富译，南京大学出版社 2000 年版，第 30 页。

⑧ 波德里亚：《消费社会》，刘成富译，南京大学出版社 2000 年版，第 25 页。

⑨ 波德里亚：《消费社会》，刘成富译，南京大学出版社 2000 年版，第 43—55 页。

“消费社会宛如被围困的、富饶而又受威胁的耶路撒冷”;[1]而且太多物品的“丰盛”神话使“我们变成了金钱的粪土”,太多空闲的“荒诞自由”的存在神话又使“我们变成了时间的粪土”。[2] 这便是消费社会中人们的生存状态。

在这样的消费社会里,整个“文化工业”的核心价值不再是促进产品生产,它的全部目标乃在于:生产消费需求,并因此而为商品赋予或增加符号价值。于是广告、包装、展示、时尚、“性解放”、大众传媒等等一切都围绕着刺激消费需求、操纵产品消费的目标来运作:诱惑、煽情、伪善、欺骗、技术游戏、无穷无尽的循环再循环……成了其主要手段。消费文化对艺术和审美的影响也是极为巨大和深刻的:各大超级购物中心不仅让“艺术和娱乐与日常生活混而为一”,[3]而且就连在耶路撒冷这样的文化艺术圣城,各种“当代艺术”展览也被搬进了那些“春天商场”;[4]“民主的飓风”使得“大众已经接替了孤独的拥有者或内行的爱好者”(商业收藏者和附庸风雅者成了艺术家的新上帝),而“无限倍备份”也使艺术作品不再被当做“唯一物品和特权时刻”(艺术作品失去了独特性、唯一性和高贵性):它们不再作为“作品和意义载体”,更不再具有“开放的含义”,而是变成了“和‘一双长袜及一把花园扶椅’同质的东西”。于是,“艺术作品进了猪肉食品店,抽象派油画进了工厂……”;而那些“空头理论家们”也不再追问“艺术是什么”,他们的新职责是专心扮演好艺术品交易的“掮客”。于是,那些“高级”文化、“伟大”画作、“经典”音乐等等,统统变成了“消费物品”;而“美”和“美学”则成为了消费竞争社会中设计和包装各种商品的“文化赋值要素”和“市场营销手段”。[5] 为此,“媚俗”的需要催生了“模拟美学”或曰“文化适应美学”,[6]消费的需要催生了“流行艺术”。在其中,“消费逻辑取消了艺术表现的传统的崇高地位”,艺术本身成为了一种“纯消费物品”、完全“为消费而存在的物品”。譬如当代绘画,“完全外在”的视觉盛宴取代了“深刻”的意义与内涵:“那造成了先前一切绘画特权的‘内在

---

① 波德里亚:《消费社会》,刘成富译,南京大学出版社 2000 年版,第 15 页。
② 波德里亚:《消费社会》,刘成富译,南京大学出版社 2000 年版,第 173 页。
③ 波德里亚:《消费社会》,刘成富译,南京大学出版社 2000 年版,第 5 页。
④ 波德里亚:《消费社会》,刘成富译,南京大学出版社 2000 年版,第 108 页。
⑤ 波德里亚:《消费社会》,刘成富译,南京大学出版社 2000 年版,第 108—113 页。
⑥ 波德里亚:《消费社会》,刘成富译,南京大学出版社 2000 年版,第 113—116 页。

光辉'都已不复存在",而成为了一种"祛魅艺术",一种"制造"而非"创造"的"纯操作性的艺术",一种"缺乏批判"而完全"与消费社会的黑暗现实妥协了并同谋着的当代艺术",[①]一种冒充"人民的"、"日常的"和"世俗化的"实则早已成为"超级圣化符号"(将商品"圣化"并为其"赋值")的艺术。[②] 在《象征交换与死亡》一书中,波德里亚进一步补充了消费主义文化对其他艺术门类和审美的影响这方面的内容:譬如"涂鸦符号"的特点是为了"让不确定性反过来对抗系统——让不确定性反过来成为毁灭性","它们由于自己的贫乏本身而不可简约,所以它们可以抵制一切阐释,一切内涵,它们既不指涉任何物,也不指涉任何人:既没有外延,也没有内涵,……仅仅通过自己的在场本身来消解这些符号","涂鸦没有内容,没有信息"(换句话说"涂鸦符号"除了自我解构外毫无意义)。[③] 至于时装、广告、裸体照、裸体戏、脱衣舞等等,则"到处都是勃起与阉割的舞台剧",[④]因而充满色情、自恋、诱惑,是欲望的唤醒、勃发与阉割;诗歌则"摧毁一切朝向某个终点的通道,摧毁一切指涉,一切谜底";它"同时要求两样东西:清除所指,用异位书写法消解能指";它所指涉的"永远是'无',是虚无的词项,是零所指。这种彻底的消解使所指的位置彻底空置,正是它所引起的晕眩构成了诗歌的力量";诗歌的快感来自"神的死亡和神名的死亡",来自"在原来有一个东西的地方,……现在什么也不剩了";诗歌"召唤神就是为了把神处死",它的目的"不是让物呈现,而是把语言本身当做物来摧毁"。总之,诗歌是"价值的彻底丧失"(诗歌消解一切并自我消解)[⑤]。毫无疑问,这些文字都是对西方社会"消费主义文化特征"准确而生动的描述。

在这样一个物欲横流、享乐主义盛行、形上追求急剧流失、商品消费意识和商业运作模式主宰一切的消费社会里,在这样一个文化事业只遵循消费逻辑、艺术的崇高地位和批判立场已完全丧失并主动与社会现实合谋、作品内容已完全外在化和虚无化、艺术理论和美学也不再关心艺术的本性和使命而完

---

① 波德里亚:《消费社会》,刘成富译,南京大学出版社 2000 年版,第 120—122 页。

② 波德里亚:《消费社会》,刘成富译,南京大学出版社 2000 年版,第 125—126 页。

③ 波德里亚:《象征交换与死亡》,车槿山译,译林出版社 2006 年版,第 111—122 页。

④ 波德里亚:《象征交换与死亡》,车槿山译,译林出版社 2006 年版,第 149 页。

⑤ 波德里亚:《象征交换与死亡》,车槿山译,译林出版社 2006 年版,第 312—355 页。

全沦为消费竞争工具或营销手段的"消费主义文化"氛围中,海德格尔关于"艺术的超越性品格"之思自然显得极为不合时宜而难以受到人们的亲睐。

当今中国远非"丰盛社会",但似乎也开始步入了"消费主义文化"时代。开始步入消费社会的中国,也开始通过文学艺术、电影电视、大众传媒、包装、广告等"文化工业"来生产消费欲望、消费观念、消费方式和消费主体,以及可供消费的"消费主体"。它以"high"、"pose"、"秀"、"大话"、"恶搞"、"荤段子"、"八卦新闻"等等为特征,以"互联网"、"手机"、"影视"、"报章杂志"、"广场"、"茶庄"、"夜总会"、"KTV"等等为平台,以"大众"、"草根"、"通俗"、"休闲娱乐"等等为号召,开始了瞬间刺激的追逐、欲望狂欢的表达、幸福感动的模拟、神圣崇高的解构。受此风气熏染,众多传统经典作品被重读、被改编,众多传统的文论美学观念被涂抹、被改写;"顽主"、"宝贝"、"美女"、"美男"、"另类"作家艺术家纷纷登场,"身体写作"、"下半身写作"、"情色作品"源源不断,小说几成性爱日记,电影形同时装表演,国际交往中某首乡村小调的风头盖过庄严国歌,大地震报道竟配发用"野鸡"似的模特模拟出的照片……;人文学者不再理直气壮地讨论有关"理想"、"崇高"、"人文关怀"、"价值理性"等等方面的问题;文艺理论研究者们也几乎不再讨论"文艺的超越性品格"这样一个既不够"扯眼球"也不够"轻松"、"好玩"的话题,当然更无暇顾及海德格尔相关思想的研究了。

总而言之,"纳粹事件"发生后的长期被封杀、曲解和故意冷落,国际社会和学界基于现实需要所做的接受与选择,海德格尔本人对其相关思想"命名"的缺失,其思想自身的复杂性及过渡性色彩,尤其是"科学主义观念"、各种"后现代思潮"和现时代"消费主义文化特征"三方面因素的相互作用,最终共同导致了对海德格尔关于"文艺的超越性品格"之思研究的一再延迟和缺失。

第二章“文艺的超越性品格”：海德格尔的终生诉求

前行义无反顾

缺席与追问

伴随你孤独之途

这是海德格尔在他58岁那年（1947）所作的一首长诗《出自思的经验》（*Aus der Erfahrung des Denkens*）开篇部分的几个句子，它们刚好可以构成其一生中对“文艺的超越性品格”孜孜不倦的诉求的生动写照。在本章中，我将主要采用实证加点评的方式，大体以时间为顺序，主要以海德格尔的著述为根据，力求概略但却明晰地勾勒海德格尔一生中关注、探讨并以实际行动坚守“文艺的超越性品格”的事实，以期证明“‘文艺的超越性品格’是海德格尔的终生诉求”这一基本论断。

第一节 起点：1927年《存在与时间》中对“此在在世存在”的“生存论—存在论”分析

依本源而居者

终难离弃原位

——荷尔德林

为何选择1927年出版的《存在与时间》（*Sein und Zeit*）作为开端呢？其

一,在我个人看来,海德格尔的早期著述、讲座及研究资料表明,此前的海德格尔主要经历着从一个自中学时即开始接受严格系统的神学训练、带有浓郁的“经院派”色彩的神学博士,逐步向一个一开始就有“离经叛道”倾向的现象学哲学家转变的过程,其间几乎未曾涉足过诗学、美学问题。[1] 其二,作为海德格尔的成名作和代表作,《存在与时间》既是他早期思想的结晶[2],又是他后来许多重要思想的发源地(尽管某些是朝相反方向发展)。大力向英语世界译介海德格尔著作、被称为“海德格尔门徒”的大卫·F.克勒尔曾指出:“《存在与时间》……为海德格尔后来所有的研究提供了主要动力。无一例外。”[3]这话虽然有些夸大其词,但也还基本符合事实。其三,最重要的还在于,《存在与时间》中对“此在”之“在世界中存在”及“时间性存在”所作的“生存论—存在论”分析,尤其是对“此在”之“非本己本真存在状态”所作的现象学描述和“生存论—存在论”分析,的确是不断激发海德格尔思索“文艺的超越性品格”问题的一个动力源泉,并实实在在地成为了他这方面思想的一个起点。

下面,我就来简单梳理一下《存在与时间》中对相关问题的思考。我的梳理将主要围绕三个问题:第一,这些分析中与我们的论题相关的主要内容有哪些?第二,这些分析的实质和核心是什么?第三,这些分析是如何构成其关于“文艺的超越性品格”之思的起点的?

一、《存在与时间》中对“此在之存在”的生存论—存在论分析

1. 关于“此在”

海德格尔强调,“此在(Dasein)”所代表的存在者“总是我们自己”。它的

---

① 虽然海德格尔早在1903—1909年上中学时就喜欢德语文学,1910—1916年期间还发表过诗文(见*Aus der Erfahrung des Denkens*, Frankfurt: Klostermann, 1983, SS. 1-7.),但无论是其《早期著作集》(1912—1916)和《时间概念》(1924),还是早期弗莱堡讲座(1919—1923)和马堡讲座(1923—1928)中,均未涉及文艺问题。我也认真看过德国萨弗兰斯基的《来自德国的大师——海德格尔和他的时代》、英国乔治·斯坦纳的《海德格尔》、美国帕特里夏·奥坦伯德·约翰逊的《海德格尔》、日本高田珠树的《海德格尔——存在的历史》和北大张祥龙先生的《海德格尔传》等多种“海德格尔评传”,以及萨弗兰斯基、孙周兴等国内外海德格尔研究专家所作的非常详尽的“海德格尔年谱”,均未发现其涉足诗学、美学问题的材料。

② 譬如他此前对“哲学”学科性质的思考、对“时间概念”的研究等等,在《存在与时间》中都有所总结和发展。

③ Heidegger, M. *Basic Writings*, ed. by David F. Krell, New York: Harper, 1977, P. 26.

存在“总是我的存在”。在其存在中,此在“对自己(所能是)的存在有所作为”。作为以这样一种方式存在的存在者,此在“被托付给了自己的存在”。这种存在者,它之所是总赖于它自己去是(存在)。[①] “此在的‘本质’在于它的生存(Das Wesen des Daseins liegt in seiner Existenz)。”[②]据此,“此在”有两个基本特征[③]:一是“此在”的“生存”中包含着一种同自身的关系。“(此在)这种存在者的存在总是我的存在”,准确地说,“这个存在者在其存在中对之有所作为的那个存在,总是我的存在”。质言之,这个“存在”始终具有“向来我属性(Jemeinigkeit)”。正因为这个“存在”总是“我的”,具有“向来我属性”,所以这个“存在”对于“我”是切己的和至关重要的。[④] 二是“此在”的“生存”并非既定的、现成性的“存在”,而是一种运动和运作。“此在总作为它的可能性来存在”[⑤],因此“这种存在者的‘本质’就在于它的去存在(Zu-sein)”。它之“是什么(essentia)”必须从它“如何去是”、亦即从它的“存在(existentia)”来理解。[⑥]

2. 关于“此在之存在”

受胡塞尔现象学观念及现象学还原方法的启示,海德格尔找到了描述和分析“此在之存在”的两个最原初、最纯粹、最确定无疑的出发点:“In-der-Welt-sein(在—世界—中—存在)”和“Zeitlichkeit des Daseins(此在之时间性)”。海氏正是以这两个“基本现象”为基底来建构其“此在之存在”的结构,并据此作出其生存论—存在论的分析与阐释的。

(1)“此在”之“在—世界—中—存在”

首先,海德格尔强调,与别的存在者不同,“此在”的存在源初就具有“世界性(Weltlichkeit)”。它与“世界”之间原本就具有一种相互构成、不

---

① Heidegger, M. *Sein und Zeit*, Tübingen: Max Niemeyer, 1993, SS. 41-42.

② Heidegger, M. *Sein und Zeit*, Tübingen: Max Niemeyer, 1993, S. 42.

③ 关于“此在”的基本特征,海德格尔在第九节中谈了两点,但行文相互牵扯,显得有些凌乱和重复,我在顺序和叙述上做了些调整和归纳。特此说明。类似的情形在海德格尔对“此在”之“在世界中存在”和“时间性存在”的分析阐释中同样存在,为了叙述的方便我也做了一定的调整,不再一一说明。

④ Heidegger, M. *Sein und Zeit*, Tübingen: Max Niemeyer, 1993, SS. 42-43.

⑤ Heidegger, M. *Sein und Zeit*, Tübingen: Max Niemeyer, 1993, S. 42.

⑥ Heidegger, M. *Sein und Zeit*, Tübingen: Max Niemeyer, 1993, S. 42.

可分离的关系,这从二者双方来看都是如此:一方面,“此在(Dasein)本质上就包含着在世界中存在(In-der-Welt-sein)”这样的生存论环节①,这就是说,“此在”只要存在就一定是“在世界中存在”;另一方面,“Welt(世界)”也具有一种“先于存在论的生存上的含义”,即是说,“它不是被作为一种本质上非此在的存在者和在世界内来照面的存在者来理解,而是作为一个实际的此在之为此在‘生活(lebt)’‘在其中(worin)’的东西来理解”②。因此,“此在”与“世界”之间具有一种源初性的相互构成、相互归属、须臾不离的统一。其次,海德格尔反复强调,“In-der-Welt-sein(在—世界—中—存在)”是一个复合名词,它意指一个“统一的现象(einheitliches Phänomen)”、“必须作为整体(Ganze)来看待”③。在此前提下,又可将其分成“多重环节”。要点如下:

A.关于“世界之世界性(die Weltlichkeit der Welt)”。海德格尔强调,由于“在—世界—中—存在”乃是“此在”的一个“生存论规定性”,因此这“世界”在存在论上“绝非那种本质上不是此在的存在者的规定性,而是此在本身的一种性质”④。“世界”虽然包含“全部世内存在者”,但它本身却不是任何一种“世内存在者”,⑤也不是“全部世内存在者的总和”或者“作为一个整体的全部世内存在者”;⑥“世界”也并非由“世内诸存在者”组建起来并让自身得以承载的“空间”,但却是“世内诸存在者”得以构成“周围世界(die Umwelt)”并在其中与“此在”“打照面”、同时也让“此在”和“世内诸存在者”得以显现自身之“空间性”的“条件”。⑦ 在海德格尔看来,“世界”是通过“指

---

① Heidegger, M. *Sein und Zeit*, Tübingen: Max Niemeyer, 1993, S. 57.

② Heidegger, M. *Sein und Zeit*, Tübingen: Max Niemeyer, 1993, S. 65.

③ Heidegger, M. *Sein und Zeit*, Tübingen: Max Niemeyer, 1993, S. 53.

④ Heidegger, M. *Sein und Zeit*, Tübingen: Max Niemeyer, 1993, S. 64.

⑤ 《存在与时间》第十六节第一句话就是“世界本身不是一种世内存在者”。参见:Heidegger, M. *Sein und Zeit*, Tübingen: Max Niemeyer, 1993, S. 72.

⑥ 海德格尔《存在与时间》中这方面的论述很多,兹略举两例:第十四节中批评了将“世界”视为“能够现成存在于世界之内的存在者的总体”的错误观念,第十五节结尾处再次强调“世内存在者的拼凑并不能产生作为总和的‘世界’这样的东西”。分别参见:Heidegger, M. *Sein und Zeit*, Tübingen: Max Niemeyer, 1993, S. 65、S. 72.

⑦ Heidegger, M. *Sein und Zeit*, Tübingen: Max Niemeyer, 1993, SS. 64-77、SS. 101-113.

引”、“标志”、“象征”和各种“因缘关系”构成的一种“意蕴(Bedeutsamkeit)”。[①] 它并非某个外在于我们、可以任由我们去打量的“Objekt”(客体/对象),而是我们每时每刻都处身并生存于其中且因此而始终归属于它的一个“生存论—存在论环节”。因此,我们与其关注其“概念意义”,不如关注其“运作意义”。

B. 关于“在—世界—中—存在(In-der-Welt-sein)”。海德格尔认为,这样一种存在样态不仅意味着“此在之存在”乃是一种“向世存在(Sein zur Welt)”,而且意味着它兼是“自己存在(Selbsein)”和“与他人共同存在(Mitsein mit Anderen)”。[②] 如此一来,“此在”在其“在—世界—中—存在”里就必须与两种东西打交道:一是与“世内诸存在者”打交道,并为之而“操劳/烦忙(Besorge)”,终致“沉沦消散于世内诸存在者”之中;[③]二是与同样也以“此在”的方式与自己“共同存在于此”的“他人”打交道,并为之而“操持/烦神(Fürsorge)”,进而随时随地处在“他人的独裁号令”之下。[④] 前者表明,“此在的向世存在本质上就是操劳”[⑤],而“操劳在世”又意味着“沉迷于所操劳的世界”,所以“在世作为操劳活动乃是沉迷于它所操劳的世界”。[⑥] 这不难理解,作为一种具有“实际性”、“空间性”并以“生存”为本质的“存在者”,“此在”之“在—世界—中—存在”乃是“寓于上手之物的存在”,它无法离开“世内诸存在者”,并不得不“为”这些“世内存在者”而“操劳/烦忙”,且惯常从“世内存在者”方面来“领会自身”,以至于自己最终“沉迷消散于诸存

---

① 参见《存在与时间》第三章。此外,“世界”是海德格尔思想系统中一个非常重要的核心概念。该书整个“第一篇”全部共六章的内容都从不同侧面不同程度地谈及这一概念,总的倾向是把“世界”作为“此在在世”的一个“生存论环节”来理解和阐释的,主要作为一个哲学概念在使用;1935 年宣讲《艺术作品的本源》时,“世界”概念更多地是被作为“自行敞开”而与作为“自行锁闭”的“大地”概念相对、并在与后者的“原始争执”中作为“真理的发生之所”来得到理解和阐释的。大约从那时开始,“世界”被作为一个诗学—艺术哲学概念使用;大约到了 1950 年代,“世界”概念被作为“天”、“地”、“诸神”和“终有一死者”的“四元游戏”中之一“元”来理解和阐释。但从 1930 年代中期以后,它都是被作为一个与“人的诗意栖居”相关的生存论—存在论的诗学—艺术哲学概念来使用的。

② 《存在与时间》“第四章”题为“在世界中存在作为共在和自己存在。‘常人’”。

③ Heidegger, M. *Sein und Zeit*, Tübingen: Max Niemeyer, 1993, SS. 102–113.

④ Heidegger, M. *Sein und Zeit*, Tübingen: Max Niemeyer, 1993, SS. 113–130.

⑤ Heidegger, M. *Sein und Zeit*, Tübingen: Max Niemeyer, 1993, S. 57.

⑥ Heidegger, M. *Sein und Zeit*, Tübingen: Max Niemeyer, 1993, S. 61.

在者之中”。而对于后者、尤其对于“此在”之“在—世界—中—存在”作为“与他人共同存在(Mitsein)”,海德格尔强调了这么几点:第一,“他人”也是一个“此在”,因此它对于“此在”来说是一个“共同此在(Mitdasein)”。尽管在“日常此在”中,“他人”是以“在世界之内来打照面”的方式来与“此在”打照面的,但它绝不同于其他一切现成在手的“在世界之内来打照面的存在者”,因为“它也在此,它共同在此”。[①] 第二,由于有这样一种“共同在此的此在”在世的缘故,“世界向来就已经总是我与他人共同分享的世界。此在的世界就是共同世界(Mitwelt)。‘在之中’就是与他人共同存在。”[②]第三,但“此在”的在世存在并非是因为有“他人”的存在才成为“共同存在”的,“本质上此在自己本来就是共同存在”。事实上,即使“他人”并不现成地摆在那里,“共同存在”依然规定着“此在”;反过来,即使有许多“他人”就站在身旁,“此在”照样可能“单独存在”。因此“单独存在”不过是“共同存在”的“残缺样式”,而且“单独存在”的可能性恰恰是“共同存在”的证明。[③] 第四,由于“此在之存在”原本就包含着“与他人共在”,所以“此在为之而存在的那个存在”中自身就包含着“为他人之故而‘存在’”;并且,在生存论上,“共同存在”就是“为他人之故而存在”。[④] 总之,无论是作为“自己存在”还是作为“与他人共同存在”来说,“此在”之“在—世界—中—存在”都随时随地处在“他人的独裁号令”之下。

C. 关于“如此这般的‘在之中(das In-Sein als solches)’”。海德格尔强调,首先,“在之中”具有“生存论性质”,是“对此在之存在之形式上的生存论的表达”。[⑤] 它并不意味着现成的东西在空间上的“一个在另一个之中(内)”,而是意味着“此在”乃是“依寓于世界而存在”、“此在”与“世界”之间具有一种“源初”的“相互归属的统一性”:一方面,我们“占有”世界,世界对我们来说永远“在此”;另一方面世界又“占有”我们,这不仅是指由于我们具有肉身性而“属于”空间性的“周围世界”,更重要的是指:我们把自己整个交

---

① Heidegger, M. *Sein und Zeit*, Tübingen: Max Niemeyer, 1993, S. 118.

② Heidegger, M. *Sein und Zeit*, Tübingen: Max Niemeyer, 1993, S. 118.

③ Heidegger, M. *Sein und Zeit*, Tübingen: Max Niemeyer, 1993, SS. 120-121.

④ Heidegger, M. *Sein und Zeit*, Tübingen: Max Niemeyer, 1993, S. 123.

⑤ Heidegger, M. *Sein und Zeit*, Tübingen: Max Niemeyer, 1993, SS. 53-54.

给了常人的世界，交给了为共同在此的他人的筹划操持和对应手之物的筹划操劳之“操心/烦”。[①] 其次，“日常此在”首先和通常情况下并非是作为“自己”而是作为“常人(das Man)”而存在的。[②] 为什么呢？海德格尔说，“日常此在”存在的方式即“共同存在”和“共同此在”。这不仅是因为当“此在”在世之际“他人”向来已经“共同在此”，[③]而且是由于“日常的自己存在的样式就植根于这种存在方式之中”。[④] 那么，植根于“共同存在”和“共同此在”这样一种存在方式中的“日常此在”究竟处于怎样一种存在状态呢？海德格尔写道：“此在”谈及自己时总是说“我就是这个存在者”，而且偏偏在它“不”是的时候说得最响。就存在者层次而言，“此在”的确“向来是我的此在”；但在存在论上，“此在”恰恰“首先和通常不是它自己”。[⑤] 因为，无论“此在”与“他人”处在怎样一种关联状态之中，“此在”总是在“为与他人的差别而操心”(为了“有差别”或者“消除差别”)。所以从生存论上来讲，“共同存在”本身“就有庸庸碌碌的性质”：“此在作为日常共处的存在，就始终处于他人可以号令的范围之中。不是他自己存在；他人从它身上把存在拿去了。他人高兴怎样，就怎样拥有此在的各种日常的存在可能性。”这些“他人”不是确定的，它可能是任何一个“他人”。它在不知不觉中就接管了对“此在”的统治权，每个人都属于“他人”之列并巩固着“他人”的权力。这样的“他人”就是那些在“日常共处”中首先和通常“在此”的人们。“他人”是“谁”？“这个谁不是这个人，不是那个人，不是人本身，不是一些人，不是一切人的总和。这个‘谁’是个中性的东西：常人。”借助公共交流和信息传媒，“常人”便展开了他对一切领域里的一切事务的“独裁”。[⑥] 再次，“常人”的“去存在”的方式乃是“敉

---

① “在之中”也是《存在与时间》一个核心的基本概念，而且是海德格尔为描画整个“此在”之“在—世界—中—存在”的制定方向的依。在第一篇全部共六章的内容中也从不同侧面不同程度地谈及它，尤其是第二章和第五章。

② “常人”也是《存在与时间》一个核心的基本概念，它是海德格尔对于“日常此在是谁(Wer ist alltägliches Dasein)？”这个问题给出的答案，所指的就是人们通常所说的“日常生活的‘主体’”之类的东西。海德格尔对此有非常精彩的描述、分析和论证。参见：Heidegger, M. *Sein und Zeit*, Tübingen: Max Niemeyer, 1993, SS. 126–129.

③ Heidegger, M. *Sein und Zeit*, Tübingen: Max Niemeyer, 1993, S. 116.

④ Heidegger, M. *Sein und Zeit*, Tübingen: Max Niemeyer, 1993, S. 114.

⑤ Heidegger, M. *Sein und Zeit*, Tübingen: Max Niemeyer, 1993, SS. 115–116.

⑥ Heidegger, M. *Sein und Zeit*, Tübingen: Max Niemeyer, 1993, SS. 126–127.

平":"平均状态"就是"常人"的生存论性质。"常人"本质上就是"为这种平均状态而存在"的。"常人"建构着我们的"常见"或者说"众见",这些意见对水平高低与货色真假的一切差别毫无敏感却又到处作出判断;它将一切搞得晦暗不明却又似乎人人皆知;它一无所见却又什么都懂;它到处在场,但每当此在需要挺身而出作出决断时却总已溜走;它到处做担保,但需要追查责任时却"从无此人"。总而言之,"每个人都是他人,无人是他自己。这个'常人',就是'日常此在是谁'这一问题的答案。但这个常人却是个'无此人(das Niemand)',而一切此在在共处中又总已经听任这个'无此人'摆布了。"①因此,与他人共在的世界实为一个"常人世界";与他人共在的生活实为一种"常人生活"。日常生活中的"此在"自己就是"常人自己",就"涣散在常人中",就是"为常人自己之故而存在"。如果"我"指的是"本己的自己",那么,首先存在的不是"我",而是以"常人"方式出现的"他人"。"我"首先是从"常人"方面而且是作为这个"常人"而"被给予"给"我自己"的。因此,"此在首先是而且通常一直是常人"②。最后,此在"首先和通常沉迷于它的世界",以一种"沉沦消散于世"的存在方式存在于世。③ 此在之"日常在世存在"通常处在"闲谈(das Gerede)"、"好奇(die Neugier)"、"两可(die Zweideutigkeit)"等"常人"的存在样式之中。从存在论上看,这些确定而令人瞩目的现象在在表明:"沉沦(das Verfallen)"与"被抛(die Geworfenheit)"乃是"日常此在"基本的存在方式。④ 正因为如此,"畏(die Angst)"成了"在生存论-存在论上意味深长的此在之基本现身情态"。⑤ "畏"不同于"怕(die Furcht)",因为"畏之所畏者"不是任何"世内存在者",而是"'无(Nichts)'且'遍寻不着(nirgends)'"。⑥ 质言之,"畏之所畏者就是如此这般的在—世界—中—存在"⑦,就是"如此这般的世界(die Welt als solche)",就是"在—世

---

① Heidegger, M. *Sein und Zeit*, Tübingen: Max Niemeyer, 1993, SS. 127–128.

② Heidegger, M. *Sein und Zeit*, Tübingen: Max Niemeyer, 1993, S. 129.

③ Heidegger, M. *Sein und Zeit*, Tübingen: Max Niemeyer, 1993, S. 113.

④ 《存在与时间》一书中对"日常此在"或曰"常人"的上述生存样式有非常精彩的"现象学描述"。参见:Heidegger, M. *Sein und Zeit*, Tübingen: Max Niemeyer, 1993, SS. 166–180.

⑤ Heidegger, M. *Sein und Zeit*, Tübingen: Max Niemeyer, 1993, S. 140.

⑥ Heidegger, M. *Sein und Zeit*, Tübingen: Max Niemeyer, 1993, S. 186.

⑦ Heidegger, M. *Sein und Zeit*, Tübingen: Max Niemeyer, 1993, S. 186.

界—中—存在本身”。[①]“畏”这样一种现身情态,突出地昭示出了“此在”之“不在家(das Un-zuhause)”的“存在论‘样式’”。[②]

D.关于“此在之存在”的整体规定性:“操心/烦(die Sorge)”。海德格尔强调,首先,“在—世界—中—存在”源始地、始终地是一个整体结构。而“畏”以及在“畏”中展开的“此在本身”,正好“为清晰地描述此在的源始存在之整体性提供了现象基底”。[③] 这是因为,“畏之所畏者是‘被抛’的‘在—世界—中—存在’;畏之所为而畏者是‘能—在—世界—中—存在’”[④]。其次,在“畏”中显现出:“此在”对自己的存在有所领会,并“向着最本己的能存在而筹划其自身的存在(sichentwerfenden Sein zum eigensten Seinkönnen)”,“向着最本己的能存在之存在从存在论上说便是:此在在其存在中已经先行于它自身了”[⑤]。再次,“先行于—自身—存在(Sich-vorweg-sein)”乃是用来标画“此在”之“在—世界—中—存在”的特点的。“先行于—自身—存在”,更准确地说,乃是“在—已经—在——个—世界—中—存在—中—先行于—自身(Sich-vorweg-im-schon-sein-in-einer-Welt)”。因此,“此在之存在”说的乃是:“先行于—自身—已经—在—(世界)—存在以及寓于—(世内来照面的诸存在者)—存在[Sich-vorweg-schon-sein-in-(der-Welt-)als Sein-bei(innerweltlich begegnendem Seienden)]。”而这样的存在正体现了“操心/烦(die Sorge)”的含义。[⑥] 最后,既然“在—世界—中—存在”本质上就是“操心/烦”,那么“寓于上手事物之存在”可以把握为“操劳/烦忙(die Besorgen)”,而“与世内来照面的共同此在的他人一起的存在”则可以把握为“操持/烦神(die Fürsorge)”。[⑦] 作为“此在之存在”的整体规定性和一种生存论—存在论的基本现象,“操心/烦”之结构是“先行于自身的—已经在一个世界中存在的—作为寓于世内诸存在者的存在(Sichvorweg-schon sein in einer

---

① Heidegger, M. *Sein und Zeit*, Tübingen: Max Niemeyer, 1993, S. 187.

② Heidegger, M. *Sein und Zeit*, Tübingen: Max Niemeyer, 1993, SS. 188-189.

③ Heidegger, M. *Sein und Zeit*, Tübingen: Max Niemeyer, 1993, S. 182.

④ Heidegger, M. *Sein und Zeit*, Tübingen: Max Niemeyer, 1993, S. 191.

⑤ Heidegger, M. *Sein und Zeit*, Tübingen: Max Niemeyer, 1993, S. 191.

⑥ Heidegger, M. *Sein und Zeit*, Tübingen: Max Niemeyer, 1993, S. 192.

⑦ Heidegger, M. *Sein und Zeit*, Tübingen: Max Niemeyer, 1993, S. 193.

Welt-als Sein bei innerweltlichenem Seienden)”。[①] 简言之,“此在”之“在—世界—中—存在”的整体的本质规定性即是“操心/烦”:它既为“寓于上手事物(世内来照面的诸存在者)之存在”而“操劳/烦忙”,又为“与世内来照面的共同此在的他人一起的存在”而“操持/烦神”。

(2)“此在”之“时间性存在”

首先,在海德格尔看来,“时间性(die Zeitlichkeit)”乃是“此在之源始的存在意义”。[②] 这不难理解:第一,作为一种以“生存”为其本质的存在者,“此在”之“源始的存在意义”就体现为它居有并充实一段时间。当某个“此在”所居有的那段时间一旦完结,该“此在”就不再成其为“此在”;第二,以“操心/烦”为其整体规定性的“此在之存在”也必须依据其自身的“时间性”才能得到解释,因为“操心/烦”本质上就包含有“先行于……”这样的结构,而“先行于……”自然归属于“时间性”。其次,在海德格尔看来,“时间”本身又是理解和阐释“存在问题之超越视域(der transzendentalen Horizont der Frage nach dem Sein)”。[③] 更准确地说,“时间”乃是“此在”由之出发领会和阐释“存在”的“超越视域”。[④] 因此,对“此在之存在”进行生存论—存在论分析,绝不能缺失“此在之时间性”这一维度。《存在与时间》第二篇(共六章)围绕这一维度讨论了许多问题。限于篇幅,同时也是为了突出海德格尔相关思想的核心,下面我主要围绕“死亡”和“良知”这两个中心概念来略加叙述:

A. 关于“死亡(der Tod)”。海德格尔强调,此在的“时间性”首先意味着“此在之可能的整体存在”的规定性乃是“向死存在(das Sein zum Tode)”。正是“死亡”作为此在“在—世界—中—存在”之“终结”,使得对“此在之可能的整体存在”之标画成为可能。“日常生活(Alltäglichkeit)恰恰是出生与死亡‘之间’的存在。倘若此在的存在被规定为生存且它的本质是通过能存在来

---

① Heidegger, M. *Sein und Zeit*, Tübingen: Max Niemeyer, 1993, S. 220.

② Heidegger, M. *Sein und Zeit*, Tübingen: Max Niemeyer, 1993, S. 235.

③ 《存在与时间》第一部的标题为“Die Interpretation des Daseins auf die Zeitlichkeit und die Explikation der Zeit als des transzendentalen Horizontes der Frage nach dem Sein”,直译过来就是:“依据时间性阐释此在并解说作为存在问题之超越视域的时间”。参见:Heidegger, M. *Sein und Zeit*, Tübingen: Max Niemeyer, 1993, S. 41.

④ Heidegger, M. *Sein und Zeit*, Tübingen: Max Niemeyer, 1993, S. 17.

参与建构的，那么，只要此在生存，它就必定以能存在的方式而向来尚不是某种东西。”①“此在之可能的存在”就始终尚不是“完整”的。因为“只要此在存在，此在中就向来还有某种它所能是且所将是的东西尚待完成。然而，‘终结’本身却属于这尚待完成者（Ausstand）。而‘在—世界—中—存在’之‘终结’乃是死亡。”②据我归纳，海德格尔对“死亡”的论述要点如下：第一，彻底的终结性。“死亡”标画着“此在”之“根本上的有限性”和“‘不—再—能—此在’的可能性”，而且是终结“此在”的一切可能性、表明“完完全全的此在不再可能的可能性”。③ 第二，绝对的不可逾越性。作为一种具有“时间性”的“能在”，“此在”无论如何“逾越不过死亡这种可能性”，换句话说，“只要此在生存着，它就已经被抛入了这样一种可能性”。简言之，“死亡”是“此在”之“不可逾越的可能性”。④ 第三，最本己的本己性。“无论谁都不能从他人那里取走他的死亡”，也不能把自己的死亡转嫁给他人；“每一此在向来都必须自己接受自己的死亡。只要死亡‘存在’，它本质上向来就是我自己的死亡”，在存在论上，“死亡”具有最彻底的“向来我属性”；⑤“死亡是此在自己向来不得不（亲自去）承担下来的存在可能性”、“最本己的”可能性。⑥ 第四，完全的无所关联性。“死亡”是标识“此在”之“在—世界—中—存在”彻底完结、一切“世内存在者”和一切“他人”及其存在都彻底失去意义的“无所关联的可能性”。作为“此在”之最本己的能存在的一种可能性，“死亡把此在作为单个的东西来要求”，并且表明，“当事关最本己的能存在之时，一切寓于所操劳之物的存在和各种与他人的共在都全无效用”⑦；“此在”对世内存在者和其他此在的“一切关联都解除了”。⑧ 这就是说，无论某个“此在”拥有多少亲人和朋友，他终究只能一个人孤独地去死；无论他拥有多少财富和荣耀，他终究什么也带不去。第五，最先行的先行性。“死亡”并非在“此在”死亡时那一刻才突然降

① Heidegger, M. *Sein und Zeit*, Tübingen: Max Niemeyer, 1993, S. 233.
② Heidegger, M. *Sein und Zeit*, Tübingen: Max Niemeyer, 1993, SS. 233-234.
③ Heidegger, M. *Sein und Zeit*, Tübingen: Max Niemeyer, 1993, S. 250.
④ Heidegger, M. *Sein und Zeit*, Tübingen: Max Niemeyer, 1993, SS. 250-251.
⑤ Heidegger, M. *Sein und Zeit*, Tübingen: Max Niemeyer, 1993, S. 240.
⑥ Heidegger, M. *Sein und Zeit*, Tübingen: Max Niemeyer, 1993, S. 250.
⑦ Heidegger, M. *Sein und Zeit*, Tübingen: Max Niemeyer, 1993, S. 263.
⑧ Heidegger, M. *Sein und Zeit*, Tübingen: Max Niemeyer, 1993, S. 250.

临的,而是一种"此在刚一存在就得承担起来的去存在的方式"("人一出生就老得足够去死"),"此在"之存在乃是"向终结存在(Sein zum Ende)",①"死亡"于"此在"乃是一种"先行到达的可能性",同时也唯有能够"先行""去存在"的人类才能本真地"去死亡"(其他存在者只能"完结"而不"能死")。第六,随时都可能降临的确定可知性与何时会降临的不确定性。一方面,"死亡"是"确定可知的"、终究必然会的、"每一瞬间都有可能的";另一方面,它究竟何时降临又是充满偶然性的、"作为其自身不确定的"。总之,"死亡的确定可知性与何时死亡的不确定性并肩而行"②。第七,唯有通过"本真的向死存在",即"不逃遁不遮蔽地向着"而不是"闪避"自身"最本己的无所关联的死"、③勇敢地去"畏死"、④"确知死"、"先行到死",才能把"日常此在"从通常所处的"沉沦消散于世"和"以沉沦的方式死着"的"非本己本真存在状态"中唤回到一种"本己本真存在状态"之中。⑤ 因此,从这个角度说,"死亡"乃是"此在之存在"中具有一定积极意义的"生存论—存在论环节"。

B. 关于"良知(das Gewissen)"。海德格尔的总的思想是,感领和听从"良知的呼唤"乃是此在的"本真的能存在"之"此在式见证",而"先行的决心"则是"此在的本真的整体能存在"之"生存论前提"。其要点包括:第一,此在的"本真的能存在是由此在自己在其生存可能性中见证的","这种见证应供人领会一种本真的能自己存在"。可是,"日常此在"却"首先并非我自己,而是常人自己"。通常,关于"此在切近的实际能存在"之诸种紧要性和广度"总已经被决定好了","常人""总已经从此在那里掠走了对种种存在可能性的掌控","悄悄卸除了(此在)明确选择这些可能性的职责并掩藏了这种卸除"。就这样,此在"无所选择地被'无名氏'裹挟而卷入了非本真状态之中。唯(上述情形)已发生无可挑剔的扭转,此在方能本已地从丧失于常人之中的境况

---

① Heidegger, M. *Sein und Zeit*, Tübingen: Max Niemeyer, 1993, S. 245.

② Heidegger, M. *Sein und Zeit*, Tübingen: Max Niemeyer, 1993, SS. 257-258.

③ Heidegger, M. *Sein und Zeit*, Tübingen: Max Niemeyer, 1993, S. 260.

④ 海德格尔强调,"畏死"不同于"对亡故的怕"。它不是个别人的一种随便的和偶然的"软弱"情绪,而是"此在"的一种基本现身情态,它敞开了"此在"作为"被抛向其终结的存在而生存"的情况。通过在"最本己的无所关联"的"死"面前的"畏","此在"才"把自己带到自己面前来"。参见:Heidegger, M. *Sein und Zeit*, Tübingen: Max Niemeyer, 1993, S. 251、S. 254.

⑤ Heidegger, M. *Sein und Zeit*, Tübingen: Max Niemeyer, 1993, SS. 252-267.

中收回到它自己。"[①]第二,"从常人处收回自己(Sichzurückholen),就是从'常人—自己'的生存方式转向本真的自己存在的生存方式,这必须以补做某种选择的方式来实现"。可是,"补做选择(首先)意味着选择补做选择这一选择,即自己决定从本己的自己来能存在。在选择这一选择中,此在才使自己本己的能存在成为可能。"[②]第三,"由于此在已经丧失于常人之中,它就必须首先找到自己。而要找到自己,它就必须在它可能的本真状态中被'显示'给它自己。此在需要某种能自己存在的见证,一种指向此在向来就已经是这种能自己存在之可能性的见证。"而能够作为这样一种"见证"的,乃是此在的日常的自我解释中所熟知的东西,它被称为"良知的呼唤(Stimme des Gewissens)"。[③] 第四,"良知"作为"此在的现象"不是业已存在的、偶尔现成在手的事实,它"只'存在'于此在的存在方式中",必须被领会为归属于"此在的展开状态";"良知的呼唤具有把此在向其最本己的能自己存在召唤的性质,并且这样的召唤是在召唤此在迈向最本己的有罪责感的存在的方式中完成的"[④]。因为,日常此在通常"迷失在常人的公论与闲谈中,它在听'常人—自己'之际却对本己的自己充耳不闻";而要把此在"从这种迷失状态中带回",它首先必须"能找到它自己",必须"中断听常人";而在良知的召唤中,此在自己"摧垮"和"跨越"了"常人—自己",被唤向最本己的能自己存在,唤到其"诸种可能性"和"最本己的可能性"上去。[⑤] "良知开显自身为操心的呼唤",它是"在此在自己之中的对其最本己的能存在的见证"。作为"操心的呼唤","良知"使此在经验到自己可能"有罪责"。[⑥] 第五,"听懂良知召唤揭示自身为愿有良知。在愿有良知这一现象中就有我们所寻找的选择一种自己存在的那种生存上的选择,其相应的生存论结构,我们称为决心。"[⑦]"良知在根基上和本质上向来是我的良知。"[⑧]对"警告"此在自己可能"有罪责"的"良知

---

① Heidegger, M. *Sein und Zeit*, Tübingen: Max Niemeyer, 1993, SS. 267–268.
② Heidegger, M. *Sein und Zeit*, Tübingen: Max Niemeyer, 1993, S. 268.
③ Heidegger, M. *Sein und Zeit*, Tübingen: Max Niemeyer, 1993, S. 268.
④ Heidegger, M. *Sein und Zeit*, Tübingen: Max Niemeyer, 1993, S. 269.
⑤ Heidegger, M. *Sein und Zeit*, Tübingen: Max Niemeyer, 1993, SS. 270–274.
⑥ Heidegger, M. *Sein und Zeit*, Tübingen: Max Niemeyer, 1993, SS. 277–289.
⑦ Heidegger, M. *Sein und Zeit*, Tübingen: Max Niemeyer, 1993, SS. 269–270.
⑧ Heidegger, M. *Sein und Zeit*, Tübingen: Max Niemeyer, 1993, S. 278.

的呼唤”之“聆听”即是“选择”,“听懂”并“领会”这种“召唤”便意味着“选择愿有良知”,它是将此在“召唤”并“带向”其“最本己的有罪责感的存在”、进而“带向最本己的能自己存在”的“最源始的生存上的前提”。[①] 第六,“决心唯有作为‘领会着—自我—筹划—决断’来‘生存’(Entschlossenheit 》existiert《nur als verstehend-sich-entwerfen-der Entschluβ)”[②]。“决心恰只是投入那为之操心的操心并作为它自己的可能的本真状态的操心(Die Entschlossenheit aber ist nur die in der Sorge gesorgte und als Sorge mögliche Eigentlichkeit dieser selbst)。”[③]“唯有作为先行的决心,决心才本真地和整体地是其所能是的东西”[④],而“作为此在的本真的真理,决心唯有在向死先行之际才达到它所包含的本真的确定性”。[⑤] 因此,“生存上的此在之本真的整体能存在即先行的决心”[⑥],或者说“先行的决心”才是“此在的本真的整体能存在”之生存论前提。

(3)“此在之本真存在”与“真理”

首先,海德格尔强调,日常此在首先和通常都处于一种“非本己本真存在状态”之中,唯有对“‘在—世界—中—存在’本身”的本真的“畏”和勇敢面对自己的“时间性上的终结”亦即“死亡”的“良知”,才能使此在从“沉沦消散于世”的“非本己本真存在状态”中“抽身返回”到“本己本真的能存在状态”之中。这是因为,唯有“畏”和“死亡”才能将此在“个别化”为它自身,亦即将此在“本己化”;也唯有对“在—世界—中—存在”的“畏”和“先行到死”、“向死存在”的“良知”与“决心”,才能使此在从它所操劳的“世内诸存在者”和所操持的“与他人共在”的“沉沦”与“被抛”状态中抽身返回、超越出来。

其次,“本真状态”与“非本真状态”都同样源始地是“此在之存在的可能性”。[⑦] 而要认清这一点,就必须从“生存论—存在论”意义上设定“真理”的概念,并将其“设定为前提”:

---

① Heidegger, M. *Sein und Zeit*, Tübingen: Max Niemeyer, 1993, SS. 287-289.

② Heidegger, M. *Sein und Zeit*, Tübingen: Max Niemeyer, 1993, S. 298.

③ Heidegger, M. *Sein und Zeit*, Tübingen: Max Niemeyer, 1993, S. 301.

④ Heidegger, M. *Sein und Zeit*, Tübingen: Max Niemeyer, 1993, S. 309.

⑤ Heidegger, M. *Sein und Zeit*, Tübingen: Max Niemeyer, 1993, S. 302.

⑥ 这是第六十二节的标题和主要论点,其详细论证请参见:Heidegger, M. *Sein und Zeit*, Tübingen: Max Niemeyer, 1993, SS. 305-310.

⑦ Heidegger, M. *Sein und Zeit*, Tübingen: Max Niemeyer, 1993, SS. 42-43、S. 191.

A. 关于“真理”的源始现象。海德格尔的基本观点有二:第一,就其最源始的意义而言,“真理”乃是“此在的展开状态”以及“包含于其中”的“世内存在者的被揭示状态”,①其核心是“去蔽(αληθεια)”,它根源于“此在的揭示活动这种存在方式”;②就“此在”作为一种“被抛”“在—世界—中—存在”之“可能性存在”而言,“此在同样源始地在真理(Wahrheit)和非真理(Unwahrheit)之中”③。相应地,“此在之存在”也同样源始地有“本真状态”和“非本真状态”两种可能性。

B. 关于“此在”与“真理”的关系。海德格尔认为:第一,若从最源始的意义上来理解“真理”,则“真理属于此在的基本建构”,它是标画“此在存在”的一个“生存论环节”。“一切真理都依其本质上的此在式的存在方式而与此在的存在相关联”④;第二,“唯当此在存在,才‘有’真理。唯当此在存在,存在者才是被揭示和被敞开的……此在根本不在之前,任何真理都不曾在;此在根本不在之后,任何真理都将不在,因为那时真理就不可能作为展开状态和揭示活动或被揭示状态来在。”⑤即,生存论—存在论意义上的“真理”乃是与“此在”同进退、共存亡的。

C. 关于“真理”与“此在的本真存在”之关系。海德格尔认为,此在的本真存在“必须把有真理设为前提”。第一,“把‘真理’设定为前提指的是把‘真理’领会为此在为其故而存在的东西”,亦即把“真理”作为“此在”的“存在之根据”;⑥第二,“我们之所以把真理设为前提,乃是因为以此在的存在方式存在着的‘我们’‘在真理中’”⑦;第三,“我们必须把真理设为前提。作为此在的展开状态,真理必须存在,正如作为总是我的此在和这个此在,此在本身必须存在一样”⑧;第四,“此在通过展开状态来建构,从而,此在本质上就在

---

① Heidegger, M. *Sein und Zeit*, Tübingen: Max Niemeyer, 1993, S. 223.

② Heidegger, M. *Sein und Zeit*, Tübingen: Max Niemeyer, 1993, SS. 219-220.

③ Heidegger, M. *Sein und Zeit*, Tübingen: Max Niemeyer, 1993, S. 223.

④ Heidegger, M. *Sein und Zeit*, Tübingen: Max Niemeyer, 1993, SS. 226-227.

⑤ Heidegger, M. *Sein und Zeit*, Tübingen: Max Niemeyer, 1993, S. 226.

⑥ Heidegger, M. *Sein und Zeit*, Tübingen: Max Niemeyer, 1993, S. 228.

⑦ Heidegger, M. *Sein und Zeit*, Tübingen: Max Niemeyer, 1993, S. 227.

⑧ Heidegger, M. *Sein und Zeit*, Tübingen: Max Niemeyer, 1993, S. 228.

真理中”①。

二、“此在之存在”的生存论—存在论分析的实质与核心:此在的“非本己本真存在”及其超越

从以上梳理中可以看到,在《存在与时间》对“此在之存在”所作的生存论—存在论分析中,最引人注目的乃是海德格尔对此在的“非本己本真存在”的分析,以及如何向此在的“本己本真存在”超越的思考。

1. 此在的“非本己本真存在”

关于这个问题,《存在与时间》中的描述和分析在在表明,“此在”首先和通常都处于一种“非本己本真存在”状态之中。

A. 此在的“无根性”:“无性”、“不性”和“非存在性”。

据我看来,海德格尔对“此在”的分析有三点最值得注意:

第一,以往哲学对“人的本质”所作的种种现成性的界定统统是成问题的②,“此在”没有任何既定的现成性的本质,它的一切“本质”都是在它的“去—存在”亦即“生存”中生成的(萨特受此启发明确提出了“存在先于本质”这一“存在主义的标志性命题”)。此在本性上是“无(das Nicht)”,借用佛教术语来说,它是“缘起性空”的,此在的背后乃是“掉底”或者说“深渊”(der Abgrund)。

第二,“此在”总作为它的“可能性”来存在,所以它“可以”在自己的存在中“选择”自己本身、获得自己本身;也可能失去或者只是“貌似”获得自己本身。随之而来,在其本性上,此在就可能拥有自己本身而成为“本真本己的存在者”,也可能尚未获得或者已经失去自己本身而成为“非本真本己的存在者”;相应地,此在的存在也就有两种可能的状态:“本真状态(Eigentlichkeit)”和“非本真

---

① Heidegger, M. *Sein und Zeit*, Tübingen: Max Niemeyer, 1993, S. 226.

② 以往从“人是什么?”这一问题开始并围绕它所展开的一切哲学思辨,结果都只能得出一些主观、片面和似是而非的空洞命题,而且最终都难逃将人“动物化”(如形形色色的“人是……的动物”之类)甚至“植物化”(如“人是能思想的芦苇”之类)的“劫数”。其共同症结在于:将“人的本质”视为一种既定的现成在手的东西。所以海德格尔不仅将“人”的概念转换成了“此在(Dasein)”,而且将基本问题转换成了“日常此在是谁?”,并要求从“此在如何存在”中去寻求答案。

状态(Uneigentlichkeit)"。[①] 而"日常此在"首先和通常处于"非本真状态"之中。尽管海德格尔强调,"此在的非本真状态并不意味着'较少'的存在或者'较低'的存在"[②],但这无非是想向世人表明:他的主要意图和重点所在不是要对时人的生存状态作"道德化批评",[③]而不过是在对"此在"通常的、一般的生存—存在状态做"现象学描述"。那就是:"此在首先和通常不是它自己。"

第三,"本真的此在",只能通过"日常此在"对"'在—世界—中—存在'本身"的本真的"畏"和勇敢面对本己的"死亡"的"良知"所唤来的"有罪责存在"、"先行的决心"来引领。可是,在对"'在—世界—中—存在'本身"的本真的"畏"中"日常此在"只能得知:本真的此在"'不'是常人";在勇敢面对本己的"死亡"的"良知"中"日常此在"只能得知:此在最本己、最不可逾越、最确定的终极可能性是"此在之不再可能"、是"非存在",此在为之烦忙"操劳"的"世内诸存在者"和为之烦神"操持"的"他人"与自己终极上"无所关联";而在本真的"'有罪责'观念"中只有"'不(Nicht)'的性质",亦即生存论上的"'不'之'不—性(Nicht-Charakter)'",借以将"非本真状态"中的"日常此在"引向"为了一种通过'不'来规定的存在之根据性存在"、一种"不性的根据性存在"[④]。因此,"本真的此在"不过就是能"下决心先行到它的非存在中去的不性之根据性存在"。总之,所谓"本真的此在"只有否定性规定。

综上所述,"此在"之为"此在",都是通过"无—性"、"不—性"、"非己—性"或者"非存在—性"等等否定性因素来规定的,这都表明了"此在"本质上的"无根性"。对于海德格尔来说,"此在"之于它的"日常人生",从根本上便是一个"异乡者"、一个永恒的"漂泊者"。人不过是"为虚无占位者"。"无根性"乃是此在最基本的生存论—存在论规定性之一。

B. 日常此在首先和通常的存在状态:"被抛"、"沉沦"与"庸庸碌碌"。

其一,此在"必须存在",这就从根本上注定了"此在之存在"的"被抛性"。海德格尔说:"此在必须存在。这些都归属于此在从本质上被抛入世界这一状态。此在作为此在本身何时可曾自由决定过或者有朝一日将能决定:

---

① Heidegger, M. *Sein und Zeit*, Tübingen: Max Niemeyer, 1993, SS. 42-43.

② Heidegger, M. *Sein und Zeit*, Tübingen: Max Niemeyer, 1993, S. 43.

③ Heidegger, M. *Sein und Zeit*, Tübingen: Max Niemeyer, 1993, S. 167.

④ Heidegger, M. *Sein und Zeit*, Tübingen: Max Niemeyer, 1993, S. 283.

它愿意进入'此在',或它不愿意进入'此在'?"①"此在绝非漂浮无据的自我筹划,而是通过被抛境遇规定为它所是的存在者之实际所是(Faktum);以此,它向来已被托付并将不断被托付给生存。"总之,"此在作为被抛的此在被抛入生存之中"②。

此在不仅"必须存在",而且"必须'在—世界—中—存在'",这不但注定了日常此在之存在的"被抛性",而且也从根本上注定了它的"沉沦"及"庸庸碌碌(Abständigkeit)"性质。于是,便又有了下面两点:

其二,先说日常此在之"沉沦"。作为一种被抛入"在—世界—中—存在"的以"生存"为其本质的存在者,"此在"被投掷给了它的"实际性(Faktität)"。③ 而作为一种"实际性"的"生存者",此在必须作为一种"依寓于……的存在"而"存在"。就其作为一种必须"依寓于世内诸存在者的存在"而存在这一点而言,"日常此在"必须与"世内诸存在者"打交道并为之而日夜"操劳",进而"沉沦消散于"其中。这就从根本上注定了"此在之存在"逃脱不了在"世内诸存在者"中"沉沦"的命运。④

其三,再说日常此在之"庸庸碌碌"性质。作为一种被抛入"在—世界—中—存在"的存在者,此在之存在乃是"与他人共在"。这就注定了"日常此在"必须与另一种同为"此在"而"共同在此"的"他人"打交道,并为之而日夜"操持"、烦神"操心"。此在通常是"为他人之故而存在"⑤,这就从根本上注

---

① Heidegger, M. *Sein und Zeit*, Tübingen: Max Niemeyer, 1993, S. 228.

② Heidegger, M. *Sein und Zeit*, Tübingen: Max Niemeyer, 1993, S. 276.

③ 海德格尔说:"每一此在向来总作为实际此在而存在,我们将实际此在之事实性(Tatsächlichkeit)称做实际性(Faktität)……实际性这一概念本身就意味着某种'世内的'存在者之'在—世界—中—存在',也就是说,这种存在者能够领会到自己在其'天命'中已经同那些在它自己的世界内来打照面的存在者之存在绑缚在一起了。"参见:Heidegger, M. *Sein und Zeit*, Tübingen: Max Niemeyer, 1993, S. 56.

④ 类似的思想中国也有,老子《道德经》第十三章云:"吾所以有大患者,为吾有身。及吾无身,吾有何患!"由于人有"肉身",所以它的生存首先是一种实实在在的"肉身性生存",这就注定了人要"为物劳形"乃至"被物物化"的命运。《庄子》之《天道》、《刻意》诸篇均谈及了人"为物所累"的问题。

⑤ 根据我的理解,这不仅指父母为子女日夜操劳、操心之类,也不仅指"女为悦己者容,士为知己者死"之类,还指"此在"为了同"他人""有差别"或"消除(与"他人"间的)差别"而忙碌、忧心之类;最重要的乃是指,"此在"在一切事务上都要受命于作为"常见"、"众见"、"流俗之见"、"惯例"、"规则"、"潜规则"等等而无处不在的"他人"及其"常人世界"之"独裁号令"。

定了“他人”之无处不在而又无可逃避；日常此在只能听命于“他人（作为‘无此人’之‘常人’）的独裁”；只能生存于“常人的世界”，任凭“常见”、“众见”、“流俗之见”、“惯例”和“规矩”等主宰一切，终致自己也变成一个毫无个性的“常人”。由于“常人”的“去存在”的方式乃是“敉平”，于是“平均化”、“中性化”、“无个性化”便在所难免；“好奇”、“闲谈”、“两可”等便成了日常此在的存在内容和存在方式。因此海德格尔说，“共同存在”本身就带有“庸庸碌碌”的性质。①

这就是现代社会里“人的普遍异化”的问题！② 在人生此在的舞台上，主角并非“此在”自己，而是“无此人”的“常人”。上演的节目是一幕幽灵剧，出场的全是些面具，背后一无所是、一无所有。但负责解说该剧的海德格尔在《存在与时间》中告诉我们，这种“非本己本真状态”并非是偶然的，而是我们人生此在的“源初形态”。

C. 现代“此在”的“无家可归”。

在《存在与时间》的第二篇中，海德格尔多次论及了“此在”在生存论—存在论上普遍的“无家可归状态（Unheimlichkeit）”。③ 虽然大多只是片言只语，但反复出现，其重要性不言而喻。兹略举数例：

其一，在“此在”之“在—世界—中—存在”里，“此在（Dasein）”之“此（Da）”会产生一种“现身情态”：对“在—世界—中—存在”本身的“畏（die Angst）”。在“畏”中，人感到“茫然失措（unheimlich）”。这样一种现身情态，突出地昭示出了“此在”之“不—在家（das Nicht - zuhause - sein /das Un - zuhause）”的“存在论‘样式’”；④其二，对于现代人的“日常此在”来说，处于

---

① Heidegger, M. *Sein und Zeit*, Tübingen: Max Niemeyer, 1993, SS. 126-130.

② 20 世纪文学中颇多表现这一主题的作品，如出身奥地利的作家罗伯特·穆西尔在其小说《没有个性的人》（Der Mann ohne Eigenschaften）中惊呼每个人都成了“没有个性的人”；德国作家维克·鲍姆在小说《饭店里的人》（Menschen im Hotel）中描述道：“这些人都没有脸，他们相互之间只不过都是仿制品。”《存在与时间》出版后，描写这一主题的作家就更多了：如卡夫卡、萨特、加缪、米兰·昆德拉等等。

③ 在《存在与时间》中，海德格尔多处谈及人的“无家可归”或者说“茫然失措”、“惶恐无依”这样一种生存—存在体验。此外，仅就我目前所见，至少在讲义《荷尔德林的赞美诗〈伊斯特河〉》及与波弗勒《关于人本主义的书信》中，海德格尔就多处涉及这一主题。

④ Heidegger, M. *Sein und Zeit*, Tübingen: Max Niemeyer, 1993, SS. 188 - 189. 另：在德语中，“unheimlich”一词本义为“感到莫名恐惧而茫然失措”。海德格尔在此暗中将其拆解为词根“heim（家）”和否定性前缀“un”，从而显示该词含有“不在家”、“无家可归”等涵义。

“无家可归状态”并不是偶然的和暂时的,恰恰相反,“无家可归状态乃是‘在—世界—中—存在’的一种基本方式,尽管这一点平常是被掩盖起来了的(Unheimlichkeit ist die obzwar alltäglich verdeckte Grundart des In – der – Welt-seins)”①;其三,对于现代人的“日常此在”来说,“无家可归状态”正是“此在”之“此”的标画,正是“在无家可归状态中,此在源始地与其自身达至一致(In der Unheimlichkeit steht das Dasein ursprünglich mit sich selbst zusammen)”;②其四,那将“此在”从日常的“沉沦消散于‘在—世界—中—存在”的“常人自己存在”召唤至“本真本己的能自己存在”之“良知的呼唤”,实际上乃是“出自无家可归的状态(*aus* der Unheimlichkeit)”,准确地说,乃是出自“被抛的个别化了的无家可归状态”;③其五,此在之存在的整体规定性即“操心(die Sorge)”,而“良知是操心的呼唤,来自‘在—世界—中—存在’的无家可归状态;这种呼唤把此在向最本己的能有罪责感的存在唤起”,④等等。

这样的论述还有许多,不一一列举。总之,《存在与时间》中对现代人普遍的“无家可归状态”的体认,也成了海德格尔对此在的“非本己本真存在”描述和分析的一个有机组成部分。

2. 如何向“本己本真存在”超越

首先需要说明的是,在《存在与时间》中,与对此在的“非本己本真存在”状态所作的极为精彩的现象学描述和生存论—存在论分析比较起来,海德格尔对“如何向本己本真存在超越”所作的分析论述在具体生动性上稍显逊色(这也许正是促使他在以后的思想中不断对之进行补充、深化的原因之一),但用力甚多,擢其要者如下:

A. 本真的“畏”与“良知的呼唤”。

在《存在与时间》中,海德格尔认为,日常此在首先和通常是处在“沉沦消散于它所操劳的世内诸存在者”和“为他人之故而存在”、听命于“他人的独裁号令”的“常人世界”中,而在对“‘在—世界—中—存在’本身”的本真的“畏”之中“日常此在”终可明了:本真的此在并非“世内诸存在者”中之一种,也不

---

① Heidegger, M. *Sein und Zeit*, Tübingen: Max Niemeyer, 1993, S. 277.

② Heidegger, M. *Sein und Zeit*, Tübingen: Max Niemeyer, 1993, SS. 286–287.

③ Heidegger, M. *Sein und Zeit*, Tübingen: Max Niemeyer, 1993, S. 280.

④ Heidegger, M. *Sein und Zeit*, Tübingen: Max Niemeyer, 1993, S. 289.

应当成为庸庸碌碌毫无个性的“常人”，从而“抽身返回本己本真的能自己存在状态”；而在勇敢面对本己的“死亡”的“良知”中“日常此在”终可看清：“死亡”才是此在自身最本己的、不可逾越的、最确定无疑的终极可能性，从而将自己的存在视为“向死（终结）存在”；而且明白，在“死亡”这最“切己”的紧要关头，无论是此在日夜为之烦忙“操劳”并终致“沉沦消散于”其中的“世内诸存在者”，还是日夜为之烦神“操持”而“操心”不已的“他人”，实际上都与自己“无所关联”、“全无效用”。此在以此被“个别化”，也“本真化”；而在本真的“‘有罪责’的观念中有着‘不（Nicht）’的性质”，亦即生存论—存在论意义上的“‘不’之‘不—性（Nicht-Charakter）’”，从而将处于“非本真状态”中的“日常此在”引向“为了一种通过‘不’来规定的存在之根据性存在”、一种“不性的根据性存在”，使此在能“下决心先行到它的非存在中去的不性之根据性存在”上去。据我看来，这种“不性”或者说“不—性”的核心，乃是对“此在”首先和通常所处的“非本己本真存在”状态的否定和拒绝，正是、且唯有借此，方能将“日常此在”从浑浑噩噩、庸庸碌碌的“常人存在”中“收回”，从而使之被带向“本己本真的能自己存在状态”。

B. 把“真理”设定为“前提”。

在《存在与时间》中，“真理”的源始现象乃是指“此在的揭示状态”，其核心即是“去蔽”或者说“揭示活动”。“把真理设定为前提”指的是“把‘真理’领会为此在为其故而存在的东西”，亦即把“真理”作为“此在”的“存在之根据”。如果此在之存在能由“展开状态”来建构，那么“此在本质上就在真理中”。换句话说，倘若此在真正做到了“为‘真理’之故而存在”，把“真理”作为自身“存在之根据”，把自己的存在“托付”给“真理”而不是“托付”给缺乏省思的“生存”，“去除”自己因为“在—世界—中—存在”而产生的相关“蔽障”，看清“世内诸存在者”和“他人”、“常人世界”、此在之“沉沦”与“被抛”等等的实质与真相，进而能够对“‘在—世界—中—存在’本身”产生本真的“畏”，能够勇敢地直面本己的“死”，听从于来自“操心”、来自“无家可归状态”发出的“良知的呼唤”，将浑浑噩噩、非本己本真的“常人自己存在”带回到“能选择”的、“有罪责存在”的“能自己存在”，此在就能进入“本己本真的能自己存在的状态”。

C. 对此在之“非本己本真存在状态”的批判。

吕迪格尔·萨弗兰斯基在《来自德国的大师——海德格尔和他的时代》一书中一方面认为,“海德格尔并不想做时代的又一位批评家,因为批评是某种实存性的东西。而他所关心的人生是存在论性质的东西。”①但另一方面他又写道:“海德格尔对非本己本真性的描写带有十分明显的时代批评的特征,尽管他一直否认此事。在对人生此在的分析中他描述了,人生此在不是从本己本真的存在可能出发去生活。像常人一样生活中,每人都是他人,无人是他自身。(《存在与时间》,第128页)而描述的字里行间渗透流动着从整体上对批量化和城市化的批判、对精神紧张的社会生活的批判、对急剧增长的娱乐工业的批判、对忙忙碌碌的日常生活的批判、以及对精神生活的粗制滥造的随意性的批判。”②

我个人认为,萨弗兰斯基自称从“字里行间”中读出的诸多比较坐实的“批判”虽然在《存在与时间》的字面上找不到多少直接根据,但读过该书的人都不得不承认,其中“有批判存焉”是毫无疑问的。事实上,批判此在的“非本己本真存在状态”正是海德格尔召唤此在的“本己本真存在”的一种重要方式。而且,他的这种批判也不是从《存在与时间》才开始的。早在1910年为乡贤亚伯拉罕·阿·桑克塔·克拉拉的纪念像揭幕典礼所写的报道中,青年海德格尔就曾据理批判过他所处的那个时代的堕落:诸如“令人窒息的淫声秽气”、“文化肤浅”、“追求快捷”、“狂热地追求新奇对基础发生着腐蚀作用”、“向往过眼烟云式的妖媚”等等。还宣称在这里占统治地位的是“一种疯狂:妄想通过一次跳跃摆脱生活与艺术的深刻心灵底蕴”。③ 尽管海德格尔此时的批判多少带有些正统的天主教保守派观念影响的痕迹,但正如萨弗兰斯基所指出的那样,此时的海德格尔十分清楚地看到了他自己的世界与外面的世界之间的区别,这个区别已经预示了“本真本己性”与“非本真本己性”的区

① 吕迪格尔·萨弗兰斯基:《来自德国的大师——海德格尔和他的时代》,靳希平译,商务印书馆2007年版,第208页。

② 吕迪格尔·萨弗兰斯基:《来自德国的大师——海德格尔和他的时代》,靳希平译,商务印书馆2007年版,第207页。

③ Heidegger,M. *Aus der Erfahrung des Denkens*,Frankfurt:Vittorio Klostermann,1983,S. 3

别。[①] 甚至,早在康斯坦茨的教会寄宿学校和文科中学读书时,少年海德格尔已经意识到这一对后来对其哲学产生了深远影响的概念之间的区别。[②]

D.“此在存在的超越性”和“现象学的真理”。

值得特别指出的是,《存在与时间》中还谈及了“此在存在的超越性”和“现象学的真理”问题。关于前者,海德格尔指出,“只要最彻底的个别化的可能性和必然性就在此在存在的超越性之中,此在存在的超越性便是一种与众不同的超越性(Die Transzendenz des Seins des Daseins ist eine ausgezeichnete, sofern in ihr die Möglichkeit und Notwendigkeit der radikalsten *Individuation* liegt)”;关于后者,海德格尔指出,“现象学的真理(存在的敞开状态)乃是超越的真理[*Phänomenologische Wahreit*(*Erschlossenheit von Sein*)*ist veritas transcendentalis*]”[③]。这就是说,在海德格尔看来,“此在存在的超越性”原本就是一种“与众不同的超越性”,但这种“与众不同的超越性”需建基于此在之存在中“最彻底的个别化的可能性和必然性”。因为,唯有“个别化”才是对“沉沦”的拒绝,对毫无个性的“常人”的否定,和向“本己本真存在”的“超越”;而且,作为生存论—存在论意义上最源初的真理,“现象学的真理”便是有关此在存在之“超越的真理”。

总之,正如大卫·库尔珀所指出的那样,海德格尔有这样的思路:“思者的任务就是对人与本成事件之间的关系进行沉思,并实现它。它是‘人的一种解放,即从我在《存在与时间》中所称的此在之‘沉沦’中解放出来’。”[④]在我看来,这里所说的“从此在之‘沉沦’中解放出来”,就是指“此在”从“非本己本真存在”向“本己本真存在”超越。

---

① 吕迪格尔·萨弗兰斯基:《来自德国的大师——海德格尔和他的时代》,靳希平译,商务印书馆2007年版,第31页。

② 吕迪格尔·萨弗兰斯基:《来自德国的大师——海德格尔和他的时代》,靳希平译,商务印书馆2007年版,第23页。

③ Heidegger, M. *Sein und Zeit*, Tübingen: Max Niemeyer, 1993, S. 38.

④ 参见:大卫·库尔珀:《纯粹现代性批判——黑格尔、海德格尔及其以后》,臧佩洪译,商务印书馆2004年版,第298—299页。另:这段话后面的引文部分是海德格尔的原话,出自其1966年答《明镜周刊》记者问,1976年发表时题为《只还有一个上帝能救渡我们》。参见:孙周兴编:《海德格尔选集》(下册),三联书店1996年版,第1307—1308页。

三、上述分析如何构成关于“文艺的超越性品格”之思的起点

可是,《存在与时间》中关于“此在之存在”的生存论—存在论分析又是如何与“文艺的超越性品格”发生关联,以及如何成为了海德格尔关于“文艺的超越性品格”之思的起点的呢?

在具体探讨这个问题之前,我想首先说明一下我个人对“起点”一词的理解和界定。在我看来,“起点”一词具有“始点”和“根源”两层含义。“始点”是一个发生学概念,意指某物的“开端”、“发端”。“思想的始点”暗示了这样一个事实:在开端处所产生的某些“思想种子”为其后来思想的发展提供了基础。而“根源”则是一个认识论概念,意指某物的“根基”、“本源”。所谓“思想的根源”,乃是指某个思想系统的全部思想之所从出并向之归的根本性的和根基性的源头。与其说它是某些现成在手的“思想种子”,不如说它是某个极具源发性和生长性的“思想动力因”;其核心,归根结底乃是一个思想系统的全部思想之所从出并向之归的根本性的和根基性的“独一的问题(die einzige Frage)”。而依我个人的看法,就“起点”的含义而言,“根源”远比“始点”更为重要和根本。

在我看来,无论是在“根源”意义上还是在“始点”意义上,《存在与时间》中关于“此在之存在”的生存论—存在论分析,都构成了海德格尔关于“文艺的超越性品格”之思的“起点”。

1.“此在之存在”的生存论—存在论分析:海德格尔关于“文艺超越性品格”之思的“根源”

(1)此在的“非本己本真存在”及其超越:海德格尔“独一的问题”

海德格尔在评论特拉克尔著作第一卷《诗歌集》(Die Gedichtungen)时曾说:“每个伟大的诗人都出于一首‘独一的诗(das einzige Gedicht)’来作诗。”① 事实上,岂止是伟大的诗人,每个伟大的思者又何尝不是“都出于一个‘独一的思(das einzige Denken)’来运思”呢?② 海德格尔本人之所以成为了20世纪最伟大的思想家之一,不也正是因为他全部的思都源出于一个“独一的思”

---

① Heidegger, M. *Unterwegs zur Sprache*, Stuttgart: Neske, 1997, S. 37.

② 在《尼采》中,海德格尔说,“所有伟大的思者都思同一个东西”。参见:Heidegger, M. *Nietzsche* I, Pfullingen: Günther Neske, 1961, S. 46.

吗？这个“独一的思”，就是“存在之思”。准确地说，就是“源出于存在而又通达存在之真理”①的“存在之思”。当然，由于在海德格尔看来，唯有“此在”才会并且有能力去对“存在”发问，“存在的意义”又是“此在”在“自身的存在”中去追问、去领会、去揭示、去开显和去阐释出来的，因此追问“存在”必须首先追问“此在的存在”。后者乃是前者的“基础”。所以，他的“存在之思”又始于“‘此在的存在’之思”。实际只完成了第一部的《存在与时间》除了那个简短的导论外，其余部分全都是“‘此在的存在’之思”。因此，“‘此在的存在’之思”才真正是海德格尔一生的全部思想之所从出并向之归的“独一的思”的“根源”与“开端”。

毫无疑问，“独一的思”源于“独一的问题”。海德格尔的“独一的思”正源于他的“独一的问题”：此在的“非本己本真存在”，以及它如何向“本己本真存在”超越？正是它从整体上规定了海德格尔所有的艺术之思，都归根于“文艺的超越性品格”之思。

数年前，我在阅读萨弗兰斯基《来自德国的大师——海德格尔和他的时代》时曾经批注过这样一段话：“要理解一个人的思想，首先必须了解他的生活；而要理解一个人的生活，又必须理解他的思想。因为，真正的思想总是从生活中生长出来的，而思想一旦真正形成，又必然会参与构造他的生活。”②的确，真正的思想必须是浸透着思者个人的血液与灵犀、从思者本己的生命体验中自然生长出来的思想。海德格尔本人也说过：“没有任何本质性的精神作品不是扎根于源初的原生性的。”③而在我看来，体现海德格尔最源初、最根本、最深刻、最强烈的生命体验的，便是他在《存在与时间》中着力表达的主题：“此在的非本己本真存在。”据萨弗兰斯基研究，这一体验从海德格尔 14 岁刚上中学的少年时代便开始产生了。④ 正是这一源初而深刻的生命体验自

---

① Heidegger, M. *Aus der Erfahrung des Denkens*, Frankfurt: Klostermann, 1983, S. 85.

② 参见拙著：《从逍遥游到林中路——海德格尔与庄子诗学思想比较》，中国社会科学出版社 2004 年版，第 14 页。

③ 参见：海尔曼·海德格尔编：《演说与生活之路的其他见证》(*Reden und andere Zeugnisse eines Lebensweges*)，收入《海德格尔全集》第十六卷，法兰克福：克罗斯特曼出版社 2000 年版，第 551 页。

④ 吕迪格尔·萨弗兰斯基：《来自德国的大师——海德格尔和他的时代》，靳希平译，商务印书馆 2007 年版，第 19—25 页。

然而然地将他引向了“如何向本己本真存在超越”的运思，从而构成了他思想的“独一的问题”，进而导出了他全部思想之所从出并向之归的“存在之思”这“独一的思”。

(2)此在“如何向本己本真存在超越”：海德格尔关于“文艺超越性品格”之思的动力之源

我个人认为，此在“如何向本己本真存在超越”的问题成为海德格尔关于“文艺超越性品格”之思的动力之源，其间的理路大体如下：

关于此在如何从“非本己本真存在”状态向“本己本真存在”状态超越的运思，推动了海德格尔关于“此在之本己本真存在”与生存论—存在论意义上的“真理”之关系的进一步思考，这一思考直接促成了他1930年的“真理”观念的转变；而“真理”观念的转变，又直接推动了海德格尔1935年前后对“艺术作品的本源”问题的思索，得出了“艺术是真理之自行设置入作品”、“艺术是真理发生的突出方式”、“艺术是历史性此在进入存在真理的本质之源”等等结论，进而又引发了海德格尔对于“伟大风格的艺术”的探讨和对荷尔德林、特拉克尔、里尔克等“伟大诗人”和梵高、克利等“伟大艺术家”及其“伟大作品”的终生喜爱与坚持不懈的阐释；而这又直接推动了海德格尔对于“人的诗意栖居”、“世界黑夜(贫困)时代里诗人的天职与天命”等问题的思考，并在1946年得出了“语言是存在之家，而诗人和思者是这个家的守护者”的结论；而对于“语言与存在之关系”问题的关注又直接引发了在整个20世纪50年代“走向语言之途”中对这一问题的进一步深化，于是便有了对于“诗性语言的道说力量”、“在语言之说中栖居”、“思与诗的对话”、“世界的四元游戏”等等一系列问题的执著追问或诉求。很显然，所有这一切的“动力之源”都来自“此在如何向‘本己本真存在’状态超越”这一源初的“独一的问题”。

前面已经提及，在《存在与时间》中，海德格尔对“此在”之“非本己本真的生存状态”有非常精彩的“现象学描述”和极具逻辑力量的“生存论—存在论分析”，而对于“此在如何向本己本真的存在超越”的论述则相对逊色了一些，无非就是“畏”、“向死而生”、“对良知的召唤的聆听”、“先行于自身的筹划与决心”等等之类。尽管如此，这个“独一的问题”的发现，却为他后来的坚持不懈的探索留下了极大的空间。可以说，他后来的许多思想，尤其是20世纪30年代中期转向对艺术、诗歌、语言等诗学(艺术哲学)问题的关注之后的思想，都是直接或间接地针对并回应"此在如何向'本己本真存在'超越"这个"独一的问题"的。

2."此在之存在"的生存论—存在论分析:海德格尔关于"文艺超越性品格"之思的"始点"

这方面的例子很多,为了避免重复,兹略举数例以作提示:

譬如,《存在与时间》中对"此在的超越性"问题的思考,在次年写作《现象学的基本问题》时就得到了进一步深化;[①]而《存在与时间》中对"真理"问题的思考,既为1930年《论真理的本质》这一标志前后期分界线时期的思想奠定了基础,更为1935年《艺术作品的本源》这一诗学(艺术哲学)经典文本中将"真理"作为一个核心观念奠定了基础;《存在与时间》中对现代人的"无家可归状态"的思考,在1946年写作的《关于人本主义的书信》中得到了深化,而海德格尔之所以反复阐释和宣讲荷尔德林的《还乡》、《追忆》、《漫游者》和特拉克尔的《冬夜》、《灵魂之春》等诗歌,也是基于为解决这一问题寻找路径;《存在与时间》中对"语言本质"问题的思考[②],不仅在《关于人本主义的书信》中有所深化,又借后者直接为20世纪50年代《在通向语言的途中》一书的写作开辟了道路。最重要的是,《存在与时间》中对此在之"非本真存在"如何向"本真存在"超越的思考,直接为20世纪30—60年代的对荷尔德林诗的阐释中"人诗意地栖居"、20世纪50年代《在通向语言的途中》里的"人在语言之说中栖居",以及在与后者差不多同时写作的《演讲与论文集》中关于"世界的四元游戏"思想等等奠定了基础。

总之,难怪大卫·F.克勒尔会不无夸张地说:"《存在与时间》……为海德

---

① 相关论述可参阅陈立胜先生《从胡塞尔的"意向性"到海德格尔的"超越性"》一文,参见:《中国现象学与哲学评论》(第二辑),上海译文出版社1998年版,第199—211页。

② 《存在与时间》中关于"语言本质"问题的思考有许多,譬如:第七节中关于"逻各斯"概念的讨论;第三十三节关于"命题"的讨论;第三十四节关于"话语"和"语言"的讨论;第三十五——三十八节中有关"闲言"的讨论;第四十四节中关于"真理"概念的讨论等。并且明确提出:"归根到底,哲学的事业就是保护此在借以道出自身的那些最基本的词汇的力量免遭平庸理解之害。因为平庸理解会将这些词汇敉平到不可理解,进而作为伪问题的源泉而发生作用。"分别参见:Heidegger, M. *Sein und Zeit*, Tübingen: Max Niemeyer, 1993, SS. 32-34.; SS. 153-160.; SS. 160-167.; SS. 167-180.; SS. 212-226.; S. 220.

格尔后来所有的研究提供了主要动力。无一例外。”[①]认真清理过海德格尔思想发展的脉络后会发现,克勒尔的话是有充分的事实根据的。

第二节 突破:1930年《论真理的本质》中对“真理”与“自由”之内在关联的探讨

存在之思于黑夜里起锚
迷茫间,真理之光闪耀
藉真理之风,运思之舟
向远之最远处吹响号角

在《存在与时间》中,海德格尔生动具体而又深刻有力地向我们展现了一个关于“日常此在”之“非本己本真存在”的“黑暗深渊”。至于如何从中“超越”出来,他提出的所谓“畏”、“聆听良知的呼唤”、“召唤至有罪责存在”、“先行之决心”等等,均属于在抽象的“思辨”层面中打转,缺乏足够动人的力量。事实上,如果不借“诗”的助力,单凭“思”这一维度是无力解决这个问题的。海德格尔的相关思想取得突破性进展,关键在于1930年《论真理的本质》(*Vom Wesen der Wahrheit*)中对“真理”与“自由”之内在关联的探讨。在这里,海德格尔不仅明确反对了流俗的、传统的“符合论真理观”,也对自己在《存在与时间》中所表达的“揭示论真理观”作出了重要修正。正是这基于对“真理”与“自由”之内在关联的探讨而作出的“修正”,为他自20世纪30年代中期以后借助“真理”为中介走向对“诗”(艺术、诗歌)这一维度的关注和思考奠定了关键性基础。

一、对流俗的“符合论真理观”的批判

海德格尔指出,流俗的“真理”(Wahrheit)概念通常意味着“真实”(Wahre),即“那个使真实成其为真实的东西”(Wahrheit meint dasjenige, was

① Heidegger, M. *Basic Writings*, ed. by David F. Krell, New York: Harper, 1977, P. 26.

ein Wahres zu einem Wahren macht)。① “真实”可以是“事情的真实”,也可以是“命题的真实”。前者可称为“事情真理”,意指现成事物与其合理性的本质概念的符合一致;后者可称为“命题真理”,意指一个陈述与它所陈述的事情的符合一致。而事实上,所谓本质概念与命题陈述都无非是人关于客观事物的某种“知识”,因此,流俗的“真理”概念无非就意味着“知与物的符合”(veritas est adaequatio intellectus ad rem)。② 在他看来,这种“真理”观的实质和核心是“正确性(Richtigkeit)”。③

可是,“知与物的符合”在什么情况下才是可能的呢?海德格尔追问道。在他看来,只有当物(存在者)“如其所是”(das Seiende so—wie es ist)地向知(表象性陈述)呈现自身,而知(表象性陈述)又能“如其所是”地言说物(存在者)之际,二者之间的“符合一致”才可能发生。④ 而“如其所是”的陈述植根于陈述行为的“开放状态”(Offenstandigkeit)⑤,陈述行为的“开放状态”植根于“自由”(Freiheit)。⑥ 因此,“真理”之根乃在于“自由”。

据我看来,海德格尔之所以要对流俗的“符合论真理观”提出批评,是因为认为它远未挖掘到“真理”的本根,因而注定了只能是一种肤浅的“真理观”。事实上,众所周知,海德格尔对这种“符合论真理观”的批判早在《存在与时间》中就已经开始了。⑦ 限于篇幅,不再赘述。

二、对《存在与时间》中“揭示论真理观”的修正

上节已述,在《存在与时间》中,“真理”不仅被“定义”为“揭示状态(Entdecktheit)”和“进行揭示的存在(Entdecked-sein)”;而且还强调,“进行揭示活动乃是此在的一种存在方式”,“去蔽(ἀλήθεια)属于逻各斯(λογος)”等。质言之,“真理”被思为“进行揭示活动”这样一种所谓的“此在的展开状态”,

① Heidegger, M. *Wegmarken*, Frankfurt: Vittorio Klostermann, 1996, S. 179.

② Heidegger, M. *Wegmarken*, Frankfurt: Vittorio Klostermann, 1996, S. 180.

③ Heidegger, M. *Wegmarken*, Frankfurt: Vittorio Klostermann, 1996, S. 180.

④ Heidegger, M. *Wegmarken*, Frankfurt: Vittorio Klostermann, 1996, S. 184.

⑤ Heidegger, M. *Wegmarken*, Frankfurt: Vittorio Klostermann, 1996, S. 185.

⑥ Heidegger, M. *Wegmarken*, Frankfurt: Vittorio Klostermann, 1996, S. 186.

⑦ Heidegger, M. *Sein und Zeit*, Tübingen: Max Niemeyer, 1993, SS. 214-218.

以及“包含于其中”的“世内诸存在者之被揭示状态”。① 而且在这两者中，前者是主干，是动因，是实质；后者是附属，是结果，是表象。很显然，这样一种“真理”观，实质上是将“真理”之根置于了“此在”的一种“存在方式”，即“揭示活动”上。

在《论真理的本质》中，海德格尔对这种“揭示论真理观”进行了一种“修正”。在我看来，这种“修正”是必需的，也是必然的。原因至少有两点：第一，这种“真理观”必然导致“此在”对于“真理”的“优先性”，即所谓“唯当此在存在，才‘有’真理”；“此在根本不在之前，任何真理都不曾在，此在根本不在之后，任何真理都将不在”云云。② 既然“真理”是根源于“此在”并且附属于“此在”的一种“伴生性”而非“源始性”的现象，那么又如何能“把真理设定为前提”？而如果不能“把真理设定为前提”，那么“此在”又如何能进入和判定自己是否已经进入一种“本真的存在状态”？第二，这样一种“真理观”还必然导致“此在”对于“存在”的“优先性”，即所谓“唯当真理在，才‘有’存在”，“而唯当此在在，真理才在”云云。③ 既然“存在”和“真理”归根结底都根源于并附属于“此在”，那么随之而来的是同样的问题：“此在”如何能进入和判定自己是否已经进入一种“本真的存在状态”？因此，修正“揭示论真理观”就显得必要而紧迫了。

三、“自由显现论真理观”的提出及其意义

通过对“符合论真理观”的批判和对“揭示论真理观”的修正，海德格尔最终昭示出：“真理”之根源乃在于“自由”。可是，何为“自由”呢？在他看来，“自由”的实质便是“让存在者存在”(das Seinlassen von Seiendem)，④而“让存在者存在”便是“让存在者成其所是”(das Seiende namlich als das Seiende)，⑤“让存在者成其所是”便是让存在者置身于“敞开状态”而成为“无蔽者”(τα

---

① Heidegger, M. *Sein und Zeit*, Tübingen: Max Niemeyer, 1993, SS. 219-230. .

② Heidegger, M. *Sein und Zeit*, Tübingen: Max Niemeyer, 1993, S. 226.

③ Heidegger, M. *Sein und Zeit*, Tübingen: Max Niemeyer, 1993, S. 230.

④ 为了避免误解，海德格尔对于“让存在者存在”还专门加了一个注释，作了两点说明：“让—存在(Sein-lassen)”：第一，不是否定，而是允诺—保护；第二，不是作为存在状态之判定的作用。(而是)尊重，尊重作为存有(Seyn)之存在(Sein)。参见：Heidegger, M. *Wegmarken*, Frankfurt: Vittorio Klostermann, 1996, S. 188.

⑤ Heidegger, M. *Wegmarken*, Frankfurt: Vittorio Klostermann, 1996, S. 188.

αληθεα)。而且据他考证,古希腊那个后来被译为“真理”(ἀλήθεια)的单词,其本义正好就是“无蔽”。又由于“无蔽”意味着“敞开”,因此,所谓“真理”的本质就是存在者之“无蔽”或者说“敞开”状态。①

总之,在《论真理的本质》一文中,“真理”被界定为“存在者进入无蔽状态”。其根源被归结为“自由”,其核心被视为“让—存在”。准确地说,亦即“让存在者是其所是并如其所是地显现”。我称这样一种“真理观”为“自由显现论真理观”。如前所述,这既是对《存在与时间》中关于“存在之真理”问题的思考的继续,同时也是对其缺陷所作的重要的“修正”。

那么,这样的“修正”对于海德格尔关于“文艺的超越性品格”之思有何意义呢?在我看来,它至少具有以下两个方面的意义:第一,正是这种“修正”,使得海德格尔将“此在如何向本己本真存在超越”这一问题的思考迅速扩展到了作为“真理发生的突出方式”的艺术和诗的领域,将此在“向本己本真存在超越”的希望不再只是单独地寄托在“思”上,而是转而寻求“诗”(后面我会谈到,海德格尔认为“一切艺术本质上皆是诗”)的帮助,从而也为他后来关于“诗意地栖居”、“思与诗的对话”等等思想的产生奠定了基础;第二,反过来说,这种“修正”又为他后来将“真理”而不是“真实”作为艺术的本质规定性,破除在西方美学和艺术哲学中长期占据统治地位的“再现论艺术本质观”和“表现论艺术本质观”而走向“自由显现论艺术本质观”,从而为其关于“文艺的超越性品格”之思的正式出场开辟了道路。

第三节　展开:1935—1946 年对“艺术—存在”问题的沉思

诗人缘何而歌唱?
艺术缘何而闪亮?
是明日黄花?抑或永恒本源?
存在之思把近邻之门叩响……

有了“自由显现”或称“无蔽状态”这样一种独特而新颖的“真理”观之

---

① Heidegger, M. *Wegmarken*, Frankfurt: Vittorio Klostermann, 1996, SS. 188-202.

后,海德格尔迅速将其往艺术领域延伸,其关于“文艺的超越性品格”之思也迅速得以全面展开:

首先是1935年《艺术作品的本源》系列演讲中对“艺术的本质之源”的追问。其逻辑理路是:从“艺术与此在存在的内在关联”的角度出发,通过“作品之作品存在的两个基本特征:建立一个世界和制造大地”→“世界”(自行敞开)与“大地”(自行遮蔽)之间的“原始争执”→存在者进入“无蔽状态”,亦即“真理之发生”→“艺术乃真理之自行设置入作品”,“艺术乃真理生成和发生的突出方式”、“艺术乃真理之创作性保存”→艺术“把我们移入敞开性之中,并同时把我们移出寻常平庸”、“改变我们与世界和大地的关系,抑制我们的流俗行为和评价,认识和观看,以便逗留于作品中发生的真理那里”→“艺术为历史奠基”、“艺术乃是一个民族的历史性此在的本源”。在我看来,正是通过对“艺术”(“艺术作品”)与“真理”之间、“艺术”与“此在”乃至“一个民族的历史性此在”之间的内在关联的论述,以及对“艺术”的本质和功能的重新设定,海德格尔初步集中展示了他关于“文艺的超越性品格”之思,尤其是文艺的“形上之维”和“源初道德之维”两方面。

其次是1936—1946年《尼采》讲义中对“伟大的艺术”的吁请和对流行的自然科学、生理科学式的“美学”、“艺术哲学”观念及其研究范式的批判,以及1934—1942年对荷尔德林的一系列“赞美诗”如《日耳曼人》、《莱茵河》、《追忆》、《伊斯特河》等的长篇阐释和反复宣讲,1936—1968年《对荷尔德林诗的阐释》一书中对何为“诗”、“诗意地栖居”、“荷尔德林与诗的本质”(即研究荷尔德林诗歌的特出意义)、“诗人的天职”等问题的探讨。对“伟大的艺术”的吁请和以此为据所作的批判,同“文艺的超越性品格”之思间的紧密关系自不必说;至于海德格尔对荷尔德林的情有独钟,原因正在于他的诗歌最能体现“文艺的神性维度”。通过对荷尔德林诗歌的系列宣讲,海德格尔再次集中展示了其关于“文艺的超越性品格”之思,尤其是文艺的“神性之维”方面。

再次是1946年在小范围内所作的著名演讲——《诗人何为?》中对“诗人的天职与天命”的追问。这次演讲中,海德格尔以分析诗人里尔克为典型范例,集中对“世界黑夜(贫困)时代里,作为一个真正的诗人,他的天职与天命何在”作了深刻的拷问和沉思。在我看来,这是对《存在与时间》中“本真的畏”、“良知的呼唤”或“有罪责存在”等思想的继续,以及在诗和艺术领域的自然延伸。它又一次集中展现了海德格尔关于“文艺的超越性品格”之思，特别是文艺的“源初道德之维”方面。

至此，有两点需要预先强调：第一，我下面所作的清理并非是对相关文本所有内涵的全面叙述，而理所当然地是以“文艺的超越性品格”为视角和核心所做的选择性清理；第二，我将这些文本分别系于“形上之维”、“神性之维”或“源初道德之维”，并不意味着它们就只体现了其中的某一个维度而不涉其他。事实上，它们中往往是两、三个维度并存或者合而为一的。上述做法仅仅只是为了使叙述更为方便，重点更为突出而已。

下面，我就来逐次加以梳理和评析：

一、1935年《艺术作品的本源》中对“艺术的本质之源”的追问

《艺术作品的本源》(Der Ursprung des Kunstwerkes)乃系列演讲，1935年11月13日在弗莱堡艺术科学协会上首作；次年1月和11月，又在苏黎世和法兰克福多次重作。它原本是作为哲学家的海德格尔在艺术领域初试牛刀之举，没想到竟获得了巨大的成功。据伽达默尔在《海德格尔的后期哲学》中描述，“演讲引起了一种哲学的轰动”，使得海德格尔很快成为了他自己在《存在与时间》中曾相当刻薄地描述过的那种“闲谈”的焦点。① 如今，它已成为海德格尔诗学—艺术哲学最重要的经典文本之一。

表面上看，该演讲是对“艺术本质(das Wesen der Kunst)”的追问，讨论的是“艺术是什么(Was ist die Kunst)”的问题。但我个人认为，这并非海德格尔的真正目的，至少不是主要目的。正如他在末尾部分所坦承、在后记和附录中也可找到印证的那样，他真正的和主要的目的乃是想澄清：“艺术能否是一个本源从而必然是一种优先，或者艺术是否只能必须保持为一种附庸从而只能作为一种流行的文化现象而伴生。”它针对的直接目标是黑格尔的“艺术终结论”。他解释说：“我们如此追问，旨在能够更本真地追问：艺术是否在我们的历史性此在中是一个本源，是否以及在何种条件下，它能够是而且必须是一个

① 该文原是为《艺术作品的本源》所作的跋，见伽达默尔：《哲学解释学》，夏平、宋建平译，上海译文出版社1994年版，第212页、217页。

本源。”①质言之,它真正想要追问的不是艺术的“本质(das Wesen)”,而是艺术的“本质之源(die Herkunft seines Wesens;Wesensherkunft)”,亦即“艺术与我们的历史性此在之间的内在关联”。可是,如何思入“艺术的本质之源”呢?海德格尔最初展示出了三个可能的入口:“艺术家(der Künstler)”、“艺术作品(das Kunstwerk)”和“艺术(die Kunst)”。但他最终选择了“艺术作品”这一“入口”。在他看来:既然“艺术在艺术作品中成就其本质(Die Kunst west im Kunst-Werk)”,②那么,追问“艺术”当然应当从追问“艺术作品”开始。追问的结论是:艺术作品是“真理发生的场所”,艺术是“真理发生的一种突出方式”。因此,艺术是、必须是而且能够是“我们历史性此在中的一个本源”。艺术不仅不会像黑格尔所断言的那样走向“终结”,反而应当而且能够成为我们通达“本真存在”的一个“优先”的前提。

1. 艺术是“真理发生的突出方式”

关于真理如何在艺术作品中发生,艺术何以成为真理发生的突出方式,演讲中作了如下层面的揭示:

A. 艺术作品之作品存在:建立一个“世界”和制造“大地”。

尽管所有艺术作品都具有“物因素(Dinghafte)”,但“艺术作品(Kunstwerk)”并不纯然是“物(Ding)”,也不只是“器具(Zeug)”那样的一般“制作物”。除了“物因素”之外,它还必须道出某种“别的什么”。它能把某种别的东西敞开出来。正是这“别的什么”与“制作物”的结合使艺术作品成为了作品、一种象征/符号(Symbol)。③ 因此,“建立一个世界和制造大地,乃是作品之作品存在的两个本质特征”④。

一方面,“作品存在就意味着:建立一个世界”⑤。这里的“建立(aufstellen)”既意味着“设置”:“为……设置空间”(einräumen);更意味着“开启”:“开启世界的敞开领域(hält das Offene der Welt offen)。”⑥这里的“世界”

① Heidegger, M. *Holzwege*, Frankfurt: Vittorio Klostermann, 1994, S. 66.

② Heidegger, M. *Holzwege*, Frankfurt: Vittorio Klostermann, 1994, S. 2.

③ Heidegger, M. *Holzwege*, Frankfurt: Vittorio Klostermann, 1994, S. 4.

④ Heidegger, M. *Holzwege*, Frankfurt: Vittorio Klostermann, 1994, S. 34.

⑤ Heidegger, M. *Holzwege*, Frankfurt: Vittorio Klostermann, 1994, S. 30.

⑥ Heidegger, M. *Holzwege*, Frankfurt: Vittorio Klostermann, 1994, S. 31.

并非各种现成之物的简单聚合，也不是我们表象现成事物之总和的一个想象框架，而是"我们的历史性此在进入存在"而"始终隶属于它"的那个东西。① 另一方面，为了"建立一个世界"，艺术作品必须"制造大地"。在某种程度上，艺术作品的确是一种"人工制作物"。但与别的制作不同的是：它"制造大地"。这里的"大地"本质上是"一切涌现者的返身隐匿之所"和"庇护者"，② 是"涌现—庇护者"。③

B. 艺术作品中"世界"与"大地"之"争执"。

在艺术作品中，"世界"是"自行公开之敞开性"，而"大地"却是"惯常自行锁闭者和如此这般的庇护者之迈向无所促迫的涌现"。④ 二者从本性上就既相依为命又互相争执。而且，由于"艺术作品之作品存在的本质特征"就在于"建立一个世界并制造大地"，所以"艺术作品本身就是这种争执的诱因"。⑤ 因此，在艺术作品中这二者间的"争执"是不可避免的。

然而，正是在此"争执(Streit)"的过程中，"世界"和"大地"双方才"进入其本质的自我确立中"并"超出自身而包含着对方"；也正是在此"争执"的过程中，争执的双方才"进入了质朴的恰如其分的亲密性(Innigkeit)之中"。⑥ 又由于这种争执在亲密性之质朴性中达到极致，所以在争执的实现过程中出现了作品的统一体(die Einheit des Werkes)。艺术作品之作品存在就在于世

---

① Heidegger, M. *Holzwege*, Frankfurt: Vittorio Klostermann, 1994, SS. 30-31.

② Heidegger, M. *Holzwege*, Frankfurt: Vittorio Klostermann, 1994, S. 28.

③ Heidegger, M. *Holzwege*, Frankfurt: Vittorio Klostermann, 1994, S. 32.

④ Heidegger, M. *Holzwege*, Frankfurt: Vittorio Klostermann, 1994, S. 35. 另：原文"Die Erde ist das zu nichts gedrängte Hervorkommen des ständig Sichverschließenden und dergestalt Bergenden."孙译本作："大地是那永远自行锁闭者和如此这般的庇护者的无所促迫的涌现。"（见《林中路》，上海译文出版社 1997 年版，第 32 页；2004 年修订版，第 35 页）德语中，"ständig"意为"经常"、"总是"、"持续不断"等。若译为"永远"，那么"永远自行锁闭者"即便进入"艺术作品"后也无法"敞开"而"进入无蔽状态"，这显然与海德格尔本意不合。因此我认为，宜改译为"惯常自行锁闭者"。此外，经由艺术家的"制造"而进入了艺术作品的"大地"虽有"物因素"，但已不再是自在的"物"本身。它虽不是一个"自行敞开者"，但也不再是"惯常自行锁闭者"本身，而是"惯常自行锁闭者"和"返身而回"的"自行敞开者"共同的"隐匿之所"和"庇护者"。作为"隐匿之所"和"庇护者"，它具有"自行锁闭性"；但作为进入了艺术作品的"制作物"，它又具有某种程度的"敞开性"。正因为如此，海德格尔准确而巧妙地称之为"涌现—庇护者"。

⑤ Heidegger, M. *Holzwege*, Frankfurt: Vittorio Klostermann, 1994, S. 36.

⑥ Heidegger, M. *Holzwege*, Frankfurt: Vittorio Klostermann, 1994, S. 35.

界与大地之间的争执的实现过程之中。①

C. 艺术作品是“真理发生的场所”。

在艺术作品中,如上所述的“争执(Streit)”会带来“裂隙(Riβ)”,也会带来争执双方相互归属的“亲密性(Innigkeit)”,并将其对抗带入使之归于统一的轮廓(Umriβ)之中。所以,“争执”以及作为争执而发生的“真理”都能“被设置入作品之中”,而艺术作品之被创作存在就是“固定真理于某种形态之中”。② 艺术作品作为对“世界与大地的源始争执”之“裂隙”的“构形(Gestalt)”,乃是“真理发生的场所”。

为什么呢?因为在艺术作品中,“世界”与“大地”之间的“源始争执”争得了一个“敞开的领域(das Offene)”,从而把存在者带入了它的“无蔽状态(Unverborgenheit)”之中。换句话说,通过“世界”与“大地”之间的“争执”,作为“无蔽(Aletheia)”的“真理”被争得了。海德格尔说:“艺术作品以自己的方式敞开存在者之存在。在艺术作品中,这种敞开,即解蔽,亦即存在者之真理,得以发生。”③如果说“真理”意味着“存在者之进入无蔽状态”,那么“艺术作品”正是如此这般的“真理”之如此这般地发生的一个场所。“艺术乃是:对作品中的真理之创作性保存。”④

D. 艺术是“真理发生的突出方式”。

既然“艺术作品”是作为“存在者之进入无蔽状态”的“真理”的“发生之所”,那么“艺术”作为使“作品之成为作品”者,自然是“真理生成和发生的一种方式”。⑤ 不仅如此,尽管“真理现身运作的方式”有多种:除“艺术”(即“艺术作品的作品存在”)之外,还有“建立国家的活动”、“亲近上帝/神”⑥、“本质性的牺牲”、“思者的追问”(海德格尔特别指出,“科学却绝不是真理的源始发

---

① Heidegger, M. *Holzwege*, Frankfurt: Vittorio Klostermann, 1994, S. 36.

② Heidegger, M. *Holzwege*, Frankfurt: Vittorio Klostermann, 1994, SS. 51-52.

③ Heidegger, M. *Holzwege*, Frankfurt: Vittorio Klostermann, 1994, S. 25.

④ Heidegger, M. *Holzwege*, Frankfurt: Vittorio Klostermann, 1994, S. 59.

⑤ Heidegger, M. *Holzwege*, Frankfurt: Vittorio Klostermann, 1994, S. 48.

⑥ 海德格尔在原文中用的是委婉表述:“亲近那并非某个存在者却又是存在者中最具存在特性者。”根据上下文,笔者作此推定。参见:Heidegger, M. *Holzwege*, Frankfurt: Vittorio Klostermann, 1994, S49.

生”方式)等等,[1]但在诸种方式中,艺术才是“真理发生的突出方式”。

海德格尔为这个判断至少提出了以下两方面根据:第一,“由于真理的本质就包含有把自身设立于存在者之中才成其为真理,因此,真理的本质中就包含有与作品的牵连,而作品则是真理得以在存在者之中成其自身的一种突出的可能性”[2]。第二,“真理”不是“现成在手”的,也不是静态的和一成不变的,而是动态生成的,用他的话来说“真理”是“发生”的,作为“真理”的“无蔽状态”是“争”来的,是在“澄明”与“遮蔽”的“源始争执”中“争”来的。[3] 因此,最能体现如此这般的“真理”之如此这般地“发生”的,自然莫过于“艺术”这种方式了。

2. 艺术“能够是而且必须是我们历史性此在中的一个本源”

首先,艺术必须是我们的历史性此在的一个“本源”。由于日常此在总是生活在“沉沦”与“被抛”、浑浑噩噩、庸庸碌碌的“非本己本真的存在”状态之中,“只有通过对在被抛状态中所达到的敞开性的筹划,敞开领域之开启和存在者之澄明才发生出来”[4]。这就决定了此在对于真理的归属性,此在的存在必须把真理设为前提,因此,作为“真理发生和保存的突出方式”的艺术必须成为我们的历史性此在的一个本源。

其次,艺术能够成为我们的历史性此在的一个本源,因为艺术能够改变我们的历史性此在,催生“自我超越的冷静的决心”。而这又是为什么呢?海德格尔写道:“作品本身越是纯粹地进入存在者之由它自身开启出来的敞开性之中,就越是容易**把我们挪移进这种敞开性**之中,并同时**把我们挪移出寻常与平庸**。顺应这种挪移意味着:**改变我们与世界和大地的关联,离弃固有的一般**

① Heidegger, M. *Holzwege*, Frankfurt: Vittorio Klostermann, 1994, S. 49.

② Heidegger, M. *Holzwege*, Frankfurt: Vittorio Klostermann, 1994, S. 50. 另:这段文字的原文为:“Weil es zum Wesen der Wahrheit gehört, sich in das Seiende einzurichten, um so erst Wahrheit zu werden, deshalb liegt im Wesen der Wahrheit der *Zug zum Werk* als einer ausgezeichneten Möglichkeit der Wahrheit, inmitten des Seienden selbst zu sein.” 文中的“der *Zug zum Werk*”这一短语,此处从孙译本《林中路》译为“与作品的牵连”。但照其字面意思理解,则是“向着作品迈进”或“通往作品的火车”。如果把它们当做一种形象而俏皮的描绘或比喻,意指人们一提到“真理”就立刻将它与“作品”联系起来,也挺有意思。

③ Heidegger, M. *Holzwege*, Frankfurt: Vittorio Klostermann, 1994, SS. 41-42.

④ Heidegger, M. *Holzwege*, Frankfurt: Vittorio Klostermann, 1994, S. 59.

流行的行为和评价、认识和观看,以便流连于在作品中发生的真理处。”①正是这种“伴随着离弃的流连状态”才“让作品成其为作品”,也才让我们能“置身于在作品中发生的存在者之敞开状态中”,这种“置身于其中(Inständigkeit)”乃是一种“知道(Wissen)”;而“谁真正地知道存在者,他也就知道他在存在者中意愿什么”;而这种“意愿(Wollen)”乃是“实存着的自我超越的冷静的决心”,这种“自我超越(Übersichhinausgehen)”则“委身于那被设置入作品的存在者之敞开状态”。② 因此,艺术能够成为我们的历史性此在的一个“本源”。

再次,艺术还必须是一个“民族的历史性存在”的“本源”。海德格尔以希腊神庙建筑为例说明,艺术能够为我们“敞开”一个“历史性民族的世界”,一个我们时时刻刻生活于其中,在其中出生与死亡、享福与受难、欢笑与哭泣,展示人类历史性命运的地方。正是“出自这个世界并且就在这个世界中,这个民族才回归到他们自身,实现他们的使命”。③ 这就是说,只有在作为“存在者之无蔽的道说”的“艺术作品”中,一个民族的历史性此在才得以“开启”乃至“创建”,而且“真正说来,艺术为历史建基;艺术乃是根本意义上的历史”。④

总而言之,作为“真理”之历史性生成和进入历史性存在的一种“突出方式”,艺术在其本质中就注定了是一个“本源”,是我们乃至一个民族的历史性此在得以“开启”、历史赖以“建基”的一个“本源”,而且必须是这样一个“本源”。⑤ 艺术决不是一种可有可无的“伴生的文化现象”,它必须成为我们“依本源而居”的“先行之必需”的一个“本源”。⑥

3.《艺术作品的本源》与“文艺的超越性品格”

(1)它要求必须从“艺术与我们的历史性此在之内在关联”的视角和高度去思考“艺术的本质”问题

在《艺术作品的本源》中,与以往的诗学、美学(艺术哲学)不同,海德格尔反对把“艺术”作为外在于我们人的某种认识对象或者活动方式去追问“艺术

---

① Heidegger, M. *Holzwege*, Frankfurt: Vittorio Klostermann, 1994, S. 54. 另:这段文字中的黑体由笔者所加。

② Heidegger, M. *Holzwege*, Frankfurt: Vittorio Klostermann, 1994, SS. 54–55.

③ Heidegger, M. *Holzwege*, Frankfurt: Vittorio Klostermann, 1994, SS. 27–28.

④ Heidegger, M. *Holzwege*, Frankfurt: Vittorio Klostermann, 1994, S. 65.

⑤ Heidegger, M. *Holzwege*, Frankfurt: Vittorio Klostermann, 1994, SS. 65–66.

⑥ Heidegger, M. *Holzwege*, Frankfurt: Vittorio Klostermann, 1994, S. 66.

是什么(艺术的本质)”。相反,他要求从“艺术与我们的历史性此在之内在关联”的视角和高度去追问“艺术的本质之源”。在他看来,弄清“艺术的本质之源”是弄清“艺术的本质”的根本前提和基础,因此前者远比后者重要和紧迫。为此,海德格尔除了在正文中明确反对单纯从“现实—再现”或“主体--表现”的视角去思考艺术(后详)外,在该文后记中又明确反对从当时最流行的“体验”论(后详)和“美”论的角度去理解艺术。他宣称:“我们绝不能根据被看做自为的美来理解艺术,同样也不能从体验出发来理解艺术。”①

那么,在海德格尔眼中,究竟怎样追问艺术的本质才是恰当的呢?他的《艺术作品的本源》自然就成了“范例”。他在其附录中做了这样的总结:“整篇《艺术作品的本源》,有意识——尽管未曾明言——地行动在追问存在之本质的道路上。唯从存在问题出发,对于艺术是什么的沉思才得到了完整而坚实的确定。”②据我的理解,所谓“从存在问题出发”追问艺术的本质便是:从借助“真理”之中介而发生的“艺术与人类的历史性此在之间的内在关联”,和从借助“己成(Ereignis)”③及“语言”之中介而发生的“艺术与存在的意义之间的内在关联”入手,开始对“艺术本质”的追问。明确地说,就是要从沉思我们乃至一个民族的历史性此在的角度,从沉思存在的意义的角度来追问“艺术的本质之源”,并从中领悟“艺术的本质”。这才是追问“艺术的本质”的唯一恰当的方式。④

(2)它要求必须将艺术视为我们乃至一个民族的历史性此在中的一个“必须先行”的“本质之源”

在《艺术作品的本源》及其附录中,海德格尔反对将艺术仅仅视为某种无关紧要的、可有可无的的东西,反对像黑格尔等人那样将艺术视为一种“伴生”的、即将甚至已经“终结”的“文化现象”;而主张必须将艺术视为我们乃至

---

① Heidegger, M. *Holzwege*, Frankfurt: Vittorio Klostermann, 1994, SS. 66–70.

② Heidegger, M. *Holzwege*, Frankfurt: Vittorio Klostermann, 1994, S. 73.

③ “das Ereignis”是海德格尔 1930 年以后的后期思想中一个非常重要的核心概念。关于它的中文译名,可参阅拙著《从逍遥游到林中路——海德格尔与庄子诗学思想比较》(中国社会科学出版社 2004 年版)第 79 页注释 3 的相关讨论。

④ 参阅拙文:《论追问艺术本质方式之误——海德格尔艺术本质之思的启示与局限》,《学术月刊》,2007 年第 11 期。

一个民族的历史性此在中的一个"必须先行"的"本质之源"。海德格尔的相关论证可以分成如下两个层面:

第一,在海德格尔看来,由于我们的历史性此在之"本真存在"必须把"真理"设置为前提,而艺术恰好是"真理"发生和保存的"突出方式",因此,艺术乃是与我们乃至一个民族的历史性此在性命攸关的根本性的东西。又由于艺术能为一切世内存在者和我们"打开"并且将其"带进"一方"敞开之域",从而"改变我们与世界和大地的关联",让我们走出"寻常与平庸",离弃"一般流行的行为和评价、认识和观看",进而为我们的"自我超越"乃至一个民族的历史性此在甚至整个历史"建基"。所以,艺术应当成为、必须成为而且能够成为我们乃至一个民族的历史性此在中的一个"必须先行"的"本质之源"。

第二,在海德格尔看来,"艺术的本质"问题既非一个关于名叫"艺术"的存在者的本质的形而上学问题,也不是一个关于"艺术是什么"的知识论形态的美学或艺术哲学问题,而是一个有关人的历史性此在和存在意义的生存论—存在论问题。唯当艺术不单是人类摹仿或象征现实世界或者表现内心情思的工具,而且是我们的历史性此在必须赖以筑居、存在意义赖以澄明的先行的本质之源这一点得到了有力证明之际,艺术"必须存在的根据"才得以彰显,才不致于被视为一种"伴生"的、可有可无的"附庸"。为此,必须从根本上将艺术视为我们乃至一个民族的历史性此在中的一个"必须先行"的"本质之源"。

(3)它要求从"真理"而不是"真实"的高度重新设定"艺术的本质",要求从能成为我们乃至一个民族的历史性此在的"本质之源"的高度重新设定"艺术的使命"

A."真理—显现论"艺术本质观出场:艺术是真理之自行设置入作品。

在《艺术作品的本源》中,海德格尔明确指出,使艺术成其为艺术的是"真理(Wahrheit)"而不只是"真实(Wahre)";①"作品之为作品,乃是真理之生成和发生的一种方式。一切尽在真理之本质中"②。正因为在其中"有真理的发生起作用"(这句话在文中多次重复),所以"艺术作品"才不同于纯然的"物"

① Heidegger, M. *Holzwege*, Frankfurt: Vittorio Klostermann, 1994, S. 43.

② Heidegger, M. *Holzwege*, Frankfurt: Vittorio Klostermann, 1994, S. 48.

和一般的“器具”而成其为“艺术作品”,才有了“艺术作品之作品存在”,也才“有”了“艺术”。[①] “艺术作品按照它的方式开启存在者的存在。在作品中发生着这样一种开启,亦即解蔽,亦即存在者之真理。在艺术作品中,已有存在者之真理自行设置入作品。艺术就是真理之自行设置入作品。”[②]总而言之,艺术是通过“真理”才获得自身的本质规定性的,“艺术乃是真理之自行设置入作品”。当然,如前所述,在艺术作品中“发生”的“真理”,是在“世界”与“大地”之间的“源始争执”中自行显现出来的“存在者之无蔽状态”,准确地说,是“存在者之存在进入无蔽状态”。正是如此这般的“真理”之如此这般的“发生”,才使艺术成其为艺术。

这就是海德格尔提出的崭新的艺术本质观,我曾称之为“真理—显现论”艺术本质观,与之相对的称为“现实—再现论”和“主体—表现论”艺术本质观。[③] 为了替“真理—显现论”艺术本质观的出场扫清道路,海德格尔对后两种“艺术本质观”进行了猛烈的批判:

通过对梵高的画《鞋》、迈耶尔的诗《罗马喷泉》的评论,海德格尔猛烈批判了“现实—再现论”艺术本质观。他指出,“艺术作品决不是对那些总是现存手边的个别存在者的再现”,它应当揭示存在者“是什么”,让存在者“在作品中走进其存在的光亮处”、“进入其存在之无蔽中”。[④] “在神庙的矗立中发生着真理。这并不是说,在这里某种东西被正确地表现和描绘出来了,而是说,存在者整体被带入并且保持在了无蔽状态中。……在梵高的油画中发生着真理。这并不是说,在这里某种现成之物被正确地临摹出来了,而是说,在鞋具的器具存在的敞开中,存在者整体,亦即在其冲突中的世界与大地,进入了无蔽状态之中。”[⑤]“现实—再现论”本质观误将“真实”当做艺术的本质规定性,它背靠的是一种流俗的“符合论”真理观(这种真理观的实质乃在“正确性”),因此以“符合一致”为标尺,依据现实事物在作品中是否以及在何种程

① Heidegger, M. *Holzwege*, Frankfurt: Vittorio Klostermann, 1994, SS. 42-48.

② Heidegger, M. *Holzwege*, Frankfurt: Vittorio Klostermann, 1994, S. 25.

③ 可参阅拙文:《论追问艺术本质方式之误——海德格尔艺术本质之思的启示与局限》,《学术月刊》,2007年第11期。

④ Heidegger, M. *Holzwege*, Frankfurt: Vittorio Klostermann, 1994, SS. 21-22.

⑤ Heidegger, M. *Holzwege*, Frankfurt: Vittorio Klostermann, 1994, SS. 42-43.

度上得到了"正确"的描摹来评判艺术作品。在海德格尔看来,这实际上远未触及艺术的真正本质。

同时,海德格尔还对"主体—表现论"艺术本质观进行了猛烈批判。在正文中他指出,艺术的诗意创作的筹划"决非通过进入虚空和不确定的东西",而是通过"对历史性的此在已经被抛入其中的那个东西——大地的开启来实现的"。① 因此,艺术创作实为一种"引出(Holen)",一种"汲取(Schöpfen)",而不是什么"现代主体主义"所视为的"骄横跋扈的主体的天才活动"。② 在后记中,海德格尔还补充说道,"人类如何体验艺术的方式,被认为能解释艺术的本质。不仅对于艺术鉴赏,而且对于艺术创作来说,体验都是决定性的源头。一切都是体验。然而,体验或许正是艺术死于其中的因素。"③

B."本源"论艺术使命观:艺术必须成为我们乃至一个民族的历史性此在的一个"本质之源"。

在我看来,整篇《艺术作品的本源》及其后记和附录的全部论述的最终的和全部的指归,实际上都集中在一点上:重新认识和赋予艺术崭新的历史使命。

这是不言而喻的。从后记中完整抄录黑格尔《美学》中关于艺术命运的三段"判词"来看,海德格尔写作此文并多次公开作系列演讲,主要针对的乃是以黑格尔为代表的"艺术过时论"和"艺术终结论"。在《艺术作品的本源》之后不久写作的《尼采》第一卷④中,海德格尔在谈及黑格尔的美学思想时,再次完整抄录了这三段判词。判词的主要观点就是:艺术不再是一种"绝对需要";艺术的"最高使命"已经结束;艺术的"美好日子"已经一去不复返。而海德格尔则针锋相对地提出:"伟大的艺术"之所以伟大,正因为它是一种"绝对需要";"伟大艺术在现代的沉沦",正是由于"艺术丧失了它的本质,丧失了与其基本使命的直接关联"。⑤ 由此,海德格尔认为,拯救历史性此在"沉沦"命运的希望在艺术,而拯救业已"沉沦"的艺术的命运的当务之急乃是重新认识

① Heidegger, M. *Holzwege*, Frankfurt: Vittorio Klostermann, 1994, S. 63.

② Heidegger, M. *Holzwege*, Frankfurt: Vittorio Klostermann, 1994, SS. 63-64.

③ Heidegger, M. *Holzwege*, Frankfurt: Vittorio Klostermann, 1994, S. 67.

④ 《尼采》第一卷写于1936—1939年。

⑤ Heidegger, M. *Nietzsche* I, Pfullingen: Günther Neske, 1961, SS. 100-101.

和赋予艺术以新的“最高使命”,使之重新成为一种“绝对需要”。

事实上,海德格尔反对将艺术视为一个“伴生”的“附庸”而存在的“文化现象”,反对将艺术当做一种外在于我们的历史性此在的某种认识对象或者活动形式,反对单纯从“模仿”、“体验”或者“美”的角度去思考和理解“艺术”,而主张从“存在问题”出发,从“艺术与人类的历史性此在之内在关联”的视角和高度、从沉思存在的意义和沉思我们乃至整个人类的历史性此在将何去何从的视角和高度去追问“艺术的本质之源”,强调并花大力气去论证“有真理发生”乃是艺术之为艺术的本质规定性等等一系列思想,都是围绕着这一目标展开的。

在海德格尔看来,艺术必须担当起“为真理赋形”和催生我们“自我超越的冷静的决心”的新的“最高使命”,为存在者和作为“历史性此在”的我们“打开一方敞开之域”,从而将我们和存在者带进一个“源于作品而发生了转变”的崭新世界,进而为我们的“本真存在”、为一个民族的新的历史的开端“建基”。根据我的理解,这就是要求艺术必须成为人类精神家园的“叩问者”、“开辟者”和“守护者”,此在重返本真存在的“允诺者”、“召唤者”和“引领者”,要求艺术重新成为一种“绝对需要”。一句话,艺术必须被赋予并担当起一个崭新的历史使命:成为我们乃至一个民族历史性此在之“依本源而居”的一个“先行”的“本质之源”。为此,艺术必须服务于历史性此在由日常的“非本己本真存在”向“本己本真存在”超越之追求。而要实现这个目标,一个显而易见的前提是:文艺本身就应当而且必须具备“超越性品格”。

通过以上梳理我们可以清晰地看到,《艺术作品的本源》非常集中地体现了海德格尔早期的关于“文艺的超越性品格”之思。由于它集中在对于“艺术”与“真理”之本质关联和对于“艺术”之必须成为一种“先行的本质之源”的崭新历史使命的强调,因此更多地体现了海德格尔关于文艺的“形上之维”与“源初道德之维”①两方面的思想。

---

① 此处的“源初道德”概念出自海德格尔《关于人本主义的书信》一文,它的具体内涵,请参阅本书第三章第三节关于“文艺的‘源初道德之维’”问题的相关论述。

二、1936—1946 年《尼采》中对“伟大的艺术”的吁请和对于传统“美学”、“艺术哲学”观念及其研究范式的批判

在《海德格尔之根——尼采、国家社会主义和希腊人》(张志和译,上海书店出版社 2007 年版)一书中,查尔斯·巴姆巴赫曾将尼采思想作为了海德格尔思想的首要源头(该书的最大缺点,是完全忽视了东方思想这个“秘密来源”)。这不是没有根据的。别的不说,长达 1156 页的两大卷演讲录——《尼采》就是明证。[①] 海德格尔在该书的前言中写道:“出版的总体预期是,力求能够同时审视一下我从 1930 年以来直到《关于人本主义的书信》(1947 年)所走过的思想道路。”[②]其地位之重要可见一斑。

《尼采》中涉及的艺术哲学、美学问题很多,[③]为了避免与其他部分重复,我下面的清理只着眼于海德格尔对“伟大的艺术”的吁请和对传统“美学”、“艺术哲学”观念及其研究范式的批判两个方面,它们都是直接与“文艺的超越性品格”相关的思想。

1. 对“伟大的艺术”的吁请

在《尼采》一书中,海德格尔直接表达了他本人对于“伟大的艺术”的看法和吁请。这方面的内容主要集中在第一卷第一章第十三节里。

(1)“伟大的艺术”何以“伟大”

首先,海德格尔指出:“伟大的艺术及其作品之所以在其历史性的出现和存在中是伟大的,是因为它们在人类历史性此在范围内完成着一项决定性的使命,即:它们以作品方式使存在者整体的存在敞开出来,并且把这种敞开状态保存在作品中。艺术和艺术作品必然仅仅作为人类的一条道路和一种流连

---

① 这在海德格尔以专人作品为研究对象的论著中,除荷尔德林之外再无别人可与之比肩。此外,还有一点也很有意思:按照一般的学科建制分类,海德格尔无疑是一个哲学家,可他最钟情两个人:排第一位的荷尔德林是诗人;排第二位的尼采乃古典语文学出身,其著作也大多是哲理性散文或随笔,真正严格意义上的哲学著作《权力意志》却是个半成品,许多部分只有散乱的草稿甚至提纲。还有一点更有意思:尼采思想生命结束(发疯)那年(1889 年)海德格尔出世;次年,尼采即去世。冥冥之中,二人有宿缘存耶?

② Heidegger, M. *Nietzsche* I, Pfullingen: Günther Neske, 1961, S. 10.

③ 国内学者对此已有很深入系统的研究,目前最具代表性的是余虹先生 2005 年出版的《艺术与归家——尼采·海德格尔·福柯》一书。

而存在，在其中，存在者整体之真理，即无条件者、绝对者，向人类开启出自身。"①

在我看来，这里有三点值得注意：第一，海德格尔认为，"伟大的艺术"之所以"伟大"，是因为它能够"对人类的历史性此在有所作为"，即：能够"在人类历史性此在范围内完成一项决定性的使命"；第二，在"伟大的艺术"中，这种"有所作为"或者说这项"决定性使命的完成"是通过"真理之发生和保存"亦即"绝对者向人类开启出自身"来实现的，即："以作品方式使存在者整体的存在敞开出来，并且把这种敞开状态保存在作品中"，"在其中，存在者整体之真理，即无条件者、绝对者，向人类开启出自身"；第三，"伟大的艺术"之所以"伟大"，是因为它的全部存在都集中在承担自己的"根本使命"，即："仅仅作为人类的一条道路和一种流连而存在"。按照海德格尔的整个思想系统，这里的"道路"，显然是指《存在与时间》中作为一种"历史性此在"的人类"向着本真存在超越"的道路；这里的"流连"，显然是指《艺术作品的本源》中所说的"在艺术作品中发生的真理处"的流连。

其次，海德格尔指出："伟大的艺术之所以伟大，首先不仅仅在于被创作的东西的高品质。毋宁说，伟大的艺术之所以是伟大的，因为它是一种'绝对需要'。由于伟大的艺术是这种'绝对需要'，而且只要它是这种'绝对需要'，它也就可能在等级上是伟大的，而且必定在等级上是伟大的。因为，只有基于它的本质性的伟大，伟大的艺术也才能为被生产者的等级创造出一个伟大性的空间。"②

在海德格尔看来：第一，"伟大的艺术"之所以"伟大"首先并非仅仅是指作品的"高品质"，而是指一种"本质性的伟大"，后者乃是前者的"基础"；第二，这种"本质性的伟大"乃是指这种艺术能够成为人类历史性此在的一种"绝对的需要"，这显然是针对前面我已经提到过的黑格尔美学中关于艺术命运的三段"判词"的第一条而言的；③第三，只要艺术能够成为人类历史性此在的一种"绝对的需要"，它在"（品质）等级"上就可能、而且必定是"伟大"的。

---

① Heidegger, M. *Nietzsche* I, Pfullingen: Günther Neske, 1961, S. 100.

② Heidegger, M. *Nietzsche* I, Pfullingen: Günther Neske, 1961, S. 100.

③ 请参见上一节关于《艺术作品的本源》中"'本源'论艺术使命观"的讨论。

第四,海德格尔在此没有明言但从上下文中却可以清晰领悟出的是:当艺术成为了“真理的发生和保存”,成为了“绝对者向人类开启出自身”,从而能够“在人类历史性此在范围内完成一项决定性的使命”时,就可以成为人类历史性此在的一种“绝对的需要”。

(2)“伟大的艺术”在现代的“沉沦”

对此,海德格尔指出:“与美学的支配地位的形成以及对艺术的审美关系的形成同步的,是上述意义上的伟大艺术在现代的沉沦。这种沉沦并非由于‘质量’的降低和风格的卑微化,而是由于艺术丧失了它的本质,丧失了与其基本使命的直接关联。艺术的根本使命就是要表现绝对者,也就是要以决定性的方式把绝对者设置入历史性人类的领域之中。”①

在这段话中,海德格尔首先指出了西方美学史上一个耐人寻味的基本事实:近代“美学”的崛起正好与“伟大的艺术”在现代的“沉沦”同步发生。接着又分析了这种“沉沦”发生的根本原因。他认为,“伟大的艺术”在现代之所以“沉沦”,并不是由于作品“质量降低”或者“风格卑微化”引起的,而是由于艺术“丧失了”自己的“本质”,没有或者已经无力承担起自己的“根本使命”。最后再次重申并进一步阐明了“艺术的根本使命”(当然也就是“艺术”之成为“伟大的艺术”的基本前提),即:表现“绝对者”或者说“以决定性的方式把绝对者设置入历史性人类的领域之中”。

(3)对“伟大的艺术”的吁请

沉思乃是一种吁请(或者拒斥)。在我看来,结合《艺术作品的本源》所表达的思想,以及其后记和《尼采》中对黑格尔美学的批判,再加之在后者中花了整整一节篇幅讨论尼采关于“艺术的伟大风格”的思想②等种种迹象可以认定,海德格尔对“伟大的艺术”及其在现代的“沉沦”的沉思,显然出自对“伟大的艺术”的吁请。可以说,他关于艺术的一切沉思,都是试图向在现代社会中已经“沉沦”的“伟大艺术”之重新出场、重新上路发出吁请。

值得注意的是,海德格尔在对“伟大的艺术”的沉思中依然反复强调了要从艺术与人类的历史性此在之间的内在关联出发思考艺术问题,并且认为

---

① Heidegger, M. *Nietzsche* I, Pfullingen: Günther Neske, 1961, S. 100.

② Heidegger, M. *Nietzsche* I, Pfullingen: Günther Neske, 1961, SS. 146–162.

“伟大的艺术”之所以“伟大”，就在于它“仅仅作为人类的一条道路”而存在，它的全部存在都集中在承担自己的“根本使命”上，而现代艺术之“沉沦”正是由于它放弃了对自己的“根本使命”的担当和坚守。“艺术的根本使命”就在于成为“真理的发生和保存”以及“绝对者向人类的自我开显”，并因此而能够“在人类历史性此在范围内完成一项决定性的使命”，成为人类历史性此在的一种“绝对的需要”。毫无疑问，唯具有“超越性品格”的艺术方能成为如此这般的“伟大的艺术”，而对“伟大的艺术”的吁请就是对“文艺的超越性品格”的召唤。

2. 对传统“美学”、“艺术哲学”观念及其研究范式的批判

海德格尔在《尼采》中对传统“美学”、“艺术哲学”观念所作的批判既有纯理论层面的一般性批判，也有对西方美学史上发生的基本事实的批判性解读，还有针对某些代表性人物的思想所作的具体批判。

（1）对传统“美学”、“艺术哲学”观念及其研究范式的一般性批判

在《尼采》中，海德格尔指出，“美学”的名称与“逻辑学”、“伦理学”的构成“相一致”，它关注的“始终是知识”。所谓“美学”一词的原意是“感性学”，它被视为“关于人类的感性、感受和感情方面的行为以及规定这些行为的东西的知识”。又由于规定着人类感情的东西以及人类感情所关系的东西是“美”，于是这种“美学”又成了“对人类感情状态及其与美的关系的考察；就美处于与人类感情状态的关联而言，美学就是对美的考察”。还由于艺术——只要它是“美的”——就以自己的方式生产出“美”，于是“对艺术的沉思就成了美学”。在其中，人类与艺术生产出来的美的感情关系成了一切规定和论证的决定性领域。在这样一种“关于艺术的美学考察”中，“艺术作品”由于被规定为被生产出来的“艺术之美”，于是又被表象为与感情状态相关的“美”的“载体”和“激发者”；又由于“艺术作品”被设定为特定“主体”的“客体”，于是在对艺术作品的“美学考察”中，起决定作用的便是一种“主体—客体关系”，而且是“主体”、“客体”之间的一种“感情关系”。①

在海德格尔看来，上述的18世纪的这样一种“美学”或“艺术哲学”观念，其错误或缺陷至少有三：其一，“严格来说，感情状态并不是‘美学的’”，所谓

① Heidegger, M. *Nietzsche* I, Pfullingen: Günther Neske, 1961, SS. 92-93.

“对感情状态的美学考察”之所以被称做“美学的”，只不过是因为“它预先就针对由美激发出来的感情状态，把一切都与这种状态联系起来，并以此来规定一切”；其二，这样一种“关于艺术和美的无数美学考察和研究无所作为，无助于我们对艺术的理解，尤其无助于艺术创作和一种可靠的艺术教育”；其三，这样的“美学”旨在追求关于“艺术”和“美”的普遍性“知识”，但“事实上，一个时代是否以及怎样受到一种美学的影响，是否以及怎样从一种美学态度出发来对待艺术，这个事实对于艺术以及艺术在这个时代中怎样塑造历史的方式——或者艺术在这个时代中是否缺席来说，才是决定性的。”①

至于19世纪的“美学”或“艺术哲学”，与形而上学知识日益增长的无能相应，“关于艺术的知识”变成了“关于艺术史的纯粹事实的经验和研究”，并自己成了一门“专业”；“诗歌研究”变成了“语文学研究”；“感情状态”竟成了“人们可以对之进行试验、观察和测量的自行出现的事实”等等。总之，“美学”或“艺术哲学”竟变成了“以自然科学方式工作”的“心理学”、“生理学”。此外，“审美状态”还成为了其他可能状态中间的一个状态，并且出现了“审美的人”这样一个“Gewächs”。②

（2）西方“美学史”的六个“基本事实”及其批判性解读

A. 伟大的希腊艺术始终没有一种与之相称的思想性—概念性的沉思，即便有这样的沉思也必定不同于美学。

对此，海德格尔强调，尽管没有这种对伟大艺术所做的同时代的思想性沉思，但这并不意味着希腊艺术在当时仅仅被“体验”了，处于那种未受概念和知识触动的“体验”的模糊冲动中。希腊人“幸好未曾体验”，一种“如此源初的、足以胜任的、明晰的知识和一种对知识的如此的迷恋”，使得他们“在这样一种知识的明晰状态中根本不需要什么‘美学’”。③

B. 直到希腊人进入那伟大的艺术以及与之同步的伟大哲学走向终结的

---

① Heidegger, M. *Nietzsche* I, Pfullingen: Günther Neske, 1961, SS. 93-94.

② Heidegger, M. *Nietzsche* I, Pfullingen: Günther Neske, 1961, SS. 106-108. 另：此处的“Gewächs”一词，孙译本作“怪胎”（《尼采》上卷，商务印书馆2002年版，第98页），据上下文看很有道理。但该词本义为“热带植物”、“肿瘤”，呈迅速蔓延和恶性膨胀的病态之物。故此处除言“审美的人”乃一“怪胎”之外，恐还言其被广泛滥用。

③ Heidegger, M. *Nietzsche* I, Pfullingen: Günther Neske, 1961, S. 95.

决定性时刻,美学才开端。

对此,海德格尔认为,在这个时代里,柏拉图、亚里士多德形成了那些为后世一切追问艺术的活动划定视界的概念。其中首要的一对概念就是“质料—形式”。借助与“形式”相关的表征外观显现的“相”,艺术作品得以被设置入美的标识中。其次是与“质料—形式”这一区分结合在一起的“τεχνη(技艺)”概念。“技艺”生产原本包括器具生产和艺术生产等广泛的人类活动,但“质料”与“形式”的区分使它获得了特定方向上的解释并失去了其源初的和宽泛的意义力量,“技艺”因此而被狭义化为与对“美”的事物及其观念的制造相联系的“艺术”;而且,“对艺术的沉思”也借助于“美”的途径进入了“美学领域”。但事实上,“质料与形式”的区分,乃源起于器具制作领域,而非源始地赢获于狭义的艺术领域。所以,这些概念对于艺术或艺术作品的把握能力深可怀疑。①

C. 有关艺术的知识史,亦即现在所谓的美学的起源和形成,并非直接出自艺术本身和对艺术的沉思,而毋宁说,它关系到整个历史的一种转变。

对此,海德格尔指出,近代美学的开端始于人和人的知识成为决定因素,决定存在者如何被经验、如何被规定和如何被赋形。人类的自由态度、感受和感觉事物的方式,质言之,人类的“趣味”,成为了存在者的法庭;对艺术之美的沉思明显地、甚至唯一地被置入了与人类感情状态的关联中,感性和感情领域里的“美学”,被认为一如思维领域里的“逻辑学”而被叫做“感性逻辑学”。然而,与“美学”的产生及其对艺术的审美关系的支配地位的形成同步的,却是“伟大的艺术在现代的沉沦”。②

D. 在那个历史性的时刻,亦即在美学获得其发展的最大可能的高度、广度和严格性之际,伟大的艺术走向终结了。

对此,海德格尔认为,“美学”的完成有其“伟大性”,其“伟大性”就在于它认识并且表达了“伟大的艺术”本身的这种“终结”。西方传统中“最后和最伟大的美学”是黑格尔美学。它宣布:至少不再存在要由艺术来表现它(质料)的“绝对需要”了;就其最高规定性方面而言,艺术对于我们已经是“过去

---

① Heidegger, M. *Nietzsche* I, Pfullingen: Günther Neske, 1961, SS. 95-98.

② Heidegger, M. *Nietzsche*I, Pfullingen: Günther Neske, 1961, S. 100.

的事"了;希腊艺术的美好日子和中世纪晚期的黄金时代已经"一去不复返"了。在海德格尔看来,尽管自1830年黑格尔作此断言之后至今仍产生了许多了不起的艺术作品,今后也有可能出现个别受到人们赏识的艺术作品,但都不能改变一个事实:现代艺术已经失去了它趋向"绝对者"的力量,失去了它的"绝对力量"。这一点规定了19世纪艺术的地位和对艺术的认识方式。①

E. 鉴于艺术对其本质的背离,19世纪还再度冒险作出了"总体艺术作品"的尝试。

对此,海德格尔评论说:关于艺术的地位,理查德·瓦格纳致力于"总体艺术作品"的努力是"本质性"的。"总体艺术作品"这个名称提示两点:其一,各种艺术不应当再相互分离地实现,而应当在一个作品中联合在一起;其二,艺术作品还应当成为民众的一个节庆,即:"这种"宗教。在瓦格纳那里,歌剧则成了囊括并本质性地决定所有艺术门类的"总体艺术"。但它所要求的是作为"音乐"的艺术的支配地位,因而是"纯粹感情状态"的支配地位:在其中,感官刺激和感情反应占据了一切,"体验"本身成为了决定性的,而"艺术作品"只不过是"体验的激发者"。在瓦格纳的作品中,艺术欲再度成为一种绝对需要。但现在,"绝对者只还是被经验为纯粹无规定性的东西,被经验为完全消融于纯粹感情之中,被经验为麻木飘散进虚无之中"。他的尝试是注定要失败的,这不仅是由于他的作品中给了音乐相对于其他艺术种类的某种优先性,更严重的在于其背后所体现的"对于艺术整体的审美的基本态度":根据单纯的感情状态理解和评价艺术整体,以及日益严重的对感情状态本身的粗俗化。②

F. 黑格尔关于艺术的断言——艺术已丧失强力,已不能成为对绝对者的赋形和保存的决定性力量,和尼采关于"最高价值"(宗教、道德、哲学)所看清的情况都意味着:人类—历史性此在在存在者整体上的奠基已经失去了其创造性力量和维系力量。

对此,海德格尔认为,其实二者还是有区别的:其一,对于黑格尔来说,与

---

① Heidegger, M. *Nietzsche*I, Pfullingen: Günther Neske, 1961, SS. 100-101. 另:我个人认为,海德格尔作此判断,不仅不妨碍、而且正好印证了他在《艺术作品的本源》中所表达的观点:必须重新认识艺术的本质和重新设定艺术的历史使命。

② Heidegger, M. *Nietzsche* I, Pfullingen: Günther Neske, 1961, SS. 101-105.

宗教、道德和哲学不同，艺术已经陷入了虚无主义之中而成为一个过去了的、非现实的东西；而尼采却要在艺术中寻求对抗虚无主义的反运动。其二，在尼采那里依旧可以看到瓦格纳追求“总体艺术作品”的意志的影响；而在黑格尔那里，艺术作为一个过去了的东西已经成为最高的思辨知识的对象了。其三，黑格尔将美学提升成了一种“精神形而上学”；而尼采则把对艺术的沉思变成了一门“艺术生理学”。①

总之，海德格尔对西方美学史上发生的六大“基本事实”的解读都充满了对“知识化”、“自然科学化”倾向的“美学”或“艺术哲学”的批判。认为它们并非出自艺术本身或者对于艺术的沉思，既无助于对艺术的理解，更无助于艺术创作。“伟大的艺术”不需要它们，而它们也未能、且不可能挽救“伟大的艺术”在现代的沉沦。

(3)对于个别代表性人物“美学”、“艺术哲学”观念及研究范式的批判

第一，对于黑格尔，海德格尔一方面承认他的美学是“西方最后的和最伟大的美学”，②但另一方面却又猛烈地批评其将“美学”拔高成为了一种“精神形而上学”，批评他将艺术当做一种已经过时了的东西而仅仅把它作为“最高的思辨知识的对象”。③

第二，对于尼采，海德格尔批评他把“美学”搞成一门“应用生理学”[尼采在1888年写作的《尼采反驳瓦格纳》(《全集》第八卷第187页)中明确宣称“美学不过是一门应用生理学”]；把关于艺术的知识搞成了一门“艺术生理学”，把艺术研究变成了对“身体状况”和“身体过程”及其“激发原因”的自然科学研究，并把“感情状态”回溯到一种“神经系统的激动”、一种“身体状态”。④

第三，对于雅各布·布克哈特和丹纳，海德格尔批评他们将“关于艺术的知识”转变成“关于艺术史的纯粹事实的经验和研究”，并成为了一门“为自身之故而存在”的“专业”。认为这实质上是把艺术托付给了“自然科学”的说明，将艺术放逐到一个“事实科学”的领域之中，从而背离了它“为一种历史性

① Heidegger, M. *Nietzsche* I, Pfullingen: Günther Neske, 1961, SS. 108–109.

② Heidegger, M. *Nietzsche* I, Pfullingen: Günther Neske, 1961, S. 100.

③ Heidegger, M. *Nietzsche* I, Pfullingen: Günther Neske, 1961, S. 109.

④ Heidegger, M. *Nietzsche* I, Pfullingen: Günther Neske, 1961, S. 109.

此在的伟大的自我沉思服务"这一根本使命。①

综上所述,在《尼采》一书中,海德格尔对"伟大的艺术"的沉思和吁请,再次重申了他对艺术的本质、艺术的本质之源、艺术的根本使命的基本主张;而他对于传统"美学"、"艺术哲学"观念及其研究范式的批判,则主要出于对其"知识化"、"自然科学化"倾向的不满。在他看来,一切人文学科从根本上说都应当是"为一种对历史性此在的伟大的自我沉思服务的东西",②都应当对我们乃至一个民族的历史性此在"有所作为",而上述"美学"、"艺术哲学"则完全背离了这一根本使命。它们从未将艺术纳入"存在之真理"的视野去考量,因而从根本上背离了艺术的本质和根本使命。这样的"美学"、"艺术哲学"研究,远离人类的历史性此在及其自我超越,无力担当起为艺术寻根的使命。

三、1936—1968年对荷尔德林诗歌的阐释中对"诗"、"诗人"、"诗意地栖居"、"荷尔德林的特出意义"等问题的阐发

首先需要说明的是,海德格尔阐释和宣讲荷尔德林诗歌至迟始于1934—1935年冬季学期的弗莱堡大学讲座《荷尔德林的赞美诗〈日耳曼人〉〉和〈莱茵河〉》,在时间上比《艺术作品的本源》都还略早。但因海德格尔阐释和宣讲荷尔德林诗歌的时间跨度大,加之受阐释本身的性质和阐释对象左右涉及的问题较多也较散,理论的严密性和系统性都不及《本源》。为了让我的叙述问题相对集中、线索更加清晰,只好以《对荷尔德林诗的阐释》为基本文献,兼及三部有关荷尔德林赞美诗的专题课堂讲座讲稿和后来收入《演讲与论文集》(1954年出版)的相关篇目,作些梳理。

1. 海德格尔对荷尔德林诗歌的阐释

最集中体现海德格尔阐释荷尔德林诗歌的动机和基本观点的,是1936年题为《荷尔德林与诗的本质》(Hölderlin und das Wesen der Dichtung)的演讲。这次演讲涉及"荷尔德林的特出意义"、"诗意地栖居"、"何为诗"、"何为诗人"等等基本问题,可以说是他阐释荷尔德林的总纲。我下面的梳理以此演

---

① Heidegger, M. *Nietzsche* I, Pfullingen: Günther Neske, 1961, S. 107.

② Heidegger, M. *Nietzsche* I, Pfullingen: Günther Neske, 1961, S. 107.

讲为主，辐射其他。

(1)荷尔德林的特出意义

在这次演讲中，海德格尔首先说明了为何单单选择荷尔德林而不选择别的诗人的诗来揭示“诗的本质”。他给出这样做的合法性与有效性的根据在于：“担负着诗的天职的荷尔德林之诗，特地诗化了诗的本质①。对我们而言，在一种别具一格的意义上，荷尔德林乃是诗人之诗人（der Dichter des Dichters）。”②在我看来，海德格尔这里所说的被荷尔德林之诗“诗化”了的“诗自身特有的本质”，就是该演讲的第五部分所说的“（诗的本质）被嵌入到诸神之暗示与民族之音的相互追求的法则中”。③ 其实，在《荷尔德林的赞美诗〈伊斯特河〉》的第三部分中，海德格尔已结合具体作品就“荷尔德林诗化了诗人作为半神的本质”作出了详尽论证。④ 在此次演讲中，海德格尔围绕“五个中心诗句”给出了五点解说。第一，荷尔德林强调，作诗是“最清白无邪的事业”。这就肯定并凸显了作诗作为一种自由的词语游戏的“游戏”本质。第二，荷尔德林强调，“人借助语言创造、毁灭、沉沦，向永生之物、主宰和母亲返回，见证其本质”。这就昭示出，语言的使命乃是在作品中提供出一种“置身于存在者之敞开状态的可能性”，以便“保证人能作为历史性的人而存在”。⑤第三，荷尔德林强调，“是对话使众多天神得以命名”。这又表明，人的存在建

---

① 后半句话的原文为“……das Wesen der Dichtung eigens zu dichten”（见 Heidegger, M. *Erläuterungen zu Hölderlins Dichtung*, Frankfurt: Klostermann, 1996, S. 34.），此处从孙译本作“特地诗化了诗的本质”（见《荷尔德林诗的阐释》，商务印书馆 2000 年版，第 36 页）。这样翻译忠实于原文，是没有问题的。但这句话所紧承的前一句是：“选择荷尔德林，并不是因为他的作品……体现了诗的普遍本质（allgemeine Wesen der Dichtung）……”。毋庸赘言，与“诗的普遍本质”相对的应该是“诗自身特有的本质”，即后文所说的“诸神之暗示与民族之音的相互追求”；此外，在收入同一集子的《诗歌》一文中，海德格尔也说：“荷尔德林诗意地表达了诗人及其天职，从而诗化了诗的特性，诗的本己要素。”（见 Heidegger, M. *Erläuterungen zu Hölderlins Dichtung*, Frankfurt: Klostermann, 1996, S. 183.）如此说来，“特地诗化了诗的本质”一句究竟从何而来，只好求教于有识方家了。

② Heidegger, M. *Erläuterungen zu Hölderlins Dichtung*, Frankfurt: Klostermann, 1996, S. 34.

③ Heidegger, M. *Erläuterungen zu Hölderlins Dichtung*, Frankfurt: Klostermann, 1996, SS. 46–47. 另：这句引文中的黑体为笔者所加。

④ Heidegger, M. *Hölderlins Hymne《Der Ister》*, Frankfurt: Klostermann, 1984, SS. 153–206. 另：这句引文中的黑体为笔者所加。

⑤ Heidegger, M. *Erläuterungen zu Hölderlins Dichtung*, Frankfurt: Klostermann, 1996, SS. 35–38.

基于作为对话的语言;而自从语言真正作为对话而发生,诸神便达乎词语,一个世界便得以显现。[①] 第四,荷尔德林强调,"诗人创建持存的东西"。这又肯定了诗乃是"存在的词语性建构";而诗人乃是通过本质性词语的命名来创建持存者,使一切存在者作为它所是的存在者而敞开:使诸神得以命名,使万物得以闪亮。[②] 最后,这次演讲的"五个中心句"之一,就是荷尔德林的诗句"充满劳绩,然而人诗意地/栖居在这片大地上"。[③] 海德格尔解释说,诗的本质被嵌入到了诸神之暗示与民族之音的相互追求的法则中。诗人被抛入到了诸神与人类之间的那个"之间(Zwischen)"中。而唯有并且首先在这个"之间"中才能决定——人是谁以及人把他的此在安居何处。荷尔德林的诗不断地并且越来越确实地、出于飞扬涌现的丰富形象越来越质朴地把他的诗意词语奉献给了这一"之间"地带,从而促使我们不得不说荷尔德林乃是"诗人之诗人"。他所创建的诗的本质具有"最高程度的历史性",因为它"先行占据了一个历史性的时代"。[④] 在1963年所作的《荷尔德林诗歌朗诵唱片前言》中,海德格尔重复说了两遍的是:"对我们来说,荷尔德林的诗乃是一种天命。这种天命期待着终有一死的人去响应它。"[⑤]

(2)人的"诗意地栖居"

对于荷尔德林的诗句"充满劳绩,然而人诗意地/栖居在这片大地上",海德格尔解释说,"人诗意地栖居"是指"此在在其根基上'诗意地'存在"。此在绝非作为"劳绩"而是作为一种"惠赐"而被创建(被建基)的,[⑥]因此我们的此在在根基上应当是"诗意的"。在1951年题为《……人诗意地栖居……》的演讲中,海德格尔指出,在现实生活中"栖居"与"诗意"格格不入,因此它并非是在描绘今天的栖居状况:"栖居"并非意味着占用住宅,"诗意"亦非诗人想

---

① Heidegger, M. *Erläuterungen zu Hölderlins Dichtung*, Frankfurt: Klostermann, 1996, SS. 38–40.

② Heidegger, M. *Erläuterungen zu Hölderlins Dichtung*, Frankfurt: Klostermann, 1996, S. 41.

③ Heidegger, M. *Erläuterungen zu Hölderlins Dichtung*, Frankfurt: Klostermann, 1996, S. 33、S. 42.

④ Heidegger, M. *Erläuterungen zu Hölderlins Dichtung*, Frankfurt: Klostermann, 1996, SS. 42–47.

⑤ Heidegger, M. *Erläuterungen zu Hölderlins Dichtung*, Frankfurt: Klostermann, 1996, S. 195.

⑥ Heidegger, M. *Erläuterungen zu Hölderlins Dichtung*, Frankfurt: Klostermann, 1996, S. 42.

象力的非现实游戏;而是说“栖居是以诗意为根基的”。为此,我们必须“从本质上去思栖居和作诗”,亦即“要从栖居方面去思考人们一般所谓的人之生存”。当荷尔德林谈到“栖居”时,他看到的是“人类此在的基本特征”。他是从与这种在本质上得到理解的“栖居”的关系中看到了“诗意”。“人诗意地栖居”意味着“作诗才首先让一种栖居成为栖居。作诗乃是本真的让栖居”。这实际上是在向我们提出一个双重要求:“一方面,我们要出于栖居之本质来思人们所谓的人之生存;另一方面,我们又要把作诗之本质思为让栖居,一种筑造,甚至也许是这种突出的筑造。如果我们按照这样的角度来寻求诗的本质,我们便可达到栖居的本质。”①在 1959 年所作的题为《荷尔德林的大地和天空》的演讲中,“诗意地栖居”被海德格尔喻为“人类与诸神欢乐婚礼”时“大地与天空、人类与诸神”之间“亲密”的“圆舞”。②

(3)关于“诗”

在这次演讲中,海德格尔指出,诗不只是人生此在的附带装饰、短时热情或闲暇消遣,也不只是一种“文化现象”或一个“文化灵魂”的单纯“表达”,而是“历史之孕育基础”。③ “诗乃是存在的词语性建构(Dichtung ist worthafte Stiftung des Seins)。”④作为对存在和万物的本质的创建性命名,诗是首先让万物进入敞开领域的“道说”、一个历史性民族的“原语言”;诗不像游戏那样使人忘记自身,而是把人“聚集到他本己此在的根基上”;诗并非梦幻般的假象,它所道说和采集的就是“现实的东西”。作诗乃是“对诸神的源始命名”,诗的本质“被嵌入”在“诸神之暗示”与“民族之声音”的相互追求的法则中。⑤ 在《……人诗意地栖居……》中,海德格尔强调,要“出于栖居的本质”来思此在之生存和存在,并“把作诗的本质思为让栖居”。于是,“诗(意)”成了人借以

---

① Heidegger, M. *Vorträge und Aufsätze*, Stuttgart: Günther Neske, 1997, SS. 181-183. 另:除“这种”二字外,这段引文中的黑体均为笔者所加。

② Heidegger, M. *Erläuterungen zu Hölderlins Dichtung*, Frankfurt: Klostermann, 1996, SS. 172-173.

③ Heidegger, M. *Erläuterungen zu Hölderlins Dichtung*, Frankfurt: Klostermann, 1996, S. 42.

④ Heidegger, M. *Erläuterungen zu Hölderlins Dichtung*, Frankfurt: Klostermann, 1996, S. 41. 另:这句话在《对荷尔德林诗的阐释》一书中多次出现。

⑤ Heidegger, M. *Erläuterungen zu Hölderlins Dichtung*, Frankfurt: Klostermann, 1996, SS. 41-47.

测度自身的"神性尺度",而"作诗"则成了一种"选择尺度",一种为"人诗意地栖居"建基的运作。①

(4)关于"诗人"及其"天职"

在《荷尔德林与诗的本质》中海德格尔指出,首先,诗人"创建持存",他让现存的那些混乱而短暂的东西"被带向恒定"。② 其次,诗人还被抛入到了"诸神"与"人类"之间,诗人的天职就在于居此中间截获诸神的暗示并传诸民众。③ 其三,在1941—1942年所讲的《荷尔德林的赞美诗〈追忆〉》中,海德格尔围绕"人诗意地栖居"问题指出,唯有诗人能思诗的本质和显示诗意本身,并把它建立为栖居之基。而且"为此建基之故,诗人自身必须先行诗意地栖居";④后来又进一步明确指出,"诗人的诗意栖居先行于人的诗意栖居。诗意创作的灵魂作为这样一个灵魂原本就在家里"⑤;"倘若庆典是某种人类历史的本质来源而诗人又来源于庆典的话,那么,诗人就成了某种人类历史的奠基者。他造就诗意,以便作为历史性的人类的栖居之基"⑥,"诗人的天职就是让美的东西在美的筹划中显现出来"⑦。在该文的结尾处,海德格尔还写道:"作诗就是追忆。追忆就是创建。诗人创建着的栖居为大地之子的诗意栖居指引和奉献基础。"⑧总之,诗人负有为新的历史建基的使命。所以,在《如当节日的时候……》中他指出:"荷尔德林的时代无非是由他的诗句表达出基调的时代";但随后又补充说,所谓"荷尔德林的时代"只不过是"仅仅与荷尔德林同时而恰恰不属于他的时代"。⑨ 其四,在1943年讲解《还乡——致亲人》时,海德格尔说:"诗人的天职是还乡,唯通过还乡,故乡才作为切近本源的国度而

① Heidegger, M. *Vorträge und Aufsätze*, Stuttgart: Günther Neske, 1997, SS. 181–198.

② Heidegger, M. *Erläuterungen zu Hölderlins Dichtung*, Frankfurt: Klostermann, 1996, S. 41.

③ Heidegger, M. *Erläuterungen zu Hölderlins Dichtung*, Frankfurt: Klostermann, 1996, SS. 46–48.

④ Heidegger, M. *Erläuterungen zu Hölderlins Dichtung*, Frankfurt: Klostermann, 1996, S. 89.

⑤ Heidegger, M. *Erläuterungen zu Hölderlins Dichtung*, Frankfurt: Klostermann, 1996, S. 91.

⑥ Heidegger, M. *Erläuterungen zu Hölderlins Dichtung*, Frankfurt: Klostermann, 1996, S. 106.

⑦ Heidegger, M. *Erläuterungen zu Hölderlins Dichtung*, Frankfurt: Klostermann, 1996, S. 135.

⑧ Heidegger, M. *Erläuterungen zu Hölderlins Dichtung*, Frankfurt: Klostermann, 1996, S. 151.

⑨ Heidegger, M. *Erläuterungen zu Hölderlins Dichtung*, Frankfurt: Klostermann, 1996, SS. 75–76.

得到期备。”[①]其五，在《荷尔德林与诗的本质》和《荷尔德林的大地与天空》等多篇讲辞中，海德格尔还暗示，在一个诸神已经逃遁（隐匿）而新的神又尚未到来的“贫困时代”里，诗人的天命乃是“命名”、“召唤”神，[②]并把他的同胞带向“与诸神共舞”的“婚礼”庆典中去。[③] 总而言之，在对荷尔德林诗的阐释中，海德格尔反复强调诗人的“半神（Halbgott）”本质和“为新的历史建基”的根本使命。

2. 海德格尔对荷尔德林诗的阐释与“文艺的超越性品格”

（1）海德格尔阐发荷尔德林诗歌的根本出发点：“为一种对历史性此在的伟大的自我沉思服务”

在《对荷尔德林诗的阐释》（增订第四版）的前言中，海德格尔开宗明义指出：“本书的诸篇阐释无意于对文学史研究或者美学有所贡献。它们乃源于一种思之必然性。”[④]在斯图加特演讲《荷尔德林的大地和天空》的前言中他又强调：“我们并不是要力求澄清荷尔德林属于我们中的哪一种人，关键的问题是：在当下的世界时代中，我们是否能够归属于荷尔德林的诗歌。这是我们的思考的唯一目标。”[⑤]

阐释、评论诗歌而不愿意被视为“文学史研究”或者“美学”方面的论文，这正是海德格尔不同于一般文学或美学“批评家”之处。前面我们已经引证，海德格尔在《尼采》第一卷中明确宣称，对艺术（自然也包括诗歌）的一切沉思都不应当只“为它们自身之故而存在”，而应当成为“为一种历史性此在的伟大的自我沉思服务的东西”。这是海德格尔阐释包括荷尔德林、特拉克尔、施特凡·格奥尔格、里尔克等一切诗人的诗歌的共同动机，也是他阐释梵高、克利等人的绘画和古希腊建筑等等的根本原则。

以中国内地学界未见中译本、也极少讨论的对荷尔德林三部赞美诗的长

---

① Heidegger, M. *Erläuterungen zu Hölderlins Dichtung*, Frankfurt: Klostermann, 1996, S. 28.

② Heidegger, M. *Erläuterungen zu Hölderlins Dichtung*, Frankfurt: Klostermann, 1996, SS. 38–48.

③ Heidegger, M. *Erläuterungen zu Hölderlins Dichtung*, Frankfurt: Klostermann, 1996, SS. 152–181.

④ Heidegger, M. *Erläuterungen zu Hölderlins Dichtung*, Frankfurt: Klostermann, 1996, S. 7.

⑤ Heidegger, M. *Erläuterungen zu Hölderlins Dichtung*, Frankfurt: Klostermann, 1996, SS. 152–153.

篇阐释为例。在《荷尔德林的赞美诗〈日耳曼人〉和〈莱茵河〉》的引论部分中,海德格尔谈到了“作诗与运思”、[①]“诗人之诗意性此在”;[②]在第一部分《日耳曼人》的第一章第三节中谈到了“诗在民族之此在中的惠赐”、“诗歌之为我们自我交战所凭藉的运作通道”等等,第七节中谈到了“作为历史性此在之基本构造的诗与语言”、“作为对话的人之存在”等等;[③]第二章总标题就是“诗之基本情绪与此在之历史性”;[④]第二部分《莱茵河》中,第一章总标题为“作为诸神与人类之间的沟通性中间的半神。诗歌的基本情绪。半神之存有与诗人之天职。”[⑤]第二章总标题为“深化性重复。诗与历史性此在”;[⑥]第三章总标题为“莱茵河源头之为在存有之中间的争执”,第十九节中讨论了“‘亲密性’之为莱茵河源头之强力的源初统一性与‘亲密性’之为存有之奥秘”,第二十一节中讨论了“从诸神和从人类而来之半神的存有之思”。[⑦] 在《荷尔德林的赞美诗〈伊斯特河〉》中同样如此,第一部分题为“河流之本质的诗化——伊斯特河—赞美诗”,[⑧]第五节中讨论了“作为人类居留之蜗居的河流”,第七节中讨论了“作为漫游之蜗居与蜗居之漫游的河流”;[⑨]第二部分题为“索福克勒斯《安提戈涅》中的人类之希腊式解释”,[⑩]第十节中讨论到了“无家可归之最无家可归的人”,第十三节中讨论到了“无家可归之为人类的基底”,第十四

---

① Heidegger, M. *Hölderlins Hymnen《Germanien》und《Der Rhein》*, Frankfurt: Klostermann, 1980, SS. 4-6.

② Heidegger, M. *Hölderlins Hymnen《Germanien》und《Der Rhein》*, Frankfurt: Klostermann, 1980, SS. 6-8.

③ 分别参见:Heidegger, M. *Hölderlins Hymnen《Germanien》und《Der Rhein》*, Frankfurt: Klostermann, 1980, SS. 20-22.; SS. 22-24; SS. 67-68.; SS. 68-72.

④ Heidegger, M. *Hölderlins Hymnen《Germanien》und《Der Rhein》*, Frankfurt: Klostermann, 1980, S. 78.

⑤ Heidegger, M. *Hölderlins Hymnen《Germanien》und《Der Rhein》*, Frankfurt: Klostermann, 1980, S. 163.

⑥ 参见:Heidegger, M. *Hölderlins Hymnen《Germanien》und《Der Rhein》*, Frankfurt: Klostermann, 1980, S. 213.

⑦ 分别参见:Heidegger, M. *Hölderlins Hymnen《Germanien》und《Der Rhein》*, Frankfurt: Klostermann, 1980, S. 239.; SS. 248-250.; SS. 275-284.

⑧ 参见:Heidegger, M. *Hölderlins Hymne《Der Ister》*, Frankfurt: Klostermann, 1984, S. 1.

⑨ 分别参见:Heidegger, M. *Hölderlins Hymne《Der Ister》*, Frankfurt: Klostermann, 1984, SS. 23-31.; SS. 39-55.

⑩ 参见:Heidegger, M. *Hölderlins Hymne《Der Ister》*, Frankfurt: Klostermann, 1984, S. 63.

节中讨论了“人类之又一本质规定性”,第十六节讨论了“作为无家可归之存在者的人类之放逐”,第十八节讨论了“作为存在的发源地”,第二十节讨论了“在无家可归中找到家园——无家可归式存在之二重性”等等。①

总而言之,在海德格尔看来,荷尔德林的诗歌都充满了对人的历史性此在的“忧思”和对本真能在的热切“召唤”,都旨在将我们的历史性此在带向“诗意地栖居”,真正使“作诗”成为了“让栖居”。因此,本质上都在“为一种对历史性此在的伟大的自我沉思服务”。而海德格尔之所以终生狂热地喜爱并阐释和宣讲荷尔德林的诗,就因为荷尔德林能够“直面人类的深渊”,亦即“基底之不在场状态”,②并且向他的“国度里的他人”发出“还乡”的吁请,向他们“传达当前之诸神的讯息”,让他们在聆听自己的歌唱时“为诸神的重返”做好“期备”;就因为他“为了他人的诗意地栖居而先行到诗意地栖居”。可以说,海德格尔对荷尔德林诗歌的阐释中处处透露着这样的信息。

(2)以“思与诗的对话”为主要言说方式、以“人的诗意地栖居”为终极指归

在《对荷尔德林诗的阐释》第二版前言中,海德格尔明确宣称:“这些阐释乃是一种思与一种诗的对话。”因为,荷尔德林诗歌之“历史唯一性”是“绝不能在文学史上得到证明的”,唯有“通过运思的对话能进入这种唯一性”。③在《荷尔德林的赞美诗〈日耳曼人〉和〈莱茵河〉》的引论部分中,海德格尔明确指出,他的阐释的“共同处理方式”即“作诗与运思”;④在阐释《还乡——致亲人》中,海德格尔说,“必须首先有思想者存在,作诗者的话语方式方成为可听闻的”⑤;在他本人所作的小诗《暗示》(被编进诗文集《出自思的经验》)中,

---

① 分别参见:Heidegger, M. *Hölderlins Hymne《Der Ister》*, Frankfurt: Klostermann, 1984, SS. 63–69.;SS. 83–91.;SS. 91–107.;SS. 115–121.;SS. 134–138.;SS. 143–152.

② Heidegger, M. *Erläuterungen zu Hölderlins Dichtung*, Frankfurt: Klostermann, 1996, S. 190. 另:在德语中,“Abgrund”(“深渊”)可拆成“Ab-”(“失去”、“丢掉”)与“Grund”(“基础”、“基底”),海德格尔在这里玩弄了一个巧妙的文字游戏。

③ Heidegger, M. *Erläuterungen zu Hölderlins Dichtung*, Frankfurt: Klostermann, 1996, S. 7.

④ Heidegger, M. *Hölderlins Hymnen《Germanien》und《Der Rhein》*, Frankfurt: Klostermann, 1980, SS. 4–6.

⑤ Heidegger, M. *Erläuterungen zu Hölderlins Dichtung*, Frankfurt: Klostermann, 1996, S. 30.

海德格尔又说,“思者愈稀少,诗人愈寂寞”①。在此观念影响下,无论是阐释荷尔德林还是特拉克尔、格奥尔格等人的诗歌(甚至包括别的文艺作品),他统统都采取“思与诗的对话”的言说方式来进行。

海德格尔对荷尔德林诗歌的阐释,始终都以“人的诗意地栖居”为终极指归。在1951—1954年间,海德格尔以《……人诗意地栖居……》为题分别在比勒欧、苏黎世、慕尼黑、奥尔登堡、塞尔、哈默尔恩作了六次演讲,可见其对此问题的重视非同一般。② 可以说,海德格尔对荷尔德林赞美诗所展开的全部的“思与诗的对话”,都是围绕“诗意地栖居”以及它的衍生主题如“还乡”、“神圣者”、“自然”、“贫困时代里诗人何为”等等来进行的。因为在他看来,只有到达“诗意地栖居”那样一种境界才算是回归到“依本源而居”,也才算是“还乡”。在纪念荷尔德林逝世100周年的一场演讲会上,海德格尔在开场白中说,“诗人(指荷尔德林——笔者注)的已经进入其诗人世界的全部诗歌,乃是还乡之诗歌”③。阐释《还乡——致亲人》,突出“还乡”乃是聆听“家园天使”和“年岁天使”的召唤、“还乡就是返回到本源近旁”,“诗人的天职就是还乡,唯通过还乡,故乡才作为达于本源的切近国度而得到期备”,而诗人的歌唱乃是“‘向’祖国的他人发出神秘的召唤,要他们成为倾听者,使得他们首先学会知道故乡的本质”等等。④ 对《追忆》的阐释,突出的是“追忆”之本质是“对曾在者的想念”,亦是“对将来的先行想念”,要求“诗人先行诗意地栖居”;说“灵魂并未在开端处居家,并未依于源泉而居”;“故乡才是灵魂的本源和本根”;以及“首先勇敢无畏地遗忘家乡,漫游到异乡”与“还乡”的关系等等。⑤ 阐释《如当节日的时候……》,突出的是“诸神必然成为诸神而人必然成为人,而同时又绝不可能孤立地存在,于是才有了它们之间的爱情”;⑥而在《荷尔德林的大地与天空》中对《希腊》一诗的阐释,突出的则是“人类与诸神

① Heidegger, M. *Aus der Erfahrung des Denkens*, Frankfurt: Klostermann, 1996, S. 222.

② 参见:海德格尔:《演讲与论文集》,孙周兴译,三联书店2005年版,第312页。

③ Heidegger, M. *Erläuterungen zu Hölderlins Dichtung*, Frankfurt: Klostermann, 1996, S. 193

④ Heidegger, M. *Erläuterungen zu Hölderlins Dichtung*, Frankfurt: Klostermann, 1996, SS. 13–31.

⑤ Heidegger, M. *Erläuterungen zu Hölderlins Dichtung*, Frankfurt: Klostermann, 1996, SS. 79–151.

⑥ Heidegger, M. *Erläuterungen zu Hölderlins Dichtung*, Frankfurt: Klostermann, 1996, S. 69.

共舞”的“婚礼”庆典。[①] 总而言之，海德格尔对荷尔德林诗歌的阐释，指向的都是一种“诗意栖居”的境界。

(3)着力凸显荷尔德林诗歌的形上性、神性和道德性

在《荷尔德林的赞美诗〈伊斯特河〉》第一部分的第三节，海德格尔专门谈及了“艺术的形而上学解释”；[②]在《荷尔德林的赞美诗〈日耳曼人〉和〈莱茵河〉》的结尾部分第二十四节，海德格尔甚至还专门讨论到了“荷尔德林诗歌的形而上学位置”。[③] 或许正是基于这样一种认识，海德格尔在阐释荷尔德林诗歌时非常注重其形上性。可以说，他在评论荷尔德林的每一首诗时几乎都会说同样一句话：它“诗意地表达了……的本质”。例如：在评论《伊斯特河》时，便说它“诗意地表达了这条河流的河流本质”；在评论《莱茵河》时，便说它诗意地表达了“故乡(本源)的本质”；《还乡》则诗意地表达了“家园的本质”；《如当节日的时候……》则诗意地表达了“神圣者的本质”；《追忆》则诗意地表达了“追忆”作为一种“想念”、而且是“对将来者的想念”这一“本质”；《希腊》则诗意地表达了“人类与诸神的婚礼”这一“庆典的本质”。总而言之，荷尔德林之所以堪称“诗人之诗人”，就因为他突出地体现并强化了“诗的本质(存在之词语性创建)”和“诗人的本质(作为居中的半神向他的同胞传达诸神的讯息)”。

荷尔德林原本就是一个以讴歌“神圣者”、赞美“神性”并试图在一个“诸神”已经“逃遁”而新的“神”尚未到来的“贫困时代”里向自己的同胞传达“诸神的讯息”为自己的“天命”的“半神(诗人)”。[④] 因此，在阐释荷尔德林的诗歌时，海德格尔除了凸显其作品的“形上维度”外，尤其着力于凸显其作品的“神性维度”。譬如在1968年所作的题为《诗歌》的演讲中，海德格尔在结尾

---

① Heidegger, M. *Erläuterungen zu Hölderlins Dichtung*, Frankfurt: Klostermann, 1996, SS. 152–181.

② Heidegger, M. *Hölderlins Hymne Der Ister*, Frankfurt: Klostermann, 1984, SS. 17–19.

③ Heidegger, M. *Hölderlins Hymnen《Germanien》 und 《Der Rhein》*, Frankfurt: Klostermann, 1980, SS. 287–294.

④ 荷尔德林在一首近于自白的诗中写道：“……只要善良，这种纯真，尚与人心同在/人就不无欣喜/以神性来度量自身。/神莫测而不可知吗？/神如苍天昭然显明吗？/我宁愿信奉后者。/神本是人的尺度/……人是神性的形象/大地上可有尺度？/绝无。”这首诗清楚地显明了“神性维度”在荷尔德林心灵深处的位置。

处总结道:"诗歌,荷尔德林的诗歌,它把作诗活动作为受神圣迫使的、为天神所需要的对当前诸神的命名。"①在《荷尔德林诗歌朗诵唱片前言》中,海德格尔说,"荷尔德林的诗道说了什么呢? 他的诗的词语是:神圣者。这个词语道说着诸神的逃遁。它道出,隐遁了的诸神保护着我们。直到我们打算并且能够在诸神之切近处居住。切近之位置乃是家乡的特性";唯有"倾听"并且能够"得体地响应荷尔德林之诗所是的天命",我们才能"由此进入到'诸神之神'或许会在其中显现的那个地方的郊区"。② 在对《如当节日的时候……》一诗的阐释中,海德格尔也总结道:"荷尔德林的诗乃是开端性的召唤,它被正来着者自身所召唤,它道说这个正来着者而且只道说这个作为神圣者的正来着者。"③这样的例子俯拾即是,不胜枚举。

"神圣的"必定也是"道德的"。一个感领"神圣的天命"并"以神性来度量自身"的诗人,他的作品必定也同时是"圣洁的"、"道德的"。事实上,在荷尔德林的诗中,"神圣性"与"圣洁性"乃是合二为一的。因此,海德格尔在阐释荷尔德林诗歌时还着力凸显其"道德维度"。这个问题毋须赘言,我只提示一点:在《荷尔德林与诗的本质》的演讲中,海德格尔郑重列出并着力阐释的第一个中心诗句就是:"作诗是最清白无邪的事业。"

四、1946 年《诗人何为?》中对"世界黑夜(贫困)时代里作为一个真正的诗人的天职与天命"的进一步追问

1946 年 12 月 29 日,为了纪念诗人里尔克逝世 20 周年,海德格尔作了题为《诗人何为?》(Wozu Dichter?)的演讲(后来收入《林中路》)。因为受制于众所周知的因素,这次演讲只在一个极小的圈子里进行。

在这次演讲中,海德格尔试图回答荷尔德林提出的一个问题:在"诸神"和"上帝"都已遁逝、"基督"也已殉道的"世界黑夜时代(亦称'贫困时代')"里,诗人应该担当怎样的天职与天命?

明眼人一看便知,通篇演讲都是海德格尔在对荷尔德林诗歌的阐释中产

---

① Heidegger, M. *Erläuterungen zu Hölderlins Dichtung*, Frankfurt: Klostermann, 1996, S. 192.

② Heidegger, M. *Erläuterungen zu Hölderlins Dichtung*, Frankfurt: Klostermann, 1996, S. 195.

③ Heidegger, M. *Erläuterungen zu Hölderlins Dichtung*, Frankfurt: Klostermann, 1996, S. 77.

生的“诗人的天命”问题之沉思的继续和深化,又一次集中体现了海德格尔关于“文艺的超越性品格”之思。

1. 何为“贫困时代”或者“世界黑夜时代”?

演讲中,海德格尔开宗明义指出:“……在贫困时代里诗人何为?(…und wozu Dichter in dürftiger Zeit?)”是荷尔德林在其哀歌《面包与葡萄酒》中提出的问题。而“在今天,我们已几乎不能领会这个问题了,又怎会想到去把捉荷尔德林所给出的答案呢?”①

(1)“世界黑夜时代”之为“贫困时代”

海德格尔解释说,“……在贫困时代里诗人何为?”里的“时代”指的是“我们自己还置身于其中的时代”。对于荷尔德林的历史经验来说,随着基督的出现与殉道,神的日子就日薄西山了。夜晚开始来临。自从赫拉克勒斯、狄奥尼索斯和耶稣基督这个“三位一体”弃世而去,世界的夜晚便趋于黑夜。世界黑夜弥漫着它的黑暗。上帝的离去与缺席,决定了世界时代的特质。上帝的缺席,意味着再没有上帝来将人和物显明而又确实地聚集于它的周围,而没有了这种聚集,世界历史以及人在其中的栖居便不再被嵌合为一体。更糟的是,随着上帝的缺席,不光诸神和上帝遁逝了,连神性的光辉也已在世界历史中黯然熄灭。“世界黑夜时代”是“贫困时代”,因为它一味地变得“愈加贫困”了。它已经变得如此贫困,以至于身处其中的我们连对“上帝缺席”这件事本身都浑然不觉了。② “世界黑夜的贫困时代已经很久,黑夜久后必达夜半。夜到夜半即最大的贫困。于是,这贫困时代甚至连自身的贫困也体会不出。”“也许世界黑夜现在正趋向其夜半。也许世界时代现在正成为完全的贫困时代。”③

---

① Heidegger, M. *Holzwege*, Frankfurt: Vittorio Klostermann, 1994, S. 269.

② Heidegger, M. *Holzwege*, Frankfurt: Vittorio Klostermann, 1994, S. 269. 另:其实早在十年前所作的《荷尔德林与诗的本质》中,海德格尔就已经指出,荷尔德林以他的诗确定了一个尚未被人觉知的时代。这是一个“贫困的时代”,因为它处在双重的空缺和双重的“不”之中:“遁逝了的诸神之不再与正在到来的神灵之尚未。”(参见:Heidegger, M. *Erläuterungen zu Hölderlins Dichtung*, Frankfurt: Klostermann, 1996, S. 47.)这话的意思很清楚:这是一个完全没有神的光辉照耀和温暖庇佑的时代。这样一个时代既是神性的光辉黯然熄灭、到处弥漫着黑暗深渊的“世界黑夜时代”,又是一个缺乏神佑、人的灵魂无家可归的“贫困时代”。可是,十年后海德格尔不得不旧话重提。由此看来,这个时代的确已经变得如此“贫困”,以致于身处其中的我们连对“上帝缺席”和“诸神隐匿”这件事本身也“毫无觉察”了。

③ Heidegger, M. *Holzwege*, Frankfurt: Vittorio Klostermann, 1994, SS. 269-270.

根据我的理解,在海德格尔看来,荷尔德林已经敏感到、且我们今天仍置身其中的时代,乃是一个诸神已经远逝、上帝已经退隐、基督也已殉道的时代,这样的时代乃是一个没有任何神性之光照耀的时代,因而只能称之为“世界黑夜时代”;在这样一个时代里,由于再也没有了诸神和上帝强大有力的护佑,再也没有了基督出自博大之爱而来的奉献和救赎,所以人类在精神上乃是处于一个没有任何光明、没有任何庇护、没有任何依持、没有任何获救希望的时代,一个彻彻底底的“贫困时代”。

(2)“贫困时代”之为“深渊”

海德格尔解释说,由于“上帝之缺席”,世界便失去了它赖以建立的“基础”;“深渊”(Abgrund)一词本意是“基底”和“基础”,指某物顺势滑落到最下面的基底。但下文这个“Ab-”则将被看做“基础”的“完全缺失”,而“Grund”乃是植根或站立所赖之“基底”。(如此说来,“Ab-grund”便意味着“掉-底”了)而“失去”了“基础”之后,“世界时代”便悬于“深渊”之中。①

2. 在“贫困时代”里“诗人何为”?

(1)“贫困时代”之转变需要“入于深渊之人”

海德格尔讲解说,即便假定还有一种“转变”为这个“贫困时代”敞开着,那么这种“转变”也只有当世界从基底升起而发生“转向”之际才能到来。不言而喻,从“基底”升起便是自“深渊”而来。因此,“在世界黑夜的时代里,人们必须经历并且承受世界的深渊。但为此而必须有入于深渊的人们。”②

(2)“贫困时代之诗人”必须“先行入于深渊”

海德格尔讲解说,世界时代的转变并非可以依赖什么时候某个“新上帝”突然降临或者“老上帝”从埋伏着的某个地方重新杀将出来。如若人没有事先为它准备好一个“居留之所”,上帝即便再次降临也无处可去和无法以一种合乎神的方式居留。唯在“适当时代”里,“曾经在此”的诸神和上帝才会“返回”。这个“适当时代”就是:世界已经借助于人在正确的地点以正确的方式发生了“转变”的时代。但人的转变唯在他们“探入本己的本质”之际才会发生。而这便是:“终有一死者比天神们更早地抵达深渊。……在终有一死者

① Heidegger, M. *Holzwege*, Frankfurt: Vittorio Klostermann, 1994, SS. 269-270.

② Heidegger, M. *Holzwege*, Frankfurt: Vittorio Klostermann, 1994, S. 270.

当中,谁能比其他人更早并且与众不同地入于深渊,谁便能经验到那深渊所作的标记。”那么,在“终有一死者”当中,究竟有谁能比其他人更早且与众不同地入于深渊,并经验到那深渊所作的标记呢?海德格尔以荷尔德林举例暗示:唯有能自觉感领并勇敢担承起自己的“天职”的诗人,才正是这样的人。[①]

(3)“贫困时代”里“诗人之天职”

海德格尔讲解说,所谓“深渊的标记”,“对于诗人来说,这便是远逝诸神的踪迹”[②]。因此,“在贫困时代里作为诗人便意味着:吟唱着去摸索已经远逝了的诸神之踪迹”。在诸神已经远逝、上帝已经退隐——神及神性完全缺失的“贫困时代”里,“诗人的天职”便是“能在世界黑夜的时代里道说神圣”。为此,在这样一个时代里,“真正的诗人的本质还在于,诗人之全体及诗人之天职出于时代的贫困而率先成为诗意的追问。因此之故,‘贫困时代里的诗人’必须特别地诗化诗的本质。”[③]

根据我的理解,这里讲了三层意思:第一,要在贫困时代里做一个真正的诗人,他就必须比他的同胞更早地并且与众不同地深入深渊,找寻早已逝去的诸神的依稀踪迹;第二,要在贫困时代里做一个真正的诗人,他就必须道说神圣,向他的同样作为终有一死者的同胞传达诸神的“踪迹”和“暗示”,从而使他们踏上“转变”之路,以便为诸神和上帝的“返回”作好“准备”。第三,要在贫困时代里做一个真正的诗人,他除了必须“诗意地道说神圣”外,还必须自觉感领自己的天命和天职:率先成为“诗意追问”本身,因而他需要“特别地诗化诗的本质”(详见本书第三章)。

围绕上述“贫困时代里诗人的天职”,海德格尔接着作了如下阐释:

我们所置身于其中的时代乃是一个完全贫困的时代。这个时代的贫困不光因为“上帝之死”,还因为“终有一死的人尚未居有他们的本质”:“缺乏痛苦、死亡和爱情之本质的无蔽”;尤其是因为“技术统治”彻底摧毁了我们存在的“源始根基”——“自然”,我们被抛进了“绝无庇护”的状态。计算性思维和技术本质(Gestell)将世界时代带入了“单纯技术的白昼的世界黑夜”里。[④]

---

① Heidegger, M. *Holzwege*, Frankfurt: Vittorio Klostermann, 1994, SS. 270–271.

② Heidegger, M. *Holzwege*, Frankfurt: Vittorio Klostermann, 1994, S. 271.

③ Heidegger, M. *Holzwege*, Frankfurt: Vittorio Klostermann, 1994, S. 272.

④ Heidegger, M. *Holzwege*, Frankfurt: Vittorio Klostermann, 1994, SS. 274–295.

现在,“不仅人失去了庇护”,而且一切“美妙之物自行隐匿,世界变得不美妙了。因为,不仅作为通往神性的踪迹的神圣处于遮蔽之中,而且就连那通往神圣者的踪迹——美妙之物看上去也全然绝迹了。”①在这样一个时代里,一切都变成了技术制作物和市场价值。“危险正落到人身上。”危险源自一种威胁:人的本质在“人对存在本身的关系”中受到威胁。这种危险隐藏在一切存在者的深渊之中,为了看见并指出这种危险,必须有较早达乎深渊的人。②

这个“完全贫困的时代”正需要它的诗人成为这样的人。人在本质上勇于冒险,但诗人必须成为敢于“深入存在根基之破碎处”亦即“存在之深渊”的“冒险更甚者(Wagenderen)”。③ 他们将进行一系列具有相互关联的“冒险”活动:首先是“存在区域之冒险”,其次是“语言之冒险”,再其次是“道说之冒险”,最后是“在不妙中吟唱美妙的冒险”。④ 因为“唯有在美妙事物的最宽广之轨道中,神圣者才能显现出来”。⑤

作为“冒险更甚者”,诗人在走向神圣者之踪迹的途中。他们能体会“不妙”之为“不妙”。他们在大地上歌唱着“神圣者”,赞美着“存在之球”的完好无损。“不妙”之为“不妙”引导我们追踪“美妙事物”。“美妙之物”召唤着“神圣”。“神圣”联结着“神性”。“神性”将“神”引近。作为“冒险更甚者”,诗人在“不妙事物”中体会着“无庇护性”。作为“美妙之物的歌者”,“贫困时代的诗人”为“终有一死者”带来早已消逝在世界黑夜之黑暗中的“诸神之踪迹”。因此,对于“贫困时代的诗人”来说,“诗的本质是理应受到追问的,因为他们诗意地追踪他们的有待道说者”。里尔克所触及的“诗人的问题”正是:“何时才有本质性的歌唱?”⑥

---

① 海德格尔意在强调,在这个一切最终都被拉平成了制作的“单纯技术的白昼”的“世界黑夜”里,世界黑夜之“黑”和贫困时代之“贫困”都到达了极点:一切神圣之物和美妙之物都隐蔽不现了。另:该句“因为”处原文为“Dadurch”,其后接的是对“世界变得不美妙了”这一论断的解释。孙译本《林中路》第 301 页译作“这样一来”,似乎后面所接的理由倒成了结果。参见:Heidegger, M. *Holzwege*, Frankfurt: Vittorio Klostermann, 1994, S. 295.

② Heidegger, M. *Holzwege*, Frankfurt: Vittorio Klostermann, 1994, S. 295.

③ Heidegger, M. *Holzwege*, Frankfurt: Vittorio Klostermann, 1994, SS. 296-297.

④ Heidegger, M. *Holzwege*, Frankfurt: Vittorio Klostermann, 1994, SS. 297-319.

⑤ Heidegger, M. *Holzwege*, Frankfurt: Vittorio Klostermann, 1994, S. 319.

⑥ Heidegger, M. *Holzwege*, Frankfurt: Vittorio Klostermann, 1994, S. 319.

3.“贫困时代之诗人”的代表

那么,哪些诗人才算得上是“贫困时代的诗人”呢?

从这次演讲选择的时机、主题以及对其诗歌的具体阐释和分析来看,海德格尔认为,里尔克可以算一个。虽然他的诗在存在历史的轨道上还没有达到荷尔德林那样的地位和起点,但他以自己对“无庇护性”这一“本质性的吟唱”,道出了技术时代人类的“贫困”。此外,他的诗还道出了歌者(诗人)的天命与天职:歌唱美妙,道说神圣。

当然,在海德格尔看来,最能代表“贫困时代的诗人”的,还是首推荷尔德林。因为他的作诗活动如此亲密地诗意地思了“存在之澄明”,并且到达了属于“存在之命运”的“存在之敞开状态”。因此,在他那个时代里任何别的诗人都无法与之比肩抗衡。[①] 不仅如此,荷尔德林还是“贫困时代的诗人”的“先行者”。因此,这个世界黑夜时代里的任何诗人都超不过荷尔德林。他不会被超越,也不会被遗忘。[②]

总而言之,“贫困时代的诗人”应当做敢于先行入于深渊的“冒险者”、美妙之物的“歌唱者”、神圣之物的“道说者”、引领其听众以主动“转变”来为天神“重返”做好准备的“先行者”。在世界黑夜的贫困时代里,诗人应当自觉感领和主动承担自己的天命与天职:“道说神圣”,并因此而率先成为一种“诗意追问”。毋须赘言,集中阐明诗人之天命与天职的《诗人何为?》一文,其全部内容直接就是关于“文艺的超越性品格”之思。

第四节 深化(上):1946—1959年对“语言—存在”问题的沉思

> 语言是存在之家
> 人居住在语言之家中
> 思者和诗人是这个家的守护者
> ——海德格尔

---

① Heidegger, M. *Holzwege*, Frankfurt: Vittorio Klostermann, 1994, S. 273.

② Heidegger, M. *Holzwege*, Frankfurt: Vittorio Klostermann, 1994, S. 320.

海德格尔相关思想的深化发生在20世纪40年代中期和整个50年代,其关键点是1946年与法国哲学家让·波弗勒《关于人本主义①的书信》。该信率先阐发了"语言是存在之家,人居住在语言之家中,思者和诗人是这个家的守护者"的思想,标志着他将在未来的15年中踏上一条从"存在问题"出发沉思"语言"的道路(与之同时的是对"技术"的追问)。

这其中的理路又是怎样的呢?在《艺术作品的本源》中,海德格尔说,"一切艺术本质上都是诗",而"语言保存着诗的源初本质";②在1936年所作的《荷尔德林与诗的本质》演讲中,海德格尔又谈到"诗乃是存在的词语性创建"、"语言乃是人类此在的最高事件"。③ 如果做一种回溯性考察,海德格尔追索的思路应当是:存在→"存在的无蔽状态"→"真理"→"艺术"→"诗"→"语言"。因此,接下来便是1950—1959年《在通向语言的途中》里对"在语言之说中栖居"、"思与诗是近邻"、"思与诗的对话"、"诗性语言"及其与"存在"之关系等等问题的沉思。

需要特别注意的是,海德格尔对"语言问题"的沉思从来不是、也决不打算是"语言学的",正如他思考"艺术问题"、"诗的问题"从来不是、也决不打算是"文学的"或"美学的"一样。他绝不允许它们只是"为自身之故而存在"。海德格尔对"语言"的沉思,同样源自其关于"此在"的"非本真存在"和"向本真存在超越"这个"独一的问题"。

《在通向语言的途中》一书里,在《诗歌中的语言》中,海德格尔宣称,"一首诗的伟大正在于,它能够掩盖诗人这个人和诗人的名字";在《语言的本质》和《词语》中,海德格尔又重点阐释了一句著名的诗句:"词语破碎处无物存在";等等。我后面的阐释、分析将会表明:在这些表述中,都可以清楚地看到海德格尔对"文艺的超越性品格"的强烈诉求。

---

① "Humanismus"通译为"人道主义",宋祖良先生对此多有批评。见《拯救地球和人类未来:海德格尔后期思想》,中国社会科学出版社1993年版,第226—232页。

② Heidegger, M. *Holzwege*, Frankfurt: Vittorio Klostermann, 1994, S. 59. ; S. 62.

③ Heidegger, M. *Erläuterungen zu Hölderlins Dichtung*, Frankfurt: Klostermann, 1996, S. 41. ; S. 40.

一、1946 年《关于人本主义的书信》中对“语言是存在之家，人居住在语言之家中，思者和诗人是这个家的守护者”这一思想的阐发

1946 年，为了替自己饱受误解和责难的“存在主义哲学”辩护，萨特发表了《存在主义是一种人本主义》的著名演讲，迅速在欧美学界刮起了一阵旋风。法国哲学家让·波弗勒便写信给他长期保持交流、此时尚处于“被冷冻”状态的师友海德格尔询问其看法，并将萨特演讲辞的法文版一并寄达。于是便有了《关于人本主义的书信》(Brief über den Humanismus)的问世。这是标志海德格尔思想又一次转向的一个新的里程碑。其内容涉及范围之广，可谓是海德格尔自 1927 年发表《存在与时间》以来的一个思想总结，它不仅预示了此后海德格尔思想重心向“语言与存在”和“技术与存在”的转移，而且对于我们理解海德格尔与“存在主义”、“生存主义”的区别也大有裨益。

该信几乎是开门见山地提出了那个广为传布的著名观点：“存在在思想中来到语言。语言是存在之家。人居住在语言之家中。思者和诗人是这个家的守护者。”①因此，我下面的梳理将主要围绕“存在”、“语言”、“思者与诗人”这三个维度来展开。

1. “现代人的无家可归状态”

早在《存在与时间》中，海德格尔已经阐明：“存在”的意义是“此在”在自身的存在中并且就通过自身的存在去领悟、理解和阐释出来的。因此，追问“存在”首先得追问“此在之存在”。又由于“日常此在”首先和通常处于一种“非本己本真存在状态”之中，所以“此在之存在”突出现身为一种“此在的无家可归状态”。这一点在现代人的存在中体现得尤为明显。因此，在《关于人本主义的书信》中，海德格尔花了大量篇幅来讨论所谓“现代人的无家可归状态”问题。

海德格尔写道，在关于荷尔德林的哀歌《还乡》的演讲中，“‘家乡’一词在这里是在一种根本意义上被思的……是在存在历史的意义上被思的……其意图乃是要出于存在之历史的本质来思现代人的无家可归状态”；②而“如此去思的无家可归状态，乃是以存在者的存在之被丢开不管状态

① Heidegger, M. *Wegmarken*, Frankfurt: Vittorio Klostermann, 1996, S. 313.

② Heidegger, M. *Wegmarken*, Frankfurt: Vittorio Klostermann, 1996, S. 338.

(Seinsverlassenheit des Seienden)为依据的。这种无家可归状态是存在之被遗忘状态的标志。”①如今,“无家可归状态已变成了一种世界命运。因此从存在历史上来思这种天命,就是必需的。马克思在某种根本和重要的意义上从黑格尔出发当做人的异化来认识的东西,与其根源一道都可以追溯到现代人的无家可归状态②。这种状态形成,准确地说是自存在之天命而来在形而上学之形态中引起的,它通过形而上学得以加强,同时又被形而上学作为无家可归状态掩盖了起来。”③

根据我的理解,以上所引的三段话主要讲了这么四层意思,这些意思在信中都有展开:第一,从存在的历史来看,现代人在思想—精神上陷入了普遍的“无家可归状态”,而且这种“无家可归状态”已经成为了一种“世界命运”;第二,这种“无家可归状态”乃是“存在之被遗忘状态”的“标志”,它既“被形而上学加强”同时又“被形而上学掩盖起来”了;第三,造成这种“无家可归状态”的表层原因有两点:一是现代人对“存在者的存在”采取了“丢开不管”的态度(人类中心主义只顾一味地攫取和占有存在者),二是长期以来,“形而上学”以错误的方式去思“存在问题”;其根本原因则是“存在之被遗忘”;第四,唯有“从存在之历史来思”④现代人的“无家可归状态”这种“世界天命”,才有望克服这一状态。

海德格尔思及这个问题,显然是与他自《存在与时间》以来的一贯主张相一致的。在该信中,他写道:“倘若人将来能成熟稳重地思存在之真理,那么

---

① Heidegger, M. *Wegmarken*, Frankfurt: Vittorio Klostermann, 1996, S. 339.

② 此句原文为:“……, reicht mit seinen Wurzeln in die Heimatlosigkeit des neuzeitlichen Menschen zurück.”(见 *Wegmarken*, Frankfurt: Vittorio Klostermann, 1996, S. 339.)孙译本作“与其根源一起又复归为现代人的无家可归状态了”(见《路标》,商务印书馆2000年版,第400页)。这样翻译容易给人造成这样两点误解:第一,马克思提出“人的异化”问题后,这个问题似乎就暂时消失或解决了,如今又以“现代人的无家可归状态”重新“复归”了;第二,马克思的相关思想不属于“现代”思想范畴。事实上,在德语中,“etw. reicht in etw. zurück”是一个固定的惯用语,意思是“…起源于…”、“…可以追溯到…”的意思。

③ Heidegger, M. *Wegmarken*, Frankfurt: Vittorio Klostermann, 1996, SS. 339-340.

④ 根据我的理解,海德格尔所说的“从存在的历史来思”,即是要警觉“存在之被遗忘的历史”,不再把“存在”偷换成“存在者”或者“存在者的整体”,也不再把“存在”等同于“存在者的存在”,而是要从“存在即存在本身”出发来思“存在”。

他就要从绽出—生存来思”;[①]并且在另一处还重申了《存在与时间》第 38 页中的一句话:“哲学的一切追问都要‘回敲进生存中去’。”[②]

2.“语言是存在之家,人居住在语言之家中”

对此,海德格尔先在该信中写道,“语言在其本质中并非某个有机体的表现,亦非某个生物的表达。它决不让自己从符号特性方面得到本质正当的思考,或许也不让从含义特性方面得到本质正当的思考。语言乃是存在本身之澄明着—遮蔽着的抵达。”[③]“作为这种简单的东西,存在始终是神秘的、一种并不显眼的支配运作的质朴的切近。这种切近作为语言本身而成其本质……根据语言的存在历史之本质来看,语言即存在之家,语言就是因存在而成其自身、并且由存在来贯通和安排的存在之家。所以需要从对存在的回应来思语言之本质,准确地说是要把语言之本质思为这样一种回应,思为人之本质的居所。”[④]“毋宁说,语言是存在之家,人就在其中居住着绽出—生存,以其守护并归属于存在之真理的方式。”[⑤]

根据我的理解,这几段话主要讲了三层意思:第一,从存在之真理和存在之历史来看,“语言”乃是“存在”自行敞开、自行抵达归属于它的人的栖留之“家”;第二,对于真正确知而且尊重存在本身的人来说,“存在”总是“神秘的”,只能依赖“存在”自行达至并在其中自行敞开的“语言”本身,作为本质上“绽出—生存”的人才能“切近”它;第三,以“绽出—生存”为本质的人只能以其守护并归属于“存在”的方式,方可“居住在语言之家中”。

那么,“存在”是如何被“带向语言”这个“家”的呢?海德格尔写道:“通过运思,思想采取行动。这样采取行动大概是最简易同时又最高级的,因为它关涉存在与人的关联。”[⑥]“思想完成存在与人的本质之关联。它并不制造和生产这种关联。思想仅仅把这种关联作为存在托付给它(指思想——笔者注)自己的东西而带给存在。”[⑦]“为了道说存在之真理,思想则让自己为存在

---

① Heidegger, M. *Wegmarken*, Frankfurt: Vittorio Klostermann, 1996, S. 336.

② Heidegger, M. *Wegmarken*, Frankfurt: Vittorio Klostermann, 1996, S. 343.

③ Heidegger, M. *Wegmarken*, Frankfurt: Vittorio Klostermann, 1996, S. 326.

④ Heidegger, M. *Wegmarken*, Frankfurt: Vittorio Klostermann, 1996, S. 333.

⑤ Heidegger, M. *Wegmarken*, Frankfurt: Vittorio Klostermann, 1996, S. 333.

⑥ Heidegger, M. *Wegmarken*, Frankfurt: Vittorio Klostermann, 1996, S. 313.

⑦ Heidegger, M. *Wegmarken*, Frankfurt: Vittorio Klostermann, 1996, S. 313.

所取用。思想成就这一让。思想乃是通过存在而成为存在的任务的。"①而"存在在思想中达至语言"。② 当然,海德格尔同时也提醒说,在"存在之真理达至语言"的时候,"或许要求语言更少些仓促的表达,反倒是适当的沉默"③。

根据我的理解,海德格尔在这里讲了这么几层意思:第一,"思想"在运思中关涉到"存在与人的关联",但这种关联并非是"思想"所"制造"或"生产"出来的,"思想"的事功不过是将这种关联带给了"存在"而已。第二,为了"道说存在之真理","思想"自身更需要保持适当的沉默,以往那些关于"存在"(实为"存在者")的哲学聒噪,大多是毫无意义的。第三,"存在之真理"乃是通过恰当的"思想"而"达至语言"的。当然,这里的"语言"是指"本真的语言",即"让自己为存在所取用"、"守护并归属于存在之真理"的语言。第四,"存在在思想中达至语言",准确地说,"存在"在"回应""存在之真理"的"思想"中"被带向语言"。

那么,应当如何准确理解"语言是存在之家,人居住在语言之家中"呢?海德格尔写道:"思想在其道说中仅仅把存在之未被说出的词语带向了语言。……存在自行澄明着达至语言。它总是在通向语言的途中。就此而言,这个达至者也把绽出一生存者的思想在其道说中带向语言。……这绽出一生存者运思着居住在存在之家中。"④"存在即是保护。存在这种保护把在其绽出一生存本质中的人如此这般地保护到它的真理中——它使绽出一生存者居住在语言中。因此,语言既是存在之家也是人的本质之居所。唯其因为语言是人的本质之居所,历史性的人类和个人才可能不以他们的语言为居所,以至于语言在他们那里变成了他们的各种阴谋诡计的外壳。"⑤

根据我的理解,海德格尔这两段话主要讲了三层意思:第一,"语言"是"存在"和"人的本质"共同的"家园";第二,人乃是作为"绽出一生存者""运思"着"居住"在"语言"这"存在之家"中;第三,从根本上说,"人居住在语言

---

① Heidegger, M. *Wegmarken*, Frankfurt: Vittorio Klostermann, 1996, S. 313.

② Heidegger, M. *Wegmarken*, Frankfurt: Vittorio Klostermann, 1996, S. 313.

③ Heidegger, M. *Wegmarken*, Frankfurt: Vittorio Klostermann, 1996, S. 344.

④ Heidegger, M. *Wegmarken*, Frankfurt: Vittorio Klostermann, 1996, SS. 361–362.

⑤ Heidegger, M. *Wegmarken*, Frankfurt: Vittorio Klostermann, 1996, S. 361.

之家中”,乃是“存在”这种“保护”将本质上作为“绽出—生存者”的人“保护到存在之真理中去”的结果。

3.“思者和诗人是这个家的守护者”

为什么说“思者和诗人是这个家的守护者”呢?海德格尔紧接着就给了一个明确的回答:“就这些守护者通过他们的道说将存在的敞开状态带向语言并保持在语言中而言,他们的守护就是存在的敞开状态之实现。”①

在该信中,海德格尔花了大量笔墨谈论形而上学之思和科学之思对“人的本质”、对“存在”、对“语言”、对“思想”自身的伤害,而要克服这些,当然需要“思者”和“诗人”存在并且成为“语言”这个“存在之家”的“守护者”。之所以如此,海德格尔主要谈了两个层面的原因:

首先,“人是存在的守护者”。他说,“人其实是被存在本身‘抛’入存在之真理的,他如此这般地绽出—生存着,守护着存在之真理,以便在存在之光中存在者作为它所是的存在者显现出来。……因为根据存在之天命,他作为绽出—生存者必须守护存在之真理。人是存在的守护者。”②海德格尔解释说,“作为存在之‘绽出—生存着’的反抛,人比‘理性的动物’要多些,因为他恰恰比那个从主体性来理解自己的人要少些。人不是存在者的主人。人是存在的守护者。在这种‘少些’中,人并无亏损,反倒有所收获,因为他进入了存在之真理中。他获得了守护者的根本性贫穷,而守护者的尊贵就在于:被存在本身召唤进存在之真理之真(Wahrnis)中。”③

其次,“人是语言的守护者”。海德格尔先谈到了“到处迅速蔓延着”的“语言之荒芜”和“语言之沉沦”,说“在现代主体性形而上学的统治下,语言几乎不可遏止地脱落于它的要素了。语言还拒不向我们显示它的本质,即:它是存在之真理的家。语言反倒已委身于我们的单纯意愿和驱动而成为主宰存在者的工具了。”④一句话,语言也会“生病”,而且已经“病了”,“病”得还很重。自然也就需要“思者”去“守护”了。

那么,“思者”如何成为“语言”这一“存在家园”的“守护者”呢?海德格

① Heidegger, M. *Wegmarken*, Frankfurt: Vittorio Klostermann, 1996, S. 313.

② Heidegger, M. *Wegmarken*, Frankfurt: Vittorio Klostermann, 1996, SS. 330–331.

③ Heidegger, M. *Wegmarken*, Frankfurt: Vittorio Klostermann, 1996, S. 342.

④ Heidegger, M. *Wegmarken*, Frankfurt: Vittorio Klostermann, 1996, S. 318.

尔主要谈了两个方面:

第一,让“思想”成为“存在之思想”。他说:“质言之,思想乃是存在之思想。这个第二格说出了双重意思。思想是存在的,因为思想因存在而成其自身,归属于存在。同时,思想又是存在之思想,因为思想以倾听存在的方式而归属于存在。作为倾听着归属于存在的东西,思想就是切近其本质渊源而存在的东西。思想存在着——这就是说:存在自身向来已经命运般地支撑着思想之本质了。”①

第二,让“语言”成为“存在之真理的语言”。“但如果存在之真理对思想来说已变得值得一思了,那么,对语言之本质的沉思也就必定获得了另一种地位。”②“如果人要再度进入存在之切近处他就必须首先学会在无名中生存……人在说话之前,必须先让自己重新接受存在的招呼……唯其如此,词语方能重新获得其本质之宝贵,而人也方能重新获得在存在之真理中居住之家园。”③

至于“诗人”如何成为这个“家”的“守护者”,海德格尔先是谈到了荷尔德林,说他的《思念》一诗所表达的“世界历史性”比歌德的“世界公民”更具有“开端性”和“未来性”;④然后在信快要结束的地方(倒数第五自然段)又说道:“作诗与思想一样以同样的方式面对着同一个问题。但亚里士多德在《诗学》中讲过一句始终具有价值却几乎未曾被深思过的话:作诗比对存在者的探查更真。”⑤

或许因为对方是一个哲学问学者,或许因为信写至此的确已经太长(《全集》版至此已满满50页!),或许因为海德格尔本人也还处在沉思中,该信中谈论“诗人”的篇幅比谈论“思者”的少了许多。于是,便有了后来整个20世纪50年代对“语言之路”(主要是“诗性语言”)的集中思考。

4.《关于人本主义的书信》与“文艺的超越性品格”

对于这个问题,只需提示一个思考角度:强调应“从‘现代人的无家可归

---

① Heidegger, M. *Wegmarken*, Frankfurt: Vittorio Klostermann, 1996, S. 316.

② Heidegger, M. *Wegmarken*, Frankfurt: Vittorio Klostermann, 1996, S. 318.

③ Heidegger, M. *Wegmarken*, Frankfurt: Vittorio Klostermann, 1996, S. 319.

④ Heidegger, M. *Wegmarken*, Frankfurt: Vittorio Klostermann, 1996, S. 339.

⑤ Heidegger, M. *Wegmarken*, Frankfurt: Vittorio Klostermann, 1996, SS. 362-363.

状态'这一'世界命运'出发来思……"这一点自不必说,海德格尔在该信中所提出的"语言是存在之家"和"思者和诗人是这个家的守护者"这两个核心命题,显然也都属于"文艺的超越性品格"之思的范畴。

前者将"语言"提到了"人的本质和存在之真理的存在家园"的高度。由于在海德格尔那里有"一切艺术本质上都是诗",而"一切诗都是源初的语言"的逻辑和观念,因此,毫无疑问,这个命题乃是对"文艺的超越性品格"的间接表达和诉求,也是对以往将文艺仅仅视为一种"伴生的文化现象",人类的一种"模仿"、一种"表现"甚至一种"消遣"行为等文艺观的批判和警醒;而后者则将"诗人"(当然泛指一切文学家、艺术家)提到了"存在家园的守护者"的高度。这显然也是对"诗人的天职与天命"问题的再一次重申,再一次将文学家、艺术家的"责任感"和"使命感"提到了前所未有的高度。这当然更是对"文艺的超越性品格"的直接表达和诉求。这两个核心命题都暗示出一个思想:一切文艺都应成为对"存在家园"的"筑造"①和"守护"。

本节序言中我即预断,以上清理也已表明:正如他思考"艺术问题"、"诗的问题"从来不是、也决不打算是"文学学的"或"美学的"一样,海德格尔对"语言问题"的沉思从来不是、也决不打算是"语言学的"。它们同样源自其关于"此在"的"非本真存在"和"向本真存在超越"这个"独一的问题"。他绝不允许它们只是"为自身之故而存在"。

更重要的是,作为海德格尔思想进程的里程碑和思想转向的标志,《关于人本主义的书信》为他整个20世纪50年代对"语言之路"尤其是"诗性语言"和"在语言之说中栖居"的持续沉思奠定了基础。

二、1950—1959年《在通向语言的途中》里对"在语言之说中栖居"、"思与诗是近邻"、"思与诗的对话"等问题的沉思和对特拉克尔、格奥尔格诗歌的阐发

在1950—1959年间,海德格尔作了一系列关于"语言"的演讲,后来结集成了《在通向语言的途中》(*Unter Wegs zur Sprache*)一书。毋须赘言,海德格尔

---

① 关于"作诗本质上乃是一种筑造"这一思想,集中表现在海德格尔1951年所作的两场同题演讲《筑·居·思》中。详情请参阅本书第二章第五节的相关内容。

的“语言之路”是他的“存在之思”的自然延伸和必然发展。在其中,他自“本真存在”而来的“诗意地栖居”的思想得到了进一步深化与发展,主题成了“在语言之说中栖居”,并围绕它做了系统性言述。

1.“在语言之说中栖居”

首先需要说明的是:关于什么是“在语言之说中栖居”,海德格尔并未专门作出解释。原因大概有二:第一,拒绝下僵死的“定义”乃是海德格尔思想的一贯特色;第二,如前所述,20 世纪 50 年代“在语言之说中栖居”的主题乃是 30 年代中至 40 年代末“诗意地栖居”这一主题的自然深化。从海德格尔“存在之思”的发展脉络来看,它的含义是很清楚的:“向本真存在超越”的诉求导向了“诗意地栖居”,继“语言是存在之家”这一突破口找到后接踵而来的便是《在通向语言的途中》里大力宣讲的“本真的语言乃是诗性的语言”。因此,“在语言之说中栖居”也是一种“诗意地栖居”,①也是“此在存在”的一种应然方式和超越形式。

(1)“在语言之说中栖居”:海德格尔思考“语言”问题的总指归

海德格尔总是从“在语言之说中栖居”出发去讨论“语言”问题。譬如,在 1950 年题为《语言》的演讲中,海德格尔便公开宣称:他之思考语言的本质,根本目的不在于“提出一个新的语言观”,而在于“学会在语言之说中栖居”;②在 1953 年题为《诗歌中的语言》的演讲中,他再一次明确重申:“思与诗对话的目的在于把语言的本质召唤出来,以便终有一死者重新学会在语言中栖居。”③在 1959 年题为《走向语言之路》的演讲中,他又指出,“大道(das Ereignis)授予终有一死者在其本质中栖留——他能成为说话者”④。又说,“大道在其对人的本质的照亮中居有(ereignet)终有一死者,因为它使终有一死者归本于(vereignet)那种随时随地来临的、针对遮蔽者的、允诺给在道说中的人的东西”⑤。

---

① 前面在讲海氏对荷尔德林诗的阐释时我们已经谈到,1951—1954 年间海德格尔还在反复地宣讲《……人诗意地栖居……》。

② Heidegger, M. *Unterwegs zur Sprache*, Stuttgart: Günther Neske, 1997, S. 33.

③ Heidegger, M. *Unterwegs zur Sprache*, Stuttgart: Günther Neske, 1997, S. 38.

④ Heidegger, M. *Unterwegs zur Sprache*, Stuttgart: Günther Neske, 1997, S. 259.

⑤ Heidegger, M. *Unterwegs zur Sprache*, Stuttgart: Günther Neske, 1997, S. 260.

这样的例子很多，不一一列举。这不难理解，正如我在前面已经指出的那样，海德格尔对“语言问题”的沉思乃是“醉翁之意不在酒”，它从来不是、也绝不打算是“语言学”的！他的根本目的不在于提出“新的语言观”，而在于让人明白“语言”或者说“道说”乃是与“人的本质性栖居”紧密相关的，从而“学会在语言之说中栖居”。

(2)人为何要“在语言之说中栖居”？

首先，海德格尔指出：人归本于语言，从语言而来成其本质。他说，人说话。我们总是在说，不断地以某种方式说。人天生就有语言，而且唯语言才使人成为如此这般作为人而存在的存在者。因此，“无论如何，语言是最切近于人的本质的”①；而且“说”是“给终有一死者的本质提供栖留之所的东西”。②在海德格尔看来，语言并非什么人的要素，它不是一种言说工具，也不是一种表达活动。相反，人在其本质上倒是“语言性的”。正是在“语言之说”中，人类才取得了自身本质的栖居之所。

所谓“语言性的”是指，人“从语言之说而成其自身”；而“人在本质上是语言性的”是指，“人的本质通过语言而被带入其本己，从而始终被托付给语言之本质”了。“唯因为人归属于语言之本质即寂静之音，终有一死的人才能以他的方式做发声的说”，从而才有所谓“人之说”。③ 所以，海德格尔说，“语言比我们更强有力，因而也更重要”④。“人之说”作为“终有一死者之说”，并不是以自身为本根，而是植根于它与“语言之说”的关系的。“语言之说”经由“区分之指令”而使终有一死的人“归本(vereignet)”于“寂静之音”这样一种样式；⑤而“人之说”也因此而是一种“应和(Entsprechen)”：它必须首先听到某种指令，它的任何语词都“从这种倾听(Gehör)而来”并且“作为这种倾听而说”；它的任何所说都从“区分之指令”那里获取。就这样，“人之说”以双重的方式，即既“倾听(获取)”又“言说(回答)”的方式“应和于语言”。任何真正的“倾听”都“归本于寂静之音”，因此，任何真正的“人之说”实际上都是“应

① Heidegger, M. *Unterwegs zur Sprache*, Stuttgart: Günther Neske, 1997, S. 11.

② Heidegger, M. *Unterwegs zur Sprache*, Stuttgart: Günther Neske, 1997, S. 14.

③ Heidegger, M. *Unterwegs zur Sprache*, Stuttgart: Günther Neske, 1997, SS. 30-32.

④ Heidegger, M. *Unterwegs zur Sprache*, Stuttgart: Günther Neske, 1997, S. 124.

⑤ Heidegger, M. *Unterwegs zur Sprache*, Stuttgart: Günther Neske, 1997, SS. 30-32.

和着语言之说而说”。[①] 言说之前“先行倾听(Vor-hören)”语言的“寂静之音”,从而仿佛抢先于它的“区分之指令”。这决定了终有一死的人对区分的应和方式。终有一死的人正是以这样一种方式栖居于语言之说中。[②]

其次,海德格尔指出,“自从柏拉图学说产生以来,灵魂就被归入了超感性领域内。如果灵魂出现在了感性领域,那它只不过是往那里堕落了……灵魂不属于大地。灵魂在这里是一个‘异乡客’。肉体乃是灵魂的一个牢笼……在柏拉图派哲学(platonisch)看来,感性领域是非真实存在者,不过是些腐尸臭肉式的东西(Verwesende),灵魂看样子得尽快离弃,绝无他路。”[③]海德格尔虽不同意柏拉图派哲学,且视之为“流俗观念”产生的总根源,但在这次演讲中,特拉克尔的“灵魂,大地上一异乡客”这句诗和“异乡客”这个概念却成了海德格尔阐释的主旋律,在其中反复出现,而且都是从正面使用的。不过,这正好可以解释海德格尔何以认为人要“在语言之说中栖居”。此外,众所周知的是,诗原本便有“祝咒”和“诅咒”两种方式,“灵魂,大地上一异乡客”之类不过属于后者罢了。

(3)人如何“在语言之说中栖居”?

对此,海德格尔总的思路是:从“语言是语言(Die Sprache ist:Sprache)”这一奇特的命题出发,让“语言说(Die Sprache spricht)”。[④] 由于“语言说”的纯粹形式是诗歌,所以这一切的根本乃在于保持“语言的诗性”。

A.本真的源初的语言乃是“诗性语言”。

海德格尔对“语言”的思考始终是围绕着“诗性的语言”或者“语言的诗性”来展开的。从1950年题为《语言》的演讲开始,海德格尔就坚决反对把“语言”定位成“人的表达活动”这样一种流行的工具主义语言观,而且从根本上反对从“人之说”出发去思考“语言”,而主张必须以“语言是语言”这样一个奇特的命题为指导线索,以“语言说”为起点“径直地沉思语言”。[⑤] 而在海德格尔看来,真正将“语言说”保持为一种“说之开端性的完成”而不是“说之

---

① Heidegger, M. *Unterwegs zur Sprache*, Stuttgart: Günther Neske, 1997, SS. 30-32.

② Heidegger, M. *Unterwegs zur Sprache*, Stuttgart: Günther Neske, 1997, SS. 30-32.

③ Heidegger, M. *Unterwegs zur Sprache*, Stuttgart: Günther Neske, 1997, S. 40.

④ Heidegger, M. *Unterwegs zur Sprache*, Stuttgart: Günther Neske, 1997, S. 13.

⑤ Heidegger, M. *Unterwegs zur Sprache*, Stuttgart: Günther Neske, 1997, SS. 12-13.

消失"的"纯粹所说"者"乃是诗歌(das Gedicht)"。① 因为唯有在诗歌中才能够找到作为"语言说"的最本质的"诗性因素"(das Dichterische),诗歌中的"诗意性因素"使它的语言成为了一种"诗性语言",而"诗性语言"才是一种本真的"语言"或者说本真的"说"。海德格尔通过诸多例证分析表明,唯有诗的语言才是一种"多样的表说",并因此而成为一种"诗意的创造"。② 然后,海德格尔又一次通过"思与诗对话"的方式,对"诗性的语言"和"语言的诗性"之特性诸如"开端性"、"召唤性"、"多义性"、"澄明性"等等作出了非常杰出的沉思与描述。③ 限于篇幅和本书的主题,不一一赘述。

海德格尔说,"本真的诗从来不只是日常语言的一个高级样式。倒是可以说,日常语言乃是一种被遗忘了的、因而被用滥了的诗歌,从那里几乎不再发出某种召唤"。④ 在他看来,语言在本源上就是诗性的。但日常语言和技术语言等技术—工具性语言却使语言的诗意本性遭到了遗忘和扭曲,并因此而是不纯粹的语言。反过来说,唯诗性语言方是纯粹语言。

B. 诗性语言如何实现"在语言之说中栖居"。

首先,诗性语言召唤"存在者在场"。海德格尔说,诗性语言中运用"命名",但这种"命名"并非"分贴标签",而是一种"召唤",把被命名者"召唤入词语之中"。即,把先前在远处作为"尚不在场者"的"被召唤者"之"在场""带到近旁",使它们"在召唤中现身在场"。这种"召唤"并非"从远处夺取被召唤者"。被召唤"带到近旁"的也不是"被召唤者"自身,而是"被召唤者"的"在场"。并且,这种"在场"也并非是"作为在场者置身于在场者之中"那样的"在场",而是一种隐蔽入"不在场的在场"。⑤ 这种"召唤"使"被召唤者"既能"带到近旁"又能"保持在远处","并因此而总是忽来忽去——来:入于在

---

① Heidegger, M. *Unterwegs zur Sprache*, Stuttgart: Günther Neske, 1997, S. 16. 另:在整部《在通向语言的途中》一书里,除访谈录《出自一次关于语言的对话》一文外,每篇文章都结合了对具体诗歌作品的分析,涉及的诗人包括荷尔德林、特拉克尔、格奥尔格、歌德等等。

② Heidegger, M. *Unterwegs zur Sprache*, Stuttgart: Günther Neske, 1997, SS. 12-20.

③ 参见拙著:《从逍遥游到林中路——海德格尔与庄子诗学思想比较》,中国社会科学出版社 2004 年版,第 134—145 页。

④ Heidegger, M. *Unterwegs zur Sprache*, Stuttgart: Günther Neske, 1997, S. 31.

⑤ Heidegger, M. *Unterwegs zur Sprache*, Stuttgart: Günther Neske, 1997, SS. 20-21.

场，去：入于不在场”。[①] 这就是说，诗性语言中的“命名”通过这种“召唤”，使“被召唤者”永远在“敞亮”与“锁闭”、“切近”与“疏离”、“熟悉”与“神秘”之间“往来不停”。

其次，诗性语言造就天、地、神、人“世界四元游戏”。这些“被命名”同时也“被召唤”的“物”，把“天(Himmel)”、“地(Erde)”、“诸神(Göttlichen)”和“终有一死者(Sterblichen)”四元聚集于自身。这四元是一种“源始统一的并存”。“物”让这四元之“四重整体(das Geviert)”栖留于自身。这种“聚集着的让栖留”乃是“物之物化”。这种在物之物化中栖留的天、地、神、人统一的四重整体就是“世界(die Welt)”。[②] 在这里，一方面，通过命名“物”的召唤，被召唤之“物”把天、地、神、人四方聚集为一个“四重整体”即“世界”，并让其栖留于自身；另一方面，“物”又通过这种“聚集着的让栖留”才“物化”为“物”，其存在意义才得以显现。也就是说，先前“尚不在场”的“物”，正是在“世界”的光辉中才作为“在场者”而入于其“显现之无蔽”中。简而言之，“物”实现了“世界”，“世界”又将“物”显现为“物”。[③] “物”让“世界”得以栖留，“世界”又使“物”得以澄明。“世界”被委托于“物”，同时“物”又被庇护于“世界”[④]的光辉之中。

(4)对“语言是存在之家”的重新解释

在《在通向语言的途中》里，海德格尔还对在《关于人本主义的书信》中提出的“语言是存在之家”这一命题作出了新的阐释。虽然它们都着眼于“语言与存在”之关系，但侧重点有所不同：如果说后者更多侧重于从“存在”角度入思，那么在前者中重心则转移到了“语言”角度。

---

① Heidegger, M. *Unterwegs zur Sprache*, Stuttgart: Günther Neske, 1997, S. 21. 另：此处原文为：“……und darum hin und her; her: ins Anwesen; hin: ins Abwesen.”孙译本作“而且因此总是往返不息——这边入于在场，那边入于不在场”(见《在通向语言的途中》，商务印书馆 2004 年版，第 12 页)，可参考。

② Heidegger, M. *Unterwegs zur Sprache*, Stuttgart: Günther Neske, 1997, S. 22.

③ Heidegger, M. *Unterwegs zur Sprache*, Stuttgart: Günther Neske, 1997, S. 22.

④ 海德格尔在这里所谈的“世界”不再是形而上学意义上的“世界”。它既非日常或者科学意义上包括自然和历史的“宇宙”，也非神学意义上所说的“上帝的造物”，甚至也不是哲学意义上所说的“在场者的整体”。在这里，“世界世界着”。在这里，“世界”就是如此这般地存在着的“世界本身”。参见：Heidegger, M. *Unterwegs zur Sprache*, Stuttgart: Günther Neske, 1997, S. 28.

应当如何理解“语言是存在之家”的具体含义呢？在《出自一次关于语言的对话》一文中，与之对话的日本教授手冢富雄指出：不能把“存在之家”当做一个可以让人任意想象的粗浅比喻，譬如把“家”想象为一座先前在某地建造好的房子，“存在”就如同一个可以搬动的物件被安置于其中。海德格尔表示赞同后补充道：“在‘存在之家’这个说法中，我并不意指在形而上学上被表象的存在者之存在，而是指存在之本质，更确切地说，是指存在与存在者之二重性的本质——但这种二重性是就其思想重要性而言的”①。由于“存在”本身说的是“在场者之在场”，因此海德格尔认为，这种“二重性”也就是“从两者（指“存在”和“存在者”——笔者注）之纯一性而来的二重性”。② 在《走向语言之路》（Der Weg zur Sprache）一文中，海德格尔在其结语部分写道：“就在场之显露已然托付给了道说之成道着的显示而言，语言是在场之庇护。语言是存在之家，因为作为道说的语言乃是大道（成道）的方式。”③

为什么说“语言是存在之家”呢？因为“词语破碎处无物存在”。所谓“Kein ding sei wo das wort gebricht（词语破碎处无物存在）”，原本是德国诗人Stefan George《词语》（Das Wort）一诗中的一行。在《在通向语言的途中》一书里，海德格尔写了《语言的本质》和《词语》两篇长文专门为它作注。其核心思想是说：在未被“道说”之前，所有的东西原本都处在与其他的东西浑然无别的一片“幽暗”的“混沌”当中，它们并非一“物”，更不是“存在者”；唯有当显示一物的“合适的词语”被“发现”并“开始道说”之际，这个东西才从那“混沌”中“一跃而出”并作为如此这般的一个“存在者”而“进入存在”；在这“合适的词语”未被“发现”之前或者业已失去“道说”力量之后，都将“没有”、也“不允许有”“物”“存在”。④ 关于这句话的解释及其诗学意义，我几年前曾专

---

① Heidegger, M. *Unterwegs zur Sprache*, Stuttgart: Günther Neske, 1997, SS. 117–118.

② Heidegger, M. *Unterwegs zur Sprache*, Stuttgart: Günther Neske, 1997, S. 122.

③ 原文为：“Sie（die Sprache——笔者注）ist die Hut des Anwesens, insofern dessen Scheinen dem ereignenden Zeigen der Sage anvertraut bleibt. Haus des Seins ist die Sprache, weil sie als die Sage die Weise des Ereignisses ist.”参见：Heidegger, M. *Unterwegs zur Sprache*, Stuttgart: Günther Neske, 1997, S. 267.

④ Heidegger, M. *Unterwegs zur Sprache*, Stuttgart: Günther Neske, 1997, SS. 159–238.

门著文论述,兹不再赘言。① 这里只提海德格尔最关键的两个命题:在《语言的本质》一文中,海德格尔写道,“任何存在者的存在都居住于词语之中(Das Sein von jeglichem, was ist, wohnt im Wort)”②;在《词语》(Das Wort)一文中,海德格尔又申述道,“唯有词语才赋予在场,亦即存在,唯有在词语中某物才作为存在者而显现(Dem entgegen verleiht das Wort erst Anwesen, d. h. Sein, worin etwas als Seiendes erscheint)”③。

2. 思与诗的对话

(1)“思”与“诗”:人类“应和着道说而说”的两种本真方式

前面已经提到,海德格尔早在20世纪30年代中期阐释荷尔德林诗歌的时候就提出了“思与诗的对话”思想。在《在通向语言的途中》里,海德格尔对此做了深化。前面又已经谈到,在海德格尔看来,“人之说”乃是“应和着语言之说而说”,而“语言之说”在本质上又是对“存在”的“呈现”、“显示”意义上的作为“道示”的“道说(das Sagen)”,④因此,“人之说”乃是“应和着道说而说”。在“人之说”中,“思”与“诗”是两种本真的或者说“突出”的“道说方式”。⑤ 它们本质上都是“应和着道说而道说”。只不过一是“思性的道说”,一是“诗意的道说”。

关于“思(das Denken)”。海德格尔指出,作为“人之说”的一种本真方式,“思”首先是一种“倾听”,一种“让…… 自行显现”和“让…… 自行道说”,而不是“追问”;它所提供的不是“知”(自然更不是“知识与事实的符合一致”意义上的所谓“真理”——笔者注),而是“道路”。“思”之实质,乃是一种“道路建设”。在他看来,“思绝非认知之手段”⑥;“追问并非思之本真姿态,而是

① 请参阅拙文:《“词语破破碎处无物存在”及其诗学意义》,《求索》2004年第4期,中国人民大学《复印报刊资料·文艺理论》2004年第7期。需向读者说明和致歉的是,因刊物电脑词库设置缺陷,原稿中的德文变音字母全被换成了“?”。

② Heidegger, M. *Unterwegs zur Sprache*, Stuttgart: Günther Neske, 1997, S. 166.

③ Heidegger, M. *Unterwegs zur Sprache*, Stuttgart: Günther Neske, 1997, S. 227.

④ 据海德格尔考证,赫拉克利特首创的“λογος(逻各斯)”概念原本就兼有“存在”和“语言”二义:既是“存在之名”,又是“道说之名”;既表示作为“在场者之在场”的“存在”,又表示“让存在者如其所是地显现出来”的“道说”。“道说(Sagen)”乃是“存在”之“呈现”、“显示”,即作为“道示”的本真的“说”。

⑤ Heidegger, M. *Unterwegs zur Sprache*, Stuttgart: Günther Neske, 1997, SS. 200-202.

⑥ Heidegger, M. *Unterwegs zur Sprache*, Stuttgart: Günther Neske, 1997, S. 173.

对那个将要进入问题之中者之允诺的倾听”,所以,“追问”应当保持为一种“思之虔诚”。根据海德格尔本人的解释,这里的“虔诚”乃是“顺应”的意思。[①] 他又说,“本质的语言”乃是“为一切开辟道路者”;[②]“一切都是道路(Alles ist Weg)”[③];“思沉湎于一种奇异的道路建设”[④]。

关于“诗(das Dichten)”。在《对荷尔德林诗的阐释》中,海德格尔曾说,“诗是每个历史性民族的原语言(Ursprache)”[⑤]。在《在通向语言的途中》里他又指出,作为“人之说”的另一种本真方式,“诗”同样源于“倾听”,同样是“应和着道说而说”。因为,作为一种本真的“语言之说”,在成为表达意义上的“道说”之前,作诗不过是一种“倾听”。[⑥] 在他看来,作诗乃是“倾听”和“应和着”两种东西在“说”:一是“应和着”语言的“寂静之音”而“说”,[⑦]诗人似乎只需把使他迷惑的奇迹和令他陶醉的梦想带到“语言之源泉”旁,并从中汲取相应的词语;[⑧]二是“应和着”诗人的一切诗意道说之所从出的那首“独一的诗(einzigen Gedicht)”而“说”,因为每个伟大的诗人都“只出于一首独一的诗来作诗”,愈伟大的诗人愈是如此。譬如,特拉克尔诗作的一切道说都聚集在“漫游的异乡客”上,他的一切诗作都是“孤寂者之歌”,“孤寂(die Abgeschiedenheit)”便是他一切诗作之所从出的那首“独一的诗”。[⑨]

通过以上的梳理我们可以清楚地看到,在海德格尔看来,“思”与“诗”都源于对“存在”和“语言”的“倾听”,本质上都是“应和着道说而道说”;区别只在于:一是“思性的”,一是“诗意的”。

(2)“思与诗对话”的必要性和可能性

---

① Heidegger, M. *Unterwegs zur Sprache*, Stuttgart: Günther Neske, 1997, S. 175.

② Heidegger, M. *Unterwegs zur Sprache*, Stuttgart: Günther Neske, 1997, S. 202.

③ Heidegger, M. *Unterwegs zur Sprache*, Stuttgart: Günther Neske, 1997, S. 198.

④ Heidegger, M. *Unterwegs zur Sprache*, Stuttgart: Günther Neske, 1997, S. 110. 另:海德格尔终生都在致力于这样的“道路建设”,因此他的许多著作都以“路(Weg)”来命名:“林中路(Holzwege)”、“路标(Wegmarken)”、“在通向语言的途中(Unterwegs zur Sprache)”、“田间小路(Der Feldweg)”等等。

⑤ Heidegger, M. *Erläuterungen zu Hölderlins Dichtung*, Frankfurt: Klostermann, 1996, S. 43.

⑥ Heidegger, M. *Unterwegs zur Sprache*, Stuttgart: Günther Neske, 1997, S. 70.

⑦ Heidegger, M. *Unterwegs zur Sprache*, Stuttgart: Günther Neske, 1997, SS. 29-32.

⑧ Heidegger, M. *Unterwegs zur Sprache*, Stuttgart: Günther Neske, 1997, S. 171.

⑨ Heidegger, M. *Unterwegs zur Sprache*, Stuttgart: Günther Neske, 1997, 1997, SS. 37-52..

海德格尔一生都在寻求“思与诗的对话”。作为一个“思者”，他却花了大量精力去阐释几位诗人（荷尔德林、特拉克尔、里尔克、格奥尔格）的诗歌，而对诗歌的阐释正是“思与诗对话”的主要方式。

A. 关于“思与诗对话”的必要性。早在《对荷尔德林诗的阐释》中，海德格尔便说，“人类的存在建基于语言”①，而且“自从诸神把我们带入对话，自从时间成为它所是的时间，我们此在的基础就是一种对话”；②“诗的历史唯一性”只能通过“运思的对话”来通达；③而且“必须先有思者存在，诗人的话语方成为可听闻的”。④ 这就是说，对“诗人”诗意词语之领悟，有赖于“思者”的帮助。唯有真正伟大的“思者”最能理解真正伟大的“诗人”。在《在通向语言的途中》一书里，在《语言的本质》一文中，海德格尔说，“诗与思两者相互需要”⑤；在《诗歌中的语言》一文中，海德格尔通过对特拉克尔“灵魂，大地上一异乡客”一句的阐释向我们暗示说：正是柏拉图学说中“思”与“诗”的分离，⑥导致了我们“灵”与“肉”的冲突，从而最终导致了人类源初的“诗意栖居”的失落；又说，每个伟大的诗人都只出于一首“独一的诗”来作诗，但“这首独一的诗始终未被说出”，对它的探讨只能“以已经被说出的诗作为出发点”。如此一来，对这首“独一的诗”的探讨便可能甚至必须成为“与诗的运思的对话”，一种名副其实的“思与诗的对话”。当然，海德格尔也强调，这种“对话”应该是一种“诗人之间的诗意对话”。同时，对这首“独一的诗”的探讨决不能取代甚至也不能指导对诗歌的“倾听”和“诗意的感受”本身。⑦ 此外，在《出自一次关于语言的对话》中，海德格尔还多次讲到了“哲学的返回步伐”，⑧即返回前苏格拉底时代那种“思”与“诗”的“源初统一”（同源共体）的状态，

---

① Heidegger, M. *Erläuterungen zu Hölderlins Dichtung*, Frankfurt: Klostermann, 1996, S. 38.

② Heidegger, M. *Erläuterungen zu Hölderlins Dichtung*, Frankfurt: Klostermann, 1996, S. 40.

③ Heidegger, M. *Erläuterungen zu Hölderlins Dichtung*, Frankfurt: Klostermann, 1996, S. 7.

④ Heidegger, M. *Erläuterungen zu Hölderlins Dichtung*, Frankfurt: Klostermann, 1996, S. 30.

⑤ Heidegger, M. *Unterwegs zur Sprache*, Stuttgart: Günther Neske, 1997, S. 173.

⑥ 柏拉图学说扬“理念”抑“现象”、扬“哲学”抑“文艺”等倾向，最严重的后果就是导致了“思”与“诗”的“分离”。从柏拉图一直到黑格尔的整个形而上学时代，“思”与“诗”始终是“分离”的，人类的“诗意栖居”也随之而失落。人类要重返“诗意栖居”之途，当然必须从重启“思与诗的对话”开始。

⑦ Heidegger, M. *Unterwegs zur Sprache*, Stuttgart: Günther Neske, 1997, SS. 37–39.

⑧ Heidegger, M. *Unterwegs zur Sprache*, Stuttgart: Günther Neske, 1997, S. 99、S. 133.

等等。

B. 关于思与诗对话的可能性。海德格尔主要讲了三点:第一,"思"与"诗"本质上相近和相通。前已提及,"思"与"诗"均是对"存在"和"语言"的虔诚的"回应性倾听",均是人类"应合着道说而道说"的突出方式,它们原本就是一而二、二而一的东西;第二,"思"与"诗"是"近邻"。他说,"从早期西方思想到格奥尔格的后期诗作,思深入地思了语言,而诗诗化地表达了语言中令人激动的东西"①;而对语言本质的沉思又反过来告诉我们:"诗"与"思"当有着"近邻关系",无论这种"近邻关系"在"诗"与"思"哪个区域中有其领地,其结果都是"诗与思处于同一领地中"。② 事实上,"我们不需要去发现或寻找这种近邻关系。我们已经栖身于这种近邻关系之中。我们就在这种近邻关系中活动。诗人的诗向我们说话。我们面对此诗而有所思。"③第三,"思"与"诗"具有共同的质素。他解释说,引领我们切近"诗"与"思"的本质的是"大道(Ereignis)",④将它们共同带入近邻关系中的是"道说(Sagen)"。"道说乃是诗与思的共同要素……道说不仅'承载'着诗与思,而且还提供给它们阔步穿越的领域。"⑤因此,"一切思着之思都是诗,而一切诗都是思,两者出于道说而相互归属"⑥。"道说"这一共同质素,为"思与诗的对话"提供了坚实的基础。正因为如此,海德格尔一生中花了许多精力去阐释荷尔德林的诗,并且声称自己这样做乃是出自"思之必然性",因为他的"思"与荷尔德林的"诗"处于一种"非此不可的关系"之中。⑦

(3)思与诗对话的目的

对此,海德格尔在《诗歌中的语言》中有一句话回答得干脆、明白:"思与诗对话的目的在于把语言的本质召唤出来,以便终有一死者能重新学会在语言中栖居。"⑧关于"在语言中栖居"(在《语言》一文中表述为"学会在语言之

① Heidegger, M. *Unterwegs zur Sprache*, Stuttgart: Günther Neske, 1997, S. 185.
② Heidegger, M. *Unterwegs zur Sprache*, Stuttgart: Günther Neske, 1997, S. 173.
③ Heidegger, M. *Unterwegs zur Sprache*, Stuttgart: Günther Neske, 1997, S. 187.
④ Heidegger, M. *Unterwegs zur Sprache*, Stuttgart: Günther Neske, 1997, S. 196.
⑤ Heidegger, M. *Unterwegs zur Sprache*, Stuttgart: Günther Neske, 1997, S. 189.
⑥ Heidegger, M. *Unterwegs zur Sprache*, Stuttgart: Günther Neske, 1997, S. 267.
⑦ 孙周兴编:《海德格尔选集》,上海三联书店 1996 年版,第 1312 页。
⑧ Heidegger, M. *Unterwegs zur Sprache*, Stuttgart: Günther Neske, 1997, S. 38.

说中栖居”），前面我们已经说了很多，在此不再赘言。

3.《在通向语言的途中》与“文艺的超越性品格”

对于这个问题，我也只简单提示一下思考的视角，不过多展开论述：

第一，“在语言之说中栖居”是对“诗意地栖居”和“语言是存在之家”主题的进一步深化，而且，在某种程度上也弥补了《艺术作品的本源》和《关于人本主义的书信》之不足。在前者中，海德格尔虽然强调“一切艺术本质上是诗”，但对“诗”本身的具体论述却很少；在后者中，他虽然强调“诗人”与“思者”同样都是“存在之家”的“守护者”，但却到了信末才涉及“诗人”或“诗”，简单几句解释后抛出亚里士多德《诗学》中的一句话①便草草收了场。而在《通向语言的途中》一书里，海德格尔不仅将论述重心几乎完全转到了“诗性语言”，而且举出了特拉克尔、格奥尔格、荷尔德林、歌德、哥特弗雷德·伯恩等人的大量诗歌（还涉及诗人索福克勒斯、品达、席勒、诺瓦利斯等）做了具体阐释和论证。

第二，从其理论论述上和阐释实践中对“思与诗的对话”之强调来看，海德格尔所关注的依然是文艺的“形上之维”、“神性之维”等等“超越性品格”方面。理论方面毋须赘述，神学—哲学诗人荷尔德林、写出哲理诗剧《浮士德》的歌德也不必说。仅以特拉克尔和格奥尔格为例。对特氏的《冬夜》一诗，海德格尔从中阐释出的是“命名召唤存在者的在场”、“天、地、神、人‘世界四元’的游戏”、“终有一死者的向死亡漫游”、“物之物化”与“世界的世界化”、“语言作为寂静之音而说”等等；对其《灵魂之春》，海德格尔着重抓住的是“灵魂，大地上一异乡客”一句深入挖掘；对其《死亡七唱》、《精灵的朦胧》、《秋魂》等诗，他称其诗作的一切道说都是“漫游的异乡客”，都源自那首“独一的诗”：“孤寂”。然后便是“孤寂者”是“死者”、“狂人”、“未出生者”等等，以及“孤寂”是“精灵的”、“痛苦的”、“善与真的”、“纯粹的”、“不死的”等等。对格奥尔格《词语》一诗，海德格尔着重围绕“词语破碎处无物存在”讨论“词语”与“存在者之存在”的关系，以及“诗与思的关系”、“语言的本质”、“诗”和“思”与“大道（Ereignis）”之关系、“时间—空间”、“世界四元游戏”等等。

---

① 指“作诗比对存在者的探查更真”。见：Heidegger，M. *Wegmarken*，Frankfurt：Vittorio Klostermann，1996，S. 363. 另：亚氏那句话汉语通译为：“诗比历史更富有哲学意味。”

第三，从他的阐释所选择的诗人、诗作和所作的具体阐释来看，海德格尔依然是从“文艺与历史性此在的存在及其超越的内在关联”的视角和高度来衡量文艺的。这些诗人、诗作无不关注此在的存在境遇及其“现身情态”，无不具有强烈的超越诉求。而且，“学会在语言（之说）中栖居”原本就是一个关于“历史性此在之存在及其超越”的命题。

第四，海德格尔的阐释对象中既有大名鼎鼎的歌德，也有在当时名气不大或大过但快被遗忘了的荷尔德林、格奥尔格和特拉克尔，从而突破了他以前仅仅阐释荷尔德林一人之诗这一局限性。而且在很大程度上，也正是通过“思者”海德格尔的大力阐释，发掘出了他们的诗歌中此前“未曾被听懂”的深刻、博大的超越性内涵，才使得他们此后风行于世。同时，海德格尔本人关于“文艺超越性品格”的诗学、艺术哲学思想也得到了更广泛的运用和印证，从而显示了更普遍的有效性和更强大的说服力。

第五节　展开（下）：1951—1954 年对“技术—存在”问题的沉思

当泥土全部钙化成了化学分子式
生命之树将在何处扎根？

一、海德格尔的“技术—存在之思”

1950 年代，海德格尔在沉思“语言之路”的同时，也从“技术与存在之关系”的角度展开了“对技术的追问”。相关文献包括：1950 年所作的《物》、1951 年所作的《筑·居·思》演讲，1951—1952 年所作的《什么叫思？》讲座，1953 年所作的《科学与沉思》、《技术的追问》（1954 年重作）两篇演讲。这些篇章经增补以《演讲与论文》为名于 1954 年结集出版，个别篇目收入 1962 年出版的《技术与转向》一书。此外，在 1966 年所作的“访谈录”中对技术问题也略有提及。它们涉及技术，也涉及某些艺术或诗意栖居的思想，而且后者在一种新的视野中还显现出了新的特殊的意义。

下面，我将择其要者而述之。

在 1950 年所作的题为《物》（Das Ding）的演讲中，海德格尔一开场就谈到当代社会里“时间和空间中的一切距离都在缩小”，可是原子弹、氢弹等“令人恐惧者”却随时可能“毁灭地球上的一切生命”，从而对技术对此在存在的威胁和“科学知识的强制性”表达出了忧虑。接着就以通常被作为一个“物”来看待的“壶(der Krug)”为例，谈了一番“虚空(die Leere)”和“无(das Nichts)之为用”的道理；然后就以它的“倾注之馈赠”本质(可以盛装酒水、饮料并供人饮用和祭神)为契机，以前所未有的生动形象性展示了“天、地、神、人‘世界四元游戏’”。① 在其后记中，海德格尔又谈到，“上帝和神性之物的缺失便是不在场状态”；“对存在的守护并非紧紧盯住现成之物”；“存在之思”虽然不能成为一条“拯救之路”，也不带来任何“新的智慧”，但作为一条“田间小路”却可能把我们引向一种“返回步伐，即返回到这样一种思索——它关注那个在存在自己之天命中勾画出的存在之被遗忘状态的转向……它开显出达至存在之真理的要求的那种远景，而应合便在存在之真理中立身和运作。”②

在1951年所作的《筑·居·思》(Bauen Wohnen Denken)这篇演讲中，海德格尔宣称，“栖居是终有一死的人在大地上存在的方式”③，“人的存在基于栖居，更准确地说，人作为终有一死者栖留于大地上”，而“出于一种源初的统一性，大地与天空、诸神与终有一死的人四元归于一体”。“栖居的基本特征乃是这样一种保护”，亦即对此“四元一体”的守护。④ 唯当他们“拯救大地”、“接受天空之为天空”、“期待着作为诸神之诸神”、“有能力承受作为死亡之死亡”之际，终有一死的人才“栖居”着。⑤ 由于终有一死的人的“栖居始终已经是一种在物那里的栖留”，⑥于是我们必须“筑造”，因为“物的生产就是一种筑造”。⑦ 既然“栖居乃是终有一死的人据以存在的基本特征”，⑧那么就必须从“栖居”出发来思“筑造”，即让“筑造归属于栖居并从栖居获得其本质”，而且将“筑造”思为“一种别具一格的让栖居(Wohnenlassen)”，认定“筑造的本

---

① Heidegger, M. *Vorträge und Aufsätze*, Stuttgart: Günther Neske, 1997, SS. 157-175.
② Heidegger, M. *Vorträge und Aufsätze*, Stuttgart: Günther Neske, 1997, SS. 176-179.
③ Heidegger, M. *Vorträge und Aufsätze*, Stuttgart: Günther Neske, 1997, S. 142.
④ Heidegger, M. *Vorträge und Aufsätze*, Stuttgart: Günther Neske, 1997, S. 143.
⑤ Heidegger, M. *Vorträge und Aufsätze*, Stuttgart: Günther Neske, 1997, SS. 144-145.
⑥ Heidegger, M. *Vorträge und Aufsätze*, Stuttgart: Günther Neske, 1997, SS. 145.
⑦ Heidegger, M. *Vorträge und Aufsätze*, Stuttgart: Günther Neske, 1997, S. 153.
⑧ Heidegger, M. *Vorträge und Aufsätze*, Stuttgart: Günther Neske, 1997, S. 155.

质便是让栖居”。① 不仅如此,连“思本身”也当被视为“以另一种方式归属于栖居”。② 对于“栖居”而言,“筑造”和“思”两者都“不可或缺”;为了“栖居”,这两者还应当“相互倾听”。③ 最后,海德格尔指出,在这个令人忧虑的时代里,“栖居的真正困境”并不仅仅在于“住房匮乏”,而在于“终有一死的人总得重新去寻求栖居的本质,他们首先得学会栖居”;而“人的无家可归状态就在于人还根本没有把真正的栖居困境当做这种困境来思考”,且“这种无家可归状态乃是把终有一死的人召唤入栖居之中的唯一呼声”。尽管如此,“当终有一死的人根据栖居来筑造并且为了栖居而运思之际”,“他们就在尽自身力量由自己把栖居带入其本质的丰富性之中”④。

在 1951—1952 年所讲的《什么叫思?》(Was heiβt Denken?)中,海德格尔开场即指出:“当我们亲自去思时,我们才抵达那召唤思的东西。而为了让这样的尝试成功,我们必须准备学习思。”⑤然后说,“自古以来、因而总是给出思,并且先于一切地、因而永远给出思的东西”我们命名为“最可思虑者”,而对于我们这个时代来说,“这个最可思虑者显示自身于:我们尚未思”⑥。或许有人会反驳说,“哲学家们就是这种思者。之所以如此说,是因为这种思尤其在哲学中发生。”⑦不错,今天的人们仍对哲学有兴趣,可“对于今天的兴趣来说,重要的只是有趣的东西”,而且很容易“见异思迁”;再说“人对哲学表现出某种兴趣,绝不证明他已准备好思。我们自己经年累月地钻研伟大思者的论文和著作,这一事实本身仍不能担保我们在思,甚或哪怕只是准备去学习思。”⑧此外,“我们尚未思,决不仅仅是由于人自身尚未充分朝向那个从自身而来需要得到思虑者。我们尚未思,乃是因为那个有待思的东西本身从人那

---

① Heidegger, M. *Vorträge und Aufsätze*, Stuttgart: Günther Neske, 1997, SS. 153–155.

② Heidegger, M. *Vorträge und Aufsätze*, Stuttgart: Günther Neske, 1997, S. 155.

③ Heidegger, M. *Vorträge und Aufsätze*, Stuttgart: Günther Neske, 1997, S. 156.

④ Heidegger, M. *Vorträge und Aufsätze*, Stuttgart: Günther Neske, 1997, S. 156.

⑤ Heidegger, M. *Vorträge und Aufsätze*, Stuttgart: Günther Neske, 1997, S. 123.

⑥ Heidegger, M. *Vorträge und Aufsätze*, Stuttgart: Günther Neske, 1997, S. 124.

⑦ Heidegger, M. *Vorträge und Aufsätze*, Stuttgart: Günther Neske, 1997, S. 125. 另:此句中“尤其”处原文为“vornehmlich”,孙译本作“原是……的”(见《演讲与论文集》,三联书店 2005 年版,第 137 页),似与原意有出入。

⑧ Heidegger, M. *Vorträge und Aufsätze*, Stuttgart: Günther Neske, 1997, S. 125.

里扭头而去，甚至久已扭头而去了。”①这就是说，“从前的思根本没有思过，以至于那有待思虑者至今仍然隐匿着”②；这种“思”与“科学”同样“毫不相干”，原因在于：“科学不思”（Die Wissenschaft denkt nicht）。这是因为，“从其行为方式和辅助工具来看，科学从来就不能思——不能以思者的方式去思”③。不过这并非是科学的一个“缺陷”，反倒是科学的一个“优点”。唯因有此优点，才确保了科学有可能“以研究的方式进入并定居于一个个别的对象领域”。科学不思，尽管它依赖于思。科学与思之间没有“桥梁”，只有必须跳跃的“鸿沟”。而且，“唯当科学与思之间存在的鸿沟已经变得清晰可见并且不可跨越时，科学与思之间的关系才是真正富于成效的关系”④。尽管那“有待思的东西”向我们“自行隐匿”，但却“并非一无所有”。在这里，“隐匿”乃是作为种“扣留”，而那“有待思的东西”即是“己成（Ereignis）”。值得注意的是，“自行隐匿者可能更本质地关涉于人，比人所触及之在场者更内在地要求人”。在被“自行隐匿者”所“吸引”并“被引向……”中，“我们的本质已经被打上了烙印”⑤。接着，海德格尔以荷尔德林的诗和“回忆女神”生“缪斯”的希腊神话为根据说，一切文艺都归属于“回忆”，而“回忆思念被思过的东西”而非“思念随便哪种可思者”，因此，“回忆在此乃是思之聚集”，它“聚集对那种先于其他一切地有待思虑者之思念”；“回忆，即被聚集起来的对有待思的东西之思念，乃是诗的源泉。因此，诗的本质建基于思中。”⑥最后，海德格尔又对荷尔德林《回忆》中的诗句“我们是一个标志，却失去了内涵……”分析道：“我们尚未思，其依据是否就在于我们是一个失去了内涵的标志且毫不痛苦？或者，我们是一个失去了内涵的标志且毫不痛苦，是因为我们尚未思？倘若是后者，那么，或许正是思首先赠予了终有一死者以痛苦，并把一种内涵带给了标志（作为如此这般的终有一死者）。”于是，“如此这般的思才把我们置入与诗人之诗的对话之中，而诗人之道说也概莫能外地要在思中寻求其回声”⑦。当然，海

① Heidegger, M. *Vorträge und Aufsätze*, Stuttgart: Günther Neske, 1997, S. 126.

② Heidegger, M. *Vorträge und Aufsätze*, Stuttgart: Günther Neske, 1997, S. 127.

③ Heidegger, M. *Vorträge und Aufsätze*, Stuttgart: Günther Neske, 1997, S. 127.

④ Heidegger, M. *Vorträge und Aufsätze*, Stuttgart: Günther Neske, 1997, SS. 127–128.

⑤ Heidegger, M. *Vorträge und Aufsätze*, Stuttgart: Günther Neske, 1997, S. 129.

⑥ Heidegger, M. *Vorträge und Aufsätze*, Stuttgart: Günther Neske, 1997, SS. 130–131.

⑦ Heidegger, M. *Vorträge und Aufsätze*, Stuttgart: Günther Neske, 1997, SS. 131–132.

德格尔也指出，对话中，我们不能不假思索地将诗人的“诗意言说”与我们自己“正欲去思者”等同起来，因为“诗意言说”与“思性言说”绝不是相同的。不过，双方却能“以不同的方式言说同一个东西”，而“这一点唯当诗与思之间的鸿沟纯粹而确定地张开时才可望成功”。但是，“只要诗经常是一种崇高的思而思经常是一种深刻的诗，诗与思的鸿沟就张开了”①。总之，“诗以及与之相随的所有艺术都基于这样一种回忆之思”②。我们“尚未本真地思”，因为我们尚未思及“存在者之进入无蔽状态”，而之所以如此，其根源在于：“存在者之存在的本质渊源仍尚未被思。”③

在 1953 年所讲的《科学与沉思》(Wissenschaft und Besinnung)中，海德格尔首先指出，“就其本质而言，艺术乃是一种供奉和一个圣殿(Hort)，在其中，现实把它通常隐而不显地光彩常新地馈赠给人，以便人在这种光亮中更纯粹地直观和更清晰地倾听那允诺给他的本质的东西。与艺术一样，科学也不只是人的一项文化活动。科学乃是一切存在之物借以向我们呈现其所是的一种方式，甚或④还是一种决定性的方式。”⑤然后猛烈批判了近现代流俗的“科学是关于现实的理论”这种观念，说它既不符合历史事实，也遮蔽了古希腊人思想中的“多样”而“崇高”的“本质”，同时“一直没有做到以科学的方式探讨它自己的本质”，“更不能达到那个在其本质中起支配作用的无可回避之物”⑥。最后指出，解决办法乃是“去直面值得追问的东西”，这便是“沉思”。“参与对意义的探讨，此乃沉思之本质。”“沉思”不仅是“对某物的单纯意识”，而且是“对值得追问之物的泰然任之”；“沉思的本质”不同于“科学意识和科学知识的本质”，也不同于“教化的本质”；“唯沉思才把我们带到通向我们的流连之所(“存在之真理”——笔者注)的道路上。这种流连是一种历史性的流连，即

---

① Heidegger, M. *Vorträge und Aufsätze*, Stuttgart: Günther Neske, 1997, S. 132. 另：海德格尔的意思大概是说：唯“鸿沟”的“张开”提示“鸿沟”的“弥合”。

② Heidegger, M. *Vorträge und Aufsätze*, Stuttgart: Günther Neske, 1997, S. 133.

③ Heidegger, M. *Vorträge und Aufsätze*, Stuttgart: Günther Neske, 1997, S. 137.

④ 此处原文为：“und zwar”，孙译本将其等同于“und”译为“而且”(见《演讲与论文集》，三联书店 2005 年版，第 39 页)，似与原意有细微出入。

⑤ Heidegger, M. *Vorträge und Aufsätze*, Stuttgart: Günther Neske, 1997, S. 41. 另：这段文字中的黑体为笔者所加。

⑥ Heidegger, M. *Vorträge und Aufsätze*, Stuttgart: Günther Neske, 1997, SS. 42–62.

是说,是一种被指派给我们的流连”;“在与其时代的关系上,沉思通常比以往精致考究的教化①更随机、更宽容和更贫困。不过,沉思的贫困乃是对一种财富的允诺,这种财富的珍贵(Schätze)在那种不可估价的无用之物的光辉中闪亮。”②然而,“即使人们由于一种特殊的恩惠一度达到了沉思的最高阶段,这种沉思也不得不满足于仅仅为我们今人所需的呼声做一种准备。沉思需要做这样一种准备……沉思需要以之作为一种响应,这种响应以那种不断追问的清晰性,忘我于取之不尽的值得追问之物,由此而来,这种响应在适当的时刻会失去追问特征而成为质朴的言说。”③

在1953年首讲、1954年重作的《技术的追问》(Die Frage nach Technik)的演讲中,海德格尔先通过词源学的考证,将“技术”界定为“一种解蔽方式”;④然后通过现象描述与分析,勾画了“现代技术”的特征:作为一种“解蔽”,它是“促逼的”、“摆置着自然的订造”,一种“促逼意义上的摆置”、“订造着的解蔽”。他说:“现代技术作为订造着的解蔽,绝非单纯的人类行为。因此,我们也必须如其所显示的那样来看待那种促逼,它摆置着人,逼迫人把现实当做持存物来订造。那种促逼把人聚集于订造中。这种聚集使人专注于把现实作为持存物来订造。”然后就主张用“das Gestell(普遍强制)”⑤来命名“现代技术的本质”:即“那种促逼着的要求,那种把人聚集起来,使之去订造作为持存物的自行解蔽着的要求”,并从各个角度做了充分解释;⑥接着话头一转明确指出:“我们追问技术,是为了曝光我们与技术之本质的关系。”⑦他分析说,“现

---

① 此处原文为:“gepflegte Bildung”,孙译本译为“通常的教化”(见《演讲与论文集》,三联书店2005年版,第66页),似与原意有出入。

② Heidegger, M. *Vorträge und Aufsätze*, Stuttgart: Günther Neske, 1997, SS. 64–66. 另:这段文字中的黑体为笔者所加。

③ Heidegger, M. *Vorträge und Aufsätze*, Stuttgart: Günther Neske, 1997, S. 66.

④ Heidegger, M. *Vorträge und Aufsätze*, Stuttgart: Günther Neske, 1997, S. 16.

⑤ 关于“Gestell”的译名问题的讨论,请参见本书第一章第一节的相关注释。另:海德格尔在1966年答《〈明镜〉周刊》记者问(1976年发表时题为《只还有一个上帝能救渡我们》,熊伟先生译)时,对“现代技术之本质”及其对当代人类生存的威胁也略有提及,如:“技术在本质上是人靠自身力量控制不了的一种东西”;“我们根本不需要原子弹,现在人已经被连根拔起。我们现在只还有纯粹的技术关系。这已经不再是人今天生活于其上的地球了。”参见:孙周兴编:《海德格尔选集》(下册),三联书店1996年版,第1304—1305页。

⑥ Heidegger, M. *Vorträge und Aufsätze*, Stuttgart: Günther Neske, 1997, SS. 18–27.

⑦ Heidegger, M. *Vorträge und Aufsätze*, Stuttgart: Günther Neske, 1997, S. 27.

代技术之本质给人指点那解蔽的道路”，而“给……指点道路”即“遣送”，那种“聚集着的遣送”即“命运”。“现代技术之本质”则归属于“普遍强制”这一“解蔽之命运”。“解蔽之命运”蕴涵着“一种危险”：人们可能因为误解“无蔽领域”而总是“根据因果关系来描述一切存在者”。在“因果性的眼光”中，甚至连“上帝”也可能“被贬低为一个原因”，从而丧失一切“神圣性”、“崇高性”和“神秘性”。但“解蔽之命运”乃是“这种危险”：“如果命运以普遍强制的方式来主宰，那么命运就是那最高的危险。”①这种“危险”体现为两个方面：一旦“无蔽领域”仅仅作为持存物与人相关涉，而人也只是“持存物的订造者”，那么“人就走到了悬崖的最边缘”：在那里“人自身只还被看做持存物”。可“恰恰正是受到如此威胁的人自我膨胀，扮演起大地上的主人的角色来了”。但“实际上，人今天恰恰无论在何处都不再遇得见自己本身，亦即他的本质”！此外，“普遍强制不仅在人与其自身的关系上危害着人，而且还在人与一切存在者的关系上危害着人。作为命运，它总是导入那订造方式的解蔽。在订造统治之处，它驱除了每一种其他的解蔽的可能性”。也就是说，“促逼着的普遍强制不仅遮蔽着一种以往的解蔽方式——生产，而且还遮蔽着解蔽本身”。总之，“作为一种解蔽之命运，技术之本质乃是危险”，而且“人类的威胁不光来自可能产生致命影响的技术机械和装置。根本的威胁已经在人类的本质处触动了人类。”②至此，海德格尔引用了荷尔德林的两句诗：“然危险之所在/ 救渡亦从生”；然后通过分析指出：对技术之危险的“救渡扎根并发育于技术之本质中”。③ 因为作为一种“救渡”，“技术之本质”能够“让人观入他的本质的最高尊严并流连于其中。这种最高尊严乃基于：人守护着无蔽状态，并且与之相随地，向来首先守护着这片大地上一切神物的遮蔽状态！④”⑤海德格尔说，其实现代技术在本质上即具有二重性：一方面将人促逼入订造的疯狂，

① Heidegger, M. *Vorträge und Aufsätze*, Stuttgart: Günther Neske, 1997, SS. 28–30.

② Heidegger, M. *Vorträge und Aufsätze*, Stuttgart: Günther Neske, 1997, SS. 30–32.

③ Heidegger, M. *Vorträge und Aufsätze*, Stuttgart: Günther Neske, 1997, SS. 32–33.

④ “一切神物的遮蔽状态”原文为“die Verborgenheit alles Wesens”，孙译本作“万物的遮蔽状态”（见《演讲与论文集》，三联书店 2005 年版，第 33 页），可参考。但德语中“Wesen”用来指物时，多指“神物”、“神灵”、“上帝”等等。

⑤ Heidegger, M. *Vorträge und Aufsätze*, Stuttgart: Günther Neske, 1997, S. 36.

进而“从根本上危害着人与真理之本质的关联”；另一方面也将人遣送入解蔽之中，“使人成为被使用者，被用于真理之本质的守护……如此，救渡之升起得以显现”①。最后，海德格尔从考察“τεχνη”的源初意义指出，从前，它并不只是指称“技术”，也指称那种“把真理带入闪亮者之光辉中而产生出来的解蔽”和“把真带入美之中的生产”，②质言之，它也指称“美的艺术”。在西方命运的开端处，各种艺术在希腊登上了被允诺给它们的解蔽的最高峰。“它们带来了诸神的现身在场，带来了神性的命运与人性的命运之对话的熠熠生辉”，而当时的“艺术”也仅仅被叫做“τεχνη”。“艺术乃是一种唯一的、多重的解蔽。艺术是虔敬的，是 προμος，也即是顺从于真理之运作和保藏的。”那时，“各种艺术并非脱胎于技艺。各种艺术作品并非被审美地享受的。艺术并非某种文化创造的领域。”那时，艺术被冠以“τεχνη”之名，“因为它是一种有所带来和有所带出的解蔽，并因此而归属于 ποιησις（产出、创作）。那种贯通并支配一切美的艺术（诗歌、诗意的东西）的解蔽，最后就获得了 ποιησις这样一个专名。”③接着，海德格尔在重复前面提及的荷尔德林的那两句诗后加了一句“……人诗意地栖居在这片大地上”。说，“诗意的东西”把“真实的东西”带入“最纯洁的闪亮者的光辉中。诗意的东西贯通一切艺术，贯通每一种对进入美之中的本质现身之物的解蔽”。或许是“美的艺术被召唤入诗意的解蔽之中了吗”？或许是“解蔽更源初地要求美的艺术，以便美的艺术如此这般以其本分特意守护救渡之增长，重新唤起和创建对允诺者的洞察和信赖”？“是否在极端的危险中，艺术已经被允诺了其本质的这样一种最高可能性，无人能知道。”至于“对技术之危险的救渡”是如何“扎根并发育于技术之本质之中的”，还有另一种可能性，那就是：“技术之疯狂到处设立自己，直到某一天，借助一切技术因素，技术之本质在真理之己成（Ereignis）中成其自身。”不过，由于“技术之本质”并非“技术因素”，因此“对技术的根本性沉思和决定性解析必须发生在某个领域：它一方面与技术之本质有亲缘关系，另一方面却又与

---

① Heidegger, M. *Vorträge und Aufsätze*, Stuttgart: Günther Neske, 1997, S. 37.

② 这两处“把……带入……中”，原文用的都是“hervorbringen”。实际上，海德格尔在这里玩弄了一个他惯常玩弄的文字游戏，将本义为“生产”的“hervorbringen”拆分成了“her-vor-bringen”。

③ Heidegger, M. *Vorträge und Aufsätze*, Stuttgart: Günther Neske, 1997, S. 38.

技术之本质有根本性区别。这样一个领域便是艺术。"最后,海德格尔总结说,这样的追问证实了一种"危急状态":"我们尚未面对喧嚣的技术去经验技术的本质现身,我们不再面对喧嚣的美学去保护艺术的本质现身。但我们越是追问式地沉思技术之本质,艺术之本质便越加神秘莫测。我们越是邻近危险,进入救渡的道路便越加明亮地开始闪耀,我们也越加具有追问之态。因为,追问乃是思之虔诚。"①

二、海德格尔的"技术—存在之思"与"文艺的超越性品格"

总体上说,海德格尔追问"技术",依然是源出于其"存在之思"而又通达"存在之真理"的。表面上看是在追问"技术的本质",但实际落脚点却是为了昭示现代技术的危险及其对人类存在可能具有的潜在威胁,并且为之寻找"救渡之路"。无需赘言,"救渡"即是"超越"。

在《物》中,海德格尔从对现代技术对人类的毁灭性威胁的视野中,重申了"天、地、神、人'世界四元游戏'"这样一种"诗意栖居"的境界;在后记中又重申了"哲学的返回步伐"。他所说的"返回步伐"就是要重返前苏格拉底时代那种"诗—思"一体不分的源初统一状态:如阿那克西曼德、赫拉克利特、巴门尼德等人的思者之诗,荷马、品达、索福克勒斯等人的诗人之思(海德格尔都分别对它们作过专门阐释或评论)。这显然直接涉及文艺的"形上之维"和"神性之维"。

在《筑·居·思》中,海德格尔从思"筑造"和"栖居"之"本质"的角度提出,"筑造"不仅是人类的一种技术性行为,其本质乃是"让栖居";现代人"栖居的真正困境"不是住房匮乏,而是"总得重新寻求栖居的本质"、"首先学会栖居"。在他看来,"栖居的基本特征就是保护",就是从"源初的统一性"出发来保护"天、地、神、人'世界四元游戏'"这样一种"诗意地栖居"的状态。而文艺乃是人类"筑造"的一种方式,它的本性和指归即是"让栖居",准确地说,"让诗意地栖居"。这显然关涉到了"技术时代里文艺和文艺家的天职与天命"的问题。

在《什么叫思?》中,海德格尔从我们迄今为止"从未真正思过"因而"需要

---

① Heidegger, M. *Vorträge und Aufsätze*, Stuttgart: Günther Neske, 1997, SS. 39-40.

学习思”出发指出，在今天，哲学和科学都不是我们“学习思”的好途径：哲学只会形而上学地“伪思”且容易被人庸俗化；科学则根本就“不思”。因此，“学习思”的最佳途径乃是与伟大的诗(人)“对话”。海德格尔明确指出：“诗的本质建基于思中”，“诗以及与之相随的所有艺术都基于这样一种思”；而为了让“思与诗的对话”能够顺利地实现，前提条件就是：“诗经常是一种崇高的思而思经常是一种深刻的诗。”这显然是对文艺和文艺家的一种要求和吁请。不言而喻，这次演讲至少直接强调了文艺的“形上之维”。

在《科学与沉思》中，海德格尔一开场就明确提出“就其本质而言，艺术乃是一种供奉和一个圣殿(Hort)，在其中，现实把它通常隐而不显的光彩常新地馈赠给人，以便人在这种光亮中更纯粹地直观和更清晰地倾听那允诺给他的本质的东西”。这显然是对1935年《艺术作品的本源》及其以后从“文艺与历史性此在的存在及其超越之间的内在关联”的角度和高度来思考“文艺的本质和使命”这一思想的继承。而他对“沉思”及其意义的阐释又暗示出，文艺应当“参与意义的探讨”，并“把我们带到通向我们的流连之所的道路上”。这里的“流连之所”早见于《艺术作品的本源》中，指的是“存在之真理处”。总之，这次演讲的落脚点就是要让文艺真正成为他在《尼采》中提及的一种“为对历史性此在的伟大的自我沉思服务”的活动，这当然也直接涉及“文艺的超越性品格”问题。

在《技术的追问》中，海德格尔首先揭示了现代技术作为一种“促逼”的、“订造”的“解蔽方式”的“Gestell(普遍强制)”本质，以及它作为一种“解蔽的命运”可能、甚至已经给人类的生存(我们的历史性此在)所带来的毁灭性“危险”和“威胁”，然后暗示出：“救渡之路”只有两条：一是“守护自然自身遮蔽的神秘(让神秘成为神秘)”；二是开掘出“τεχυη”中的艺术(诗意)维度。最后，他以“各种艺术都到达了最高峰”的希腊艺术为例，阐明文艺应当是“虔敬的，是 προμος，也即是顺从于真理之运作和保藏的”；文艺不应当仅仅被视为一种“技艺”或者“某种文化创造的领域”，文艺作品也不应当只是为了“审美享受”。文艺应当成为一种“诗意的解蔽”，“特意守护救渡之增长，重新唤起和创建我们对允诺者的洞察和信赖”；成为我们对抗“将人连根拔起”的“现代技术”、守护我们的“存在家园”的一条“救渡之路”。而且，“在极端的危险中”，文艺的本质中已“被允诺”了这样一种“最高的可能性”。联系到海德格尔 1966 年在访谈中所作的“哲学遗嘱”——“只还有一个上帝能救渡我们”，毋须赘言，他这里所说的“允诺者”，就是《诗人何为?》中谈到的当我们已做好为其返回所需的“转变”后才会重返的“上帝”（或“诸神”）。这显然又从现代技术时代中人类的历史性此在的“救渡之路”这一角度和高度，直接涉及“文艺的超越性品格”问题。

第六节　终点：“伟大的诗”伴着“伟大的思者”偕入永恒

唱与思毗邻
皆系诗之枝
——海德格尔

海德格尔执著于“文艺的超越性品格”的终点，即他生命的终点：一是当人生遭遇重大挫折的时候，几近耳顺之年的他亲自创作了一首堪称具有“伟大风格”的长诗——《出自思的经验》；二是在他 1966 年所作的“哲学遗嘱”中谈到了对“现时代艺术”发展的忧虑；三是临终前他亲笔写下遗嘱，要求儿子在他的葬礼上诵读自己亲自选定的荷尔德林的五段诗句。

一、几近耳顺之年亲自提笔写作长诗《出自思的经验》

1947 年，年近耳顺的海德格尔居然创作了一首连序在内多达 120 余行的长诗——《出自思的经验》(*Aus der Erfahrung des Denkens*)。这是一首真正具有“伟大风格”的诗。张祥龙先生评论它“充满了荷尔德林和老庄气韵”。[①] 就我所见，单是在中国大陆就有彭富春、余虹、孙周兴等先生的多个译本，流传甚广。我不打算解读这首伟大的诗篇，只想简单交代一下它的创作背景，然后直译两段让读者自己去感受和评判。

1945 年 7 月，海德格尔因为“纳粹问题”开始接受法国占领军组建的清查委员会的审查，遭到了应有的公开谴责，并被勒令提前退休、不得再从事教学活动、不得公开发表演讲或者出版论著、住房一度被没收，两年后还差一点被

① 张祥龙：《海德格尔与中国天道》，三联书店 1996 年版，第 13 页。

取消退休金。1946年初，接受审讯中的海德格尔在身体上和精神上都崩溃了。他主动到心理学家、医生格布斯塔尔那里接受心理治疗。三周疗养后，海德格尔恢复了健康，开始过上孤独与寂寞、被人戏称为“流放”的生活。[①] 不久后的一天，海德格尔在一个木材市场偶然碰见曾在弗莱堡大学进修过的中国学生萧师毅。见到过去意气风发的大哲学家竟变得如此狼狈，萧便引用《孟子》中“天将降大任于斯人也”那段话来安慰昔日的师友。海德格尔也好像突然看见救星般兴奋。不仅写下了《我们相遇在木材市场》，而且还缠住萧要合作翻译《老子》，直到数月后萧嫌海德格尔问的太多合译进展太慢而退出才只好作罢。正是在这一年，被人晾到一边儿的海德格尔收到了法国哲学家让·波弗勒的来信，于是写下了在《全集》版中长达52页的回信——《关于人本主义的书信》……

我从这段经历中看到了一颗孤独寂寞但并不甘心就此沉沦的坚强的灵魂。或许正是那首“伟大的诗”的创作，给了正跌入人生谷底的海德格尔洗去尘垢、重新出发的勇气和力量。这首诗如此开篇[②]：

Weg und Waage	道路与衡度，
Steg und Sage	阶梯与言说
finden sich in einen Gang	通达于独步之境。
Geh und trage	前行义无反顾
Fehl und Frage	缺席与追问
deinen einen Pfad entlang	伴随你孤独之途。

第一诗节[③]如下：

Wenn das frühe Morgenlicht still über den	当晨曦静静地照在
Bergen wächst···	群山之巅……
Die Verdüsterung der Welt erreicht nie	世界黑夜从未抵达

① 吕迪格尔·萨弗兰斯基：《来自德国的大师——海德格尔和他的时代》，靳希平译，商务印书馆2007年版，第418—442页。

② Heidegger, M. *Aus der Erfahrung des Denkens*, Frankfurt: Klostermann, 1983, S. 75.

③ Heidegger, M. *Aus der Erfahrung des Denkens*, Frankfurt: Klostermann, 1983, S. 76.

das Licht des Seyns	存在之光。
Für die Götter kommen wir zu spät und	于诸神我们来得太迟而
zu früh für das Seyn. Dessen angefangenes	于存在来得太早。存在
Gedicht ist der Mensch	始作之诗乃是人。
Auf einen Stern zugehen··	迎向一颗星辰……
Denken ist die Einschränkung auf einen	思集系于
Gedanken,der einst wie ein Stern am Himmel	独一之思,它将像一颗星辰
der Welt stehen bleibt	静泊于世界天穹。

毕竟是伟大思者所作之诗,确有荷尔德林遗风!其气象之宏阔,思想之深邃让人望而兴叹!读到这种伟大风格的诗篇,才知道什么“意象”、什么“诗歌美学”之类的玩意儿,在其面前显得是多么地苍白和幼稚!正如它们在陈子昂的千古绝唱——《登幽州台歌》、在苏东坡脍炙人口的《前赤壁赋》等等面前显得苍白和幼稚一样!其中,最能体现张祥龙先生所说的老庄气韵的,应该是这首诗的最后一节①,其词如下:

Wälder lagern	森林延伸
Bäche stürzen	溪流奔腾
Felsen dauern	岩石持存
Regen rinnt.	雾霭迷离。
Fluren warten	草原期候
Brunnen quellen	井水涌流
Winde wohnen	清风驻足
Segen sinnt.	祝福冥思。

作为本真的“语言之说”,诗歌自己能够说话。因此对于此诗,我不再饶舌。

---

① Heidegger,M. *Aus der Erfahrung des Denkens*,Frankfurt:Klostermann,1983,S. 86.

二、1966年《〈明镜周刊〉访谈》中对现时代艺术的担忧

1966年2月7日,《明镜周刊》发表了一篇题为《海德格尔:世界黑夜中的午夜》的文章(其作者被怀疑来自"阿多诺圈子"),对海德格尔做了许多"错误的断言",引起了许多了解海德格尔过去真实情况的朋友和学生(包括曾经因海德格尔的过失一度中断来往的雅斯贝尔斯、阿伦特等人)的不满,督促他起来"自卫"。[①] 9月23日,海德格尔接受了《明镜周刊》记者的访谈。海德格尔希望这篇谈话能够答复人们对他在第三帝国时期的言行提出的种种责难,向人们讲明自己当时的处境。为了避免引起不必要的纷争,海德格尔要求这篇谈话必须在他死后才能发表。所以,它被某些研究者戏称为"哲学遗嘱"。在这篇访谈录的最后部分,海德格尔对"现时代艺术"的发展状况表示了担忧:

当记者提到"现代艺术常常把自己理会为实验艺术"时,海德格尔先后两次提到"艺术的地位"问题。他说:"这正是一个大问题:艺术处在什么地方?它占有什么样的地位?"又说:"艺术占据什么样的地位,这是一个问题。"[②]至迟从1935年发表《艺术作品的本源》时,海德格尔就反对黑格尔关于"艺术不再是一种绝对需要"、"艺术的最高使命和天职已经过去"等言论,强调"艺术应当是、能够是而且必须是我们的历史性此在依本源而居的一个本源"这样一种神圣的使命和崇高的地位。在海德格尔看来,现代艺术之所以沉沦以及它所面临的第一个困境就是:艺术的使命和天职不明、艺术的地位不明。

当记者问道:"如果艺术不认识它的地位,它因此就是破坏性的吗?"海德格尔答道:"……但是我想断言,我看不出现代艺术的指路者,特别是现代艺术在什么地方去认出或者至少是寻找艺术的最固有的东西,仍然是晦暗不明的。"[③]这就是说,现代艺术中由于使命和天职不明、地位不明,自然也就没有了"指路者",从而失去了"方向";特别是"艺术中最固有的东西",亦即"艺术之为艺术"、"艺术之本质"等,都因失去了"本质之源"这一观照基底,自然也都变得"晦暗不明"了。

---

① 吕迪格尔·萨弗兰斯基:《来自德国的大师——海德格尔和他的时代》,靳希平译,商务印书馆2007年版,第523—524页。

② 参见:孙周兴编:《海德格尔选集》(下册),三联书店1996年版,第1316页。

③ 参见:孙周兴编:《海德格尔选集》(下册),三联书店1996年版,第1317页。

当记者列举出现时代的艺术家也对流传下来的东西缺乏责任心、艺术家后悔出生太晚因而再也画不出古典画家画出的那么美的作品、最伟大的艺术家要算有天才的伪造家等等现象，并得出“艺术家、作家、诗人就是这样处在一种和思想家一样的境况中。我们硬是多么经常地不得不说：闭上眼睛吧”这样的悲哀结论时，海德格尔回答说：“如果我们把‘文化事业’作为安排艺术与诗歌与哲学的框架，那么这样并列是对的。但是如果不仅事业值得怀疑而且连什么叫‘文化’也值得怀疑，那么对这值得怀疑的东西的深思也落到思想的使命的范围中来了，思想的灾难处境简直还想不清楚呢。但是思想的最大灾难是，今天，就我所能见到的而论，还没有一个足够‘伟大’的思想家说话，把思想直接而又以铸成的形态带到它的事情面前从而带到它的道路上去。就我们今天活着的人来说，有待思想的东西的伟大处是太伟大了。也许我们能够修修一个过程的一段段狭窄而又到不了多远的小路也就疲惫不堪了。”①这段话是说，如果我们仅仅将文学、艺术视为所谓“文化事业”（在他看来，在这个称谓中，无论“事业”还是“文化”都已变得十分“可疑”）的一个部门的话，是不可能为现时代文学、艺术的发展找到出路的。这里面有太多问题需要进一步“深思”，尤其需要“伟大的思者”去作“伟大的沉思”，因为这当中“有待思的东西之伟大处是太伟大了”。最糟糕的是，大家对这样的问题和这样的困境还浑然不觉。而事实上，在海德格尔看来，迄今为止尚没有一个“足够伟大”的思者明确地讲清这些问题并且找到出路。即便是他本人所作过的那些沉思，也仅仅是指出了一个方向，开辟了一条“田间小路”而已。

不言而喻，海德格尔对现时代艺术发展状况所表达的忧虑，其根源和根据全出于他一直以来关于“文艺超越性品格”所作的沉思。加之这篇访谈录具有“哲学遗嘱”的特殊意味，其对“文艺超越性品格”的关注和重视由此可见一斑。

三、临终前亲笔写下遗嘱要求儿子在他的葬礼上诵读自己亲自选定的荷尔德林的五段诗句

1976 年 5 月 26 日，早晨苏醒了一段时间之后的海德格尔又沉沉入睡，没

① 参见：孙周兴编：《海德格尔选集》（下册），三联书店 1996 年版，第 1317 页。

想到竟就此与世长辞。两天后,海德格尔的家乡麦氏教堂镇为它的荣誉市民举办了隆重的安葬仪式。仪式的前面部分基本上按照一个天主教徒的入葬仪式进行(尽管这让信奉新教的海德格尔夫人和儿子一直耿耿于怀,觉得主持仪式的海德格尔侄子违背了逝者及其家人的心愿),但仪式的最后一项却与众不同:由海德格尔的儿子海尔曼·海德格尔朗读马丁生前亲自选好的荷尔德林的诗歌片断。

原来,数星期前,海德格尔已亲笔记下他的“遗嘱”,要求其子海尔曼·海德格尔在他的葬礼上“缓慢而素朴地诵读”他亲自选好的荷尔德林的五段诗句。它们分别是:《面包与酒》第 4 节第 55—62 行;《致日耳曼人》第 1—2 节;《和解者》第 1—13 行;《泰坦》第 1—3 行;《面包与酒》第 3 节第 41—46 行。

这是一个已经多方确证了的真实故事。就我所知,孙周兴先生提供了文字证据,张祥龙先生提供了当事人的口述证据。孙先生找到的文字证据在美茵法兰克福 2000 年出版的《海德格尔全集》第十六卷《讲话与生平见证》(1910—1976)第 749 页以下的若干页。[①] 张先生则亲自从在海德格尔入葬仪式上担任主持的亨利希·海德格尔那里证实了这件事情,并且查看了亨利希提供给他的带有麦氏镇镇长签名的此葬礼的程序表。亨利希还告诉他,1975 年 9 月 26 日海德格尔过 86 岁生日时,葬礼仪式即已确定,其中最后一项就是由海尔曼朗诵荷尔德林的诗节。[②]

毫无疑问,这也是一个让诗人或者热爱诗歌的人备受感动的动人故事。一位伟大的思者,选择了在接受完神圣的宗教仪式后,最终让自己的灵魂听着一位伟大诗人的伟大诗歌得到安息,进入永恒。

不过我想提醒大家的是,这位伟大思者的耳朵可是有点挑剔的:倒不是要求诗人一定得多么有名,而是诗歌一定得是伟大的诗歌。他只愿意聆听伟大的诗歌——具有超越性品格的伟大的诗歌。

---

① 孙周兴:《我们时代的思想姿态》,东方出版社 2001 年版,第 176 页。

② 张祥龙:《海德格尔传》,商务印书馆 2007 年版,第 368 页。

第七节 对具有“超越性品格”的伟大作品的终生热爱

思者愈稀少

诗人愈寂寞

这是海德格尔去世前六年时写给法国当代哲学家勒内·夏尔的一组短诗中的两句,那首诗的题目叫《启示》(*Winke*)。① 或许正因为有对诗人的这种惺惺相惜的情怀,海德格尔终生热爱并长期致力于阐释伟大诗人的诗歌。海德格尔关注“文艺的超越性品格”的重要体现之一,就在于他对真正具有“超越性品格”的伟大作家和作品的终生热爱。倒过来说也行,海德格尔之所以终生热爱“伟大的艺术家”和“伟大的艺术作品”,原因就在于他们身上以及他们的作品最能体现“文艺的超越性品格”。

海德格尔着力阐释评论过的诗人、艺术家有荷尔德林、里尔克、特拉克尔、格奥尔格、梵高等人。除极个别的之外,他们在当时的名气都远不如现在这么大,有些已被时人遗忘甚至根本不被时人认可,但无一例外都被历史证明了是真正伟大的诗人、艺术家。

梵高(1853—1890),出生于荷兰一乡村牧师家庭,早年曾做过最艰苦的矿区教士,后来居然因在一次矿难中冒死救人、过分认真的牺牲精神引起了教会的不安而被解职。最后为了谋生和艺术流浪到了巴黎,与高更等画家有过交往与合作。梵高生前始终默默无闻,其作品由于在构图和设色上大胆创新、风格独特而无人问津。梵高一生穷困潦倒,全靠亲人接济艰难度日。1888 年后受精神疾病折磨多次自杀,最后一次不治身亡。② 梵高去世后,他的作品开始受到人们的关注和评论,渐渐有了一些名气。但毫无疑问,具有广泛而深远的国际影响的海德格尔在《艺术作品的本源》(以第一篇收入《林中路》)中对梵高《鞋》这幅画的精彩阐释(构成了海氏那篇多次重作的系列演讲中最关键

---

① Heidegger, M. *Ausder Erfahrung des Denkens*, Frankfurt: Klostermann, 1996, S. 222.

② 关于梵高的生平与创作,可参阅:欧文·斯通:《梵高传——对生活的渴求》,常涛译,北京出版社 1983 年版。

的部分:“艺术是真理之自行设置入作品”这一核心命题即由此得出),大大促进了梵高作品的声名远播。毫无疑问,海德格尔之所以喜欢梵高的作品,是因为它打开了一个“此在的世界”,体现了“作为存在者之无蔽的真理在作品中如此这般地发生”。所以,即便在《形而上学导论》这样“最哲学”的著作中,海德格尔又情不自禁地再一次以梵高的这幅画为例。①

特拉克尔(1887—1914),出生于奥地利一个小五金商人家庭。母亲冷若冰霜,父亲为生计终日操劳,特拉克尔从小就因孤独而陷入了对自己妹妹格蕾特的畸恋之中不能自拔。除穷困不足以存身外(曾寻求由继承了一大笔遗产的哲学家维特根斯坦捐赠的专门资助穷困艺术家的基金的资助),特拉克尔还因吸毒而在27岁那年英年早逝,只留下两本薄薄的诗集。人情的冷漠、世态的炎凉使特拉克尔的诗深受波德莱尔的影响,他也因此被称为“黑暗诗人”。这样的诗作自然难以得到时人的赏识,所以他的诗集屡遭出版社拒绝,生前只有一本作为一套丛书中很不起眼的一册出版,未曾引起人们的注意。②毫无疑问,海德格尔在20世纪50年代以特拉克尔诗歌为阐释对象所作的长篇专题演讲《语言》、《诗歌中的语言》(以第一、第二篇收入《在通向语言的途中》),大大地扩展了特拉克尔的影响。海德格尔喜爱特拉克尔的诗歌,是因为他全部的诗都出于一首“独一的诗”,而且都深刻地体现了“此在之此”,以及“天、地、神、人‘世界四元’的游戏”。

无家可归的孤独诗人里尔克(1875—1926),出生于奥地利一个铁路职员家庭,父母生活情趣迥异且都脾气暴虐,生下他不久便离异。里尔克随母亲生活,并被作为早夭的姐姐的替身来培养。他没有兄弟姐妹,从小身体孱弱。大学时攻读哲学,但爱好艺术和文学。1919年后迁居瑞士。年轻时曾漫游过欧洲,与大文豪托尔斯泰、大雕塑家罗丹等有过交往。婚后不久因困窘不堪不得不将孩子送人、夫妻分开各自求生;亦曾在贫困中寻求过维特根斯坦捐助基金的资助。1926年,因白血病在痛苦不堪中一个人孤独地死去,身边没有任何亲人或朋友。海德格尔之所以喜爱里尔克,从《诗人何为?》中看,主要是因为

---

① Heidegger, M. *Einführung in die Metaphysik*, Tübingen: Max Niemeyer, 1976, S. 27.

② 关于特拉克尔的生平与创作,可参阅:特拉克尔:《特拉克尔诗集》“附录”,先刚译,同济大学出版社2004年版,第199—203页。

里尔克揭示了人类在世界中“无庇护的存在”，在“世界黑夜”这个“最为贫困的时代”里“冒险深入深渊寻找诸神早已远逝的痕迹”、“歌唱神圣”，并成为了“一种诗意的追问”。此外，海德格尔喜欢里尔克可能还有别的一些原因，譬如：里尔克曾将罗丹的创作原则精神总结为“艺术家的工作才是唯一令人满意的宗教活动形式”；[①]在1905年出版的诗集《定时祈祷文》中试图表现对质朴、纯真心灵的仰慕和对“艺术宗教”的皈依；在1923年出版的《杜依诺哀歌》和《致奥尔弗斯十四行诗》中试图表达人作为一种“有限性的生物”究竟“是什么”、“为什么”和“希望成为什么”等等形上问题。

在海德格尔评论过的诗人或者艺术家中，大诗人歌德和施特凡·格奥尔格生前的处境要好一些。歌德不用说了，大家很熟悉，况且海德格尔对他的评论并不太多。格奥尔格（1868—1933）生前就是德国著名的象征主义诗歌的领军人物，在他和他主办的纯文学刊物《艺术之页》（Blätter für Kunst）周围聚集了一大批人，文学史称“格奥尔格圈子（George-Kreis）”。但“十一月革命”后，他的人生中出现了一次荒谬的大转折，并很快要了他的命：刚刚上台不久的纳粹政权在他的诗歌中发现了“强权就是真理”等等“革命”内涵，第三帝国的宣传部长、文化局主席戈培尔亲自对他表示“崇拜”，要给他65岁生日举行纪念会并授予他“新帝国诗人”荣誉称号。不愿卷入政治的格奥尔格只好逃到了瑞士特辛（Tessin），并很快在那里去世。[②] 海德格尔在《语言的本质》和《词语》这两篇演讲中专题阐释了格氏《词语》一诗中最后一句：“词语破碎处无物存在”（在《通向语言的途中》一书中所占篇幅最长、思想最系统也最深刻）。海德格尔之所以喜欢格奥尔格，除了格那句诗与海氏本人在《关于人本主义的书信》中所提出的“语言是存在之家”如出一辙（海德格尔很可能受其启发）之外，或许还有一个重要原因：二人都是荷尔德林诗的狂热爱好者，而且格奥尔格还是荷尔德林的“发现者”之一。1917年，他在为《荷尔德林全集》撰写的一篇“荷尔德林赞词”中，把荷尔德林誉为德国民族的“伟大守护

---

① 里尔克曾因出于对艺术的热爱和对罗丹的崇敬（或许还有生计的原因）到罗丹工作室干过杂务并主动兼任私人秘书，准备撰写研究罗丹艺术思想的著作；后因一封重要的信处理不当而被解雇。

② 关于格奥尔格的生平和创作详情，可参阅《施特凡·格奥尔格：诗人和他的圈子》（B. Zeller, W. Volke, G. Hay u. a., *Stefan George. Der Dichter und sein Kreis*, Stuttgart, 1968）。

人",一批即将出现的诗人的"缔造者"和"先驱";称赞他是"恢复语言活力和复苏灵魂的人"、"德国未来的基石"和"呼唤新的上帝的人"。① 从时间上推断,格奥尔格对荷尔德林的高度评价很可能使原本从中学时就十分喜爱荷尔德林诗歌的海德格尔大受鼓舞,并且深受启发。

当然,海德格尔一生最钟爱的诗人还是他所说的"诗人之诗人"、"诗化了诗自身特有的本质"的天才诗人荷尔德林(1770—1843)。一生命运多舛的荷尔德林出身于德国士瓦本地区莱卡河边的小城劳芬(Lauffen),其父曾是一个在当地享有声望的修道院总管,在他两岁时去世;荷尔德林14岁入修道院,18岁入图宾根神学院。年轻时天资聪颖敏感、心地纯洁善良、举止高贵优雅。求学时曾与谢林、黑格尔等人同窗并有过深厚交谊,但后来被黑格尔视为"不可救药"而遭到抛弃或疏远……荷尔德林写过许多哲学、宗教、伦理学、美学、艺术史方面的论文,写过小说(《许佩里翁》)、悲剧(《恩培多克勒斯之死》)、系列组诗"祖国颂",和大量与人探讨各类问题的理论书信。他的才华受到过席勒的激赏,甚至差一点在其帮助下成为耶拿大学教授,可惜最后输给了竞争对手的阴谋手段(据说歌德在这件事上可能扮演了不光彩的关键性角色)。这次打击与荷尔德林做家庭教师时对主妇的狂热爱情所遭受的打击一样致命。荷尔德林一生都没有找到一项稳定的、像样的工作,多年到处漂泊,36岁后长期受到精神分裂的困扰,直到最后孤独而悲惨地死去。② 他留下的数千页手稿被收留他的工匠们随随便便地滥用或者马马虎虎地保存,而后又在图书馆里尘封了几十年而无人知晓。荷尔德林是一个诗歌精灵,但他的诗还在他生前就已被遗忘,死后大半个世纪里湮没无闻。直到20世纪初才慢慢被少数独具慧眼的人如狄尔泰③、格奥尔格及其圈子中的人"发现"。

当然,对荷尔德林热爱程度最高、投入精力最多、持续时间最长、给予评价

---

① Stefan George, *Werke*(2Bd.), München: Dtv 2000, Bd. 1, S. 518–521. 四川外国语学院德语系莫光华博士为我提供了该条资料的德文影印件,特此致谢。

② 关于荷尔德林的生平、创作,可参阅:荷尔德林:《塔楼之诗》"附录",先刚译,同济大学出版社2004年版,第75—113页;《荷尔德林文集》"译者前言",戴晖译,商务印书馆2000年版,第1—15页。

③ 狄尔泰在1905年出版的《体验与诗》一书中,只谈了莱辛、歌德、诺瓦利斯和荷尔德林四个人,狄尔泰不仅对荷尔德林评价甚高,所用篇幅也仅次于莱辛,超过了歌德和诺瓦利斯。

最高、影响亦最大的，非海德格尔莫属。此前，狄尔泰、格奥尔格及其圈子中人虽然给予了荷氏很高评价，但并未获得学术界认可。①

海德格尔与荷尔德林诗歌的相遇有如柏拉图之与苏格拉底相遇：其中的后者都极大地改变了前者的人生轨迹。略有不同的是，海德格尔与荷尔德林之间是相互成就的双向性影响：这个去世比海德格尔出生还早差不多半个世纪的诗人，在因绝少知音而几乎快被人们遗忘了的时候经过海德格尔持之以恒的深度阐释和宣讲而声名大噪（尽管与其他阐释一样，海德格尔那种典型的"六经注我"的阐释方式一直遭到了人们程度不同的诟病和批评）；另一方面，作为天才的哲学家诗人的荷尔德林的伟大诗篇也成就了作为天才的诗人哲学家的海德格尔之伟大——在借助"诗"恢复"思之活力"，重启"思与诗的对话"，开始"思—诗同源"、"思—诗一体"的"哲学之返回步伐"中，对荷尔德林诗的阐释成了他最好的"演武场"。

据张祥龙先生研究，早在1903—1909年，当海德格尔还在康斯坦茨和弗莱堡上文科中学时，就开始阅读荷尔德林的作品；②从此就与之结下了终生不解之缘。20世纪30年代以后，海德格尔的许多著作都谈到荷尔德林，即便像《形而上学导论》这样"最哲学"的论著也不例外。③ 1970年，已是81岁高龄的海德格尔居然还准备与一位朋友一起去探访荷尔德林的家乡，后来因为这位朋友突然自杀才遗憾地作罢。④ 而且，我们前面已经谈及，海德格尔的入葬仪式是以他的儿子受命朗诵他自己生前亲自选定的荷尔德林的诗歌片断来结束的。

事实胜于雄辩。要证明海德格尔对荷尔德林的狂热喜爱和受其影响之深之广，我们只需看看他关于荷尔德林的那些著述、课堂讲座和公开演讲就会一

---

① 相关情况可参见：梁坤主编：《新编外国文学史——外国文学名著批评经典》第七章"荷尔德林及其创作：从高贵的疯子到存在之创建者"（莫光华执笔），中国人民大学出版社2009年版，第155—186页。

② 张祥龙：《海德格尔传》，商务印书馆2007年版，第21页。

③ Heidegger, M. *Einführung in die Metaphysik*, Tübingen: Max Niemeyer, 1976, S. 81.

④ 吕迪格尔·萨弗兰斯基：《来自德国的大师——海德格尔和他的时代》，靳希平译，商务印书馆2007年版，第532页。

目了然①：

1934—1935 年冬季学期，在弗莱堡大学作《荷尔德林的赞美诗〈日耳曼人〉和〈莱茵河〉》讲座；后收入《海德格尔全集》第 39 卷，共 296 页；

1936 年 4 月 2 日，在罗马作题为《荷尔德林与诗的本质》的演讲；同年发表在《内在王国》第 3 卷第 1065—1078 页；

1939 年在弗莱堡多次作题为《荷尔德林的赞美诗“如当节日的时候……”》的演讲；1941 年在哈勒出版，共 32 页；

1941—1942 年冬季学期，在弗莱堡大学作《荷尔德林的赞美诗〈追忆〉》讲座；后收入《海德格尔全集》第 52 卷；

1942 年夏季学期，在弗莱堡大学作《荷尔德林的赞美诗〈伊斯特河〉》讲座；后收入《海德格尔全集》第 53 卷，共 209 页；

1943 年在纪念荷尔德林逝世 100 周年之际，海德格尔曾在弗莱堡大学礼堂等地多次重复作题为《追忆诗人》的演讲，讲稿《追忆》同年载于图宾根出版的《荷尔德林逝世 100 周年纪念文集》第 267—324 页；另作关于荷尔德林的诗《还乡——致亲人》的演讲多场；

1944 年，《对荷尔德林诗的阐释》在美茵法兰克福的菲多里奥·克罗斯特曼出版社出版；其增订版被列为《海德格尔全集》第 4 卷，共 208 页；

1954 年，《……人诗意地栖居……》发表在《重音》第 1 期第 57—71 页；同年收入弗林根出版社出版的《演讲与论文集》；

1959 年，在慕尼黑荷尔德林学会会议上作题为《荷尔德林的大地与天空》的演讲；1960 年载《荷尔德林年鉴》第 11 卷第 17—39 页；

1963 年，海德格尔又在弗林根的冈特·纳斯克出版社出版发行了《马丁·海德格尔朗诵荷尔德林》唱片，并添讲了前言；

1968 年，在法国阿姆里斯维作题为《荷尔德林—诗歌》的演讲。

此外，我手里还拥有一本厚厚的海德格尔阐释荷尔德林的集子，书名叫《走向荷尔德林——希腊行》(*Zu Hölderlin——Griechenlandreisen*)，被收入《海德格尔全集》第 75 卷，为 Curd Ochward 所编，美茵州法兰克福的斐多里奥·

① 这些资料均采自孙周兴先生所编选的《海德格尔选集》(下卷)的“附录”，我只整理和略加增补而已，特此说明，并表示感谢。

克罗斯特曼出版社 2000 年出版,全书分“论文与对话”、“希腊行”、“札记与草纲”和“附录”四个部分,共 407 页。

海德格尔为何如此喜爱荷尔德林的诗歌?他自己的解释是:“我的思想和荷尔德林的诗歌处于一种非此不可的关系中。我认为荷尔德林不是文学史家将其著作与其他人的著作并列为研究题目的随便一个诗人而已。我认为荷尔德林是这样一个诗人,他指向未来,他期待上帝,因而他不能只不过是文学史思想中的荷尔德林研究的一个对象而已。”①

总而言之,谁都无法否认一个事实:就海德格尔喜爱的诗人、艺术家而言,他们无一例外都非常强调自身所担负的“天命和天职”;就他阐释过的文艺作品而言,这些作品中的“形上性”和“神性”等等“超越性品格”成就了这些作品的伟大与不朽;同时,也正是对这些作品中“超越性品格”的热爱和挖掘,部分地成就了伟大和不朽的海德格尔。

---

① 海德格尔:《“只还有一个上帝能救渡我们”——1966 年 9 月 23 日〈明镜〉记者与海德格尔的谈话》,熊伟译,参见:孙周兴编:《海德格尔选集》,三联书店 1996 年版,第 1312 页。

第三章　海德格尔诗学中“文艺的超越性品格”之思的内在系统

源出于存在

而通达存在之真理

——海德格尔

基于对艺术作为可能的“救渡之路”的考量，海德格尔一生只专注于对“伟大的艺术”（他认为这才是“真正的艺术”）的沉思。这正是他终生执着于“文艺的超越性品格”之思并且只与具有“超越性品格”的伟大诗人或伟大艺术家的作品对话的原因。海德格尔不仅终生关注和探索“文艺的超越性品格”，而且从他的理论诉求和作品阐释—批评实践中还可以寻绎出一套相互勾连且较为完整的概念、命题和问题系统：它基于“生存论—存在论”立场，以“此在的非本己本真存在”为源初起点，以“人的诗意地栖居”为最高指归；它为我们“敞亮”了“文艺超越性品格”的三个基本维度：即“形上之维”、“神性之维”和“源初道德之维”；它对诸如“美”、“艺术”、“艺术作品”、“诗”、“真理”、“语言”等一系列“艺术哲学”、“美学”基本范畴所做的重新界定，对诸如“艺术与真理的关系”、“艺术与此在在世存在的本质关联”、世界黑夜（贫困）时代里“诗人艺术家的天职与天命”、“诗人思者的特殊使命”等等一系列基本问题所做的重新思考，对“美学”、“艺术哲学”的学科观念和研究范式所做的重新确立等等，无不归属于“文艺的超越性品格”这个思想系统。

第一节 “文艺的超越性品格”：海德格尔沉思一切文艺的元问题和总动因

唯伟大的艺术堪成为救渡之路。
因此，伟大的思者只思伟大的艺术，
且只与伟大的艺术作品对话。

至迟到20世纪30年代中期，海德格尔已将“艺术”思为现代人或现代社会的“救渡之路”。这可以从两方面找到证据：其一，自1927年发表《存在与时间》到1935年开始《艺术作品的本源》系列演讲期间，海德格尔的思想进入了一个休整期。这期间发表的最重要的著作是1929年出版的《康德与形而上学问题》（*Kant und das Problem der Metaphysik*），主要内容是对《存在与时间》的补充；同年还发表了两篇后来收入论文集《路标》的文章：一篇是《什么是形而上学?》（Was ist Metaphysik?），主要探讨对“无”的沉思在形而上学中的地位和重要性；另一篇是《论根据的本质》（Vom Wesen des Grundes）主要探讨“此在的超越”以及“超越作为根据的本质”的问题。① 海德格尔对“超越”问题的思考与寻觅“救渡之路”直接相关，因为：从《存在与时间》到《论根据的本质》，海德格尔所说的“超越”都是“此在”之“生存论—存在论”意义上的“超越”；②至于“无”，按海德格尔后来在《形而上学导论》中的说法，唯有诗和哲学言说“无”，并因此而使二者处于同一序列（后详）。③ 其间发生的最重要的事件，是1934—1935年冬季学期，海德格尔开始在弗莱堡大学举办《荷尔德林

① 这两篇论文可分别参见：Heidegger, M. *Wegmarken*, Frankfurt: Vittorio Klostermann, 1996, SS. 103-122.；SS. 123-175.

② 在《形而上学导论》中，海德格尔说，“……《存在与时间》中谈到过一种‘超越的视界’。不过，那里所说的‘超越’并非主观意识的超越，而是由此在之绽出—生存的（existenzialen-ekstatischen）时间性所规定的超越。”参见：Heidegger, M. *Einführung in die Metaphysik*, Tübingen: Max Niemeyer, 1976, S. 14.

③ Heidegger, M. *Einführung in die Metaphysik*, Tübingen: Max Niemeyer, 1976, S. 20.

的赞美诗〈日耳曼人〉和〈莱茵河〉》讲座。

其二，自从1930年发表《论真理的本质》的演讲，预示了他将把思想的重心转向诗和艺术（关于这一点我们前面已有叙述）之后，海德格尔将大部分精力都放到了对艺术、诗歌以及与它们的"对话"（阐释—批评）上：从《林中路》、《对荷尔德林诗的阐释》、《在通向语言的途中》、《演讲与论文集》等著述，到1936—1937年冬季学期的《尼采：作为艺术的强力意志》讲座，1941—1942年冬季学期的《哲学导论——思与诗》讲座和《荷尔德林的赞美诗〈追忆〉》讲座，1942年夏季学期的《荷尔德林的赞美诗〈伊斯特河〉》讲座，一直到"哲学遗嘱"《只还有一个上帝能救渡我们》，都贯穿着将"诗意栖居"作为"救渡之路"的主题。可以说，海德格尔对"艺术"、对"诗"、对"语言"、对"技术"等等的沉思，最终都在"艺术救渡"——诗性维度的开启这一点上殊途同归。

然而必须明确和特别注意的是：与通常的文艺理论家或艺术哲学家不同，海德格尔所沉思的"艺术"并非"平凡的艺术"或者说"一般的艺术"，而是"伟大的艺术"或者说"真正的艺术"。而且，与此前康德、特别是席勒以来一直到尼采的西方"浪漫派美学"的"审美救赎"主张也不同，海德格尔并没有走泛泛地谈通过所谓"审美体验"、"审美教育"以"重塑感性与理性和谐统一"的老路，而是强调将"救渡之路"寄托在与伟大的诗歌、伟大的艺术作品展开"思与诗的对话"上。我想，这也正是他为什么在理论上专注于"文艺的超越性品格"、在阐释—批评实践中也只专注于那些具有"超越性品格"的伟大诗人和伟大艺术家的作品的原因。

关于海德格尔着重阐释—批评过哪些诗人或艺术家的作品，我在上一章的最后一节中已有讨论，在此不再赘述；至于理论表述方面，这里只略举数例以予提示：在《尼采》第一卷中，海德格尔不仅花了整整一节来评介尼采关于艺术的"伟大风格（Der Groβe Stil）"的理论，①而且还针对黑格尔的"艺术过时论"和"艺术终结论"，讨论了"伟人的艺术"何以伟大和"伟大的艺术在现代的沉沦"的原因。在对"美学史上六个基本事实"的解读中，也几乎全都直接涉及到对"伟大的艺术"的沉思。② 在《林中路》的《艺术作品的本源》篇中，

① Heidegger, M. *Nietzsche* I, Pfullingen: Günther Neske, 1961, SS. 146—162.

② Heidegger, M. *Nietzsche* I, Pfullingen: Günther Neske, 1961, SS. 91–109.

海德格尔说："正是在伟大的艺术中（我们在此只谈论这种艺术），艺术家与作品相比是某种无关紧要的东西，他就像一条为了作品的产生而在创作中自我消亡的道路。"①在《在通向语言的途中》的《语言》篇里他写道："这首诗是乔治·特拉克尔写的。在这里，谁是作者并不重要，一首诗的伟大正在于，它能够掩盖诗人这个人和诗人的名字。"②在《形而上学导论》中，海德格尔又写道："除哲学家外，诗人也谈论无——这不仅是因为按照日常理智的看法在诗中较少严格性，而且是因为在诗中（在此仅指那些真正的和伟大的诗）始终贯穿着与所有单纯的科学对立的精神的本质上的优越性。"③这样的例子还有很多。

在此我想特别强调的是，上面列举的几个例子中，海德格尔加的那两处说明非常重要，千万不能轻轻滑过：一是在探讨"艺术"时，在"伟大的艺术"后面加上了"我们在此只谈论这种艺术"；二是在将"诗"与"哲学"、"科学"并举做比较的时候，在"诗"后面加上"在此仅指那些真正的和伟大的诗"。尤其值得关注的是，海德格尔这两处说明都是在一般性地探讨"艺术"或"诗"的问题时所加的：第一处之所从出那篇文章——《艺术作品的本源》从标题到行文，除此处外一律用的是"艺术"而并未特别标明自己思考的仅限于"伟大的艺术"；第二处情形完全相同，海德格尔是在泛泛地谈论"诗"而不是仅限于"伟大的诗"时作此说明的。这恰恰有力地证明了一点：海德格尔在沉思"诗"或"艺术"时，他心目中所指的就只是这"伟大的诗"或"伟大的艺术"。与通常的文艺理论家或艺术哲学家不同，海德格尔无意于去探讨"艺术"或"诗"的那些所谓的"一般的"、"普遍的""本质规律"或"基本特征"之类的东西，而是只思考"伟大的艺术"或"伟大的诗"之独特品格、它应当担负的使命、它与人的历史性此在之内在关联等等。相应地，与通常的文艺批评家除了会去批评经典或杰作外还可能去评论他碰巧遇到的任何他感兴趣的作品不同，海德格尔只阐释—批评那些"伟大的诗歌"或"伟大的艺术作品"。

这其中的根由并不复杂：被赋予了"救渡"使命和天职而作为"救渡之路"

---

① Heidegger, M. *Holzwege*, Frankfurt: Vittorio Klostermann, 1994, S. 26.

② Heidegger, M. *Holzwege*, Stuttgart: Neske, 1997, SS. 17-18.

③ Heidegger, M. *Einführung in die Metaphysik*, Tübingen: Max Niemeyer, 1976, S. 20.

的文艺作品，必须具备“超越性品格”；而最能体现“文艺的超越性品格”的，当然就是那些“伟大的文艺作品”。在担当“救渡”使命和天职、可望提供“救渡之路”方面，“伟大的文艺作品”的“伟大的文学艺术家”具有一种特殊的重要意义。譬如，关于荷尔德林的意义，在《荷尔德林与诗的本质》中，海德格尔指出，“荷尔德林所创建的诗的本质具有最大限度的历史性，因为它先行占据了一个历史时代”；①在《诗人何为?》中，海德格尔又指出：最能代表“贫困时代的诗人”的荷尔德林，在他的作诗活动中如此亲密地诗意地思了“存在之澄明”，并且到达了属于“存在之命运”的“存在之敞开状态”。因此，在他的那个时代里任何别的诗人都无法与其比肩抗衡；②不仅如此，荷尔德林还是“贫困时代的诗人”的“先行者”，因此这个世界时代的任何诗人都超不过荷尔德林。③ 他不会被超越，也不会被遗忘。而里尔克的特殊意义则在于：他的诗中关于“存在之无庇护性”的歌唱，因为传达出了“世界黑夜时代”之最黑暗的时刻——技术统治时代——人的本质性存在状态，而成为了一种“本质性的歌唱”。“无庇护性”的存在状态将我们引向“消逝了的诸神”。里尔克也因此而成为了“在一个不美妙的时代”里歌唱“美妙之物”的歌者，作为一个“冒险更甚者”而位居伟大诗人的行列。他通过自己的歌唱而得以达到了一个“诗人的问题”，那就是：“何时才有本质性歌唱?”。作为一个“贫困时代里的诗人”，唯有里尔克的诗才能回答这样的问题：“诗人何为？诗人的歌唱正在走向何方？在世界黑夜的命运中，诗人到底何所归依?”④

总而言之，海德格尔只沉思伟大的文艺，也只阐释—批评伟大的文艺作品。可以说，这一点自始至终贯穿了他的全部文艺之思。毫无疑问，只沉思“伟大的文艺”正是他如此关注“文艺的超越性品格”的“总动因”；“文艺的超越性品格”正是他沉思一切诗歌和一切艺术的“元问题”。只要联想到他对文艺的“本质之源”的思考，联想到他对文艺与历史性此在的日常存在和可能存在的内在关联以及他对文艺的天职和天命等等方面的看法，这一切又显得是那样地顺理成章、理所当然！

---

① Heidegger, M. *Erläuterungen zu Hölderlins Dichtung*, Frankfurt: Klostermann, 1996, S. 47.

② Heidegger, M. *Holzwege*, Frankfurt: Vittorio Klostermann, 1994, S. 273.

③ Heidegger, M. *Holzwege*, Frankfurt: Vittorio Klostermann, 1994, S. 320.

④ Heidegger, M. *Holzwege*, Frankfurt: Vittorio Klostermann, 1994, SS. 319–320.

第二节　生存论—存在论立场：从此在的“非本己本真存在”到人的“诗意地栖居”

一切心中之勇气
无非存在召唤之回响
存在召唤凝聚吾人之思
入于世界游戏
——海德格尔

如前所述，海德格尔认为，一切人文学科的最终目标都在于“为一种对历史性此在的伟大的自我沉思服务”。的确，真正深刻的、具有独创性的思想，总是从此在鲜活的、独特的生存—存在体验中自然涌现和生长出来的。此在这种鲜活、独特的生存—存在体验，就是思想之所从出的“本源”。与之相应地，真正闪烁着智慧光芒的、有价值的思想，也都必须能对我们的历史性此在有所作为。换句话说，它都必须能将历史性此在未来的可能存在带向某种更加理想的境界，并把这作为自己一切思想向之归的“目标”。

可以说，海德格尔关于文艺所作的一切沉思都体现了上述特点，这正是它们伟大之伟大性所在。从总体上说，海德格尔关于“文艺的超越性品格”之思，采取了一种“生存论—存在论立场”，它以“此在之非本己本真存在”为源初起点，以“人的诗意地栖居”为最终目标，并在此基本框架下形成了一个完整的理论系统。

一、从“非本己本真存在”到“诗意地栖居”

从第二章的梳理中我们可以清楚地看到，目前所见到的只相当于原构思的三分之一部的《存在与时间》共分为两篇：第一篇以“此在之世界性”为核心，以“在—世界—中—存在”为基本线索，重点揭示“日常此在”作为“常人”而“沉沦消散于世内诸存在者”和时时处处“为他人所宰制”的“非本己本真存在”状态；第二篇以“此在之时间性”为核心，以“向死存在”和“本真能在的此在式见证”为基本线索，重点揭示“此在”作为“本真能在”通过“愿有良知”和

"先行的决心"而通达"本己本真存在"的可能。由于该书出第七版时删去了首版后 26 年间一直标有的"第一部"字样并且明确宣布放弃"补续"计划,① 以上所述便成了它的全部内容。

海德格尔在《存在与时间》中何以要对"此在"之"在—世界—中—存在"和"时间性存在"做"生存论—存在论"分析呢?

解决这个问题的关键,在于准确理解海德格尔《存在与时间》的总体思路。根据我个人的理解,它可以概括为:哲学→(哲学的基本问题:存在的意义问题;存在的意义晦暗不明、重提存在的意义问题的必要性)→对"存在的意义"的追问(存在论)→(存在→存在者的存在→追问存在,问及存在者→与其他一切存在者相比,此在在拟定存在问题时具有优先地位)→对"此在之存在"的生存论—存在论解释(基础存在论)→(经过现象学的"还原"与"本质直观",找到"此在之存在"的两个合二为一、纯粹自明、确定无疑的"源初现象")→此在之存在:1. "在世界中存在";2. "此在之时间性"→分别对这两个"源初现象"所蕴涵的"意义"进行生存论—存在论解释。依此,试逐层解析如下:

众所周知,自古希腊哲学家巴门尼德以降,追问"存在之为存在"(Sein als Sein)亦即"存在的意义(der Sinn von Sein)"就被规定成了哲学的使命,哲学也以此区别于追问"存在者之本质"的各种经验科学。但在海德格尔看来,从柏拉图开始一直到黑格尔,西方哲学史走上的却是一条"遗忘存在问题"的道路:"存在问题"不仅尚无答案,甚至连这个问题本身都还是晦暗不明和茫然无绪的。既然"存在的意义"至今晦暗不明,当然就有"重提存在的意义问题"之必要。② 而且在他看来,"存在的意义"问题乃是哲学的一个、甚或是唯一的基本问题。③ 因此,追问"存在的意义"自然成了《存在与时间》唯一的、也是最终的根本任务。

可是,如何开始对"存在的意义"的追问呢?这一追问为何又演变成了对"此在之存在"的解释呢?海德格尔的思路是:"存在"使"存在者"被规定为

---

① Heidegger, M. Vorbemerkung zur siebenten Auflage 1953, *Sein und Zeit*, Tübingen: Max Niemeyer, 1993.

② Heidegger, M. *Sein und Zeit*, Tübingen: Max Niemeyer, 1993, SS. 2-4.

③ Heidegger, M. *Sein und Zeit*, Tübingen: Max Niemeyer, 1993, S. 5.

"存在者"。虽然"存在(Sein)"本身不是任何一种"存在者(Seiende)",但由于"存在总意味着存在者的存在(Sein besagt Sein von Seiendem)",所以"存在问题"中"被问及者(Befragte)"乃是"存在者本身"。① 可是,应当从哪种"存在者"摄取"存在的意义"?即把哪种"存在者"作为"出发点(Ausgang)"或"范本(Exemplar)",或者说,哪种"存在者"在拟定"存在问题"时具有"优先地位"呢?在海德格尔看来,"这种存在者,即我们自己向来所是的存在者,除了其他可能的存在方式以外还能对存在发问的存在者,我们用此在(Dasein)这个术语来把握它。"②为何"此在"在拟定存在问题时具有优先地位呢?首先,"此在"本身就是某种特定存在者(即我们自己向来所是的那种存在者)的"存在样式",这种存在者可能的存在方式之一就是"能够对存在发问",并因此而"与存在问题本身有一种甚或是与众不同的关联";③其次,"此在"是一种存在者,但其与众不同之处在于:它总能以某种方式与自己的那个存在——生存(Existenz)发生交涉,它的本质规定不能靠列举关乎实事的"什么(Was)"来进行,而是体现于:"它所包含的存在向来就是它有待去是的那个存在(daβ es je sein Sein als seiniges zu sein hat)。"正因其如此,它能够从生存论和存在论上以对存在有所领会的方式存在;④最后,与其他一切存在者相比,"此在"有三层优先地位:第一,在存在者层次上,此在在其存在中是通过"生存"得到规定的。第二,在存在论上,由于此在以生存为其规定性,故而它本身就是"存在论"的。而作为"存在于世"的生存—存在之领会的受托者,"此在的领会中同样源始地包含有对一切非此在式的存在者的存在的领会"。第三,随前二者而来,"此在乃是使一切存在论在存在者层次和存在论上都得以可能的条件"⑤。简言之,"存在之意义"根源于对"存在"之"领会";对"存在"之"领会"属于"此在之建构",更准确地说,属于"此在在自身的存在中之建构"。因此,要追问和阐释"存在的意义",必须首先追问和阐释"此在之存在"的生存论—存在论意义。也就是说,只有首先把"此在之存在"的生存

① Heidegger, M. *Sein und Zeit*, Tübingen: Max Niemeyer, 1993, S. 6.

② Heidegger, M. *Sein und Zeit*, Tübingen: Max Niemeyer, 1993, S. 7.

③ Heidegger, M. *Sein und Zeit*, Tübingen: Max Niemeyer, 1993, SS. 7–8.

④ Heidegger, M. *Sein und Zeit*, Tübingen: Max Niemeyer, 1993, SS. 12–13.

⑤ Heidegger, M. *Sein und Zeit*, Tübingen: Max Niemeyer, 1993, S. 13.

论—存在论意义弄清楚了，我们才能弄清楚“存在的意义”是如何被“追问”、如何被“领会”、如何被“理解”、如何被“阐释”和如何被“建构”起来的。①

在海德格尔看来，如果追问“存在之为存在”即“存在论(Ontologie)”，那么追问“此在之存在”便可称为“基础存在论(Fundamentalontologie)”。“基础存在论”乃是其他一切“存在论”之所从出的“本源”。基于以上理由，《存在与时间》中对于“存在的意义”的追问，便从追问“此在”之“在—世界—中—存在”和“此在之时间性”开始。而且，前面我们已经说过，由于主客观各方面因素的影响，该书只完成了原计划的大约三分之一，所以海德格尔留给我们的实际上就只是对“此在之存在”作生存论—存在论分析的“基础存在论”；②而为他赢来巨大而恒久的崇高声誉的，也正是他在这一部分中所表达的充满原创性的深刻思想。

而“此在”之“在—世界—中—存在”和“此在”之“时间性存在”在生存论—存在论上究竟意味着什么呢？我们第二章所作的梳理已经清楚地表明：前者意味着“此在之存在”即是“依寓于……存在”和“与他人共在”，进而意味着不得不日夜“为世内诸存在者烦忙/操劳”并最终“沉沦消散”于其中，以及“为他人而烦神/操持”，并时时处处受到“查无此人却又无处不在”、“处处做主却又从不担责”的以“常人”的面目出现的“他人”的“独裁宰制”，意味着“此在”之不可避免地被“物化”和“无个性化”、“常人化”；后者最确定无疑的意味则是“此在”乃“终有一死者”，“此在之存在”乃“向终结(死亡)存在”。总之，“沉沦消散于世”、“被抛”、“被异化”、“无根性”、“无家可归状态”等等如影随形地伴随着“此在之存在”。因此，“常人”就是“日常此在是谁”这一

① 海德格尔在《存在与时间》中确立“此在的优先性”，以及他对“此在”与“存在的意义的澄明”之间的关系的描述经常遭致误解和苛责。20世纪30年代从俄国流亡到法国高等实验学院讲授黑格尔哲学、却将其讲得“与海德格尔长得像双胞胎一样相似”的哲学家亚历山大·科耶夫(考叶维)有一句名言，很能帮助我们准确理解上述问题。他说：“假如离开了人，存在必喑哑：它仍在那，却难以成真。”这话两见于：吕迪格尔·萨弗兰斯基：《来自德国的大师——海德格尔和他的时代》，靳希平译，商务印书馆2007年版，“扉页”、第431—434页。

② 按《存在与时间》“导论”第八节“本书纲目的构思”，该书分为两部，各部又分为三篇(因此，自1927年第一版至1953年第七版删去为止，它一直标有“第一部”的字样)。但后来只完成了“导论”和“第一部”的前两篇：“准备性的此在基础分析”和“此在与时间性”，即原计划的“基础存在论”部分。

问题的答案;“日常此在”首先和通常都处于一种“非本己本真存在”状态中。这就是“此在之存在”的生存论—存在论含义。

荷尔德林说,“然危险之所在/救渡亦从生”。如此这般的“此在之存在”境遇必然导致“超越”渴求的产生。而“此在”作为一种“能存在”——它“是什么”取决于它“如何去是”——也为它的这种“超越”提供了可能:对“在—世界—中—存在”本身的“本真”的“畏”而不是自甘“沉沦”、对自己终极意义上的“死亡的确知”而不是“闪避”、对“良知的召唤”的“聆听”亦即“愿有良知”和“先行的决心”等等,这些都可能将其带向对“非本己本真存在”的“超越”——向着“本己本真存在”的“超越”。这也是我们上一章的清理清楚地呈现过的内容。

当然,上一章的清理也清楚地表明:自 20 世纪 30 年代中期以后,海德格尔逐渐把“本己本真存在”的实现途径(亦即“超越”的希望)从哲学转向了诗歌和艺术,以及“思与诗的对话”;①而“本己本真存在”这一最初的表述也有过一些变迁。但其基本含义始终没变:都是指人的一种理想的“诗性存在”状态,都可以用“人的诗意地栖居”来指称。如果要简单地勾勒其发展脉络,大体可以作如下标画:“此在的本己本真存在”(《存在与时间》为代表)→(《艺术作品的本源》)→“人的诗意地栖居”(“对荷尔德林诗的阐释”为代表)→(《关于人本主义的书信》)→“人在语言之说中栖居”(以《在通向语言的途中》为代表)→“天、地、诸神、终有一死者‘世界四元’亲密的‘圆舞’”(以《演讲与论文集》为代表)。需要说明的是,这只是就大体情况而言的。事实上,这四种表述在《对荷尔德林诗的阐释》、《在通向语言的途中》、《演讲与论文集》等等著述中有时是并存的,唯侧重点有所不同而已。

总而言之,以“此在的非本己本真存在”为源初起点,以“人的诗意地栖居”为最高指归,这是海德格尔沉思文艺问题的基本框架,也是我们理解海德格尔关于“文艺的超越性品格”之思的重要枢机。

---

① 1934 年开始在弗莱堡大学的哲学课上整年度地讲荷尔德林的“赞美诗”或“哀歌”;1935 年始作“艺术作品的本源”系列演讲。此后他“思与诗对话”便从未间断过。

二、生存论—存在论立场

鉴于《存在与时间》在海德格尔整个思想系统中的根基地位，我后面的分析将主要围绕这部著作来展开。

许多研究者不顾海德格尔本人的明确拒斥和多次辩白，习惯称其为"存在主义者"。① 然而事实上，海德格尔的"基础存在论"与以前宽泛地放在"存在主义"名号下的诸如克尔凯郭尔"孤独的唯一者"、尼采"生命的权力意志"、雅斯贝尔斯"生存哲学"、萨特"无根的自由（选择）"、加缪"荒诞及其超越"等等的区别是十分明显的：毋庸讳言，克尔凯郭尔"孤独的唯一者"对海德格尔将"人的存在"命名为"Dasein"（其中那个"Da"）影响是明显的，但众所周知，克氏作为丹麦正统天主教神学家，他的最终目标是要将人引向对天主教"上帝"的绝对信仰。② 他的"上帝"与海德格尔所"期待"的"上帝"也有很大不同，他的终极指归与海德格尔的"诗意地栖居"更是人异其趣；尼采思想中"上帝死了"、"艺术比真理更有价值"等对海德格尔提出"人是虚无的占位者"、重视"思与诗的对话"等的影响也是明显的，但海德格尔对其简单"颠倒"传统的思维模式、对其"权力意志"中的"人类中心主义"、对其"永恒轮回"的信仰等并不赞同，这从两大卷《尼采》中可以看得分明；至于海德格尔与萨特的区别，这在海氏《关于人本主义的书信》和萨弗兰斯基《来自德国的大师——海德格尔和他的时代》中都有明确的交代。③ 在《关于人本主义的书信》中，海德格

---

① 在西方和中国学术界，不少人都曾将海德格尔视为"存在主义者"甚或"存在主义的祖师爷"。20 世纪 40 年代法、德哲学界曾极力撮合萨特与海德格尔会面，因为不少人认为《存在与虚无》是对《存在与时间》的继承和发展（见德国萨弗兰斯基著《来自德国的大师——海德格尔和他的时代》第 20、21 章）；也有人将海德格尔哲学视为"存在主义"之一家（见美国考夫曼编：《存在主义》，陈鼓应等译，商务印书馆 1996 年版）等等。但第二次世界大战刚结束时，共产党员萨特拒绝了与纳粹党员海德格尔见面，而海氏在给波弗勒的那封长信中也反复强调二人间的根本差异。

② 克尔凯郭尔的思想，比较集中地体现在其代表作《或此或彼》（阎嘉译，商务印书馆 2007 年版）一书中。

③ 海德格尔之所以写作《关于人本主义的书信》，就是因为"存在主义"思潮在战后法国乃至整个欧美甚嚣尘上。他不同意萨特的观点，更不赞成萨特在此前几个月发表的"存在主义也是一种人本主义"的论调（参见：《来自德国的大师》第 20、21 章）。萨特曾将自己与海德格尔并称为"无神论的存在主义者"，海德格尔在该信中明确声明：萨特所理解的"存在"并非他所理解的"存在"，他也不是什么"存在主义者"。另据海德格尔的学生回忆，1943 年萨特将自己的成名作《存在与虚无》送给海德格尔，他只翻了几十页便表露出了不屑，并立刻将书转送给了该学生。

尔明确写道："萨特（提出了）关于实存对本质的优先地位的主命题，还为'存在主义'这个名称作为与这种哲学相适合的标题作了辩护。不过，'存在主义'的主命题与《存在与时间》中的那个命题毫无共同之处。"①而加缪以《西西弗的神话》为代表的"荒诞及其超越的哲学"原本就是萨特思想的进一步发挥，海德格尔思想与其差别自不待言。至于雅斯贝尔斯的"生存哲学"，与海德格尔的思想倒确有些类似或相通之处，所以二者曾结为"哲学盟友"，共同对付卡西尔等马堡学派新康德主义的"白昼哲学"。但从雅氏的《生存哲学》来看，他似乎更关心"人的现实存在"，亦即海德格尔的"生存论"部分，对其"存在论"部分则不感兴趣。②

另外，学术界还有一些人称海德格尔的立场是"现象学—阐释学的"。这也不得要领，因为与其说"现象学—阐释学"是海德格尔的"立场"，不如说是他的"方法"。

总之，基于各方面的考虑，我个人认为，只有用"生存论—存在论"来标识海德格尔的基本立场才是最为准确和贴切的。因为，只有从"生存论—存在论"的角度和视野出发，才能比较准确和贴切地理解海德格尔的整个哲学思想系统，包括他关于"文艺的超越性品格"之思。

"生存论—存在论的"这一术语是对德语"existenzial-ontonlogisch"的直译。③ 这一术语的产生是必然的。事实上，海德格尔的"基础存在论"这一命名本身就意味着：他的"生存论"只是一个起点，最终是要向"存在论"迈进的。至少在 1926 年写作《存在与时间》"第一部"到 1953 年放弃"补续"计划期间是如此。所以，海德格尔在该书中多次使用"生存论—存在论"一词就不难理解了。兹略举数例：第二十九节分析"作为现身情态的'此—在'（das Da-

① Heidegger, M. *Wegmarken*, Frankfurt: Vittorio Klostermann, 1996, S. 329. 另：这段引文中的黑体为笔者所加。又：萨特那个"存在主义的主命题"是"存在先于本质"；被人联系在一起的海德格尔的那个命题是"此在之'是什么'取决于它如何'去—是'"。虽然海德格尔非常强调两者间的差别，但萨特却极有可能确曾受其启发。

② 关于海德格尔思想与雅斯贝尔斯哲学的异同，就我所知，除了萨弗兰斯基的《来自德国的大师——海德格尔和他的时代》外，还可以参看伽达默尔的《哲学生涯》（陈春文译，商务印书馆 2003 年版），以及雅斯贝尔斯《生存哲学》（王玖兴译，上海译文出版社 2005 年版）等等。

③ Heidegger, M. *Sein und Zeit*, Tübingen: Max Niemeyer, 1993, S. 140.

sein)"时,他说,"在生存论—存在论上意味深长的此在之基本现身情态就是畏"①;第三十九节探讨"此在的结构整体之源始整体性问题"时,他说:"准备性的此在基础分析总的来说致力于追问:如何从生存论—存在论上规定业已展示的结构整体之整体性?"②第四十节讨论"'畏'这一基本现身情态作为此在别具一格的敞开状态"时,他说,"从生存论—存在论来看,这个不在家须作为更加源始的现象来理解"③;第五十二节通过对"日常的向终结存在"亦即经验的、常人闲谈中的、流俗的"死亡"观念的分析,海德格尔得出了自己的"死亡"概念,他称之为"完整的生存论—存在论的死亡概念";④而第五十五节的标题就是"良知的生存论—存在论基础";⑤第八十三节总结"生存论时间性上的此在分析与基础存在论上的一般存在意义问题"时,他又说,"以上诸项考察的使命是:自此在之根基出发,从生存论—存在论上着眼于本真的与非本真的生存活动之可能性来阐释实际此在之源始整体"⑥。这样的例子还有很多很多。

通观《存在与时间》一书,海德格尔除了在偏重强调"生存论"或者"存在论"中的某一方时将二者分开单独使用外,完整地表述自己的立场时,都是将"生存论"与"存在论"并用且用连字符把二者连接起来,以强调两者一体构成他的观照视角。更有力的一个例证是:第四十一节谈到"此在之存在"的整体规定性是"操心/烦"时,海德格尔强调"('操心/烦')这个术语是用于纯粹存在论—生存论(ontonlogisch-existenzial)意义上的",⑦将"生存论"与"存在论"颠倒位置并用连字符连接起来。可见,在海德格尔心目中,这二者原本就是浑然一体的。当然,这并不是说,二者就没有层次上的差别:按照海德格尔"基础存在论"的思想,"生存论"应该是"基础",而"存在论"则带有在此"基础"上的更高的"超越"的意味。所以,海德格尔在更多的情形下使用的是"existenzial-ontonlogisch"即"生存论—存在论"这样的表述。

① Heidegger, M. *Sein und Zeit*, Tübingen: Max Niemeyer, 1993, S. 140.
② Heidegger, M. *Sein und Zeit*, Tübingen: Max Niemeyer, 1993, S. 181.
③ Heidegger, M. *Sein und Zeit*, Tübingen: Max Niemeyer, 1993, S. 189.
④ Heidegger, M. *Sein und Zeit*, Tübingen: Max Niemeyer, 1993, S. 258.
⑤ Heidegger, M. *Sein und Zeit*, Tübingen: Max Niemeyer, 1993, S. 270.
⑥ Heidegger, M. *Sein und Zeit*, Tübingen: Max Niemeyer, 1993, S. 436.
⑦ Heidegger, M. *Sein und Zeit*, Tübingen: Max Niemeyer, 1993, S. 192.

此外,我还想格外地重申一点:海德格尔《存在与时间》中对"此在"之"在世界中存在"和"此在与时间性"所作的"生存论—存在论分析"只是他的"存在论"的"准备性的基础分析",是"基础存在论",而不是一种"人生哲学",更不属于"人类学"或"生物学"研究的范畴。在该书中,海德格尔先是明确宣称,"此在的生存论分析工作所处的地位先于任何心理学、人类学,更不用说生物学了"①;接着又用了整整一节(第十节)的篇幅来专门谈论"此在分析与人类学、心理学、生物学之间的分际"。② 之后又多次重申,"本书所从事的基础存在论研究既不打算成为巨细无遗的此在存在论,更不打算成为一部具体的人类学"③;"我们分析此在的目的不是要为人类学设置存在论基础;它具有基础存在论上的立意"④。至此,海德格尔思想包括他的文艺之思基本立场如何,应已昭然若揭。

当然,我也注意到有一些学者反对将《存在与时间》中的"本己本真存在"作为海德格尔提出的理想目标。其中最具代表性的是德国著名的解释学—新教神学家布尔特曼(R. Bultmann)。他在《耶稣基督与神话学》中认为,海德格尔的《存在与时间》所开启的生存论—存在论哲学并未提出一种"人的生存的理想模式"。他说,"如果存在哲学如许多人所期望的那样,试图提出一种人的生存的理想模式,那我们就无所收益。因为本真性(Eigenlichkeit)不能提供这样的一种模式。存在哲学并没有对我说,'你必须如此这般地存在',它只是说,'你必须存在'。"⑤布尔特曼分析道,海德格尔的生存论—存在论哲学并非是一种"能对一切问题提出答案和给予所有人存在之谜的哲学",但"在这一哲学学派中人的生存直接成为了关注的对象"。基础存在论表明,唯有人可以有某种存在,人的存在仅仅在存在过程中才是真实的。"存在哲学源于有关存在及其可能性的个人存在的问题",它虽然"不能为关于我个人存在的问题提供答案",也"决不自命能够保证为人提供他对自己个人的自我理解",但"却可以使个人的存在成为我自己的责任","存在不能提供一种哲学

---

① Heidegger, M. *Sein und Zeit*, Tübingen: Max Niemeyer, 1993, S. 45.
② Heidegger, M. *Sein und Zeit*, Tübingen: Max Niemeyer, 1993, SS. 45-50.
③ Heidegger, M. *Sein und Zeit*, Tübingen: Max Niemeyer, 1993, S. 194.
④ Heidegger, M. *Sein und Zeit*, Tübingen: Max Niemeyer, 1993, S. 200.
⑤ 刘小枫编:《海德格尔式的现代神学》,华夏出版社 2008 年版,第 25 页。

理想的存在模式”。“存在论的分析可描述存在的特殊现象”，但如果认为对这些特殊现象的存在论分析能够引导我去理解我在此时此地应该怎样去运作，这是一种误解。①

我并不否认，布尔特曼的某些分析是很有道理的，譬如认为海德格尔哲学并非一种“能对一切问题提出答案和给予所有人存在之谜的哲学”，以及认为海德格尔对“人的生存的关注”可以“使个人的存在成为我自己的责任”等等，都是很有价值的真知灼见。因为，海德格尔的确在某种意义和某种程度上终结了宣讲最后的、绝对真理的“普适性哲学”，也的确让人明白了“此在的存在”之“向来我属性”以及我之“是什么”取决于我“如何去是”等等。毫无疑问，这些都是很有根据和道理的。但我个人认为，否定《存在与时间》中的“本己本真存在”是海德格尔提出的“人的生存的理想模式”却是很成问题的，至少理由是不充分的。否则，海德格尔为什么要花那么大力气去描述和分析“此在”的“非本己本真存在”、“无家可归状态”，又为什么要花那么大力气去论述“本真的畏”、“对死亡的确知”、“良知的召唤”、“愿有良知”、“有罪责存在”、“先行的决心”以及它们如何将“此在”“带向”“本己本真存在状态”，以及从“本己本真存在”所延伸出来的“诗意地栖居”及其衍生样式等等这一系列问题，就都找不到足够合理和足够充分的解释了。

事实上，海德格尔还力图表明，“此在”作为一种“能存在”，这本身就包含了“此在”之“本己本真存在”的可能性，正如它本身就包含了“此在”沉沦消散于世的“非本己本真存在”的可能性一样。不错，“此在”之“非本己本真存在”的可能性以及随之而带来的“在此”的“现身情态”，使得“人生此在”成为了人不得不承担的一种“生存重负”；但海德格尔认为，感受到“生存重负”正是“此在”的“本己本真存在状态”，而闪避它就会彻底失去“本己本真存在”的可能。因此，追求“本己本真存在”可能的英雄，不应当做自己生存的逃兵，而应该比希腊神话中独力支撑苍天的阿特拉斯更加主动和勇敢地去承担自己的“人生此在”。

此外，这里还有两点必须澄清：第一，诚然，海德格尔不承认他对“非本己本真存在”及其“现身情态”的描述和分析具有“时代批评”的意味，但正如萨

① 刘小枫编：《海德格尔式的现代神学》，华夏出版社 2008 年版，第 25—27 页。

弗兰斯基所指出的那样，这里的“时代批评特征”其实是“十分明显的”；[①]而且我个人认为，海德格尔之所以否认这一点，不过是因为担心别人将他的“生存论—存在论”哲学思想简单地等同于另一种“社会批评理论”或者另一种“人生哲学”。第二，布尔特曼之所以否认“本己本真存在”是海德格尔提出的一种“人的生存的理想模式”，是与他的“基督教神学家”这一身份紧密相关的。[②] 因为，对于一个神学家来说，“人的生存的理想模式”只能是对“上帝”或者作为“上帝”之道成肉身的“基督”的皈依。更何况，作为“存在哲学家”的布尔特曼自己也说过：存在哲学表明，“坦诚地面向将来是人类存在的基本特征”[③]。很显然，由于身兼不同身份，布尔特曼的思想内部是充满矛盾的。

总而言之，海德格尔关于“文艺的超越性品格”之思乃是基于一种“生存论—存在论”立场，它以“此在的非本己本真存在”为源初起点，以“人的诗意地栖居”为最高指归。这就从根本上决定了海德格尔对于“文艺的超越性品格”的沉思绝非只是另一种“诗学”、“艺术哲学”或者“美学”，它本质上乃是“为一种对历史性此在的伟大的自我沉思服务”的，用他本人的话来说，乃是“源出于存在而通达存在之真理”的。

第三节　对“文艺的超越性品格”三大基本维度的揭示

平凡的艺术只需符合一般艺术的标准
伟大的艺术还必须具有超越于艺术的特征

1936年11—12月之间，海德格尔受邀在美茵法兰克福自由德国主教教

---

① 吕迪格尔·萨弗兰斯基：《来自德国的大师——海德格尔和他的时代》，靳希平译，商务印书馆2007年版，第207页。

② 保罗·利科在《为布尔特曼著作法文版所作的序言》中曾经指出，在他的著作中，“布尔特曼是时而作为科学人，时而作为存在论哲学家，时而作为福音的聆听者讲话的”。当他号召“破除神话学”时，他是一个“科学人”；当他大肆挪用海德格尔的哲学思想时，他是一个“存在哲学家”；当他大肆宣讲基督教神学教义时，他是一个“福音的聆听者”。参见：保罗·利科：《解释的冲突》，莫伟民译，商务印书馆2008年版，第465—481页。

③ 刘小枫编：《海德格尔式的现代神学》，华夏出版社2008年版，第40页。

堂议事会上作了三次演讲，演讲内容就是《艺术作品的本源》。① 1919年就公开宣布脱离教会的海德格尔被教会邀请去做艺术讲座，这无论如何是一件耐人寻味的事情。在我看来，这一事实本身透露出了这样一个确切信息：在海德格尔的文艺之思中存在着“超越之维”，并因此而得到了宗教界人士们的认可。在我看来，海德格尔文艺之思中的“超越之维”大体包含“形上之维”、“神性之维”和“源初道德之维”三大基本维度。

一、关于文艺的“形上之维”

文艺的“形上之维”，国内外不少学者称之为文艺的“形而上学性”或者“哲学意味”。② 考虑到“形而上学”这一概念在中国长期遭到“污名化”，以及海德格尔本人至迟在1960年代即已明确提出“终结哲学”（在他看来，哲学就是形而上学）的主张，③我更愿意使用“形上”这一命名。根据我的理解，文艺的“形上之维”，是指伟大的文艺作品中所体现的那个超越于经验世界之上的富有深刻的思性意蕴的维度，它能以在“解蔽与遮蔽的源始争执”中真理自行显现的方式引发人们对世界、历史、人生的真谛与奥秘的聆听、探询和沉思。由于海德格尔所谈论的“艺术”乃是“真正的艺术”，亦即“伟大的艺术”，因此在他看来，“形上之维”源初地蕴涵于文艺的本质之中，并且是使文艺作品成其为文艺作品的必备质素。

作为一种象征、一种符号，一切文艺或者一切让文艺成其本质的文艺作品中原本就都不同程度地、源初地蕴涵着“形上之维”。即使退一步说，平凡的文艺或者平凡的文艺作品只需符合一般的文艺标准，但由于伟大的文艺或者伟大的文艺作品在具备一般文艺所必须具备的基本质素和基本特征的基础之上还必须具备超越于一般文艺的“超越性品格”，那么，作为文艺的“超越性品

① Heidegger, M. *Holzwege*, Frankfurt: Vittorio Klostermann, 1994, S. 375.

② 相关资料请参见：周宪：《超越文学》第四章第三节“作为形而上学的文学”，上海三联书店1997年版，第316—339页；王元骧：《关于艺术形而上学性的思考》，见《文学评论》2004年第4期，收入《审美超越与艺术精神》，浙江大学出版社2006年版。

③ 1964年4月，海德格尔在联合国教科文组织在巴黎举办的题为“不朽的克尔凯郭尔”的学术会议上发表了《哲学的终结与思的使命》（Das Ende der Philosophie und die Aufgabe des Denkens）的演讲（后收入《面向思的事情》）。关于这次会议的介绍和海氏演讲的内容，请分别参见：Heidegger, M. *Zur Sache des Denkens*, Tübingen: Max Niemeyer, 1988, S. 92. ; SS. 61-80.

格”的一大基本维度，“形上之维”也理应成为伟大的文艺或者伟大的文艺作品中必备的一个根本质素和突出特征。通俗点儿说，伟大的文艺或者伟大的文艺作品，除了必须具备“诗性特征”之外，还必须具有耐人寻味、予人启迪的“思性意蕴”。

海德格尔对于文艺的“形上之维”的开显，体现于他在关于文艺本质的沉思和对文艺作品的阐释—批评中所敞亮出来的超越于经验世界之上的、富有深刻的思性意蕴的维度。由于海德格尔只沉思伟大的文艺的本质，只阐释—批评伟大的诗人、艺术家的伟大的文艺作品，所以他对文艺的“形上之维”的揭示就显得特别突出，特别充满智慧的光芒。

关于文艺的“形上之维”存在的直接根据，海德格尔在1953年出版的《形而上学导论》中写道：“唯有诗处于与哲学和哲学运思相同的序列，当然，作诗与运思又并不相同。对于科学而言，任何时候谈论无都是大逆不道和毫无意义的。与之相反，除哲学家外，诗人也谈论无——这不仅是因为按照日常理智的看法在诗中较少严格性，而且是因为在诗中（在此仅指那些真正的和伟大的诗）始终贯穿着与所有单纯的科学对立的精神的本质上的优越性。由于这样一种优越性，诗人总是像言说存在者那样说出和说及无。在诗人的作诗和思者的运思中，总是留有广阔的世界空间，在那里，每一事物：一棵树，一座山，一所房屋，一声鸟鸣都绝不再是无所谓的和习以为常的。”①质言之，它们都应当是充满了丰富深刻的意蕴和不同凡响的。此外，前面我已提及，在《什么是形而上学?》和《形而上学导论》中，海德格尔都强调要把追问“无”作为哲学（形而上学）的首要问题和基本特征。② 因此，他在这里从言说“无”的角度来谈论“诗”（文艺）的“形上维度”（与哲学的相同或相通之处），就是很自然

① Heidegger, M. *Einführung in die Metaphysik*, Tübingen: Max Niemeyer, 1976, S. 20. 这段引文中的黑体为笔者所加。另：这本书虽然迟至1953年才正式出版，但据海德格尔在前言里介绍，该书的底本是1935年在弗莱堡大学开的同名讲座课的讲稿。这就说明，海德格尔从一开始转入文艺问题的沉思，就很关注文艺的“形上维度”，因而他在该年和次年多次重作的艺术讲座中明确将“真理”及其“发生”作为“艺术的本质规定性”，就不难理解了。

② 海德格尔在《形而上学导论》的开篇即指出：“究竟为什么存在者存在而无反倒不存在？这是问题所在。这恐怕绝不是一个随随便便的问题。‘究竟为什么存在者存在而无反倒不存在？’——显然这是所有问题中的首要问题。”参见：Heidegger, M. *Einführung in die Metaphysik*, Tübingen: Max Niemeyer, 1976, S. 1.

的了。

关于文艺的"形上之维"在海德格尔的文艺沉思中的具体表现，在我个人看来，主要是围绕文艺（作品）与"真理"（"存在者之进入存在的无蔽状态"或"存在之澄明"）的关系、"诗人的本质性歌唱"，以及"思与诗是近邻"、"思与诗的对话"等等角度来展开的。通过上一章的清理我们已经知道，关于"文艺"与"真理"的相互居有和相互生成关系，海德格尔在《艺术作品的本源》中有最为集中的精辟论述：譬如，"使艺术成其为艺术的是真理而不是真实"，"艺术是真理之自行设置入作品"，"艺术是真理发生和保藏的突出方式"等等；关于"诗人的本质性歌唱"，海德格尔在《诗人何为?》等篇中有很精辟的论述；关于"思与诗是近邻"、"思与诗的对话"，海德格尔在《在通向语言的途中》、《对荷尔德林诗的阐释》中的论述最为集中，可谓俯拾即是。除此之外，在《形而上学导论》、《尼采》第一卷、《关于人本主义的书信》、《演讲与论文集》中的《……人诗意地栖居……》、《什么叫思?》、《技术的追问》等诸篇中，以及长诗《出自思的经验》等等，都不同程度地贯穿着海德格尔关于"艺术与真理"和"作诗与运思"的内在关系以及"诗人何时才能本质性地歌唱"的沉思和表述。

对文艺的"形上之维"问题的沉思不仅体现在海德格尔的理论论述中，还体现在他对文艺作品的阐释—批评里。譬如，在1934—1935年冬季学期关于《荷尔德林的赞美诗〈日耳曼人〉和〈莱茵河〉》的讲座中，《导论》部分就讨论了"作诗与运思"的问题；①在1942年夏季学期的《荷尔德林的赞美诗〈伊斯特河〉》讲座中，第一部分的第三节谈的就是"艺术的形而上学解释"②（当然，紧接着他又谈到了"荷尔德林的诗并非形而上学的表象"，以及"河流的隐蔽本质"③）。上一章中我们还提及，海德格尔几乎在评论荷尔德林的每一首诗时都会说同样一句话："它诗意地体现了……的本质"：《伊斯特河》"诗意地表达了这条河流的河流本质"，《莱茵河》体现了"故乡（本源）的本质"，《还乡》体现了"家园的本质"，《如当节日的时候……》则体现了"神圣者的本质"、

---

① Heidegger, M. *Hölderlins Hymnen《Germanien》und《Der Rhein》*, Frankfurt: Klostermann, 1980, SS. 4—6.

② Heidegger, M. *Hölderlins Hymne Der Ister*, Frankfurt: Klostermann, 1984, SS. 17-19.

③ Heidegger, M. *Hölderlins Hymne Der Ister*, Frankfurt: Klostermann, 1984, SS. 20-23.

"人类与诸神的婚礼"这一"庆典的本质"。一句话,荷尔德林之所以乃"诗人之诗人",因为他突出地体现并强化了"诗的本质(存在之词语性创建)"和"诗人的本质(作为居中的半神向他的同胞传达诸神的讯息)"。海德格尔对荷尔德林全部诗歌的阐释都贯穿一个总的精神:突出荷尔德林之诗的"超越性"维度,并强调荷氏的"诗"与他本人的"思"之间"出自本质的必然性"的和"非此不可"的关系。① 此外,在《艺术作品的本源》里,无论是评论梵高的《鞋》这幅画还是评论古希腊的神庙建筑,海德格尔始终抓住"真理"及其"如何在作品中发生"这个关键做文章;在《在通向语言的途中》和《诗人何为?》中,无论是对特拉克尔、格奥尔格还是里尔克的诗歌的阐释,海德格尔都体现了三条原则:第一,都采用"思与诗的对话"的方式;第二,尽可能挖掘出诗人"未曾道出的"的那首"独一的诗",如特拉克尔的"孤寂"、里尔克的"无庇护的存在"等等;第三,抓住其中的重点词句如"灵魂,大地上的异乡客"、"词语破碎处无物存在"等等,深挖其背后的"形上意蕴"。总之,凸显的全都是文艺的"形上之维"。

以上是海德格尔关于文艺"形上之维"的理论沉思及阐释—批评实践。它是海德格尔所揭示的"文艺的超越性品格"的第一大基本维度。

二、关于文艺的"神性之维"②

文艺的"神性之维",国内外有学者称之为"文艺的超验之维"。我个人认为这是不够准确的。根据我的理解,文艺的"神性之维",是指源初地蕴涵于文艺本质或者让文艺成其本质的文艺作品中那个超越于尘俗世界之上的、指示终极期待与救渡意蕴的维度。它以"解蔽—遮蔽之圆舞"的诗性显现方式,引领人们从兽性向灵性、从有限向无限挣扎并向超越的神圣者皈依,从而为期待中的上帝或诸神的"重返"所需的"栖留之所"以及人类对待"神圣者"的态度和方式的"转变"做好"期备"。

由于源初的文艺就是在祭奠和供奉神灵的宗教仪式中产生的,甚或它本

① 分别参见:《对荷尔德林诗的阐释》"增订第四版前言"(Heidegger, M. *Erläuterungen zu Hölderlins Dichtung*, Frankfurt: Klostermann, 1996, S. 7.)和《只还有一个上帝能救渡我们》(孙周兴编:《海德格尔选集》,上海三联书店1996年版,第1312页)。

② 请参阅拙文《论海德格尔关于文艺的神性维度之思》,《学术月刊》,2010年第9期。

身就被作为一种祭奉神灵的方式,因此,一切文艺或者一切让文艺成其本质的文艺作品中都不同程度地、源初地蕴涵着“神性之维”。[①] 国内外不少学者都对这个维度进行过探讨。[②] 在伟大的文艺或者伟大的文艺作品中,这个维度体现得更加根本和突出。由于海德格尔只沉思“伟大的文艺”并且只阐释—批评“伟大的文艺作品”,因此,在他的诗学—艺术哲学思想中产生大量关于文艺的“神性之维”的深刻思想,并成为其中最耀眼的部分,就是理所当然的了。

海德格尔所开显的文艺的“神性之维”,体现为在他对文艺本质的沉思和对文艺作品的阐释—批评中所敞亮开来的那个富于终极期待与救渡意蕴的维度。海德格尔在《〈什么是形而上学〉后记》的结尾部分写道:“思者道说存在。诗人命名神圣者。”[③]在《科学与沉思》中,他宣称:“艺术在本质上是一种供奉和一个圣殿。”[④]或许正是基于对文艺本质的这样一种哲学沉思,海德格尔所钟爱的诗人如特拉克尔、里尔克尤其是荷尔德林,都十分热衷于歌唱“神圣者”,表达“期待上帝或诸神重返”之意。毫无疑问,海德格尔之所以对这几个诗人情有独钟,其喜爱程度甚至大大超过了对本民族其他大名鼎鼎的大诗人如歌德、席勒、海涅等人,根本原因就在于他们的诗无一例外都特别突出地传达了那个“神性维度”。下面,我准备多花一些笔墨谈谈这个问题。

1. 海德格尔关于文艺的“神性维度”之思

海德格尔关于文艺的“神性维度”方面的思想,主要是通过对伟大诗人如里尔克、特拉克尔尤其是荷尔德林的诗歌的阐释—批评来表达的。

先说对荷尔德林诗的阐释中所开显的“神性维度”。早在1934—1935年冬季学期的《荷尔德林的赞美诗〈日耳曼人〉和〈莱茵河〉》讲座中,海德格尔在第一部分第八节中就谈到了“依照古老诸神的召唤放弃”、“基本情绪与神

---

① 譬如在古希腊,诸神的雕像、神庙建筑自不必说,悲剧源于“酒神颂”,《荷马史诗》中诸神亦分两大阵营参战;在中国,《尚书·舜典》中夔“击石拊石,百兽率舞”更是对把文艺(中国古代诗、乐、舞三为一体)作为一种祭奉神灵的仪式的生动描绘。此外,《诗经》中的“颂”、屈原的“九歌”和《招魂》等,不胜枚举。

② 如英国弗雷泽的《金枝》、德国的汉斯·昆和瓦尔特·延斯的《诗与宗教》等都有精辟探讨;国内学者如阎国忠、刘小枫、余虹、叶舒宪、苏宏斌等也有深厚研究。

③ Heidegger, M. *Wegmarken*, Frankfurt: Vittorio Klostermann, 1996, S. 312.

④ Heidegger, M. *Vorträge und Aufsätze*, Stuttgart: Günther Neske, 1997, S. 41.

圣者"、"在悲伤的放弃中保藏古老诸神之神圣性"等等问题。[①] 1936年在罗马举行的《荷尔德林与诗的本质》的演讲中,海德格尔又明确提出:"使一切天神持存,乃是'托付给诗人的忧心与天职'";"诗人命名诸神和一切在其所是之中的事物。"[②]"作诗是诸神的源初性命名。然而,唯当诸神自身将我们带向语言之际,诗意的词语才获得其命名力量。"[③]诗的本质被"嵌入"在"诸神的暗示"与"民族的声音"之相互追求的法则中,因此,"诗人自身立于诸神与民族之间";荷尔德林的诗规定了一个新时代:"它就是逃遁了的诸神与正来着的神的时代。这是那贫困的时代,因为它处在一种双重的空缺和双重的不之中:在逃遁了的诸神之不再和在正来着的神之尚未之中。"[④]在1939—1940年关于《如当节日的时候……》的多次演讲中,海德格尔又指出:"'神圣性'绝非是从某个固定的神那里移植来的特性。神圣者并非因为它是神性的而成其为神圣的,相反,那神性的东西倒是因其处于'神圣的'方式中而成其为神性的。"[⑤]又说:"……神圣者在其到来中为另一种历史、另一个开端建基。神圣者源初地先行裁决人类和诸神:它们是否存在,它们是谁,它们如何存在以及何时存在。"[⑥]还指出:虽然同时也必然被嵌入和被囚禁于现实中,但"按其本质,诗人们归属于神圣者",因此,"诗人的本质位置并不建基于神的'授胎',而是建基于'被神圣者拥抱'"。"神圣者惠赠词语并自己来到这种词语中。词语乃是神圣者之己成(Ereignis)。于是,荷尔德林的诗乃是源初的召唤,它被正来着者自身所召唤,它道说这个正来着者而且只道说这个作为神圣者的正来着者。""荷尔德林的词语道说神圣者,并因此而命名源初决断的唯一的

---

① 分别参见:Heidegger, M. *Hölderlins Hymnen《Germanien》und《Der Rhein》*, Frankfurt: Klostermann, 1980, SS. 81-83.; SS. 83-87; SS. 93-97.

② Heidegger, M. *Erläuterungen zu Hölderlins Dichtung*, Frankfurt: Klostermann, 1996, S. 41.

③ Heidegger, M. *Erläuterungen zu Hölderlins Dichtung*, Frankfurt: Klostermann, 1996, S. 45.

④ Heidegger, M. *Erläuterungen zu Hölderlins Dichtung*, Frankfurt: Klostermann, 1996, SS. 46-47.

⑤ Heidegger, M. *Erläuterungen zu Hölderlins Dichtung*, Frankfurt: Klostermann, 1996, S. 59.

⑥ Heidegger, M. *Erläuterungen zu Hölderlins Dichtung*, Frankfurt: Klostermann, 1996, S. 76. 另:这里的"神圣者源初地先行裁决人类和诸神"云云表明:在海德格尔看来,"神圣者"不仅"超越"于"人类",而且"超越"于"诸神"乃至"上帝"。在《关于人本主义的书信》中也表达了同样的思想,而且对此加以了论证(见:Heidegger, M. *Wegmarken*, Frankfurt: Vittorio Klostermann, 1996, S. 339.)。

时一空，而这种源初决断乃是对于诸神和人类的未来历史之本质性构造的决断。”①而在1968年所作的那篇题为《诗歌》的演讲中，海德格尔在结尾处总结道：“诗歌，荷尔德林的诗歌，它把作诗活动作为受神圣驱使的、为天神所需要的对当前诸神的命名。”②在1963年出版的《荷尔德林诗歌朗诵唱片前言》中，海德格尔又一次总结道：“荷尔德林的诗道说了什么呢？他的诗的词语是：神圣者。这个词语道说着诸神的逃遁。它道出，隐遁了的诸神护佑着我们。直到我们打算并且能够在诸神之切近处居住。切近之位置乃是家乡的特性。”唯有“倾听”并且“响应”荷尔德林之诗所是的“天命”，我们才能“由此进入到‘诸神之神’或许会在其中显现的那个地方的郊区”。③

概括起来，我们从中可以看出如下几点：第一，自1934年开始到1968年结束，海德格尔对荷尔德林诗歌的阐释，自始至终都在凸显其诗歌中的“神性维度”。第二，在海德格尔看来，“道说神圣者”乃是荷尔德林诗歌的全部主题，“神圣者”奠定了荷尔德林诗歌的“基本情绪”。事实上，“神圣者”乃是一切“神性之物”的根基，它超越于“人类”和“诸神”，“源初地先行裁决”着“人类”和“诸神”的身份、存在方式及其“未来历史之本质性构造”，并以此而“为另一种历史、另一个开端建基”。第三，诗人“命名诸神和一切在其所是之中的事物”；“使一切天神持存”乃是“诗人之天职”，即便是诗人对生活世界中的某些东西的“放弃”也是听从“古老诸神的召唤”，以便“保藏古老诸神之神圣性”；诗人“本质上归属于神圣者”，但诗人自身被“嵌入”在了“诸神与民族之间”，他应当成为二者联系的“中介”和“纽带”。第四，就荷尔德林来说，作诗活动乃是“受神圣驱使的、为天神所需的对当前诸神的命名”，一种“对诸神的源初性命名”；但由于“唯当诸神自身将我们带向语言之际，诗意的词语才获得其命名力量”，因此作诗实为“神圣者之惠赠”、“神圣者之已成”；就“诗的本质”而言，它“被嵌入”在了“诸神的暗示”与“民族的声音”之相互追求的法则中。第五，荷尔德林诗歌的特出意义在于：它道出了一个“新时代”，一个“古老诸神已经逃遁”而“期待中的神又尚未到来”的“处在双重的空缺和双重

---

① Heidegger, M. *Erläuterungen zu Hölderlins Dichtung*, Frankfurt: Klostermann, 1996, SS. 76-77.

② Heidegger, M. *Erläuterungen zu Hölderlins Dichtung*, Frankfurt: Klostermann, 1996, S. 192.

③ Heidegger, M. *Erläuterungen zu Hölderlins Dichtung*, Frankfurt: Klostermann, 1996, S. 195.

的不之中”的“贫困时代”;他的诗“道说”并且“只道说正来着的神圣者”,是“被正来着的神圣者所召唤”的“源初的召唤”,唯有“倾听”并且“响应”荷尔德林之诗所传达的“天命”,我们才能重返“‘诸神之神’或许会在其中显现”的“存在家园”。

再说对里尔克诗阐释中所开显的“神性维度”。海德格尔指出,里尔克与格奥尔格一样,都从荷尔德林的“品达诗译稿”和后期“赞美诗”中汲取过“决定性的灵感”。[①] 所以,《诗人何为?》这篇纪念里尔克的演讲乃是以引述荷尔德林的诗歌《面包与酒》中的一句入题并大量阐发“诸神之逃遁”、“上帝之缺席”和“基督之殉道”作为开始的;接着又提出“在贫困时代里作为诗人便意味着:吟唱着去摸索已经远逝了的诸神之踪迹。因此诗人能在世界黑夜的时代里道说神圣。”[②]“单纯技术的白昼的世界黑夜”之所以对全体存在者都造成了空前的“威胁”,是因为在这样一个时代里“不仅作为通往神性的踪迹的神圣处于遮蔽之中,而且就连那通往神圣者的踪迹——美妙之物看上去也全然绝迹了”。[③] 里尔克的意义正在于他冒险“在不妙中吟唱美妙”,并藉此让“神圣者显现出来”;作为“冒险更甚者”,他“在走向神圣者之踪迹的途中”,体会着“不妙”之为“不妙”;他在大地上歌唱着“神圣者”,赞美着“存在之球”的完好无损,以便为“终有一死者”带来早已消逝在世界黑夜之黑暗中的“诸神之踪迹”。[④]

很显然,在对里尔克诗的阐释中,海德格尔在以下两个方面进一步深化了强调文艺的“神性维度”这一主题:第一,从“古老诸神的逃遁”延展到了“上帝的缺席”和“基督的殉道”,从“处在双重的空缺和双重的不之中”的“贫困时代”延展到了“单纯技术的白昼的世界黑夜时代”,使我们对强调文艺的“神性维度”的现实背景有了更加全面和深刻的理解;第二,与文艺相关的一切问题最终都要落实在作家、艺术家的“历史担当”上,因此海德格尔在此将文艺的“神性维度”集中在对“在贫困时代(世界黑夜时代)里诗人何为?”——诗人应该担当怎样的“天职与天命”这一问题的沉思上,并且提出了闪烁着智慧光

① Heidegger, M. *Unterwegs zur Sprache*, Stuttgart: Günther Neske, 1997, SS. 182-183.

② Heidegger, M. *Holzwege*, Frankfurt: Vittorio Klostermann, 1994, S. 272.

③ Heidegger, M. *Holzwege*, Frankfurt: Vittorio Klostermann, 1994, S. 295.

④ Heidegger, M. *Holzwege*, Frankfurt: Vittorio Klostermann, 1994, S. 319.

芒的思想。

至于对特拉克尔诗阐释中所开显的“神性维度”，海德格尔除了在《语言》篇中从“天、地、诸神、终有一死者”的“世界四元游戏”角度作出了阐释—批评外，[①]在《诗歌中的语言》篇中还从“灵魂”作为“大地上的异乡客”、“尘世中无家可归的漫游者”、“孤寂者”、“早逝者”、“温柔的癫狂者”、“未出生者”、“痛苦者”、“精灵”、“火焰”、“歌唱者”、“守护者”、“还乡者”等等各个角度加以阐释—批评，[②]这些都充分展示了“人类灵魂对于神圣者的皈依”之必然性与急迫性。

这样的例子还有许多，为了节约篇幅，不再一一列举。但这已经足以表明“神性维度”在海德格尔文艺之思中的重要地位了。

2. 海德格尔的文艺之思通向神性维度的道路

海德格尔之所以如此强调文艺的“神性维度”，首先，在海德格尔看来，一切真正的思都应当“源出于存在而通达存在之真理”。因此，他的文艺之思归根结底源也是出于其关于此在之存在的“存在之思”。而此在之“无根性”、此在之“无家可归状态”或者说此在之存在“深渊”的存在等等这些在《存在与时间》、《形而上学导论》、《关于人本主义的书信》等纯粹的哲学著述中反复表达的思想，都构成了其文艺之思通向“神性维度”的生存论—存在论基础。经过上一章的清理和论述，这一点已不难理解，为了节省篇幅，在此不再赘述。

其次，神圣者双重缺失的“贫困时代”尤其是技术白昼这“夜到夜半”的最黑暗的“世界黑夜时代”也促进了他对文艺的“神性维度”的沉思。除上一章已作过清理的《诗人何为?》有比较集中的论述之外，在《关于人本主义的书信》中海德格尔写道：“……这种历史性的居住之家乡即通向存在之切近处。倘若确实如此，那么在此切近处即需完成这样一种决断：上帝和诸神是否以及如何不起作用，黑夜是否以及如何持留，神圣者之白昼是否以及如何破晓，在神圣者之升起中上帝和诸神之显现是否以及如何能够重新开始。但唯有神圣者才是神性之本质空间，而神性本身又才允诺诸神和上帝之维度；唯当存在本身首先而且在长期之准备中业已自行澄明，并且在其真理中被经验了之时，神

① Heidegger, M. *Unterwegs zur Sprache*, Stuttgart: Günther Neske, 1997, SS. 21–30.

② Heidegger, M. *Unterwegs zur Sprache*, Stuttgart: Günther Neske, 1997, SS. 40–82.

圣者才得以显露出来。唯其如此,才能从存在而来开始对无家可归状态之克服,而在无家可归状态里,不仅人,连人的本质都流离失所了。”[①]总之,自从19世纪末尼采宣布“上帝死了”之后虚无主义思潮的弥漫和灵魂的“无家可归”状态作为一种“世界命运”的出现,以及单纯技术时代对一切神秘、美妙之物的一味“去魅”,尤其是第二次世界大战中所暴露出的“毒气”、“原子武器”对人类的毁灭性威胁等等,则构成了海德格尔强调文艺的“神性维度”的现实基础。

再次,海德格尔之所以凸显文艺的神性维度,还与他的“人的诗意地栖居”这一最终目标分不开;甚至可以说,“人的诗意地栖居”是海德格尔通向文艺的神性维度的最直接、最重要的动因。下面我们仅以他曾经六次公开演讲的《……人诗意地栖居……》为例来作深入细致的分析。在该演讲中,海德格尔开篇即指出,从我们的现实生活来看,“栖居”与“诗意”原本是“格格不入”的,它的真实含义不过是说:“从本质上说,栖居应当是以诗意为根基的。”可是,人如何才能达到“诗意地栖居”呢?海德格尔接着分析说,单靠“劳绩”是不成的。虽然人在“栖居”时充满了各种“劳绩”,然而,这众多的“劳绩”不仅没有充满“栖居的本质”,相反,“一旦种种劳绩仅只为自身之故而被追逐和赢获,它们甚至还禁阻着栖居的本质”。因此,“诗意地栖居”事实上是向我们提出了“双重要求”:在要求把“栖居”的本质思为应当是“诗意的”的同时,还要把“作诗”(包括一切“文艺创作”——笔者注)的本质思为“让栖居”。然而问题在于:“诗意地栖居”也绝非仅凭想象力的非现实的“游戏”即可通达的,因为每个人都知道“人在大地上居留”、“自己是委身于大地的”。换句话说,人不可能“幻想般地飞翔于现实的上空”,而只能“栖居在这片大地上”。于是一个更尖锐的矛盾出现了:一方面,人渴望“诗意地栖居”;另一方面,人只能“栖居在这片大地上”,而现实生活告诉我们,“这片大地上的栖居”与“诗意地栖居”乃是“格格不入”的。怎么办呢?海德格尔引荷尔德林的诗句来表明:“善良”、“纯真”的人们都喜欢“以神性来度量自身”,信奉“神如苍天昭然显明”、“神本是人的尺度”、“人是神性的形象”、“大地上可有尺度?绝无”。尽管海德格尔对荷尔德林完全否定“大地尺度”、“人的尺度”而只承认“天空的尺

① Heidegger, M. *Wegmarken*, Frankfurt: Vittorio Klostermann, 1996, S. 339.

度”、“神的尺度”的态度有所保留,[①]但他毕竟自然地引出了“神性维度”;而且还发挥道:“作诗即度量”,或许还是“一种别具一格的度量”,甚至意味着“在其本质之基础中的一切度量都在作诗中发生”。因此,我们必须审慎为之。“作诗”乃是“采取尺度”,即为自己择取本质之幅度可接受的尺度。尽管人作为终有一死者成其本质,但他的栖居却基于诗意。荷尔德林正是在人的本质之测度借以实现的“采取尺度”中看到了“诗意”的本质;而“神性”正是“诗人测度自身所采取的尺度”,“神”恰恰是“诗人的尺度”。[②] 概括地说,在海德格尔看来,为了实现“人的诗意地栖居”这样一种当然的理想的生存样态,作为人类精神家园的“筑造”和“让栖居”的一种方式,文艺必须体现“神性维度”。

至此,也许有读者会问:海德格尔曾经公开“叛教”,这与他的文艺之思中对“神性维度”的强调不是自相矛盾吗?

3. 如何理解海德格尔的“叛教”与其强调文艺的“神性维度”之思间的“矛盾”

由于海德格尔在1919年曾经公开宣布脱离天主教会,死后在墓前也未立十字架,于是有人认为他是一个没有宗教信仰的人,甚至还有大哲学家称其为“无神论者”。[③] 事实上,这是一个很大的误解。

实际情况是,海德格尔之所以脱离天主教会,根本原因仅仅在于天主教会所宣扬的“上帝(神)”不是他所理解和期待的那个“上帝(神)”而已。事实上,与教会决裂也并不意味着与宗教信仰决裂,[④]更不意味着成为了一个“无

---

① 海德格尔认为,“大地之上、天空之下”那个“之间”的“维度”才是“被分配给人,构成人的栖居之所”的,而“神性”只是人借以测度他在大地之上、天空之下的栖居的“尺度”。因此,他说,“人的栖居建基于对天空与大地所共属的那个维度的仰望着的测度”。

② Heidegger, M. *Vorträge und Aufsätze*, Stuttgart: Günther Neske, 1997, SS. 181–198.

③ 萨特曾说:“……有两种存在主义。一方面是基督教的存在主义,这些人里面可以举雅斯贝斯和加布里埃尔·马塞尔,两个人都自称是天主教徒;另一方面是存在主义的无神论者,这些人里面得包括海德格尔以及法国的那些存在主义者和我。我们的共同点只是认为存在先于本质——或者不妨说,哲学必须从主观开始。”参见:萨特:《存在主义是一种人道主义》,周煦良、汤永宽译,上海译文出版社1988年版,第6页。但在《关于人本主义的书信》一文中,海德格尔对此误解进行了多处驳斥。

④ 就连14世纪初以来公认的正统神学大师、死后被追封为“天使博士”和“圣师”的托马斯·阿奎那,在生前和死后一段时间里都曾多次遭到教会的指控和斥责。

神论者”。众所周知,海德格尔不仅受过严格、系统的神学训练(海氏自己就说过,他的哲学之路是由神学引入的①),也从未真正停止过神学思考,而且他的神学之思还对当时及其以后的神学发展产生了/着深远的影响。对此,我们只需看看海德格尔自己所做的神学论文《现象学与神学》(1927 年)、《尼采的话“上帝死了”》(1943 年)、《形而上学的存在—圣神—逻辑学机制》(1957 年),以及德国的莱曼、弗兰茨、约纳斯,瑞士的奥特、法国的皮罗、比利时的魏尔亨斯等人的研究论文便可窥其堂奥;②此外,中国学者如刘小枫、张志扬等人的研究亦可佐证。由于奥特的观点比较有代表性,下面我重点述评一下他对相关问题的看法。

奥特(H. Ott)在其《思与在:海德格尔之路与神学之路》(*Denken und Sein: Der Weg Martin Heideggers und der Weg der Theologie*. Zollikon 1959)一书的导论部分中,引述海尔曼·迪姆《上帝与形而上学》(Gott und die Metaphysik)的结论说,恰恰就在海德格尔的哲学中,一度以“哲学家的上帝”名义告别了“启示之上帝”的形而上学的思想道路,已经彻底地被思考过了。现在,就连这个“哲学家的上帝”也从哲学思想中被清除出去了。在海德格尔的哲学追问中,“上帝,作为最高存在者,因而也作为人类此在的主要基础,已经被哲学追问的彻底性超过了。哲学的追问在这里变得如此彻底,以至于它不再在任何一个存在者面前停留,不能把任何一个存在者设定为主要基础,设定为此在之超越者……这样,就不再剩下任何一个存在者可作为此在的超越者了。不再剩下什么东西适合于这种作用。换言之,此在的唯一的超越者,还适合于彻底的哲学追问的此在的唯一超越者,就是虚无(das Nichts)。”在海德格尔那里,虚无作为真正的此在之超越者,取代了先前由上帝占据的位置。经院哲学中关于一个最高存在者的上帝概念,被判定为主体主义的世界关系的突出产物。③不过,奥特也发人深省地强调说,“始终还有待考查的或许是:是否恰恰通过他对上帝概念的清除,海德格尔对神学作出了一种不可估量的贡献——因为

---

① 海德格尔写过一篇《我进入现象学的道路》(Mein Weg in die Phänomenologie),介绍自己如何在布伦塔诺和胡塞尔的影响下,从正统的天主教经院神学进入现象学的存在论哲学的经历。参见:Heidegger,M. *Zur Sache des Denkens*,Tübingen:Max Niemeyer,1988,SS. 81-90.

② 刘小枫编:《海德格尔与有限性思想》,华夏出版社 2002 年版。

③ 刘小枫编:《海德格尔式的现代神学》,华夏出版社 2008 年版,第 73-75 页。

他反对一个不合实情的上帝概念，思考了这个概念的完结，因此为一种更为原始、更为本质性的（神学的而且其实也许也是哲学的）对活生生的上帝的思想创造了空间。因此，在我们看来，尽管海德格尔哲学具有一种‘准无神论的’特征，或者也许恰恰是由于具有这种特征（这是迪姆提醒我们注意的），这种哲学却可望为一种与神学的卓有成效的对照提供特别多的东西。”“恰恰因为在海德格尔思想表面上的无神论中，显示出形而上学道路的终结和一条全新的道路的可能开端……海德格尔就成为神学的一个卓越的哲学上的对话伙伴。”①

我之所以选择不厌其烦地转述奥特的论断，一是因为他受迪姆影响，把海德格尔的所谓“准无神论”特征推到了极致，而且对其根源做了深刻、透辟的分析；二是因为他准确地把握到了海德格尔对神学的“不可估量的贡献”，即：反对并终结了一个不合实情的“上帝”概念，并因此而为一种“更为源初、更为本质性的对活生生的上帝的思想”创造了空间。我个人认为，在反对不合实情的天主教“上帝”信仰上，海德格尔比起只是要求将躲在神圣权威背后的“上帝”置于理性批判视野的康德和只是宣布“上帝死了”的尼采，路走得更远，思想也更深刻。但正因为如此，海德格尔在坍塌的旧圣殿的废墟上清扫出了新的更加坚实的地基，从而为新的“上帝”和“诸神”的降临开辟了道路。因为在他看来，唯当作为历史性此在的我们已经为其“做好了期备”和“转变”，期待中的新的“上帝”和“诸神”的降临才有可能。那些误认为他是一个“无神论者”的人看到了他的“清除”工作，却忽视了他的“清除”旨在重新“奠基”和“开路”。

在《关于人本主义的书信》中，海德格尔引用了赫拉克利特《〈残篇〉第一百一十九》“人的特性就是他的守护神”之后解释道：“赫氏箴言是说：只要人是人的话，人就栖居在神的近处。”②又写道：“只有从存在之真理出发，神圣者的本质才会使自身为人所思。只有从神圣者的本质出发，神性的本质才会被思索。而只有按照神性的本质，‘上帝’这一词语所命名的东西才会为人所

① 刘小枫编：《海德格尔式的现代神学》，华夏出版社2008年版，第76页。

② Heidegger, M. *Wegmarken*, Frankfurt: Vittorio Klostermann, 1996, SS. 354–355.

思。”[①]海德格尔前一句格言的引证和阐释无非是要告诉我们，人之为人的本性中原本就有趋近于神圣者的神性维度之可能。后一段话则至少有这么三层含义：第一，绝不是先有了“上帝”或“诸神”而后才有“神性”，有了“神性”而后才有“神圣者”；恰恰相反，是先有了“神圣者”而后才有“神性”，有了“神性”而后才有“上帝”或“诸神”。正如他在该信的另一处所说：“唯有神圣者才是神性之本质空间，而神性本身又才允诺诸神和上帝之维度。”[②]因此，第二，思“上帝”必先思“神性的本质”，即“神性之为神性”；而思“神性的本质”又必先思“神圣的本质”，即“神圣之为神圣”，亦即“神圣者”之“神圣”所在。因此，第三，作为一种历史性此在所思之思，全部“神学之思”都必须从根本上归属于“存在之思”，亦即“源出于存在而通达存在之真理”。因为，正如他在该信的另一处所说：“唯当存在本身首先而且在长期之准备中业已自行澄明，并且在其真理中被经验了之时，神圣者才得以显露出来。”[③]根据我的理解，海德格尔说的意思是：期待中的新的“上帝”或“诸神”必须作为“神圣者”才可能降临，而且必须“以一种合乎神的方式居留”；[④]而其前提是，必须首先从历史性此在的“存在之澄明”（亦即“存在之真理”）的视角和高度，彰显出“神圣者”存在的必要性和意义。因为只有这样，才能为这期待中的新的“上帝”或“诸神”的降临提前准备好“居留之所”；而准备“居留之所”的关键在于我们的“转变”：一种源自对“世界黑夜时代”之“黑暗”、之“贫困”、之“深渊”、之“无庇护”、之“不妙”等等的体认而来的对新的“神圣者”之“期待”、之“虔诚”、之“敬畏”。

在1966年所作的那次访谈录（经海德格尔本人亲自审定，10年之后去世时才发表，被视为“哲学家的哲学遗嘱”），标题就是：“只还有一个上帝能救渡我们”。根据《来自德国的大师——海德格尔和他的时代》一书中记载，马克斯·米勒曾讲述，晚年海德格尔上教堂时上圣水、画十字，向祭坛行跪拜礼。有一次他问海德格尔：你既已同教会脱离关系，这样行教会礼不是自相矛盾吗？海德格尔回答说：“人必须历史地思考问题。在人们如此多地祷告过的

① Heidegger, M. *Wegmarken*, Frankfurt: Vittorio Klostermann, 1996, S. 351.

② Heidegger, M. *Wegmarken*, Frankfurt: Vittorio Klostermann, 1996, S. 339.

③ Heidegger, M. *Wegmarken*, Frankfurt: Vittorio Klostermann, 1996, S. 339.

④ Heidegger, M. *Holzwege*, Frankfurt: Vittorio Klostermann, 1994, SS. 270-271.

地方,一定以特殊的方式接近着神圣之事。”①1976年1月,即将在4个月后离开人世的海德格尔请求他的同乡、弗莱堡大学神学教授贝恩哈德·韦尔特同他谈了一次话并告诉后者,如果他“到时”了,希望能被葬于他们共同的故土麦氏教堂镇的墓地中。他请求按教会的仪式入葬,并请韦尔特为他作墓前祷告。② 在海德格尔的葬礼上,韦尔特作了题为《寻求与发现》(Suchen und Finden)的悼词,其中说道:“什么是众神?如海德格尔在这里所说,**众神就是‘提示神性的信使’。出自消逝的、死的、无的和存在的境域,这众神提示着,并且海德格尔的思想道路就迎着这提示而延伸过去,需要的是去倾听这提示并且通过这众神的提示等待着那位神圣之神的显示。这位伟大思想者的全部思想都在这条道路上**。”又说:“将马丁·海德格尔按基督教的方式安葬是合宜的吗?这符合基督教的福音书吗?适合于海德格尔的思想道路吗?不管怎样,这是他本人的意愿。他也从未断绝过与信仰者共同体的联系。当然,他走的是他自己的道路,他一定要依从内在的召唤将它走完。人们不能不带着犹豫称之为通常意义上的基督教道路,但它可能是本世纪最伟大的寻求者的道路。他以期待着和倾听[福音]消息的方式寻求着这神圣之神及其光辉,同时也在基督的讲道中寻求着神。”③韦尔特的评述,真可谓是深知根底的公允的当之论,准确地把握了海德格尔神性之思的心路历程,以及与教会组织之间复杂微妙的关系。

总之,海德格尔并不反对神性之思,只不过他反对用一种苍白无力的思辨或者未经审视的教条将神性之思置于至高无上的地位;反对将“上帝”或“诸神”作为一种绝对信仰强加给人,而主张让人在存在之真理的照耀下主动“转变”,为期待中的新的“上帝”的降临做好“期备”。在他看来,无论是“神学之思”、“艺术之思”还是别的任何一种思,都应当源出于“存在之思”。海德格尔关于文艺的“神性维度”之思,应作如是观。

---

① 吕迪格尔·萨弗兰斯基:《来自德国的大师——海德格尔和他的时代》,靳希平译,商务印书馆2007年版,第540—541页。

② 吕迪格尔·萨弗兰斯基:《来自德国的大师——海德格尔和他的时代》,靳希平译,商务印书馆2007年版,第540页。

③ 原出《海德格尔纪念文集》(*Zum Gedenken an Martin Heidegger*),转引自:张祥龙:《海德格尔传》,商务印书馆2007年版,第370-371页;黑体为笔者所加。

三、关于文艺的"源初道德之维"

首先需要说明的是，根据我个人的理解，海德格尔思想系统中的"道德"内蕴并非一般意义上的那种以某些宗教神学的或形而上学的教条为根基的观念形态的道德，而是一种"源出于存在而通达于存在之真理"的"生存论—存在论道德"。在海德格尔看来，那种基于某些现成的、僵死的既定教条的"道德"不过是伴生性的道德，唯有那自冷峻而鲜活的存在而来、向着存在的无蔽之境而去的道德才是"源初性"的道德。从根本上说，关于这样一种"源初性道德"之思，乃是"为一种历史性此在的伟大的自我沉思服务"的。它归属于关于"此在之存在"的"生存论—存在论分析"，严格来讲，它不属于通常意义上的"伦理学"范畴。①

不错，海德格尔在写给波弗勒的《关于人本主义的书信》中曾以揶揄的口吻提到了《存在与时间》出版后不久一位青年朋友问他"何时写一部存在论伦理学著作"的事，原因是他认为"存在论"不必要由"伦理学"来"补充"。② 而且还认为，像"伦理学"、"物理学"、"逻辑学"之类的名称，都是在"源初的思想终结"的时候才出现的，③是戕害鲜活思想的"学院派"的迂腐之举。④ 但是，如果因此而误认为海德格尔思想中没有伦理学意蕴或者无涉于道德问题，进而误认为海德格尔文艺之思中根本没有"道德之维"，那就大错特错了。

我个人认为，第一，海德格尔上述言行的本意无非是要让人们注意到"源初性"的伦理道德现象，而不要迷失在僵死的观念性伦理道德的教条之中；第二，"存在论"固然不必需要"伦理学"来"补充"，但"基础存在论"，亦即"此在存在的生存论—存在论"，却必须要由一种特殊的"伦理学"来"补充"。这种特殊的伦理学，便是关于源初性道德的"伦理学"。正因为如此，所以在《存在与时间》中，海德格尔花了许多篇幅来讨论此在对"警告"和"斥责"自己可能

---

① 以"良知"概念为例，海德格尔强调，"存在论良知分析先于心理学上对良知体验的描述和分类，同样也不同于生理学上的解释，那种'解释'意味着把良知现象抹灭。它同良知的神学解释也一样不沾边，更别说把这种现象用来作为对上帝的证明或对上帝的'直接'意识。"参见：Heidegger, M. *Sein und Zeit*, Tübingen: Max Niemeyer, 1993, S. 269.

② Heidegger, M. *Wegmarken*, Frankfurt: Vittorio Klostermann, 1996, SS. 352-353.

③ Heidegger, M. *Wegmarken*, Frankfurt: Vittorio Klostermann, 1996, S. 316.

④ Heidegger, M. *Wegmarken*, Frankfurt: Vittorio Klostermann, 1996, S. 354.

“有罪责”的“良知的呼唤”的“聆听”，是如何将“日常此在”从浑浑噩噩、庸庸碌碌、沉沦消散于“在—世界—中—存在”的“非本己本真状态”“召唤至本己本真的能自己存在状态”的。因为在他看来，“良知的呼唤具有把此在向其最本己的能自己存在召唤的性质，并且这样的召唤是在‘召唤’此在迈向最本己的有罪责感的存在的方式中完成的”①。

在这里，海德格尔展现的是怎样一种理路呢？首先，什么叫“有罪责”，它体现了怎样的一种观念呢？海德格尔说，“‘有罪责’的观念中有着‘不(Nicht)’的性质”，亦即生存论上的“不之不—性(Nicht-Charakter)”；而“有罪责”的生存论观念的形式上的规定是：“为了一种通过不来规定的存在之根据性存在(Grundsein für ein durch ein *Nicht* bestimmtes Sein)”，或者说一种“不性的根据性存在(Grundsein einer Nichtigkeit)”。② 质言之，“有罪责”的观念中所展露出的是一种“不”、一种“不之不—性”。至此，关键落在“不”或者说“不之不—性”上面。其次，那什么又是“不”，这个“不之不—性”有何意义呢？海德格尔说，“这个‘不’属于被抛状态的生存论的意义，此在作为这种根据—存在者，自己就是自己的一种不性”③。于是，我们又弄清楚了这么两点：第一，由“有罪责”的观念所唤起的“不”或者说“不之不—性”乃是一种生存论—存在论意义上的拒绝、否弃，它是根源于此在因“在—世界—中—存在”而必然遇到的“与他人共在”所带来的“被抛状态”的一种拒绝、一种否弃；第二，作为一种“根据—存在者”，无论此在的“被抛”源于何种原因，但要从中“超越”出来，唯此在自己才是自己的根据，此在自己必须成为自己的“不”或者说“不之不—性”。再次，此在有无可能和能力担当这一点呢？海德格尔说，虽然“此在向来就以能存在的方式处于这种或那种可能性之中”，但“它始终不是另一种可能性，在生存的筹划中它已放弃了那另一种可能性。筹划不仅作为向来被抛的筹划是由根据性存在的不性规定的，而且筹划作为筹划自身，本质上就是具有不性的。”④“此在不仅能背负实际的罪责，而且它在其存在的根基处就是有罪责的……这种本质性的有罪责存在也同样源初地是‘道

① Heidegger, M. *Sein und Zeit*, Tübingen: Max Niemeyer, 1993, S. 269.

② Heidegger, M. *Sein und Zeit*, Tübingen: Max Niemeyer, 1993, S. 283.

③ Heidegger, M. *Sein und Zeit*, Tübingen: Max Niemeyer, 1993, S. 284.

④ Heidegger, M. *Sein und Zeit*, Tübingen: Max Niemeyer, 1993, S. 285.

德上的'善恶之所以可能的生存论条件。"①而且必须先有了被唤起的"有罪责存在"才会产生"良知"上的"不安"、"愧疚"、"清白"、"谴责"和"警告"等等流俗意义上的"良知现象的诸种基本形式",及其"批评"作用和"否定"性质。② 这又清楚地揭示了这么四点:第一,"此在"作为一种"能存在",在对自己的生存—存在的筹划中,无论如何它必须对自己的各种"可能性"作出"决断":选择某种可能性而放弃其他的可能性。这就是说,"筹划"不仅作为"被抛的筹划",而且即便作为"筹划自身"也受到"不性"规定,"本质上就具有不性"。第二,此在不仅有能力担当"实际的罪责",而且基于海德格尔在该书中所论及的"向本己本真存在超越"、基于"愿有良知"、基于"对在—世界—中—存在的本真的畏"等等,此在"在其存在的根基处就是有罪责的"。第三,"道德上的"所谓"善"与"恶"其实是派生的,它的根基乃是"这种本质性的有罪责存在";后者才是"源初的",才是前者产生和"之所以可能的生存论条件"。第四,必须先有了被唤起的"有罪责存在",才会产生诸如"良知"上的"不安"、"愧疚"、"清白"、"谴责"等流俗意义上的"良知现象的诸种基本形式",及其"批评"作用和"否定"性质,成就观念道德上的所谓"善"、"恶"观念,从而对此在之存在"有所作为"。

很明显,海德格尔在《存在与时间》集中地阐述的这些伦理学思想,仍然从属于他有关"此在之存在"的"存在之思",是力求"源出于存在而通达于存在之真理"的。在《关于人本主义的书信》中,海德格尔给了它一个明确的命名:"源初意义上的伦理学。"他说:"如果现在根据 ηθoζ 这个词的基本含义——伦理学这个名称说的是它深思人的居留,那么,那种把存在之真理思为作为一种绽出的人的开端性要素的思想,本身就已经是源初意义上的伦理学。"③只有从这个角度,才能很好地理解海德格尔的如下看法:"索福克勒斯的悲剧在其言说中比亚里士多德关于'伦理学'的讲座更源初地保留了 ηθoζ。"④关于这种"源初意义上的伦理学",海德格尔在弗莱堡大学的教习的继任者维尔纳·马克斯在他研究海德格尔伦理学思想的著作——《大地上可

---

① Heidegger, M. *Sein und Zeit*, Tübingen: Max Niemeyer, 1993, S. 286.

② 参见:Heidegger, M. *Sein und Zeit*, Tübingen: Max Niemeyer, 1993, SS. 290-295.

③ Heidegger, M. *Wegmarken*, Frankfurt: Vittorio Klostermann, 1996, S. 356.

④ Heidegger, M. *Wegmarken*, Frankfurt: Vittorio Klostermann, 1996, S. 354.

有尺度》中称之为“非形而上学的伦理学”。[①] 近年来，中国内地的许多学者已致力于研究海德格尔的“源初伦理学”思想，并取得了不少成果。[②] 但相对于这个问题自身的重要性而言，我个人认为尚是远远不够的。

海德格尔的上述“源初伦理学”思想也贯穿到了他的艺术哲学之中，这就形成了他关于“文艺的源初道德维度”之思。根据我个人的初步清理和理解，它大体包括如下几个方面（由于本书第二章的清理中，相关材料已详细注明出处，为了节约篇幅，我采取概述后注明篇目的方式来进行）：

第一，与以往的诗学、美学（艺术哲学）家们不同，海德格尔反对把“艺术”作为外在于我们人的某种认识对象或者活动形式去追问“艺术是什么”亦即“艺术的本质”问题，而要求首先从艺术与历史性此在的存在之间的内在关联出发去弄清“艺术的本质之源”，然后再去沉思“艺术的本质”。这就从根本上决定了他的诗学、美学（艺术哲学）必然要思及“文艺的源初道德维度”。总体上讲，他要求文艺本质上必须成为一种“本源”、一种“绝对需要”，而不应只是一种“伴生”的“附庸”，一种“流行的文化现象”或者人的一种外在的可有可无的“活动形式”。具体地说，他要求文艺必须担当起新的“最高使命”：首先是能够“为真理赋形”，并成为“真理发生和保藏的突出方式”，从而为历史性此在迈向“本己本真存在”状态“设立前提”；其次是能够催生我们“自我超越的冷静的决心”，即通过为世内存在者和我们“打开”并“带进”一方“敞开之域”，从而“改变我们与世界和大地的关联”，让我们走出“寻常与平庸”，离弃“一般流行的行为和评价、认识和观看”，进而为我们的“自我超越”乃至一个民族的新的历史“建基”，甚至直接成为“根本意义上的历史”本身。一句话，它要求文艺“必须成为历史性此在依本源而居的一个本源”，一个在我们的历史性此在及其超越中“必须先行”的“本质之源”。为此，文艺必须成为人类精神家园的“叩问者”、“开辟者”和“守护者”，以及此在重返本真存在的“允诺

---

① Werner Marx, *Is there a measure on earth*, the University of Chicago Press, 1987.

② 据笔者所见，较重要的论文有：余平：《海德格尔的良知之思》，《四川大学学报》2002 年第 2 期；《海德格尔存在之思的伦理境域》，《哲学研究》2003 年第 10 期；党永强、孟令兵：《海德格尔原始伦理学的意蕴》，《学术研究》2005 年第 6 期；孙筱泠：《责任与应答——海德格尔原伦理学初探》，《复旦学报》2006 年第 2 期；重要的专著有：韩潮：《海德格尔与伦理学问题》，同济大学出版社 2007 年版。

者”、“召唤者”和“引领者”。因为只有这样，文艺才有望重新成为历史性此在的一种“绝对需要”、一个“本源”。最为集中地体现这方面内容的文本是《艺术作品的本源》及其《附录》和《后记》。

第二，对“贫困时代里诗人何为”，亦即“诗人的天职与天命”的沉思，以及要求“诗人”要像“思者”一样成为“存在之家的守护人”等，也体现了海德格尔关于“文艺的超越性品格”之思中的“源初道德之维”。总体上说，它要求诗人和艺术家必须勇敢地担当起自己的“天职和天命”，必须要以高度的、而且是“源初的”社会责任感和历史使命感来对待他的文艺创作活动，使自己的创作及其作品成为对“日常此在”的现实生存—存在状态的一种审视和拷问，对理想“存在家园”的一种寻求与守护。为此，他必须在“贫困”的“世界黑夜时代”里歌唱神圣，“先行地并且与众不同地”入于“存在之深渊”去探问和追寻业已远逝的诸神和缺席中的上帝的痕迹，向他的同胞或民族传达诸神的讯息与暗示，通过唤醒人们的“有罪责感”，将人从“沉沦”与“被抛”中引向对“良知的召唤”的“聆听”，向着高于“人性尺度”（或者说“大地尺度”）的境界努力提升；他必须在体会到“存在之无庇护性”的不妙中吟唱美妙，将人们的目光引向对“完满无损的存在之球”的渴盼和期待；他必须率先成为“诗意追问”本身，并因此而成为敢于“深入存在根基之破碎处”的“冒险更甚者”，并进行一系列相互关联的“冒险”活动：“存在区域之冒险”、“语言之冒险”、“道说之冒险”，和“在不妙中吟唱美妙的冒险”；他必须像“思者”一样，在从“存在历史”体会到“现代人普遍的无家可归状态”这一“世界命运”的基础上成为双重意义上的“守护人”：即自觉地“根据存在之天命，作为绽出—生存者守护存在之真理”的“存在的守护人”和自觉地禁绝“到处迅速漫延着”的“语言之荒芜”和“语言之沉沦”，保护语言的“源初道说力量”的“语言的守护人”。体现这方面内容的最为集中的文本是《诗人何为?》、《关于人本主义的书信》，以及《对荷尔德林诗的阐释》、对荷尔德林系列“赞美诗”或“哀歌”的阐释，以及在《在通向语言的途中》里对特拉克尔、里尔克、格奥尔格等人的作品的阐释等等。

第三，上一小节关于“神性之维”的清理和论析表明：从海德格尔独特的神学思想、他所走过的与众不同的神学思想道路，特别是他与教会组织复杂微妙的关系等等来看，海德格尔的神性之思绝不是从某些现成的、僵死的宗教原则或教条教义出发的。相反，而同样是归属于他的“存在之思”，即“源出于存在而通达于存在之真理”的。因此，对于海德格尔来说，“神性的”不仅是“道德的”，而且是“源初道德的”。所以，在海德格尔关于“文艺的超越性品格”中的“神性之维”的揭示中，同时也在某种程度上开显了“文艺的超越性品格”中的“源初道德之维”。由于“神性之维”我们在上一章和本章上一小节已做了详细清理和论述，在此不再赘述。

总而言之，在海德格尔关于“文艺的超越性品格”之思中，上述“三大基本维度”方面的材料非常丰富，我的清理和论述难免挂一漏万；加之目前国内外学术界几乎见不到这方面的系统清理和专门论述，可资借鉴的资料实在太少，所以我的尝试是十分粗疏和简略的，目的只是为了引起大家对这个问题的关注，抛砖引玉而已。

第四节　对一系列美学、艺术哲学基本概念的重新界定

一棵新的大树挺拔于新的大地
千万片鲜亮的新叶仰望着新的天空

基于“文艺的超越性品格”之思，海德格尔对一系列艺术哲学、美学基本概念作出了新的界定。限于篇幅，我不可能将它们全数罗列，一一细述。只能选择其中几个有代表性的作为例证，略作提示。

总体上说，海德格尔很少用西方传统的“S 是 P”的定义模式去谈论诸如“美”、“艺术”等等那样的基本概念，但一谈论便把它们与“存在之无蔽”、与“人的历史性此在”等等联系起来；海德格尔也从不在“Poesie”意义上谈论“诗”，而是在“Dichten”意义上“让诗道说（作诗）”。更重要的是，海德格尔诗学关注的核心不是“美的形而上学”或“艺术本体论”，而是在“美”或“艺术（诗）”中“存在之真理如何发生”，它们与“人类的历史性此在”之间存在着怎样的“本源（质）性关联”，人类如何通过“美”或“艺术（诗）”来“召唤出语言的本性”从而“重新学会在语言中栖居”，如何通过“思与诗的对话”来寻找人类“本真存在的可能性”，等等。这就是说，将“艺术（诗）”的问题还原到生存论—存在论的维度去思考，使其摆脱传统的“真”（认识论）、“善”（伦理学）和

“美”(美学)的观念上的纠缠而直接进入到“存在自身”,进入到“人的诗意栖居”或者说“人的本真存在”的可能性的追问,是海德格尔诗学的显著特征。一句话,海德格尔对这些基本概念的界定,归根结底源出于其“存在之思”并通达“存在之真理”,成为了其关于“文艺的超越性品格”之思的重要组成部分。

一、“美”:存在之闪亮显现

海德格尔非常认真地研究过康德、黑格尔、叔本华和尼采等人的美学,可他却几乎没有按传统美学的方式为“美”下过一个“定义”。但这并不意味着海德格尔对“美”没有自己明确的看法。事实上,在《艺术作品的本源》中,海德格尔就说过,“美是作为无蔽的真理现身的一种方式(Schönheit ist eine Weise, wie Wahrheit als Unverborgenheit west)”,美就是存在真理的放光辉;①在《尼采》第一卷中,海德格尔又说了一句,“一切事物中真正自行显示者和最能闪亮显现者,就是美(... das sich eigentlich Zeigende und Scheinendste von allem, ist das Schöne)”②;在《形而上学导论》中,海德格尔强调说,“一切存在者之存在就是最能闪亮显现者,也就是最美者,最立于自身中者(Das Sein alles Seienden ist das Scheinendste, d. h. das Schönste, das in sich Ständigste.)”③;在《对荷尔德林诗的阐释》中,海德格尔再次强调说:“美就是存有之在场状态,存有就是存在者之真(Die Schönheit ist die Anwesenheit des Seyns. Das Seyn ist das Wahre des Seienden)”;“美是源初地整一着的整一(Die Schönheit ist das ursprünglich einigende Eine)”④;“那从其自身而来闪亮显现者,即是真,也就是美(... das von ihm selbst her Scheinende, also das Wahre: die Schönheit)”⑤。

要理解海德格尔对于“美”的观念,首先要理解他自称是从古希腊原文中

---

① Heidegger, M. *Holzwege*, Frankfurt: Vittorio Klostermann, 1994, S. 43.

② Heidegger, M. *Nietzsche* I, Pfullingen: Günther Neske, 1961, SS. 95–96.

③ Heidegger, M. *Einführung in die Metaphysik*, Tübingen: Max Niemeyer, 1976, S. 100.

④ Heidegger, M. *Erläuterungen zu Hölderlins Dichtung*, Frankfurt: Klostermann, 1996, SS. 134–135.

⑤ Heidegger, M. *Erläuterungen zu Hölderlins Dichtung*, Frankfurt: Klostermann, 1996, S. 162.

考证出来的两个基本概念:“ἀλήθεια”与“φύσις”。按海德格尔的意思,前者即后来被译为“真理”的那个单词,其本义正好是“无蔽”(Unverborgenheit),而“真理”的本质就是存在者之“无蔽”、“解蔽”或“敞开”状态(Offcnstandigkcit);所谓“存在者的真理”,其实质便是“让存在者成其所是”,也就是“让存在者置身于敞开状态”而成为“无蔽者(τα αληθεα)”。① 后者即我们较少加以思索便匆忙译为“自然”(Natur)的那个单词,其本义是“涌现”或“升起(Aufgehen)”。对于希腊人来说,“φσις”是表示“存在者本身”和“存在者整体”的第一个根本性名称。在他们看来,“存在者乃是这样一种东西,它自立自形,无所迫促地涌现和升起,又返回并消失于其自身中:一种涌现着又返回到自身中的运作”②。很显然,无论“αλήθεια”还是“φύσις”,都在某种程度上与“τέχνη”(“技艺”)相对,它们强调的是存在者“自身在本性上就有力量成为如此这般的东西”。因此,概括起来,海德格尔对于“美”的观念有两个要点:其一,所谓“美”不过是“作为无蔽的真理现身的一种方式”,它所表明的不过是存在者自身的“无蔽的存在”,亦即对存在者之“解蔽”或“敞开”以使之“作为它自身所是的存在者而显现出来”;其二,所谓“美”的“产生”乃是存在者“无所迫促地涌现或升起”,一种“自行”的“显现”和“敞开”。即便是“艺术美”的“产生”也同样如此(这个问题我在谈“艺术”时还会谈到)。总之,“美”就是存在者之“无蔽的存在”、“如其所是”地“自行显现”和“敞开”,就是存在者之“存在的自行闪亮显现”。照此意思,处于本真存在状态中的存在者原本就是“美”的;对存在者(包括作为最典型的“此在式存在者”的人)而言,只需涤除强加在存在者上面的污垢(“解蔽”),还存在者以本来面目(“本然”),“美”便会“自行显现”、“闪亮出场”了(这一点可能受到过中国老庄哲学的深刻影响③)。此外,海德格尔没有言明、但属于其中应有之义的是:既然“美”归本于“存在之真理”,那么它也只向处于“无蔽状态”或者“本真存在状态”中的人才“显现”、才“闪亮”、才“成其所是”。

很显然,海德格尔对“美”的界定有两点值得注意:第一,强调“美”是存在

① Heidegger, M. *Wegmarken*, Frankfurt: Vittorio Klostermann, 1996, SS. 188-202.

② Heidegger, M. *Nietzsche* I, Pfullingen: Günther Neske, 1961, S. 96.

③ 笔者在一本旧著中对此有详细论述。参见:拙著《从逍遥游到林中路——海德格尔与庄子诗学思想比较》,中国社会科学出版社 2004 年版,第 14—96、344—364 页。

者自身的自行"敞开"和"闪亮显现",其根源在于他后期思想中经常使用到的"己成(Ereignis)"概念所指称的那个东西;第二,其中最独特和最引人注目并使得其"美"的观念与自亚里士多德以来、经康德得以完成的"自律论形式主义美论"有了很大区别的,是他将"美"与"存在之真理",亦即"存在之无蔽状态"联系了起来,与"本真存在"联系了起来。正因为将"美"与"本真存在"联系了起来,所以"美"被纳入了"此在之存在及其超越"的范畴而被赋予了一种全新的意义。加之"美"与"艺术"和"艺术作品"之间的天然联系,因此,上述"美"的观念显然是应海德格尔关于"文艺的超越性品格"之思而来。

二、"艺术":真理之自行设置入作品,人类依本源而居的一个本源

通过上一章的清理我们已经可以清楚地看到,海德格尔对"艺术"的认识主要有以下几个特点:

第一,将"艺术"与生存论—存在论的"真理"联系起来。在他看来,"艺术"的本质规定性并不是什么"真实"(不管这种"真实"是指过去艺术哲学、诗学中以"正确性"为核心的"符合论"意义上的所谓"客观的真实"还是"主观的真实"),而是"真理"("存在者整体之进入无蔽状态")。"艺术"之为"艺术",是因为"在作品中有真理的发生这件事起作用";"艺术"能够通过"世界与大地的源始争执"而"为真理赋形",乃是"真理"之"创建"、"发生"和"进入存在的一种突出方式"。①

第二,"真理"是"自行设置入作品"的。艺术作品的诞生常常被比做一种"生产"(因此古希腊人曾将"技艺"与"艺术"统称为"τέχνη"、并将"艺术家"与"工匠"统称为"τεχυίτης"),但在海德格尔看来,艺术创作乃是一种"引出(Holen)",一种"汲取(Schöpfen)",而不是什么现代主体主义美学所宣称的骄横跋扈的主体的天才活动。② 所以在《艺术作品的本源》一文里海德格尔说,在伟大的艺术中,"艺术家与作品相比是无足轻重的,为了作品的产生,他就像一条在创作中自我消亡的通道"③。不仅如此,在《在通向语言的途中》、

---

① 前两章的相关清理已经表明:这是《艺术作品的本源》表达的最核心的思想。

② Heidegger, M. *Holzwege*, Frankfurt: Vittorio Klostermann, 1994, SS. 63-64.

③ Heidegger, M. *Holzwege*, Frankfurt: Vittorio Klostermann, 1994, S. 26.

《对荷尔德林诗的阐释》等其他著作中，海德格尔也多次表达过类似思想。譬如在解说特拉克尔《冬夜》一诗时海德格尔写道："谁是作者并不重要，任何一首伟大的诗篇都是这样。甚至可以说，一首诗的伟大之处正在于，它能够掩盖诗人这个人和诗人的名字。"①在《尼采》第一卷中海德格尔也说：若"以希腊的方式去思"艺术生产（甚至包括用具生产）的"行为（Vorgehen）"，则它们不是一种"进攻（Angriff）"，而是一种"让到达（Ankommenlassen）"，即"让那已然在场者（das schön Anwesende）到达"意义上的"让到达"。②

第三，"艺术"应该、能够而且必须成为我们"依本源而居"的"先行之必需"的一个"本源"。"日常此在"首先和通常总是处于"沉沦"与"被抛"的、浑浑噩噩、庸庸碌碌的"非本真的存在状态"，这就决定了它必须归本于"存在之真理"；艺术能够催生"自我超越的冷静的决心"而对我们乃至一个民族的历史性此在有所作为，并进而改变我们乃至一个民族的历史性此在。这是《艺术作品的本源》中所表达的另一个核心思想。在《形而上学导论》中海德格尔也说："对于美学而言，艺术乃是在使事物作为讨人喜欢的东西那样的意义上的美的表达。然而艺术实为存在者之存在的敞开。我们必须从一种本源性的、重新找到的对于存在的基本态度出发来使'艺术'这个词及其所指称的东西获得一种新的含义。"③这就是，将"艺术"与我们的"历史性此在"联系起来思考"艺术的本质"和寻找"艺术的本质之源"。在《对荷尔德林诗的阐释》等著作或演讲中，海德格尔又承续了《本源》和《导论》的基本思路，多处论及诗（艺术）应当为"新的世界历史"、"新的开端""建基"的问题。

在以上三点中，前两点是基础，后一点是目标。因为只有有了生存论—存在论的"真理"，才有成为"我们依本源而居的本源"，从而为"新的世界历史"、"新的开端""建基"的前提。很显然，如此理解的"艺术"同样被纳入了"此在存在及其超越"的范畴而被赋予了一种全新的意义，成为了海德格尔关于"文艺的超越性品格"之思的根本组成部分。

---

① Heidegger, M. *Unterwegs zur Sprache*, Stuttgart: Günther Neske, 1997, S. 17.

② Heidegger, M. *Nietzsche* I, Pfullingen: Günther Neske, 1961, S. 97.

③ Heidegger, M. *Einführung in die Metaphysik*, Tübingen: Max Niemeyer, 1976, S. 101.

三、"诗":神圣存在的词语性创建

亚历山大·科耶夫说过:"假如离开了人,存在必喑哑:它仍在那,却难以成真。"在《语言》、《语言的本质》和《词语》中海德格尔也告诉我们,存在者的存在是被语言召唤和创建起来的。唯有通过"命名的召唤",唯有在"恰当的词语说话"处,存在者的"在场"才被从保有不在场者的"远处"那里"唤近前来",从混沌喑哑处"跃出"而成为它自身所是且区别于其他存在者的存在者。在哲学和诗学上,海德格尔明确地提出了一个命题:"诗是神圣存在的词语性创建。"

在1935年开讲的《形而上学导论》中,海德格尔批评了那种把语言仅仅看做一种一般"存在者"的流俗意见之后指出,"本质和存在却在语言中说话(Wesen und Sein aber sprechen in der Sprache)"①。意思很清楚,"存在"与"本质"都是通过语言被"说"出来的。质言之,"存在"是被语言的道说"创建"起来的。可是,语言能够"创建""存在"吗?首先是,"存在"需要被"创建"吗?从对"存在"与"存在者"的区分中我们可以找到答案。"存在者"本应是一个"存在着"的"者",所以在逻辑上"存在者"首先应该"存在"然后才能"是""存在者";但"存在"却不是任何形式的"存在者",也就是说,"存在"并非也是任何一种"存在着"的"者",所以"存在"本身并不"存在"。所以海德格尔说:"显然只有存在者存在,但并非还有那个存在也存在(... wo doch offenbar nur Seiendes ist, aber nicht auch noch und wieder das Sein)。"②换句话说,所有存在者的"存在"都不是"现成"的。至此,我们只好戏仿海德格尔的话说一句:"存在"必须"被召唤",必须"被创建"。

接下来的问题是,凭借什么以及如何"创建存在"?唯无蔽者存在。但海德格尔说,"我们从赫拉克利特和巴门尼德那里知道,存在者之无蔽状态并非直截了当地就是现成的。只有当此无蔽状态凭借作品获得时,它才出现。这里所谓的作品是指:诗的词语之作,神殿与雕像的石头之作,思的词语之作,以及所有那些作为历史的奠基和保护场所的 πσλις之作。"③从凭借语言来"创

① Heidegger, M. *Einführung in die Metaphysik*, Tübingen: Max Niemeyer, 1976, S. 41.

② Heidegger, M. *Einführung in die Metaphysik*, Tübingen: Max Niemeyer, 1976, S. 53.

③ Heidegger, M. *Einführung in die Metaphysik*, Tübingen: Max Niemeyer, 1976, S. 146.

建”而言,“作诗(Dichten)”和“运思(Denken)”,便是承担(此在)存在和规定存在根据的两种基本活动,也是召唤和创建存在的两种基本方式。在《形而上学导论》中,海德格尔在评述希腊诗人品达时说:“作诗就是:设置入光明中(Dichten ist:ins Licht stellen)”。[①] 把存在者“设置入光明中”就是“让它显露”、“让它出现”,也就是“让它存在”。接下来,海德格尔还进一步指出,对于“其他存在者的存在”的“创建”主要借助“逻各斯(λόγος)”,但那是一种与“立于自身的涌现(φύσις)”和“无蔽状态(αλήθεια)”源初统一、应和于“存在”与“运思”的源初统一的“逻各斯(λόγος)”;而要“创建”作为历史性此在的“人的存在”,则只有通过“源初地作诗”来“诗意地奠基”,因为“这样的存在只向诗意地运思的筹划敞开”。[②]

当然,以“作诗”和“运思”的方式“创建”“存在者的存在”,终究离不开“筹划”存在者的“表象”,因为“存在”总会显现为一定的“表象”。但“表象”对“存在”既可能是一种敞开,也可能是一种遮蔽。所以在早期希腊思想中,“存在”与“表象”的统一与冲突的主题展开得十分有力。但在海德格尔看来,这一切在希腊悲剧诗歌中表现得最高和最纯,其中索福克勒斯的《俄底浦斯王》表现得尤为突出。俄底浦斯起初是国家的救主与君王,他的此在表现在荣誉与神灵的庇护下。但就从这个表象中,他被抛掷出来,最后进入了作为弑父娶母的存在之无蔽状态。这条从开头到结局的道路,是独一无二的表象(隐蔽和假象)与无蔽(存在)之间的斗争。围绕寻查刺杀前王拉伊俄斯凶手的隐蔽之事的展开,处于光辉的公开状态和带着希腊人的激情亲自操办此事的俄底浦斯就这样把自己“设置入光明中”,进入了“存在的无蔽状态”。最后只得这样来承担自己的处境:自行刺瞎双眼,使自己走出光明进入黑夜,以不能见物的人的身份大叫打开大门,让百姓看清像他现在这样一个人。[③]

无论“作诗”还是“运思”,所借助的都是“语言”,因而都是对此在或存在者的存在的一种“词语性创建”。为了使论题更集中,下面我更多地只从“诗作为神圣存在的词语性创建”这一方面来作进一步的论述。

---

① Heidegger, M. *Einführung in die Metaphysik*, Tübingen: Max Niemeyer, 1976, S. 78.

② Heidegger, M. *Einführung in die Metaphysik*, Tübingen: Max Niemeyer, 1976, SS. 88–149.

③ Heidegger, M. *Einführung in die Metaphysik*, Tübingen: Max Niemeyer, 1976, S. 81.

根据海德格尔分别在《艺术作品的本源》和《在通向语言的途中》里表达的意思，一切艺术本质上都是诗；诗乃是存在者之无蔽的道说；诗是纯粹的语言之说；唯语言才使存在者作为存在者进入其敞开领域之中。在没有语言的地方，便没有存在者的任何敞开性，也没有不存在者和虚空的任何敞开性；诗歌中的词语都是被从存在者的本源处汲出、采集而来的，它是对存在者的第一次命名。"在语言中存在者才首次被命名，这样的命名才把存在者带向词语和带向显现。这命名指定存在者达于出自它自己的存在。① 这样一种道说乃是一种澄明着的筹划，它宣告存在者作为什么而进入敞开领域。"②在诗中，存在者就这样被带向显现、带向"存在"——被词语命名所带出和创建起来的存在。

在海德格尔看来，作为"此在"的人类被命定在"神性"与"反神性"之间，这使得我们的生存离不开"神圣者的朗照与庇佑"。在《对荷尔德林诗的阐释》和《关于人本主义的书信》中我们又看到，通过对荷尔德林赞美诗的阐释，海德格尔还向我们展示了诗对"神圣者的存在"的"词语性创建"。譬如，在对《返乡——致亲人》的阐释中，我们看到了诗人对佑护故乡的"家园天使"和"年岁天使"的召唤，对作为"纯粹朗照"和作为"至高之物"与"神圣者"之同一的"朗照者"的召唤，对作为"朗照者"和"祝福者"的"诸神"的召唤。在《荷尔德林与诗的本质》中，海德格尔在解释荷尔德林的诗句"但诗人，创建那持存"时说："诗是一种通过词语并且就在词语之中实现的创建。如此这般被创建者为何？持存。"③在诗中，一切"短暂者"都被带向恒定而得以持存。同样，诗也使一切"天神"得以持存。"诗人命名诸神和命名一切在其所是中的事物。这种命名并不在于仅仅给一个事先已经熟知的事物装配上一个名字，而是在于诗人说出那本质性的词语，而存在者才通过这种命名而被指定为它

---

① 该句原文为："Dieses Nennen ernennt das Seiende *zu* seinem Sein *aus* diesem"，孙译本《林中路》第 57 页作"这一命名指派存在者，使之源于其存在而达于其存在"。但在该文及《语言的本质》、《词语》等篇中，海德格尔都强调，在主管存在者（物）的适当词语说话之前，存在者（物）是无所谓"存在"的。再看句子结构的摆放，"*aus* diesem"也有可能是用来修饰限定紧接在前的"Sein"的。所以我猜测，前者所指或许是存在者所能获得的存在的各种可能性。因为《存在与时间》中讲过，存在者只能成为属于它自己的可能性的那种存在者。

② Heidegger, M. *Holzwege*, Frankfurt: Vittorio Klostermann, 1994, S. 61.

③ Heidegger, M. *Erläuterungen zu Hölderlins Dichtung*, Frankfurt: Klostermann, 1996, S. 41.

所是的东西。这样,存在者就作为存在者而被知晓。诗乃是存在的词语性创建。"①由于"存在"决不是某个"存在者",它不能被计算或被从现成事物那里推演出来。所以,"存在"必须自由地被创造、设置和捐赠出来。这种"自由的捐赠"就是"创建"。由于"诸神"被源始地命名,并且"万物"之本质亦达乎词语,"万物"才因此而闪亮显现,在这种情况下,"人的此在"便被带入一种固定的关联之中且被置入一个坚实的根基之上。因此,诗人的道说不仅是在"自由捐赠"的意义上的创建,而且同时也是在"奠基"意义上的创建,人类此在就建立在其坚实的基础上。② 所以海德格尔明确地强调说,"创建"就意味着"牢固地建基"。③

不仅如此,大约从1934年开始在哲学课中公开宣讲荷尔德林的赞美诗以后,特别是在《林中路》、《对荷尔德林诗的阐释》和其他一系列读解荷尔德林的赞美诗或哀歌的集子中,海德格尔用力最勤、着力最多的就是对诗作为对人的诗性存在(即"诗意地栖居")的词语性创建方式的阐发。譬如在《林中路》中,国外已有学者指出,《艺术作品的本源》里的"世界"概念旨在"将存在者整体和一切现实事物挪移进存在之光的照耀之中",其要旨是对存在者的一种"解放"。④ 很显然,艺术(诗)在这里已经成为对此在诗性存在根基的一种创建。事实上,海德格尔也正是以"艺术本质上是对民族的历史性此在的建基"来作为他沉思"艺术作品的本源"的结果的。在另一篇文章《诗人何为?》里,海德格尔试图回答荷尔德林的一个问题:在一个诸神和上帝都已遁逝、基督也已殉道的世界黑夜时代(贫困时代)里,诗人应该担当的天职是什么?结论是:为摸索诸神远逝的踪迹而道说神圣,为特别地诗化诗的本质而率先成为一种"诗意的追问"。⑤ 这都涉及到了诗是对人的诗性存在的词语性创建这一思想。此外,在《对荷尔德林诗的阐释》中,除了在《荷尔德林与诗的本质》篇中重点阐发了"人诗意地栖居在这片大地上"这句诗之外,海德格尔所演讲的

---

① Heidegger, M. *Erläuterungen zu Hölderlins Dichtung*, Frankfurt: Klostermann, 1996, S. 41.

② Heidegger, M. *Erläuterungen zu Hölderlins Dichtung*, Frankfurt: Klostermann, 1996, SS. 41–42.

③ Heidegger, M. *Erläuterungen zu Hölderlins Dichtung*, Frankfurt: Klostermann, 1996, S. 45.

④ Walter Biemel/Friedrich – Wilhelm v. Herrmann, Hg. *Kunst und Technik*, Frankfurt: Klostermann, 1989, S. 205.

⑤ Heidegger, M. *Holzwege*, Frankfurt: Vittorio Klostermann, 1994, S. 272.

《荷尔德林的大地与天空》,以及对《返乡——致亲人》和《追忆》等诗的阐释,也都是围绕着"人的诗意栖居",亦即诗作为对人的诗性存在的词语性创建方式来展开的。实际上,1946 年的《关于人本主义的书信》和整个 50 年代的《在通向语言的途中》里提出的"语言是存在之家"、"词语破碎处无物存在"、"思与诗是近邻"等等命题,也是对上述思想的进一步延伸和发展。综上所述,在海德格尔看来,"诗乃是神圣存在的词语性创建"。

总而言之,对于海德格尔来说,诗不只是此在的一种附带装饰、一种短暂的热情或消遣,也不只是一种文化现象,更不只是一个"文化灵魂"的单纯的"表达",而是此在历史基础的孕育。作为一个历史性民族的原语言,诗应当成为我们乃至一个民族的存在根基之创建;存在根基之创建维系于诸神之暗示。就这样,作为存在的词语性创建,诗之本质被嵌入到了"诸神之暗示"与"民族之声音"的相互区别又相互追求的法则之中,[①]成为了此在之存在及其超越的一种筹划着的道说。就这样,诗的界定也被纳入了"文艺的超越性品格"之思的范畴而被赋予了一种新的意义。

四、"语言":自行道说

海德格尔有句名言:"语言说(Die Sprache spricht)"。[②] 这话的意思很清楚:第一,语言之为语言,其本质规定性乃在于"说"(海氏更多的时候喜欢用"道说"这个概念);第二,"语言之说"并非"人说语言(话语)",而是"语言自行道说"。从 1950 年的《语言》演讲开始,海德格尔就坚决反对流俗的工具主义"语言观",反对从"人之说"出发去思考"语言",而主张以"语言是语言"这一异乎寻常的命题为指导线索,以"语言说"为起点"径直沉思语言"。[③]

海德格尔对"语言"概念的界定有如下特点:

首先,海德格尔从不脱离"人在语言之说中栖居"去谈"语言"问题,正如他从不离开"历史性此在之存在"去谈论所谓"艺术(诗)的本质"一样。譬如,在 1950 年题为《语言》的演讲中,海德格尔便公开宣称:他之思考语言的

---

① Heidegger, M. *Erläuterungen zu Hölderlins Dichtung*, Frankfurt: Klostermann, 1996, SS. 42-47.

② Heidegger, M. *Unterwegs zur Sprache*, Stuttgart: Günther Neske, 1997, S. 12.

③ Heidegger, M. *Unterwegs zur Sprache*, Stuttgart: Günther Neske, 1997, S. 13.

本质,根本目的不在于"提出一个新的语言观",而在于"学会在语言之说中栖居";①在1953年题为《诗歌中的语言》的演讲中,他再一次明确指出:"思与诗对话的目的在于把语言的本质召唤出来,以便终有一死者重新学会在语言中栖居。"②在1959年题为《走向语言之路》的演讲中,他又一次明确指出,"大道赋予终有一死者以栖留之所,使之居于其本质中而能成为说话者";"大道在其对人的本质的照亮中终有一死者成其自身,因为它使终有一死者归本于那种从各处而来、向遮蔽者而去允诺给在道说中的人的东西"③。一句话,海德格尔沉思语言问题总是将其纳入"人的栖居"范畴去考量。

其次,海德格尔总是在"语言与存在的本质关联"中去把握"语言"。早在1915年提供的授课资格论文《邓·司各特的范畴和含义学说》(Die Kategorien-und Bedeutungslehre des Duns Scotus)中,就显露出了两个学术前景:"范畴"和"含义"。根据他本人的解释,所谓"范畴学说"就是对关于存在者之存在的探索的通称;而"含义学说"则是指思辨语法,即在语言与存在的本质关联中对语言作形而上学的沉思。但如何经由语言通达存在,在当时的海德格尔心中还不十分明确。④ 经过12年的沉默(其间,只于1921年搞过《表达与现象》的讲座),海德格尔出版了《存在与时间》,开始了言说"存在"和"语言"的漫漫长路。是现象学为他提供了一条道路的可能性。在1953—1954年所作的《出自一次关于语言的对话》(Aus einem Gespräch von der Sprache)一文中,海德格尔说:"由于对语言和存在的沉思很早就决定了我的思想道路,因此探讨尽可能地藏而不露。也许《存在与时间》这本书的基本缺陷就在于,我过早过远地先行冒险了。"⑤在这部极具原创性和理论个性的杰作中,海德格尔将"保护此在借以道出自身的基本词汇的道说力量"视为了根本性的"哲学事业"。⑥ 海德格尔开始大量探讨语言问题始于1934年一个题为《逻辑学》的讲座。海德格尔对这个讲座的自我定位是:它"实际上是源于

① Heidegger, M. *Unterwegs zur Sprache*, Stuttgart: Günther Neske, 1997, S. 33.
② Heidegger, M. *Unterwegs zur Sprache*, Stuttgart: Günther Neske, 1997, S. 38.
③ Heidegger, M. *Unterwegs zur Sprache*, Stuttgart: Günther Neske, 1997, S. 259、S. 260.
④ Heidegger, M. *Unterwegs zur Sprache*, Stuttgart: Günther Neske, 1997, S. 91-92.
⑤ Heidegger, M. *Unterwegs zur Sprache*, Stuttgart: Günther Neske, 1997, S. 93.
⑥ Heidegger, M. *Sein und Zeit*, Tübingen: Max Niemeyer, 1993, S. 220.

逻各斯(λόγος)的一种沉思,在其中我寻找着语言的本质"①。海德格尔为什么选准"逻各斯"作为突破口,而且一直扭住不放呢?因为在他看来,"逻各斯"刚好兼及"存在"与"语言"两方面:它既是"存在之名",又是"道说之名";既表示"让存在者如其所是地显现出来"的"道说(Sagen)",又表示"存在"亦即"在场者之在场(Anwesenheit)"。② 正是借"逻各斯"这个独一无二的词,"词"与"物"、"道说"与"存在"之间那种隐蔽的、不可思议的相互归属关系,才得以在西方思想中最早被道说出来,并且使一切"本质性的道说"都是对这种关系的"回应性倾听"。在1957—1958年所作讲座《语言的本质》(Das Wesen der Sprache)中,海德格尔说:"通过西方思想而抵达词语的最早的事情之一便是这物与词的关系,更确切地说是以存在与道说之关系的形态出现的。这一关系如此撼人心魄地侵袭着思,以至于它用一个独一无二的词语来道出自身。这个词语就是逻各斯。它同时作为表示存在和表示道说的名称来说话。"③在1958年所作的《词语》一文中,海德格尔又写道:"表示道说的最古老的词语,叫逻各斯:即显示着让存在者在其'它是'中显现出场的道说。然而表示道说的同一个词语逻各斯,同时也是表示存在亦即表示在场者之在场的词语。道说与存在,词与物以一种隐蔽的、几乎未曾被关注过的和不可思议的方式相互归属。一切本质性的道说都是对道说与存在、词与物的这种隐蔽的相互归属关系的回应性倾听。"④在《语言的本质》和《词语》两篇演讲辞中,海德格尔还以阐释施特凡·格奥尔格的著名诗句"词语破碎处无物存在"为核心,着重讨论了"语言"与"存在"之间的关系。由此可见,海德格尔的"语言

---

① Heidegger, M. *Unterwegs zur Sprache*, Stuttgart: Günther Neske, 1997, S. 93.

② 这里也许有"半个"例外,那就是:在1935年夏季学期的《形而上学导论》讲座中,海德格尔虽然也谈到了"λόγος",并把它与"ἀλήθεια"(无蔽)与"φύσις"(涌现)联系在一起;但为了强调这三个前苏格拉底哲学概念都与"存在的无蔽境界"相关,海德格尔突出"λόγος"的本义是"聚集"、"经常在自身中起作用的本源性地采集着的采集"(S. 98),"把一切都采集到自身中并保持在一起者"(S. 100),从而回避了它的本义与"道说"的联系(S. 95)。

③ Heidegger, M. *Unterwegs zur Sprache*, Stuttgart: Günther Neske, 1997, S. 185.

④ Heidegger, M. *Unterwegs zur Sprache*, Stuttgart: Günther Neske, 1997, SS. 237-238. 另:"回应性倾听"孙译本作"响应和倾听"。该处原文为"Jedes wesentliche Sagen hört in dieses verhüllte Zueinandergehören von Sage und Sein, Wort und Ding zurück",重点似在"倾听"上,"zurück"只起着修饰作用。海德格尔言述"语言"、"运思"、"作诗",落脚点似乎都在"倾听"上。因此,试改译为"回应性倾听"。

之路"始终源出于对"逻各斯"的沉思,始终围绕着"词"与"物"、"存在"与"道说"的本质关联而展开。

最后,为了达至从"人的诗意地栖居"而来的"人在语言之说中栖居"这一目标,海德格尔对"语言"的思考始终是围绕着"诗性的语言"或者"语言的诗性"来展开的。如前所述,海德格尔要求从"语言说"出发径直地去思"语言"。可是,到哪里去找"'语言'之'说'"呢?最可能的是到作为"说之完成"的"所说"之中去寻找。可是,"所说"往往只是作为某种"说之消失(终结)"而出现的。于是,唯有找到一种作为"说之开端性的完成"的"纯粹所说"方可入手。在海德格尔看来,这种"纯粹所说"即是诗歌。唯有在诗歌中才能找到本真的"语言之说"。因为,唯有在诗歌中才能找到作为"语言之说"的最本质的"诗性因素"(das Dichterische),唯有诗性的语言才是一种"多样的表说",并因此而成为一种"诗意的创造"。① 所以在《在通向语言的途中》一书里,除访谈录《出自一次关于语言的对话》之外,每篇文章都结合了对具体诗歌作品的分析,涉及的诗人包括荷尔德林、特拉克尔、格奥尔格、歌德等。通过这种"思与诗对话"的方式,海德格尔对"诗性的语言"和"语言的诗性"诸如所谓"开端性"、"召唤性"、"多义性"、"澄明性"等,作出了非常杰出的沉思与描述,同时还对同为语言"道说的突出方式"②的"作诗"与"运思"及其"近邻关系"作出了精彩的探索与言述。这一点很容易理解和解释:第一,当现象学以一种极限方式尝试完了企图为一切经验科学奠基的作为形而上学的哲学的全部可能性之后,哲学便只有实施回到"思"与"诗"尚未分离的前苏格拉底哲学的"返回步伐"、进入到与"存在历史"的"第一个开端"相通的"另一个开端"了。③ 第

---

① Heidegger, M. *Unterwegs zur Sprache*, Stuttgart: Günther Neske, 1997, SS. 12-20.

② Heidegger, M. *Unterwegs zur Sprache*, Stuttgart: Günther Neske, 1997, S. 202.

③ 海德格尔将"存在的历史"分为三个阶段。"第一个开端"发生在"前苏格拉底时期",那时"运思"和"作诗"是"近邻",并有过"思与诗的对话"。代表双方的分别是:"思者"阿那克西曼德、赫拉克利特、巴门尼德等;"诗人"荷马、品达、索福克勒斯等。但是到了自柏拉图以降的"形而上学时代"后,由于"存在的被遗忘","运思"与"作诗"分离,"思与诗对话"的历史也被中断了。如今,"存在的历史"又步入了"另一个开端":作为形而上学的"哲学"正在走向"终结",而"源于存在"的"存在之思"与"存在之诗"正在兴起。这就是荷尔德林、特拉克尔、里尔克等人和海德格尔本人作为"先行者"所代表的方向。我的这一看法受孙周兴先生《我们时代的思想姿态》(东方出版社 2001 年版)第 89—90 页的相关论点的启发而来,特此声明和致谢。

二，大约从20世纪30年代中期开始，海德格尔就在课堂上或演讲中大谈诗歌和艺术，并认为这就是“正宗的哲学”。于是，《存在与时间》中关于“本真存在”的主题，转向了“诗意栖居”的主题；而50年代的“在语言之说中栖居”则是其自然的深化与发展。第三，“语言之说”的突出方式就是“作诗”和“运思”，加之“作诗”与“运思”本来就是而且也应该是“近邻”，因此“语言的诗性”和“诗性的语言”理所当然成为了海德格尔思入“语言”的重点和关键。

总之，海德格尔对“语言”的界定始终关注“语言与存在的内在关联”，指向“在语言之说中栖居”，并因此而强调“语言的诗性”。这就从根本上决定了其“语言”之思归属于“此在之存在及其超越之思”，从而被纳入了“文艺的超越性品格”之思的范畴并被赋予了一种新的意义。

第五节　对一系列美学、艺术哲学基本问题的重新思考

追问乃思之虔诚
和对被追问者允诺的倾听

基于“文艺的超越性品格”之思，海德格尔对一系列艺术哲学、美学基本问题作出了新的思考和新的言述。限于篇幅，我也同样只能选择其中几个有代表性的问题作为例证，略作提示。

从总体上说，海德格尔基于“存在之思”对文艺与真理、文艺与技术、文艺与此在的在世存在之内在的本质关联、诗人艺术家的天职与天命、诗人思者的特殊使命等一系列基本问题进行了重新思考，提出了许多启人深思的崭新见解：譬如，认为存在论的“真理”乃是文艺的本质规定性而文艺又是如此这般的真理发生、保藏和进入存在的突出方式，文艺与真理之间实为一种“相互居有、相互成就”的关系；认为文艺与技术都具有“解蔽”的特质和特征，但现代技术的“普遍强制”的解蔽方式却可能“将人类从大地上连根拔起”，而“救渡之路”一是发掘技术中原本就存在的“诗性维度”，二是寄望在归本于“诗意栖居”的文艺；认为文艺应当、可能而且必须成为我们和一个民族历史性此在

“依本源而居的一个本源”；认为诗人艺术家的天职和天命是在“诸神逃遁”、“上帝缺席”、“基督殉道”后的“世界黑夜时代”里“歌唱神圣”、“歌唱完满”，揭示人类“无庇护的存在”，表达“期待上帝”之思，以便为“上帝”的重新降临并以“合乎神的方式栖留”所需的“转变”而“做好期备”；而诗人思者的特殊使命，则是与“诗人艺术家”一道，成为“存在之家的守护人”，守望和看护人类的精神家园，探寻人类精神的“还乡”之路。对以上问题所作的如许重新思考，构成了海德格尔关于“文艺超越性品格”之思的重要组成部分。

一、文艺与真理

在海德格尔的文艺之思中，文艺与真理之间的内在的本质关联被凸显到了前所未有的高度，并被赋予了全新的阐释与言述，构成了其“文艺的超越性品格”之思中非常重要的关键一环。

综观西方两千多年的文艺思想发展史，文艺问题从来就与真理问题纠缠在一起。众所周知，柏拉图的艺术哲学、诗学中已经涉及文艺与真理的关系问题，但其观点却与海德格尔对这同一问题的见解有着很大的不同：第一，柏拉图是从反面提及的，说“诗人是说谎者”，“诗与真理隔了三层”；第二，柏拉图所说的“真理”，乃是指现象事物背后的“理念”；第三，柏拉图所理解的“真理”乃是一种以“正确性”为核心的“符合论真理观”。同样，在亚里士多德的诗学（艺术哲学）中也涉及了文艺与真理的关系问题。他虽然极力为诗人和诗的“说谎”问题做了辩护，认为诗既可以按照事情实际发生的本来的样子去摹仿，也可以根据“必然律”和“可然律”应当或者可能发生的样子去摹仿；同时“真理”的本原也从“理念界”回到了“现实界”。但与柏拉图一样，亚里士多德的“真理”观依然是一种以“正确性”为核心的“符合论”真理观。此后，柏拉图、亚里士多德对文艺与真理的相关问题的见解在西方绵延、发展了两千多年。受此“符合论”真理观影响，文艺的本质被认定为是对现实的摹仿，相应地，“真实”被认定为是文艺最本质的规定性和评判作品价值的最重要的尺度。

海德格尔对此问题的阐释与言述却极具源初的开创性。关于文艺与真理之内在的本质关联，海德格尔主要表达了以下几层意见：

首先，他明确指出，使艺术成其为艺术的是“真理(Wahrheit)”而不只是“真实(Wahre)”，[①]“作品之为作品，乃是真理之生成和发生的一种方式。一切全在于真理的本质中”[②]。明确把“真理”作为文艺最本质的规定性和评判作品价值的最重要的尺度，从而在西方文艺思想史上继“现实—再现论”、“主体—表现论”和“符号—象征论”三种文艺本质观之后，提出了“真理—显现论”文艺本质观。

其次，海德格尔的“真理”不再是传统“符合论”意义上的“真理”，它不再只是意味着“真实”，而是“那个使真实成其为真实的东西”，[③]亦即一种“生存论—存在论”意义上的“真理”。如此理解的“真理”，其根源在于“自由”，其本质乃是“存在者之进入无蔽状态”。[④]

再次，文艺与如此这般理解的真理之间是一种“相互居有”、“相互成就”的关系，一种本质性的同源共生关系：它们以相互成就的方式相互归属。[⑤] 这又包含两方面的意思：一方面，使文艺成其为文艺、使文艺作品成其为文艺作品的，乃是真理。文艺是真理之自行设置入作品，是对真理之赋形和保藏。真理乃是文艺的本质规定性。正是真理使得文艺作品区别于一般的自然存在物和一般的人造存在者(器具和工件)；另一方面，真理作为存在者之进入无蔽状态，其生成和发生的极好场所和突出方式乃是文艺，因为文艺作品正好以自己的方式开启存在者之存在，让存在者及其整体走进其“存在之光”里而成为“无蔽者”，这便有了真理的生成和发生。一句话，“由于真理的本质就包含有把自身设立于存在者之中才成其为真理，因此，真理的本质中就包含有与作品的牵连，而作品则是真理得以在存在者之中成其自身的一种突出的可能性”[⑥]。

值得特别注意的是，海德格尔之所以大力阐发文艺与真理之间内在的本

---

① Heidegger, M. *Holzwege*, Frankfurt: Vittorio Klostermann, 1994, S. 43.

② Heidegger, M. *Holzwege*, Frankfurt: Vittorio Klostermann, 1994, S. 48.

③ Heidegger, M. *Wegmarken*, Frankfurt: Vittorio Klostermann, 1996, S. 179.

④ 参见本书第二章第二节对《论真理的本质》的清理和阐释。

⑤ 海德格尔在《同一律》中论及人与存在的关系时说，人与存在以一种相互激发的方式相互归属，相互构成着相互居有。这话对于对于我们准确理解文艺与真理之间的关系很有启发。参见：Heidegger, M. *Identitat und Differenz*, Pfullingen: Günther Neske, 1957, SS. 28-29.

⑥ Heidegger, M. *Holzwege*, Frankfurt: Vittorio Klostermann, 1994, S. 50.

质性关联，是因为如此这般理解的“真理”乃是此在迈向“本真存在”必须设定的前提，[①]而文艺又被认定为是“真理”发生、保藏和进入存在的“一种突出方式”。很显然，如此运作的实质和核心，乃是旨在通过对文艺与真理之关系的揭示，将文艺的本质及其使命从根本上纳入有关“此在的本真存在”亦即“对日常此在存在之超越”这一“存在之思”的范畴去思考，并使之对历史性此在之存在“有所作为”。质言之，强调文艺与真理之内在的本质性关联，实际上乃是对“文艺的超越性品格”的关注与召唤。因此，海德格尔对于这一问题的思考，乃是其关于“文艺的超越性品格”之思中非常关键的一个组成部分。另一方面，也唯有从强调“文艺的超越性品格”的角度，才能准确理解和深刻领会海德格尔关于文艺与真理之内在关联这方面所表达的思想。

二、文艺与技术

无论是从文艺发生学还是从文艺对现代技术的发展所造成的危机的救渡来看，文艺与技术都紧密地联系在一起。基于“存在之思”，海德格尔对此二者之关系作出了全新的思考和阐释，并成为了他关于“文艺的超越性品格”之思的一个重要组成部分。

首先，从文艺发生学的角度，海德格尔在《艺术作品的本源》中通过对“τέχνη”和“τεχυίτης”二词的词源学考察表明了“技术”与“艺术”的渊源关系。指出，现实的艺术作品首先显现为艺术家创作活动的制成品，一种“被创作存在”(Geschaffensein)。艺术作品的创作是一种生产(Hervorbringen)，且大多需要技巧娴熟的手工艺行为，因此对艺术作品有良好领悟的希腊人用同一个词“τέχνη”来表示“技艺”和“艺术”，用同一个词“τεχυίτης”来称呼“工匠”和“艺术家”。然而，如果企图通过强调这一点来模糊“艺术”与“技艺”的界限则是肤浅而偏颇的。因为“τέχνη”并非指“技艺(Handwerk)”或“艺术(Kunst)”，也不指今天所谓的“技术(Technische)”，它甚至从来就不指任何实践活动，而是表示“知道(Wissen)”的一种方式。[②] 而对于希腊思想来说，“知道”意味着“已经看到(gesehen haben)”，而广义的“看”意即“对在场者之为

---

① 众所周知，这是海德格尔《存在与时间》中重点表达的一个核心思想。

② Heidegger, M. *Holzwege*, Frankfurt: Vittorio Klostermann, 1994, SS. 46-47.

如此这般的一个在场者的觉知(vernehmen)”。这就是说,“知道”的本质在于“ἀλήθεια(无蔽)”,亦即“存在者之解蔽”。因此,“τέχνη”乃是将在场者“带出遮蔽状态”,“带入其外观的无蔽状态之中”。无论“作品”还是“器具”的制造,都是“生产(Her-vor-bringen)”,其目的和结果都是“使得存在者以其外观而出现在其在场中”,亦即让存在者自然而然地作为如此这般的一个存在者而“φύσις(涌现)”。二者的区别在于:在“技术”亦即“器具”的生产中,起作用的乃是“有用性”及其背后更深层次的“可靠性”;而在“艺术”亦即“作品”的生产中,有“真理之生发起着作用”。① 这就在与技术的比较中,将文艺的本质规定性奠定到了“真理”上。

其次,关于现代技术给人类的生存所带来的空前威胁和危机以及艺术作为救渡之路的问题。海德格尔在《诗人何为?》中或许最早明确地谈到了这一问题,之后在20世纪50年代初期的“追问技术”和1966年的“哲学遗嘱”中也有所涉及。关于现代技术给人类的生存所带来的空前威胁和危机,海德格尔主要揭示了这么两点:

第一,在《诗人何为?》中,海德格尔指出,“现代科学和极权国家都是技术之本质的必然结果”,各种自然事物、甚至包括“生命的本质”都被“交付给了技术制造去处理”,计算性思维和技术观念占据着统治地位;技术之本质缓慢地进入白昼——单纯技术的白昼的世界黑夜。在这样一个“白昼的世界黑夜”里,不仅“神圣者”消失了,而且一切“美妙之物也似乎绝迹了”。② 这就是说,现代技术之本质不仅造就了现代科学的兴盛和极权国家的产生,而且技术观念的独裁既让一切自然事物(包括生命)都遭到了“祛魅”,又让所有的“美妙之物”、“神圣者”都消失殆尽了,存在历史进入了一个“单纯技术的白昼的世界黑夜”;“技术的制造使世界变得井然有序”这样一种见解“在人的本质中威胁着人”:它将一切个性和等级都“敉平”为订造的“千篇一律”。总之,人类存在在单纯技术的时代里显现出了空前的“贫困”、“无庇护性”和“诗意性”之“匮乏”。

---

① Heidegger, M. *Holzwege*, Frankfurt: Vittorio Klostermann, 1994, SS. 47-48.

② Heidegger, M. *Holzwege*, Frankfurt: Vittorio Klostermann, 1994, SS. 290-295.

第二,在《技术的追问》中海德格尔指出,从词源学上说“技术”是“一种解蔽方式”,[①]而“现代技术”的特征则是一种“促逼意义上的摆置”、“订造着的解蔽”,其本质乃是“das Gestell(普遍强制)”。作为如此这般的一股力量,现代技术给人类的生存带来了空前的威胁和危机:“现代技术作为订造着的解蔽,绝不只是单纯的人类行为。因此,我们也必须如其所显示的那样来看待那种促逼,它摆置着人,逼使人把现实当做持存物来订造。那种促逼把人聚集于订造之中。这种聚集使人专注于把现实订造为持存物”;又说,“普遍强制”命名着“那种促逼着的要求,那种把人聚集起来,使之去订造作为持存物的自行解蔽着的要求”。这样一种“蛮横的促逼”不仅“将自然视为一个研究对象来进攻”,而且最终将现实和人都“聚集在了订造之中”。[②] 于是,“实际上,今天人类恰恰无论在哪里都不再碰得到自身,亦即他的本质”,“对人类的威胁不只来自可能有致命作用的技术机械和装置。真正的威胁已经在人类的本质处触动了人类。”[③]在1966年答《〈明镜〉周刊》记者问时,海德格尔也说道:“技术在本质上是人靠自身力量控制不了的一种东西”;“我们根本不需要原子弹,现在人已经被连根拔起。我们现在只还有纯粹的技术关系。这已经不再是人今天生活于其上的地球了。”[④]

至于现代技术造成的威胁和危机的救渡问题,海德格尔指出:“τέχνη”在从前也指“那种把真理带入闪亮显现者之光辉中而产生出来的解蔽”和“把真带入美之中的产出”,即“美的艺术”,也就是说,“τέχνη”中原本就存在“艺术(诗意)维度”,而解决现代技术发展的威胁和危机的一条“救渡之路”便是:开掘出这“τέχνη”中的艺术(诗意)维度。希腊艺术表明,文艺“是顺从于真理之运作和保藏的”,它可以成为一种“诗意的解蔽”,“专门守护救渡之增长,重新唤起和创建我们对允诺者的洞察和信赖”;成为我们对抗“现代技术”的“普遍强制”、守护我们的存在家园的一条“救渡之路”。而且,“在极端的危险中”,文艺的本质中已“被允诺”了这样一种“最高可能性”。[⑤] 此外,现时代的

---

① Heidegger, M. *Vorträge und Aufsätze*, Stuttgart: Günther Neske, 1997, S. 16.

② Heidegger, M. *Vorträge und Aufsätze*, Stuttgart: Günther Neske, 1997, SS. 18–27.

③ Heidegger, M. *Vorträge und Aufsätze*, Stuttgart: Günther Neske, 1997, SS. 30–32.

④ 孙周兴编:《海德格尔选集》(下册),三联书店1996年版,第1304—1305页。

⑤ Heidegger, M. *Vorträge und Aufsätze*, Stuttgart: Günther Neske, 1997, SS. 38–40.

文艺还可能为自然之物"复魅",即"让神秘成为神秘"并保持为"神秘",以此对抗单纯技术白昼时代。其实,海德格尔没有明言、但已暗示出的还有另外一层意思:堡垒最容易从内部攻破。既然"艺术"与"技术"曾经同源于"τέχνη",而"τέχνη"中原本又存在"艺术(诗意)维度",因此,"艺术"应当、而且能够成为我们对抗和超越现代技术所造成的威胁和危机的最直接、最内在并因此而可能最有效的"救渡之路"。

总而言之,无论是从词源学上考察"技术"与"艺术"的渊源与区别,指出"τέχνη"中原本就存在"艺术(诗意)"维度,"艺术"与"技术"的区别就在于"真理"在其中起着作用;还是从"艺术"可能成为拯救现代技术的"普遍强制"本质所造成的威胁与危机的最佳"救渡之路"来说,文艺与技术的关系问题,都被海德格尔纳入了"单纯技术白昼的黑夜时代"中历史性此在的存在及其超越的"存在之思"的范畴去思考,从而成为了他关于"文艺超越性品格"之思的一个重要组成部分。

三、文艺与此在在世存在的内在的本质关联

与传统的知识论形态的诗学、美学(艺术哲学)聚焦于追问"艺术的本质"、并以追问"艺术是什么"的方式展开追问不同,海德格尔思考文艺问题的一个突出特点是:不再单纯从"艺术是什么"的角度孤立地去思考"艺术的本质",而是力图更深层次地追问"艺术的本质之源",并突出以"文艺与此在在世存在的内在的本质关联"为核心展开追问。这就从总体上使得他的文艺之思直接源出于历史性此在的存在及其超越的"存在之思",成为其关于"文艺的超越性品格"之思的根本组成部分。

传统艺术哲学、诗学由于往往将艺术、作诗视为人类的某种精神创造活动形式(尽管在解释这种活动的产生时有"摹仿"说、"巫术"说、"游戏"说、"剩余精力发泄"说、"劳动"说等等区别),于是,文艺被当做人类的一种"再现"、"表达"或者"象征"活动、一种"文化现象",一种外在的、伴生的、无关紧要的、可有可无的东西。

上一章的清理则表明,海德格尔在《艺术作品的本源》中追问"艺术的本质"时体现了独特的、源初的开创性,这从他在其结尾部分中所作的解释里可以看得分明。他说:"我们如此追问,旨在能够更本真地追问:艺术是否在我

们的历史性此在中是一个本源，是否以及在何种条件下，它能够是而且必须是一个本源。”①这就是说，它真正追问的与其说是艺术的“本质(Wesen)”，不如说是艺术的“本质之源(Herkunft seines Wesens)”，即“艺术与我们的历史性此在之内在关联”。这一点在其后记和附录中得到了进一步印证和发挥。在海德格尔看来，弄清“艺术的本质之源”，乃是弄清“艺术的本质”的根本前提和基础，因此前者远比后者重要和紧迫。他说：“唯从存在问题出发，对于艺术是什么的沉思才得到了完整而坚实的确定。”②很显然，海德格尔是要求从“艺术与人类的历史性此在之间的内在关联”、“艺术与存在的意义之间的内在关联”入手，来开始对“艺术本质”的追问，亦即要求从沉思我们的历史性此在、民族的历史性此在乃至人类的历史性此在的角度，从沉思存在的意义的角度追问“艺术的本质之源”并从中领悟“艺术的本质”。他追问的结论是：艺术是“真理发生的一种突出方式”，因此，它是、必须是而且能够是“我们历史性此在中的一个本源”，它应当、而且能够成为我们通达“本真存在”的一种“性命攸关”的“绝对需要”。

关于文艺与此在在世存在的内在的本质关联，海德格尔分别从文艺存在的内在根据和日常此在向本真存在超越的必然要求这两方面做了阐明：

一方面，我们乃至一个历史性民族依本源而居必须有艺术这样一个本源，艺术是日常此在向本真存在超越的必然要求。这是因为：首先，日常此在要从“沉沦”与“被抛”的、浑浑噩噩、庸庸碌碌的“非本真的存在”状态之中超越出来，就离不开伟大艺术的指引。此在作为一种“在世存在”的“能在”，决定了“此在对于真理的归属性”，即此在的存在必须把真理设为前提。因为“只有通过对在被抛状态中所达到的敞开性的筹划，敞开领域之开启和存在者之澄明才发生出来”。③也就是说，我们的历史性此在必须要有作为“真理发生和保藏的突出方式”的艺术这样一个“本源”来保障和开辟道路。其次，艺术能够催生“自我超越的冷静的决心”，从而改变我们的历史性此在。因为“作品本身越是纯粹地进入存在者之由它自身开启出来的敞开性之中，就越是容易

① Heidegger, M. *Holzwege*, Frankfurt: Vittorio Klostermann, 1994, S. 66.

② Heidegger, M. *Holzwege*, Frankfurt: Vittorio Klostermann, 1994, S. 73.

③ Heidegger, M. *Holzwege*, Frankfurt: Vittorio Klostermann, 1994, S. 59.

把我们挪移进这种敞开性之中，并同时把我们挪移出寻常与平庸。顺应这种挪移意味着：改变我们与世界和大地的关联，离弃固有的一般流行的行为和评价、认识和观看，以便流连于在作品中发生的真理处。”①这种“伴随着离弃的流连状态”让我们能“置身于在作品中发生的存在者之敞开状态中”；而这种“置身于其中（Inständigkeit）”作为一种“知道”以及背后的“意愿”便意味着“实存着的自我超越的冷静的决心”，而这种“自我超越（Übersichhinausgehen）”则“委身于那被设置入作品的存在者之敞开状态”。②因此，艺术能够成为我们的历史性此在中的一个“本源”。再次，艺术能够为我们“敞开”一个“历史性民族的世界”，一个我们时时刻刻生活于其中，在其中出生与死亡、享福与受难、欢笑与哭泣，展示人类历史性命运的地方。正是“出自这个世界并且就在这个世界中，这个民族才回归到他们自身，实现他们的使命”。③ 换句话说，只有在作为“存在者之无蔽的道说”的“艺术作品”中，一个民族的历史性此在才得以“开启”乃至“创建”，而且“真正说来，艺术为历史建基；艺术乃是根本意义上的历史”。④ 质言之，艺术必须成为“民族的历史性存在”的一个“本源”。

另一方面，唯当艺术不单是人类摹仿或象征现实世界或者表现内心情思的工具，而是我们的历史性此在必须赖以筑居、存在的意义赖以澄明的先行的本质之源这一点得到了有力证明之际，艺术“必须存在的根据”才得以彰显，才不致于沦为一种“伴生”的、可有可无的“附庸”。为此，艺术必须担当起“为真理赋形”和催生我们“自我超越的冷静的决心”的新的“最高使命”，为存在者和作为“历史性此在”的我们“打开一方敞开之域”，并将我们和存在者带进一个“源于作品而发生了转变”的崭新世界，进而为我们的“本真存在”、为一个民族的新的历史的开端“建基”，成为人类精神家园的“叩问者”、“开辟者”和“守护者”，此在重返本真存在的“允诺者”、“召唤者”和“引领者”，一句话，艺术必须被赋予并自觉担当起一个崭新的历史使命：成为我们乃至一个民族历史性此在之“依本源而居”的一个“先行之必需”的“本质之源”，艺术才可

---

① Heidegger, M. *Holzwege*, Frankfurt: Vittorio Klostermann, 1994, S. 54.

② Heidegger, M. *Holzwege*, Frankfurt: Vittorio Klostermann, 1994, SS. 54–55.

③ Heidegger, M. *Holzwege*, Frankfurt: Vittorio Klostermann, 1994, SS. 27–28.

④ Heidegger, M. *Holzwege*, Frankfurt: Vittorio Klostermann, 1994, S. 65.

能重新成为一种“绝对需要”。艺术也必须成为“真理”之历史性生成和进入历史性存在的一种“突出方式”,必须在其本质中能够成为我们乃至一个民族的历史性此在得以“开启”乃至“建基”的一个“本源”。①唯其如此,艺术才能够不再只是一种无关紧要、可有可无的“伴生的文化现象”,②也才能够成为一种负有伟大而崇高的“最高职能和使命”的、与我们乃至一个民族的历史性此在紧密相连的、具有长盛不衰的永恒价值的一种“绝对的需要”,从而为自己的存在找到本质的内在根据。唯其如此,艺术也才能走出现代艺术“沉沦”的历史困境,重新担负起自己的“神圣天职和使命”,重新成为一种与我们的历史性此在之“本真存在”性命攸关的根本性的东西。

总之,由于海德格尔强调探讨“艺术的本质之源”,突出“文艺与此在在世存在的内在的本质关联”,所以“艺术的本质”问题既不再是一个关于名叫“艺术”的存在者的本质的形而上学问题,也不再是一个关于“艺术是什么”的知识论形态的美学或艺术哲学问题,而是一个有关人的历史性此在和存在的意义的生存论—存在论问题。就这样,海德格尔的文艺之思从总体上被纳入了历史性此在的存在及其超越的“存在之思”,成为了其“文艺超越性品格”之思的根本组成部分。

四、诗人、艺术家的天职与天命

基于此在的存在及其超越的存在之思,海德格尔赋予了诗人、艺术家前所未有的崇高天职与天命。这至少涉及四个方面:他们作为“半神”应该担当的天职与天命;他们在“贫困时代”里应该担当的天职与天命;他们作为新的历史、新的开端的“建基者”应该担当的天职与天命;他们作为“存在之家的守护人”应该担当的天职与天命。

关于诗人作为“半神”的天职与天命,海德格尔有过许多精彩的描述或论说。兹略举数例:在1934—1935年作的《荷尔德林的赞美诗〈日耳曼人〉和〈莱茵河〉》讲座中,海德格尔在第二部分第一章谈的便是诗人作为一个“半神(die Halbgötter)”的问题,它的总标题就是:“作为诸神与人类之间的沟通性中

① Heidegger, M. *Holzwege*, Frankfurt: Vittorio Klostermann, 1994, SS. 65-66.

② Heidegger, M. *Holzwege*, Frankfurt: Vittorio Klostermann, 1994, S. 66.

间的半神。诗歌的基本情绪。半神之存有与诗人之天职。"①在 1936 年所作的《荷尔德林与诗的本质》演讲中，海德格尔说："诗人本身处于诸神与民族之间。诗人是被抛出在外者——他被抛入那个之间，即诸神与人类之间。"②在 1939 年始作的《如当节日的时候……》演讲中，海德格尔说："虽然诗人们依其本性归属于神圣者……但诗人们同时也不得不被卷入和被拘囿于现实中。"③在 1943 年所作的《追忆》演讲中，他说："婚礼是那人类与诸神之相遇，那些立于人类与诸神之间且得忍受这个'之间'的人们之血统即来源于此。他们是半神，是必定成为标志的河流(《伊斯特河》)。这些显示者即是诗人。"④又说："半神之本质不过是：谨守诸神与人类之分际。"⑤又说："诗人作为显示者立于人类与诸神之间。他从这个'之间'出发，来思那个高于两者而把两者有所区别地神圣化并作为有待道说的诗歌而为诗人所思者。"⑥"诗人，其天职就是让美的事物在美之筹划中显现出来。"⑦这样的例子还有许多，不一一列举。

总括起来说，在海德格尔看来，诗人作为"半神"，他的天职与天命就是居于诸神与民族之间的那个"之间"，谨守神、人之分际，向他的民族传达诸神的讯息，并歌唱神圣者和美妙事物。

关于"在贫困时代里作为一个诗人的天职与天命"，海德格尔在 1946 年所作的《诗人何为?》中作了论述。他指出，一个彻底失去了神的光辉的照耀和庇佑的时代，就像一个全然没有了星星和月亮的夜晚。当诸神已经远遁而新的神灵又尚未来临之际，世界便进入了夜到夜半的最黑暗时代。随着思与诗分离的日益加剧，计算性思维的四处肆虐，一个技术独裁而思想与诗意贫困的时代来临了。在这样一个时代里，诗人何为？海德格尔回答说：作为终有一死者，诗人庄严地吟唱神圣者，追踪并流连于远逝诸神的踪迹处，从而为其终有一死的同类找寻那通向转变的途径。在这样一个世界黑夜时代里，作一个

---

① Heidegger, M. *Hölderlins Hymnen《Germanien》und《Der Rhein》*, Frankfurt: Klostermann, 1980, S. 163.

② Heidegger, M. *Erläuterungen zu Hölderlins Dichtung*, Frankfurt: Klostermann, 1996, S. 47.

③ Heidegger, M. *Erläuterungen zu Hölderlins Dichtung*, Frankfurt: Klostermann, 1996, S. 64.

④ Heidegger, M. *Erläuterungen zu Hölderlins Dichtung*, Frankfurt: Klostermann, 1996, S. 103.

⑤ Heidegger, M. *Erläuterungen zu Hölderlins Dichtung*, Frankfurt: Klostermann, 1996, S. 105.

⑥ Heidegger, M. *Erläuterungen zu Hölderlins Dichtung*, Frankfurt: Klostermann, 1996, S. 123.

⑦ Heidegger, M. *Erläuterungen zu Hölderlins Dichtung*, Frankfurt: Klostermann, 1996, S. 135.

诗人的意思是：通过他们为世界时代的转变作好准备。这就是说，要出此世界黑夜时代之深渊，必须先有觉此黑夜、入此深渊的人们，事先为诸神和上帝的重返、并能以合乎神的方式栖留所需的转变作好准备。而这又是因为，“只有当存在本身首先并且已经在长期的准备中自行澄明，而且在其真理中已经被经验到了的时候，神圣者才会显现出来”①。所以，“在贫困时代里作为诗人便意味着：吟唱着去摸索已经远逝了的诸神之踪迹。因此诗人能在世界黑夜的时代里道说神圣。”在这样的时代里，“真正的诗人的本质还在于，诗人之全体和诗人之天职出于时代的贫困而率先成为诗意的追问。因此之故，‘贫困时代里的诗人’必须‘特别地诗化诗的本质’”②。根据我的理解，这里主要讲了三层意思：

第一，要在贫困时代里做一个真正的诗人，他必须比他的同胞更早地并且与众不同地深入深渊，找寻早已逝去的诸神的依稀踪迹。在讲《诗人何为?》前 3 年，当海德格尔阐释荷尔德林的赞美诗《追忆》时，曾将这层意思表述为：“为此建基之故，诗人自身必须先行诗意地栖居。”③又说：“诗人的诗意栖居先行于人类的诗意栖居。”④

第二，要在贫困时代里做一个真正的诗人，他必须道说神圣，向他的同样作为终有一死者的同胞传达诸神的“踪迹”和“暗示”，从而使他们踏上“转变”之路，以便为诸神和上帝的“返回”与“栖留”作好“准备”。这就是：用他的诗（艺术）来为人类的历史性此在建基——为人类的诗意地栖居建基。在阐释荷尔德林《追忆》一诗时海德格尔也已经指出过，诗人应当成为“某种人类的历史的奠基者”，“他造就诗意之物，以便作为历史性的人类的栖居之基”⑤；“作诗就是追忆。追忆就是创建。诗人创建着的栖居为大地之子的诗

---

① Heidegger, M. *Wegmarken*, Frankfurt: Vittorio Klostermann, 1996. SS. 338–339

② Heidegger, M. *Holzwege*, Frankfurt: Vittorio Klostermann, 1994, S. 272.

③ Heidegger, M. *Erläuterungen zu Hölderlins Dichtung*, Frankfurt: Klostermann, 1996, S. 89.

④ Heidegger, M. *Erläuterungen zu Hölderlins Dichtung*, Frankfurt: Klostermann, 1996, S. 91. 另：这里所谓“诗人先行于人类”是怎么回事呢？原来在海德格尔那里，诗人乃是居于“诸神”与“终有一死者”之间的“半神”，而且照荷尔德林的意思，诗人应该以“神性的”而不是“人性的”尺度来“度量自身”。

⑤ Heidegger, M. *Erläuterungen zu Hölderlins Dichtung*, Frankfurt: Klostermann, 1996, S. 106.

意栖居指引和奉献基础。”①

第三，要在贫困时代里做一个真正的诗人，他除了必须“诗意地道说神圣”外，还必须“出于时代的贫困”而率先成为“诗意的追问”本身，并因此而“特别地诗化诗的本质”。在这个计算性思维四处肆虐、技术本质（Gestell）施行独裁的贫困时代里，在这个一切秩序都被技术的井然有序敉平为订造制作的“单纯技术的白昼的世界黑夜”里，一切“美妙之物自行隐匿，世界变得不美妙了。因为，不仅作为通往神性的踪迹的神圣处于遮蔽之中，而且就连那通往神圣者的踪迹——美妙之物看上去也全然绝迹了。”②在这样一个贫困时代里，一切都变成了制作物和市场价值，人的本质在“人对存在本身的关系”中也受到了威胁。所以，对于“贫困时代的诗人”来说，“诗的本质是理应受到追问的”，因为他们正是“诗意地追踪他们之有待道说者”的人。③

为上述诸因，诗人必须成为敢于先行“深入存在根基之破碎处”即“存在之深渊”并进行一系列冒险活动的“冒险更甚者”：“存在区域之冒险者”、“语言之冒险者”、“道说之冒险者”、“在不妙中吟唱美妙的冒险者”。他以“美妙之物”召唤着“神圣”并最终将“神”引近，以此为“终有一死者”带来早已消逝在世界黑夜之黑暗中的“诸神之踪迹”、“上帝之讯息”。

此外，在1946年所作的《关于人本主义的书信》中海德格尔还提出，“诗人”应当、而且必须与“思者”一道，担负起“存在家园的守护人”这个神圣的使命和天职。④ 一是作为“绽出—生存者”，“守护存在”和“守护存在之真理”，成为“存在的守护人”；二是保护语言的源初道说力量，抵御“语言之荒芜”和“语言之沉沦”，成为“语言的守护人”（详见本书第二章第四节之第一小节）。而在1963年出版《马丁·海德格尔朗诵荷尔德林》唱片前言中，海德格尔更是通过荷尔德林的作品来暗示，真正的和伟大的诗人、艺术家，他的作品本身就应当成为“终有一死者”必须“去响应”的“一种天命”。他说：“荷尔德林的

---

① Heidegger, M. *Erläuterungen zu Hölderlins Dichtung*, Frankfurt: Klostermann, 1996, S. 151.

② Heidegger, M. *Holzwege*, Frankfurt: Vittorio Klostermann, 1994, S. 295.

③ Heidegger, M. *Holzwege*, Frankfurt: Vittorio Klostermann, 1994, S. 319.

④ 这是该信的核心主题之一。参见：Heidegger, M. *Wegmarken*, Frankfurt: Vittorio Klostermann, 1996, SS. 313–364.

诗对于我们而言乃是一种天命。这种天命期待着终有一死者去响应。"①

在海德格尔看来，唯有像荷尔德林、里尔克、特拉克尔等少数伟大的诗人，以及像梵高、克利等少数伟大的艺术家，才堪称"贫困时代"里真正的诗人、真正的艺术家。唯有他们，才真正担负起了自己的天职与天命。

综上所述，通过对诗人、艺术家的天职与天命的思考，海德格尔赋予了他们前所未有的崇高职责与伟大使命：作为"半神"，他们被置入天空与大地之间、诸神与民族之间，他们命名和吟唱神圣者，向他的民族传达贫困时代人类存在之无庇护性和期待中的上帝终将再次降临的讯息并为之做好期备；作为贫困时代里的诗人、艺术家，他们必须成为先行入于深渊去探寻早已远逝了的诸神和上帝之踪迹的"冒险者"、在不美妙的世界黑夜时代里吟唱美妙之物的"歌唱者"、先行诗意地栖居并为新的历史新的开端建基的"先驱者"；作为存在之思的"诗意追问者"和语言源初道说力量的"保护者"，他们必须成为存在之家的"守护者"。毋须赘言，海德格尔的上述思考集中地直接体现了他的文艺之思中的"源初道德之维"，并因此而成为了他关于"文艺的超越性品格"之思中又一个非常重要的组成部分。

五、诗人思者的特殊使命

在海德格尔的文艺之思中，也涉及对"诗人思者的特殊使命"的思考，并构成他关于"文艺的超越性品格"之思的重要组成部分。关于"诗人思者的特殊使命"，海德格尔至少谈到了这么五个方面：

第一，与贫困时代的诗人、艺术家一道，冒险先行入于深渊。在《荷尔德林与诗的本质》和《诗人何为?》中，海德格尔都只谈了真正的诗人是"比其他人更早地并且与众不同地入于深渊"的人，没有谈及真正的思者是否也是这样的人，但这是不言而喻的。以海德格尔本人为例。从他所谓"思—诗同源"和强调他与荷尔德林"非此不可"的"必然"的"互释关系"来看，这应该是题中应有之义。此外，从《存在与时间》等著作来看，海德格尔自己就是一个"先行入于深渊"的思者。据载，海德格尔的就职演讲《什么是形而上学?》就曾让

---

① Heidegger, M. *Erläuterungen zu Hölderlins Dichtung*, Frankfurt: Klostermann, 1996, S. 195.

他的学生们"好像看到了世界的根底";[1]1929 年,海德格尔与卡西尔在达沃斯会议上曾经爆发过一场激烈的"形而上学白刃战",原因就在于:卡西尔主张通过文化来对意义进行奠基工作、通过艺术作品内在的必然性和持久性来战胜人类生存的偶然性和短暂性,而海德格尔却试图"把基地做成无底深渊",将人逼进"对无居所性的畏惧"之中。[2] 海德格尔的基础存在论哲学,一言以蔽之,就是一种深入深渊、面向黑夜、拒绝安慰和梦境的哲学。

第二,通过"思与诗的对话"式阐释,使伟大的诗、伟大的艺术作品为人所识。这不难理解。在阐释《还乡——致亲人》中,海德格尔说:"必须首先有思想者存在,作诗者的话语方式方成为可听闻的。"[3]在《对荷尔德林诗的阐释》第二版《前言》中,海德格尔明确宣称:"这些阐释乃是一种思与一种诗的对话。"因为,荷尔德林诗歌之"历史唯一性"是"绝不能在文学史上得到证明的",唯有"通过运思的对话能进入这种唯一性";[4]在他本人所作的小诗《暗示》(被编进诗文集《出自思的经验》)中,海德格尔又说:"思者愈稀少,诗人愈寂寞。"[5]在此观念影响下,无论是阐释荷尔德林还是特拉克尔、格奥尔格等人的诗歌(甚至包括别的文艺作品),海德格尔统统都采取了"思与诗的对话"的言说方式来进行。

第三,思者以其思为人的"诗意地栖居"等开辟道路。海德格尔虽然认为"一个个人从思想方面做不到把世界整体看得这样透,以至于能够给出实践的指示"[6],可是,"思想并不是无所作为,而是自己在自身中行动,这种行动是处于与世界命运的对话中。在我看来,从形而上学产生出来的理论与实践的区别和二者之间的转化的想法阻塞着洞察我所理解的思想的道路。也许我可以在此指出我讲的一门课程,这门课程已于 1954 年以《什么叫思?》的书名出版。恰恰这部书是我发表过的一切著作中最少被人阅读的一部,这件事或许

---

① 吕迪格尔·萨弗兰斯基:《来自德国的大师——海德格尔和他的时代》,靳希平译,商务印书馆 2007 年版,第 229 页。

② 吕迪格尔·萨弗兰斯基:《来自德国的大师——海德格尔和他的时代》,靳希平译,商务印书馆 2007 年版,第 242 页。另:此处"无居所性"乃"无家可归状态"的别译。

③ Heidegger, M. *Erläuterungen zu Hölderlins Dichtung*, Frankfurt: Klostermann, 1996, S. 30.

④ Heidegger, M. *Erläuterungen zu Hölderlins Dichtung*, Frankfurt: Klostermann, 1996, S. 7.

⑤ Heidegger, M. *Aus der Erfahrung des Denkens*, Frankfurt: Klostermann, 1996, S. 222.

⑥ 孙周兴编:《海德格尔选集》,三联书店 1996 年版,第 1315 页。

也是我们时代的一个标志。"又说:"我不把人在行星技术世界中的处境看成是不可解脱不可避免的宿命,而是恰恰认为思想的任务,能够在它的限度之内帮助人们与技术的本质建立一种充分的关系……一种真正明显的关系。"①大卫·库尔珀指出:"海德格尔总是努力从过去的思想或诗歌中追溯出一些当前时代对之视而不见的可能性"②,他相信,"他的那种精英型的思者有助于为一种超出当今可能性的栖居准备条件"③。虽然"海德格尔式的思者不在任何细节上充当建议者的角色",但借助思之"开放性和接受性的精神",思者可以承担起一项独特的使命,那就是:"对人与本成事件之间的关系进行沉思,并实现它。它是'人的一种解放,即从我在《存在与时间》中所称的此在之沉沦中解放出来'。"④

第四,存在之思是文艺之思的源泉与指归,而思者乃是存在之思的受托者。在1943年写作的《〈什么是形而上学〉后记》中,海德格尔写道:"存在是不能像存在者那样对象性地被表象和建立的。这个与一切存在者绝对不同的东西,乃是不一存在者(das Nicht-Seiende)。"⑤但作为一种"恩典","存在已经在思想中把自己转让给人的本质了,因而人在与存在的关联中承担起存在的守护。开端之思乃是存在之恩的回应,在其中,唯一者开显并让这件事发生:存在者存在。"⑥在此过程中,"思想,顺应存在之呼唤,寻求存在之真理能借以通达语言的词语。唯当历史性的人的语言源出于这些词语,它才顺理成章……存在之思守护词语,并在小心翼翼中完成其天职。"⑦"思者道说存在。诗人命名神圣者。当然,从存在之本质来思考,作诗、谢恩和运思是如何相互指引又分离开来的,这个问题在此必须得放一放。或许,谢恩与作诗以不同的

---

① 孙周兴编:《海德格尔选集》,三联书店1996年版,第1311—1312页。

② 大卫·库尔珀:《纯粹现代性批判——黑格尔、海德格尔及其以后》,臧佩洪译,商务印书馆2004年版,第296页。

③ 大卫·库尔珀:《纯粹现代性批判——黑格尔、海德格尔及其以后》,臧佩洪译,商务印书馆2004年版,第298页。

④ 大卫·库尔珀:《纯粹现代性批判——黑格尔、海德格尔及其以后》,臧佩洪译,商务印书馆2004年版,第298—299页。另:这段文字中的"本成事件"原文为"Ereignis",本书译为"己成";其动词形式译为"成己"或"成其自身"。

⑤ Heidegger, M. *Wegmarken*, Frankfurt: Vittorio Klostermann, 1996, S. 306.

⑥ Heidegger, M. *Wegmarken*, Frankfurt: Vittorio Klostermann, 1996, S. 310.

⑦ Heidegger, M. *Wegmarken*, Frankfurt: Vittorio Klostermann, 1996, S. 311.

方式源出于开端之运思，它们需要、却又尚不能自为地成为一种运思。”①

第五，与诗人一道，共同成为“存在之家的守护人”。在《关于人本主义的书信》中，海德格尔明确提出了“语言是存在之家，人居住在语言之家中，思者和诗人是这个家的守护者”②。这一点在本书第二章第四节的第一小节中已有详细论证，在此不再重复。

总之，在海德格尔的文艺之思中，能够以诗意的方式与伟大的诗人、艺术家对话的“诗人思者”被赋予了一种特殊使命：他们不仅同样是先行入于人类存在深渊的“冒险者”，同样是在世界黑夜（贫困）时代里去探寻早已远逝了的诸神和上帝之踪迹从而表达“期待上帝之思”的神圣者之“命名者”和“道说者”，单纯技术白昼时代的“忧思者”及其救渡之路的“寻求者”；而且还是通过“思与诗的对话”将伟大的诗人和伟大的艺术家未曾道出的那首“独一的诗”道出，从而使之变得可以听闻、可以理解的“阐释者”，呼吁响应伟大诗人或伟大艺术家所昭示的“存在之天命”、实现精神还乡的“热切召唤者”，协助诗人或艺术家“先行诗意地栖居”从而为新的历史、新的开端建基的“道路开辟者”，文艺之思的源泉——存在之思的“受托者”和语言之源初道说力量的“保护者”，以及与诗人一道共同成为存在之家的“守护者”。就这样，海德格尔对“诗人思者的特殊使命”的思考，也构成他关于“文艺的超越性品格”之思的重要组成部分。

第六节 对“美学”、“艺术哲学”的学科观念和研究范式的重新考量

但完成了的一切
都归本于源初
——里尔克

基于“源出于存在而通达于存在之真理”的“存在之思”，海德格尔对“美

① Heidegger, M. *Wegmarken*, Frankfurt: Vittorio Klostermann, 1996, S. 312.

② Heidegger, M. *Wegmarken*, Frankfurt: Vittorio Klostermann, 1996, S. 313.

学”、“艺术哲学”的学科观念和研究范式重新进行了考量，并且同样构成了其关于“文艺的超越性品格”之思的重要组成部分。

首先，正如部分中外学者所指出的那样，海德格尔诗学思想中确实有“克服”甚至“终结”所谓“美学”的倾向。① 但我个人认为，这种倾向针对的乃是作为“科学知识形态”的“美学”或“艺术哲学”。一言以蔽之，海德格尔试图“克服”和“终结”的乃是那种将一切思想“名词化”和“命题化”的思维模式，目的是要让思想重新回复到那种动态生成的、缘起的、思—诗同源的、不断涌现的、开放性的运思状态之中。一句话，海德格尔的主要思想是反对那种自然科学、生理—心理科学意义上的“美学”或“艺术哲学”的学科观念和研究范式。这方面的重点资料集中在《尼采》第一卷和《林中路》等论著当中，具体内容也不很多。

其次，海德格尔之所以坚决反对传统的“美学”观（“艺术哲学”观），是因为在他看来，这样的“美学”观念与“逻辑学”、“伦理学”的构成“相一致”，它关注的“始终是知识”。② 从词源学上讲，所谓“美学（αισθητικη επιστημη）”一词的本义是“感性学”，它被视为“关于人类的感性、感受和感情方面的行为以及规定这些行为的东西的知识”。这样的“美学”观具有如下特征或缺陷：第一，这种“知识化倾向”的“美学”是建立在许多错误的基本假定基础之上的，如：只关注“情感状态”的同时却又将其变成科学认识的对象（海德格尔说“美学”即“感性逻辑学”）；在“对艺术的沉思”中将“美”视为决定性因素，将“艺术作品”视为“美”的“载体”和“体验”的“激发者”；忽视人们对待“美学”、对待“艺术”以及“艺术”自身对历史的构成作用的历史性等

① 国内学者中，至少余虹先生《思与诗的对话》、孙周兴先生《我们时代的思想姿态》中谈及于此。另据孙周兴先生介绍，德国柏林 1990 年出版的《海德格尔研究》第六卷发表的论文中，有学者甚至认为早在 1934、1935 年间，海德格尔在手稿中就已经形成了这个主题（参见孙周兴：《我们时代的思想姿态》，东方出版社 2001 年版，第 143 页）。但我认为，海德格尔试图“克服”和“终结”的乃是一种思维模式，不管它反映在“哲学”、“美学”还是别的什么“学”中。此外，即使“终结美学”的主题的确很早就形成了，但在海德格尔生前发表的论著和演讲中并未明确出现，这至少证明海德格尔在表达这个主题上是有所保留的。

② 譬如：“逻辑学”即关于“逻各斯”，亦即关于“思维”（“思维形式和思维规则”）的知识；“伦理学”即关于“伦理”，亦即关于“人类的内在态度及其对人类行为的规定方式”的知识。参见：Heidegger，M. *Nietzsche* I，Pfullingen：Günther Neske，1961，S. 92.

等。① 第二,这种"知识化倾向"的"美学"实际上毫无用处:它无助于我们对"艺术"本身的理解和评价,尤其无助于艺术创作和一种可靠的艺术教育。② 第三,这种"知识化倾向"的"美学"将"关于艺术的知识"转变成"关于艺术史的纯粹事实的经验和研究";将"诗歌研究"变成了"语文学研究";将"感情状态"变成了"人们可以对之进行试验、观察和测量的自行出现的事实",从而使"美学"变成了"以自然科学方式工作"的"心理学"、"生理学"等等。③ 第四,这种"知识化倾向"的"美学"的根本迷失在于,它遗忘了文艺的存在之根和存在目的,将文艺当做一个"为其自身之故而存在"的自足的研究对象——知识的对象。

再次,那么在海德格尔看来,真正的"美学"和真正的"艺术哲学(对文艺的沉思)"应当如何呢?他的回答是:"为一种对历史性此在的伟大的自我沉思服务(der Dienst einer groβen Selbstbesinnung des geschichtlich Dasein)。"④在《尼采》第一卷中,海德格尔明确要求对艺术、对艺术史等等的研究不能只是"为其自身的缘故而存在",而必须"为一种对历史性此在的伟大的自我沉思服务"。在我看来,其实海德格尔对传统美学家、艺术理论家或艺术史家的批评,根源都可以归结到一点:这样的研究越来越远离人类的历史性此在,无法担当起"为一种对历史性此在的伟大的自我沉思服务"这一根本使命。

为此,海德格尔坚决反对那种关于"美"、关于"艺术"的形而上学或自然科学模式的"美学"或"艺术哲学",即一种现成性的、僵硬的、知识形态化的"美学"或"艺术哲学",因为这样的研究越来越把"艺术"、把"诗"视为技术分析的对象,纳入计算性知识的范畴。海德格尔要求把传统形而上学的"工具理性思维"转向"存在性思维":一种源于人生的源初体验视野的开放性、展示性思维,一种"让……如其所是地显现"而非"褫夺"性的思维,一种"纯境域构成"的思维。这实际上是强调存在者本质的"非现成性"、"生成性"识度的一种思维方式。强调"历史性此在"之"此(Da)"本身。这里的"此"就是存在者

① Heidegger, M. *Nietzsche* I, Pfullingen: Günther Neske, 1961, SS. 92-93.

② Heidegger, M. *Nietzsche* I, Pfullingen: Günther Neske, 1961, S. 94.

③ Heidegger, M. *Nietzsche* I, Pfullingen: Günther Neske, 1961, SS. 93-145.

④ Heidegger, M. *Nietzsche* I, Pfullingen: Günther Neske, 1961, S. 107.

本质得以生成的“境域”，存在者的本质都是“纯境域构成”①的。“美”、“艺术”同样如此。所以，在海德格尔本人的诗学、艺术哲学著作中，我们几乎找不到传统诗学或美学中那种已经被静态化、现成化和知识形态化了的“范畴定义”，而只能找到许许多多充满张力和动态生成性的“思想图几”；我们也几乎找不到传统诗学或美学中那种对某个问题的唯一的、终极（结）性的“答案”，而只能看见层层推进而又环环勾连的“追问”，以及伴随着这些追问而不断涌现出的“思想的缘发境域”，和不断开辟出的一条条新的“道路”。

为此，在1966年回答《明镜周刊》记者问时，海德格尔还曾忧心忡忡地感叹：“今天各种科学已经接管了迄今为止哲学的任务。”②即是说，如今“美学”、“艺术哲学”还面临着被各种经验科学消解和取代的危险。在他看来，“提建议这个传统的哲学功能已经结束了。哲学已耗尽了建议以之为基础的形而上学根据，而他所提倡的那种具有独特先验步骤的新的思也不会达到任何根据。科学已占据了寻找原则和提出建议这个角色，尽管……它是以对人与其使命之间真实关系的一种有限性的理解为基础的。”③

此外，据海德格尔看来，对“艺术本质”的追问之所以长期不能令人满意，除了是因为形而上学的思维惯性使得追问者们错认了“美学”、“艺术哲学”首先应当追问的基本问题——将“艺术是什么”即“艺术的本质”而非“艺术的本质之源”作为首先应当追问的基本问题之外；更直接的原因还在于那种源于现成性思维方式并以此为特征的知识论形态的“美学”、“艺术哲学”观念和与之紧密相关的经验—实证科学观念的局限。

从整个西方艺术思想发展史来看，占支配地位的始终是那种知识论形态的“美学”和“艺术哲学”观念。这种形态的“美学”和“艺术哲学”不仅不经审视地将各种经验—实证科学作为自己的思想资源，而且还自觉不自觉地总是以经验—实证科学作为自己追求的目标和范本。尽管它们也不断地抛出一个个关于“艺术本质”的看法和洞见（自然都是以“艺术是……”的样式表述的个人的“意见之道”），但它们无疑都以总结积累所谓艺术“规律”、“法则”和“技

① 借用张祥龙先生《海德格尔思想与中国天道》（三联书店1996年版）中的概念。

② 孙周兴编：《海德格尔选集》（下册），三联书店1996年版，第1308页。

③ 大卫·库尔珀：《纯粹现代性批判——黑格尔、海德格尔及其以后》，臧佩洪译，商务印书馆2004年版，第298页。

巧”等艺术经验为主要职责。柏拉图及其以前的艺术理论家们多多少少还比较重视艺术创作中来自“神”的“灵感”因素,但从亚里士多德的《诗学》开始,艺术创作越来越被看成一门可以通过传授、学习和训练而获得的特殊“知识”和“手艺”。因此古希腊人不仅将“自然”之外的一切都视为“艺术”,还曾用同一个词来表示“技艺”和“艺术”,用同一个词来称呼“工匠”和“艺术家”;古罗马和中世纪时期虽然从 ars(艺术)中分割出了“septem artes liberales(七门自由艺术)”即天文学、几何学、算术、音乐、语法学、修辞学和逻辑学,占主导地位的显然依旧是“知识学问”和“实用技艺”;文艺复兴时期的许多伟大艺术家(尤其是画家和雕塑家)都自称“工匠”,并将自己的创作室和授徒传艺之地称为“工场”或“作坊”;17 世纪的古典主义者标举的是艺术创作必须遵守的“理性法则”和各种“清规戒律”(如戏剧创作的“三一律”);18 世纪虽然出现了“the fine arts(美的艺术)”这一概念,康德等人也重新强调艺术创作是一种“天才”的特殊创造活动,但“美学”却被它的创始人明确定义成了“感性认识的科学”(见鲍姆嘉登《美学》),而当各种“美的艺术”进入现代大学学科建制以后,在被越来越“体系化”、“精细化”的同时显然也被越来越“专业化”和“技术化”了。19 世纪下半叶以后,传统的“艺术”观念虽然先后受到了各种“现代主义”和“后现代主义”思潮的毁灭性冲击,但影响最为深广的黑格尔美学不仅将艺术明确定义成“理念的感性显现”,而且还将世界艺术发展史纳入了他的“绝对理念”按“正—反—合”规则作机械运动的形而上学框架之中;以威廉姆·狄尔泰为代表的诗歌研究变成了“语言学”分析,以雅各布·布克哈特、丹纳为代表的艺术史研究变成了“历史学”清理,结果把对艺术的感知变成了一种纯粹事实的经验和说明,一门越来越专业化的科学知识;各种心理学美学流派则更是把艺术审美中人的感情状态变成了自行出现的、人们可以对之进行实验、观察、测量的事实,一种神经系统的激动、身体的状态。“艺术”和“诗”成了技术分析的对象,统统被纳入了“生理科学”和“心理科学”的计算性知识领域。到了 20 世纪,精神分析学派将艺术视为艺术家个体无意识或者人类集体无意识的表现,把艺术研究引向了对艺术家个人生平事迹和内心隐秘的“深层心理学”分析或者各民族神话原型的“历史文化学”研究;俄国形式主义者和英美新批评家们大多原本就是“语言学家”,所以他们始终紧扣“文学作品语言的文学性”这个中心力图探讨出一套操作性很强的文学阅读和批评的技巧与技法;结构主义者和符号学美学家们虽然不乏"文化人类学者"或者"文化哲学家",但"语言学"是这两种思潮的共同源头之一;现象学美学家们的祖师爷胡塞尔原本就力图建立"作为严格科学的哲学",所以他们要么追求对审美经验现象作出科学的描述(如杜夫海纳),要么追求对文学艺术作品结构层次作出科学的划分(如罗曼·英伽登);阐释学和接受美学家们虽然也探讨"作品"与"文本"的区别、"作品意义的生成"等问题,但关注的重心却是"阅读的期待视野"、"理解的合理差异"、"视域融合"等有关"艺术接受"方面的问题;女性主义、新历史主义、生态批评、文化研究等文艺思潮则一心致力于某些传统思想观念的摧毁与重建。至于分析哲学家和解构主义者,他们干脆宣布"艺术"是一个不可定义的"开放性概念"(如维特根斯坦),追问"艺术的本质"是毫无意义的徒劳之举,因为在文艺作品中只能看见"能指的游戏"、"痕迹"的不断"改写"与"擦拭"、意义的一味"延异"和"撒播"(如德里达)。总之,源于西方形而上学根深蒂固的现成性思维方式,在整个西方艺术思想发展史上占统治地位的,始终是知识论形态的"美学"和"艺术哲学"。在这样一种深受经验—实证科学观念左右的"美学"和"艺术哲学"观念影响下,艺术思想家们要么不把探索的重心放在对"艺术本质"的追问上,要么仅仅以"艺术是……"的样式抛出一些个人"独断"的形而上学命题,要么干脆彻底否定对"艺术本质"的追问本身。简单回避或者粗暴否定对"艺术本质"的追问,既缺乏足够根据也不解决实际问题,这已无需多说。两千多年的历史经验还告诉我们,将"艺术"问题视为一个纯粹的专业技术知识问题,意味着从思想的开端处即已误入歧途;将"艺术本质"置于深受经验—实证科学观念影响的知识论形态的"美学"和"艺术哲学"框架下去追问,原本就是不恰当的方式。这是因为:艺术作品毕竟不是一般存在者,艺术终究不同于技术,不能成为技术分析和科学知识的对象;更重要的是,知识论形态的"美学"和"艺术哲学"采用的那种现成性思维方式,根本就不适宜于追问"艺术本质"。因为,艺术既非某种现成之物,也无什么既定本质。用海德格尔的话说,"艺术在艺术存在中成其本质"。即是说,艺术存在先于艺术本质,艺术本质于艺术存在中生成。因此,试图用现成应对生成,以有限规范无限,自然圆凿方枘,扞格不入。更何况,离开了艺术存在的本质之源,"艺术"必将成为一个偶然伴生且可有可无的空洞概念。由此可见,运用一种现成性的思维方式注定会错失生成性的“艺术本质”。我们唯有超越知识论形态的“美学”、“艺术哲学”和与之相关的经验—实证科学观念的束缚，改换一种生成性的思维方式，从分析艺术存在的本质之源开始，重新踏上一条追问“艺术本质”的道路。①

综上所述，海德格尔要求从根本上明确，一切“美学”和“艺术哲学”归根结底必须“为一种对历史性此在的伟大的自我沉思服务”，它们首先应当追问的基本问题是“艺术的本质之源”；对它们的学科观念和研究范式的认识和设定同样必须源出于历史性此在的存在及其超越，而不是寻求一些僵硬的、个人独断的有关文学或艺术的所谓“知识”。质言之，海德格尔将它们同样纳入了“存在之思”的范畴去考量，因此，海德格尔在这方面所作的沉思，依然归属于他有关“文艺的超越性品格”的思想系统，并成为了其中一个有机的组成部分。

以上就是海德格尔关于“文艺的超越性品格”之思的基本理论系统。在以往的海德格尔诗学、艺术哲学研究中，这个系统中的某些基本概念、基本命题和基本问题等虽然多多少少已被触及，但由于它们未被从根本上整体纳入“历史性此在的存在及其超越”这一“存在之思”、“本源之思”的视野下进行观照，加之海德格尔对“伟大的诗”、“伟大的艺术”的终生热爱和阐释以及对“伟大的艺术在现代的沉沦”的忧思，对“知识化”、“专业技术化”文学艺术研究范式和美学观念的批判等等背后所传达的对“文艺的超越性品格”的诉求并未受到充分重视，他对“文艺的超越性品格”的三大基本维度的揭示也尚未得到系统清理，这就决定了海德格尔的诗学思想系统没有、也不可能得到完整把握和准确理解。

至此，我也顺便谈谈我个人对海德格尔诗学思想的时代性属的理解。目的有两个：一是给海德格尔诗学、艺术哲学思想的时代属性作出一个解释，以作为清理海德格尔关于“文艺的超越性品格”之思的一个总结；二是为了解决曾经长期萦绕在我心中（当然也可能成为本文读者心中）的一个困惑，那就是：众所周知，海德格尔经常被阐释成一个“后现代思潮的先驱”（从其思想的言述和影响来看，这一判定有相当根据），而“后现代思潮”却是明确主张“取

---

① 关于这个问题的详细论证，请参阅拙文：《论追问艺术本质方式之误——海德格尔艺术本质之思的启示与局限》，《学术月刊》，2007 年第 11 期。

消规范性叙述”、“敉平价值等级之分”的，那么，一个“后现代思潮的先驱”何以会产生关于“文艺的超越性品格”这样一种具有明显的理想价值设定、价值取向规范的思想？

第七节　海德格尔诗学：现代、前现代与后现代之间

你轻松而有力地飞架于河流之上
将天地诸神聚集为四周美丽的风景
来回伴送着终有一死者抵达彼岸

毫无疑问，关于“文艺的超越性品格”之思属于典型的“现代性”思想的范畴。至此，有一个问题必须面对：作为“后现代思潮的先驱”的海德格尔，何以会产生丰富的关于“文艺的超越性品格”的思想？这个问题曾经长时间困扰过我的心智。经过较长时间的阅读和思考，我现在对此有了一个基本的看法：与其哲学思想一样，海德格尔诗学思想是一座原料和结构都十分复杂的桥梁。它居于“现代”、“前现代”与“后现代”之间。

诚然，海德格尔对西方“柏拉图—尼采”的形而上学传统及其各种流俗之见都体现出了毫不妥协的决裂姿态，尤其是对以笛卡尔、康德、黑格尔等为代表的“der moderne Subjektivismus（现代主体主义）”哲学和奠基于其上的以“主体天才创造论”为核心的“现代主体主义”美学—艺术哲学进行过深刻有力的批判，并至迟在1919—1921年间所作的《评卡尔·雅斯贝尔斯〈世界观的心理学〉》一文中就已从现象学的角度提出了“Destruktion（解构）”概念①，继而还发明了“改写”、“涂抹”（如将其哲学基本概念“Sein”改写为古高地德

① Heidegger，M. *Wegmarken*，Frankfurt：Vittorio Klostermann，1996，S. 34；此外，1927年出版的成名作《存在与时间》导论部分第六节题为“解构存在论历史的任务”，即“以存在问题为线索，把古代存在论传下来的内容解构成一些源始经验——在这些源始经验中，最初及后来起着主导作用的存在之规定方得以获致”。参见：Heidegger，M. *Sein und Zeit*，Tübingen，1993，S. 19、S. 22）；同年夏季学期所作的马堡讲座《现象学之基本问题》导论部分第五节中，海德格尔在谈到“现象学方法的三个基本环节”：“还原”（Reduktion）、“建构”（Konstruktion）和“解构”（Destruktion）。参见：Heidegger，M. *die Grundprobleme der Phänomenologie*，Frankfurt：Vittorio Klostermann，1975，SS. 26-32.

语的“Seyn”,并画上“×”)等“解构主义”表达策略,对德里达、福柯产生了直接而深刻的影响(这一点在上世纪80年代法国学术界已成为广泛的共识,尽管德里达本人强调他与海德格尔的差别是两个哲学家、两种哲学、两种书写之间无限小的但却具有根本性的差别)。仅从这个角度上说,某些“后现代”理论家(如大卫·莱昂)及其拥护者(如韦尔施)乃至个别的反对者(如哈贝马斯)等等都将海德格尔和尼采一同列为“后现代思潮的先驱”,是有一定根据的。

但另一方面,一个不容忽视的事实是:海德格尔思想(包括诗学思想)具有深刻的复杂性和明显的过渡性,而且大体以1930年发表《论真理的本质》为界,前、后期思想还发生过很大的变化。本书不打算对此作出全面系统的分析、论述,只列出如下几点作为简单提示:

第一,与德里达、福柯、利奥塔、波德里亚等激进的“后现代”思想家们相比较,海德格尔的思想无疑具有明显的过渡性色彩,尤其是在艺术哲学和诗学思想方面。或许正因为如此,杰姆逊在其《文化转向》一书中明确称其为“最后的现代主义者”,①库尔珀在《纯粹现代性批判》一书中也将其与黑格尔一道作为“纯粹现代性”的代表来加以评论。事实也是如此。举例来说,众所周知,“主体主义”是“现代性”哲学思想的根基和主要特征之一,我们不妨以此为例。从其哲学文本来看,海德格尔虽曾一直致力于批判自笛卡尔以来的“现代主体主义”(亦称“主体的主体主义”或“绝对的主体主义”),但许多立场、观点并不完全相同的研究者们却都一致认为:海德格尔的代表作《存在与时间》依然陷入了“主体主义”。如美国环境哲学家米歇尔·齐默尔曼认为,“人类中心主义”和“意志主义”是“主体主义的近亲”,而这样的“主体主义是海德格尔早期著作的基本特征”;②波士顿大学教授劳伦斯·E.卡洪虽不认同齐默尔曼的上述说法(因为在他看来,海德格尔的主体主义乃是一种“非自我主义的主体主义”、一种“没有主体的主体主义”),但同样认为“主体主义因素

① 杰姆逊著:《文化转向》,胡亚敏译,中国社会科学出版社2000年版,第127页。

② 参见:劳伦斯·E.卡洪:《现代性的困境——哲学、文化和反文化》,王志宏译,商务印书馆2008年版,第223页。

在海德格尔思想中占据核心地位，并且给他的哲学带来了许多严重的自恋问题”。[①] 那么，诸如此类的批评是否“误读”或者“冤枉”了海德格尔呢？大可不必担忧。因为在《尼采》第二卷和《走向思的实情》中，海德格尔本人也曾多次自责早年写作的《存在与时间》实际上不但没有把想批的“主体主义”批倒，反而还在某种程度上强化了这种倾向。[②] 事实也是如此，虽然《存在与时间》中改换或去除了许多“现代主体主义哲学”概念、术语或表达方式，但他在其中所赋予“此在”的相对于其他“诸存在者”、甚至相对于“存在的真理”的“优先地位”等，都透露了这一点。[③] 再从其艺术哲学和诗学文本来看，海德格尔对“艺术作品的本源（本质之源）”、“世界黑夜时代里诗人何为”这样一些严肃问题的追问，对“伟大艺术家”及其“伟大作品”的推崇和坚持不懈的阐释等等，其背后显然都具有明确的价值理想设定、价值判断和价值取向，从而带有浓郁的“现代性”甚或“前现代性”（而非“后现代性”）色彩。

第二，尽管现今许多关于“后现代性”的讨论都把海德格尔思想作为源头来提及，在美国或其他地方，海德格尔偶尔还被视为“第一个后现代主义者”；但海德格尔本人并未使用过“后现代”一词，[④]他的“Destruktion”概念也更多地是在“现象学意义”上使用的，用他本人的话说，“现象学的解构”乃是与“现象学的还原”和“现象学的建构”在内容上“共属一体”的，并且“必须在它们的共属性中得到阐明”。首先，海德格尔明确宣称，这种意义上的“解构”乃是“对被传承的、必然首先得到应用的概念的批判性拆除（一直拆除到这些概念所由出的源泉）”，而且只有通过这样的“解构”，才能在现象学上充分保证这

① 参见：劳伦斯·E.卡洪：《现代性的困境——哲学、文化和反文化》，王志宏译，商务印书馆2008年版，第223页。

② 分别参见：Heidegger, M. *Nietzsche* II, Pfullingen: Günther Neske, 1961, S. 194; Heidegger, M. *Zur Sache des Denkens*, Tubingen: Max Niemeyer, 1988, S. 61.

③ 的确，《存在与时间》中有许多如下之类的论断，兹略举两例：“森林是林场，山是采石场，河是水力，风是‘扬帆’之风”；“唯当真理在，才‘有’存在……而唯当此在在，真理才在”（分别参见：Heidegger, M. *Sein und Zeit*, Tübingen: Max Niemeyer, 1993, S. 70、S. 230）。当然，这些思想在1946年写完《尼采》第二卷时已发生了根本改变，在同年写作的《关于人本主义的书信》中，海德格尔已明确提出：“人不是存在者的主人。人是存在的守护者。”（参见：Heidegger, M. *Wegmarken*, Frankfurt: Vittorio Klostermann, 1996, S. 342）

④ 马泰·卡林内斯库：《现代性的五副面孔——现代主义、先锋派、颓废、媚俗艺术、后现代主义》，顾爱彬、李瑞华译，商务印书馆2002年版，第291—292页。

些“概念的纯正性”。因此,“其含义并非否定、并非把传统判为一无所有,而恰恰相反是对传统的实际的继承”①。所以,孙周兴先生指出,海德格尔的“‘解构’并不完全是消极的、破坏性的”;②丁耘先生也强调,不宜将海德格尔的“Destruktion(解构)”概念与法国哲学中相应的“deconstruction(解建构)”概念相混淆。③ 而在我看来,海德格尔的“Destruktion(解构)”概念的核心内涵乃是“去蔽”,即力求“去掉”或者“拆除”覆盖、凝结在那些基本概念上的“遮蔽性”的东西,从而使之“返回”到其前理论的、非知识论的、境域构成性和动态运作性的“源始经验”,其主旨乃是一种现象学意义上的“还原性建构”;④而德里达、福柯等法国“后现代”、“解构主义”哲学家的“deconstruction(解建构)”概念则不仅要求“去掉”或者“拆除”那些“遮蔽性”的东西,而且要求彻底消解整个传统形而上学思维方式及其结构。譬如,前期德里达就曾公开宣称,“一切都可以解构,唯有解构本身是不能解构的”。两者在指归和激进程度上显然相去甚远。其次,在海德格尔诗学中,从正面意义上使用的“Sein(存在)”、“Wahrheit(真理)”、“Wesen(本质)”之类的“现代性”甚或“前现代性”概念,还是随处可见的;⑤而德里达则要求消解一切“本质主义”的、“逻各斯中心主义”的东西,甚至包括“语言”本身。再次,在海德格尔诗学中,“语言”、

① 参见:海德格尔:《现象学之基本问题》,丁耘译,上海译文出版社 2008 年版,第 26—27 页。

② 参见:海德格尔:《路标》,孙周兴译,商务印书馆 2000 年版,第 40 页“译注”。

③ 参见:海德格尔:《现象学之基本问题》,丁耘译,上海译文出版社 2008 年版,第 27 页“译者注”。

④ 譬如海德格尔《存在与时间》中提出的所谓“解构存在论历史的任务”:“以存在问题为线索,把古代存在论传下来的内容解构成一些源始经验”,其实质就是一种“还原性建构”,即在一种去蔽式“现象学解构”、“现象学还原”的基础上实现的“现象学建构”。正如孙周兴先生在解释这段话时所说,“所谓‘对存在学历史的解构’乃是对构成存在学历史之基础的源始经验的源始居有(Aneignung)”。参见:海德格尔:《路标》,孙周兴译,商务印书馆 2000 年版,第 40 页“译注”。补充解释一下:孙先生这里所说的“存在学”与上文所引“存在论”(旧译“本体论”)是对同一个词(Ontologie)的不同翻译。

⑤ 不仅如此,海德格尔也并未弃用“Subjekt(主体)”、“Subjektivität(主体性)”这类概念术语本身,他反对的只是“片面主体主义”的提问、理解或思入问题的方式。因为在他看来,“或许哲学必须始于‘主体’(即从‘主体’出发,或者说,将‘主体’的存在规定为哲学问题域的出发点——笔者注),并以其追问最终回溯到‘主体’,但它仍然可以不用片面主体主义的方式提问”。参见:Heidegger, M. *die Grundprobleme der Phänomenologie*, Frankfurt: Vittorio Klostermann, 1975, S. 220.

尤其是“诗性语言”还是具有“本真的道说”力量的；而德里达则只讲“能指”的“游移”或“游戏”、“意义”的“延异”和“撒播”，只讲“文迹学”：强调“改写”、“涂抹”或“擦拭”。或许正因为如此，所以在激进的德里达看来，海德格尔的哲学依然是一种“在场的形而上学”，①海德格尔乃是“最后的形而上学家”。既然如此，德里达眼中的海德格尔生存论—存在论诗学自然也就是奠基于“在场的形而上学”基础之上的诗学了。

第三，虽然海德格尔的确坚决反对“现代主体主义”哲学、美学（含艺术哲学和诗学）观念，但他“反现代”的立场和指归却带有浓郁的“前现代”背景。据萨弗兰斯基《来自德国的大师——海德格尔和他的时代》一书记载，早在1909年，年仅20岁、刚刚作为弗莱堡神学寄宿学院候补学生的青年海德格尔，即受神学家卡尔·布莱克的影响而产生了“反现代主义”的思想倾向，并成为了天主教青年运动中一个反现代主义团体——“格拉尔社（Gralsbund）”的成员。但值得注意的是，“这个圈子里的人们，梦想着诺瓦利斯式的浪漫主义的中世纪，对施蒂伏特（19世纪奥地利作家，崇尚古希腊文化艺术——笔者注）式的‘温和的规则’充满了信赖：忠实地维护来源！”次年，海德格尔在为其乡贤亚伯拉罕·阿·桑克塔·克拉拉的纪念像揭幕典礼所写的报道中，又据理批判了他自己所处那个时代的堕落，其内容的核心实质，乃是反对“过高估价此岸生活方式”而强调应坚守“生活的彼岸价值”。② 此外，海德格尔对于他的另一位同乡先贤、大量书写“赞美诗”以表达“期待上帝之思”、热情召唤“神圣”和“还乡”的“诗人之诗人”——荷尔德林的无上推崇，以及海德格尔本人出身的家庭背景、求学经历、生活理想（自然、质朴乃至几近于“土气”的生活情趣），③以及对“美国主义”现代城市生活方式的反感和拒斥等等都表明，海德格尔的“反现代”里带有浓重的“前现代”色彩。

第四，作为一种“颠倒”，“反现代主义”不过是对“现代主义”思维方式的

① 参见：德里达：《多重立场》，佘碧平译，三联书店2004年版。

② 吕迪格尔·萨弗兰斯基：《来自德国的大师——海德格尔和他的时代》，靳希平译，商务印书馆2007年版，第26—33页。

③ 相关情况可参阅拙著《从逍遥游到林中路——海德格尔与庄子诗学思想比较》第一章第一节“海德格尔的‘道缘人生’”、第二节“海德格尔诗学与中国道家精神的事实联系”，中国社会科学出版社2004年版，第14—37页。

一种继续。正如海德格尔本人在其《尼采》一书中所暗示的那样,思想的诡异和奇妙之处恰恰在于:颠倒乃是对被颠倒者思维方式的继续。① 这是他对于尼采将柏拉图主义的形而上学立场颠倒过来立论所作的批评,也是他称尼采为"形而上学之完成的思想家"的理由。有趣的是,海氏的启示对于我们回过头来审视和理解他本人思想中的所谓"反现代主义"因素及其与"现代主义"因素之间的关系也很有助益。海德格尔的思想系统中固然有不少"反现代主义"的因素,甚至也的确有某些"后现代主义"思想的成分,但就其思想的实情而言,海德格尔的"反现代"没有直接通往"后现代",而且也并非是因为"反现代"才"有"了"后现代"。相反,海德格尔在"反现代主义"时往往采用了"现代主义"的方式。这不是偶然的。事实上,"颠倒乃是对被颠倒者思维方式的继续",这可以说是一切"在体制内"进行"反叛"或"颠覆"的思想者的普遍宿命!

第五,整体而言,无论是海德格尔思想之根源处所关注的问题,还是他解决这些问题的思路和方式,都更多地是"现代性"的。不错,海德格尔思想所影响的 20 世纪哲学家和文学艺术家之中不乏"后现代主义者",但作为他整个思想系统之所从出和向之归的本源的《存在与时间》所提出的问题却是"此在的非本己本真存在",即"现代人无家可归的生存状态"、"沉沦"与"被抛"、"普遍物化"、"普遍非个性化(敉平化)"等等,一言以蔽之,"现代人的普遍异化"的问题。而众所周知,这个问题则是自卢梭、席勒、黑格尔、尼采到马克思等近、现代思想家们着力探讨的一个突出的"现代性"的问题(当然,海德格尔没有停留在简单提及或空洞思辨的层面,而是将生动切实的现象学描述与深刻系统的生存论—存在论分析结合了起来),提出这一问题的目的乃是为了引领人们去对"本己本真的生存意义"进行严肃深沉的思考。而且,单就他在《林中路》、《对荷尔德林诗的阐释》、《在通向语言的途中》、《演讲与论文集》、《尼采》等一系列诗学、艺术哲学著作中所提出的"拯救之路"(譬如"将艺术

---

① 参见海德格尔《尼采》第一卷第一章第五节"尼采的思想方式:颠倒"、第二十节"尼采根据对虚无主义的基本经验倒转柏拉图主义的努力"、第二十四节"尼采对柏拉图主义的倒转";第二章第二十六节"尼采的形而上学基本立场";第三章第一节"尼采作为形而上学之完成的思想家"。Heidegger, M. *Nietzsche* I, Pfullingen: Günther Neske, 1961, SS. 33-44; SS. 177-189; SS. 231-242; SS. 462-472; SS. 473-481。

作为存在真理的突出发生方式”、走向“诗意地栖居”、“为上帝与诸神的重返作好期备”等等)来看,也都是“现代性”思想家们惯常采用的思路和方式。至于他对“伟大艺术”的终生喜爱和热情召唤,对“伟大艺术在现代的沉沦”的深切忧思,以及对文艺的“形上之维”、“神性之维”和“源初道德之维”这些“超越性品格”的大力阐扬等等,无疑也都是“现代性”的诗学思想。

总而言之,唯有理解了海德格尔思想之深刻的复杂性和明显的过渡性,真正看清了海德格尔思想本身中所兼具的“现代性”、“前现代性”和“后现代性”等多层色调,而不仅仅着眼于其“后现代性”这一个层面,方能全面把握、准确理解并合理评价海德格尔诗学中的宝贵思想资源,并发现其在现时代语境下可能产生的当代意义。

第四章　坚守“文艺的超越性品格”在现时代的特殊意义

> 作诗乃是采取尺度。
> 大地上可有尺度?
> 绝无。

海德格尔关于“文艺的超越性品格”之思,不仅为我们提供了一个关于“文艺的超越性品格”的较为完整的思想系统,也为我们进一步思考这一问题指示了一条道路,而且这些思想在现时代还具有一种特殊的意义。但由于多方面的原因,我们对它们的研究却一再被延迟了。

上面所引的这三句话,第一句是海德格尔在阐释荷尔德林的诗句——“人诗意地栖居在这片大地上”时所说的话;后两句是荷尔德林的诗句,而且正好与前一诗句出自同一首诗。这三句话的含义很清楚:要做一个真正的人、一个大写的人,绝不能只满足于“大地上的尺度”、“人的尺度”,还必须依照“超越的尺度”——“天空的尺度”、“神的尺度”来考量。同样,要创造伟大的艺术(真正的艺术),也绝不能仅仅满足于“审美的尺度”,而必须采取“超越的尺度”——唯其如此,它才能超越于平常的、普通的艺术而成其为“伟大的艺术”。这就是说,真正的伟大的艺术在具备“审美品格”的基础上,还必须具备“超越性品格”。具体点说,在“超越性品格”的三大基本维度即“形上之维”、“神性之维”和“源初道德之维”中,必须至少在某一方面有所体现,一个艺术作品方可堪称"伟大的艺术作品"。

然而,不幸的是,我们当下所处的时代却是一个十分漠视"超越追求",也极度缺乏"伟大艺术"的时代。这正是海德格尔关于"文艺的超越性品格"之思在现时代语境下之所以具有特殊意义的现实根据。

我们至少可以从两个层面去理解和评估这种特殊意义:首先,它可以促使我们更好地反思"科学主义观念"以及从中生发出来的被做了片面理解的"价值中立原则",更好地反思"后现代思潮"、"消费主义文化"等等的局限性,进一步明确在现时代语境下重提人文学科研究中秉持价值理性和"乌托邦精神"的意义。其次,我们至少还可以从以下四个方面去理解海德格尔对于"文艺的超越性品格"的诉求与坚守本身在现时代所具有的特殊意义:第一,现时代文艺创作对"超越性品格"的遗忘已经造成许多严重的后果,走入了许多误区:诸如"理想"质素的缺乏、"人文关怀"的丧失、"媚俗"和对现实进行"文化—审美批判"职责的放弃等等。因此,现时代的文艺创作与批评特别需要关于"文艺的超越性品格"方面的理论诉求。第二,凭借其出自本源的鲜活性与深刻性,海德格尔关于"文艺的超越性品格"之思至今仍具极强的现实针对性和理论穿透力,可以成为疗治现时代某些文艺疾病和精神疾病的一剂良药。第三,诉求和坚守"文艺的超越性品格",原本是中西方文艺理论、美学中一个源远流长的优良传统(尽管它可能存在某些时代的局限性),如今这一传统却慢慢地被遗忘和抛弃了,而海德格尔对"文艺超越性品格"的诉求与坚守则可以唤起人们对这一传统的重新关注。第四,海德格尔的相关思想可以为我们对"文艺的超越性品格"理论自身的思考提供借鉴,从而推进我们对于这一重大文艺理论和美学问题的研究。

第一节　现时代语境下有必要重提人文学科研究中价值理性和"乌托邦精神"的意义

失去了天空中闪烁的启明星
我们将如何穿越大地上无边的黑暗?
弃绝了上帝温暖强劲的救渡之手
我们又如何能将深渊之水吸干?

在我个人看来，现时代"伟大艺术"的缺乏，根本原因在于对"文艺的超越性品格"的遗忘；而对"文艺的超越性品格"的遗忘，根本原因又在于我们在文艺创作和文艺批评中对价值理性的放弃，对"乌托邦精神"的疏离。反过来说，为了让我们的文艺创作再铸辉煌，我认为有必要重提"文艺的超越性品格"；而为了让"文艺的超越性品格"得以实现，首先又必须让我们的文艺批评和文艺理论研究、美学研究走出某些误区；而为了让我们的文艺批评和文艺理论研究、美学研究走出那些误区，关键则在于重提价值理性和"乌托邦精神"在人文学科研究中的意义。为此，其当务之急便是对一系列相关的流行观念和问题进行深入的反思。

一、对"科学主义观念"和"价值中立原则"的反思

从学科设置理念及其分工来看，人文学科之为人文学科以及它的存在根据乃在于：表达人文关怀，秉持价值理性进行价值设定、作出价值评判和价值取舍。为此，人文学科必须思想。人文学科必须能够思想——能够在立足未来反观现实和历史中鲜活地思想。

然而正是这一点，使得人文学科研究与"科学主义观念"在本性上天生就存在着矛盾。为什么呢？

海德格尔在《什么叫思?》中提出了一个著名论断："科学不思（Die Wissenschaft denkt nicht）。它不思，因为从其行为方式和辅助工具来看，科学从来就不能思——不能以思者的方式去思。"①在我看来，这还不是问题的关键和重点所在。问题的严重性乃在于：正如海德格尔所说，"科学不能思"并不是科学的一个"缺陷"，反倒是科学的一个"优点"。而且正因为它有这样一个优点，才确保了科学"有可能以研究的方式进入并定居于一个个别的对象领域"。不仅如此，海德格尔还补充指出，科学与思之间"没有桥梁"，只有必须跳跃的"鸿沟"。而且，"唯当科学与思之间存在的鸿沟已经变得清晰可见并且不可跨越时，科学与思之间的关系才是真正富于成效的关系"②。

众所周知，科学最关注客观存在的事实，最信赖精确计算和精密模型，它

---

① Heidegger, M. *Vorträge und Aufsätze*, Stuttgart: Günther Neske, 1997, S. 127.

② Heidegger, M. *Vorträge und Aufsätze*, Stuttgart: Günther Neske, 1997, SS. 127-128.

追求的是客观性知识和普遍规律。在其中,知性或者说工具理性才是最高主宰。因此,科学从其本性上拒斥并因此而缺失的正是:思想。而人文学科则不同。在那里,所谓客观存在的“事实”不再被视为前提和基础,不再被视为“意义”的根据和尺度;恰恰相反,人文学科更加重视寻求那作为根据之源的“意义”,从“意义”出发去探寻和创构可能或者应当如此的“事实”。换句话说,在人文学科中,“意义问题”相对于“事实问题”、“应然之理”相对于“实然之理”、“可能如何”相对于“事实如何”,乃具有一种逻辑优先性和价值优先性。在这几组对应关系中,前者都远比后者重要和根本。而对于那些沉思文学、艺术的本质的人文学科来说,尤其如此。因为,一个文学、艺术作品的全部生命和价值就在于建立一个“意义世界”、一个“可能世界”和一个“理想世界”。[①]相应地,在其中,价值理性相对于工具理性和认知理性而言,具有一种逻辑优先性和价值优先性。换句话说,作为价值设定、价值评判和价值取舍之根据的价值理性,才应当成为人文学科为之诉求、向之依归的最高统帅和绝对律令。价值理性的根基是什么?正是科学所拒斥和缺失的那样东西:思想。正是这一点,注定了人文学科与“科学主义观念”在本性上的差异与矛盾。

因此,从根本上说,“科学主义观念”并不适用于人文学科研究(不仅不适用,而且天性相矛盾),当然也就更不能被奉为人文学科研究中最高的绝对律令。其实,马克斯·韦伯早就预见到,科学主义理性观在自然环境和社会中的普遍应用,将导致“世界的祛魅”并最终使得“任何意义上的终极目的都将烟消云散”。[②]

与“科学主义观念”紧密相关的是“价值中立原则”。事实上,后者不仅是前者最重要的具体体现,而且还大大推助了“科学主义观念”在人文学科研究中甚嚣尘上这一混乱局面的出现,以及随之而来的所谓“学术”与“思想”之间人为的对立。

诚然,学术研究不同于个人的胡思乱想,也不同于个人的情感表达;即便是人文学科研究,也不能成为某种狭隘的政治立场和某些僵死的意识形态观

① 请参见拙文:《论追问艺术本质方式之误——海德格尔艺术本质之思的启示与局限》,《学术月刊》,2007 年第 11 期。

② 大卫·莱昂:《后现代性》,郭为桂译,吉林人民出版社 2004 年版,第 52 页。

念之缺乏反思和未经审视的注解与宣传,而应尽可能超越研究者个人的思想偏见和情感好恶,力求全面准确地去面对和探索各种现象本身,从中找出需要研究的问题,并实事求是地作出有理有据的判断和解释。从这个意义上说,包括人文学科研究在内的一切学术研究,都不能简单粗暴地违背或者拒斥"价值中立原则"。

但另一方面,我们决不能无视自然科学、社会科学和人文学科在学科本性上的差异而不加分别地强调"价值中立原则",更不能将其视为一切学术研究的最高的绝对律令。具体地说,由于自然科学研究本身只关乎求知和真假,无关乎思想与评价,自然可以而且必须无条件地贯彻"价值中立原则",甚至可以直截了当地说,"价值中立原则"对它来说压根儿就不构成什么问题。社会科学研究则稍有不同:一方面,在对问题实施研究的过程中可以而且应当尽量遵循"价值中立原则";然而另一方面,问题的选择本身就直接牵涉到被探讨的现象的价值关联,因而已很难做到真正的、绝对的"价值中立"。至于人文学科研究,它之迥然有别于自然科学研究自不待言,与社会科学研究也有很大的不同。在人文学科研究中,提问胜过作答、道路胜过终点、意义胜过事实、应然胜过实然、可能胜过现实;在人文学科研究中,更多依傍的是研究者个体生命独特的体验与沉思(正是在这一点上,我们特别深刻地体会到了陈寅恪先生所倡导的"独立之精神,自由之思想"之于人文学科研究之重要和可贵,甚至可以毫不夸张地说,坚守这一点应当成为每一个人文学者的一种精神气节)。此外,人文学科研究更多地关乎人类的情性与灵性、生命的价值与尊严、灵魂的出路与归宿,它必须体现人文关怀,必须关涉价值设定、价值评判和价值取向。人文学者必须担负起自己被赋予的职责和使命,他的研究成果必须具有将人类社会引向文明进步的价值导向功能。总之,无论从哪一个方面来说,人文学科研究都不可能完全做到"价值超然"或"价值中立"。

诚然,马克斯·韦伯的"价值中立原则"在20世纪80年代的中国学界迅速走红有其历史的根源和现实的基础。而且不容否认的是,强调"价值中立原则"本身,对于我们反思中国现代学术史中普遍存在的"知识(学术)话语"与"革命(政治)话语"界线不清、知识分子过多扮演"真理的代言人"和"历史的救世主"的角色、过分追求"思想冲击力"和"规范性知识的叙述",尤其对于反思"激情理想有余,理性沉思不足"的80年代的学风和学术范式,有着非常重大的现实意义和理论价值。然而谁也无法否认,以“价值中立”为号令和标志的90年代中国的“学术转型”也逐渐暴露出了它的局限性:譬如,理想主义的退潮、人文精神的失落、消费主义文化特征的蔓延;知识分子再一次“躲进小楼成一统”,重新做起了缺乏现实关注、缺乏思想生机与活力的所谓“真学问”,并且有意无意地把“学术”与“思想”人为地对立了起来。

事实上,在相当长一段时期里,我们对韦伯的“价值中立”原则的理解是存在偏差的,首先,韦伯虽然注意到了社会科学与自然科学的区别,却忽略了人文学科与社会科学的不同,从而在某种程度上忽视了人文学科的特殊性;其次,最重要的是,他所说的“价值中立”原则,是与“价值关联”的考量密不可分的,二者一同构成了社会科学的方法论特色。其实,保罗·利科尔早就警告过我们:“任何人,只要他声称是以价值中立的方式行事的,就将一无所获!”①

二、对“后现代思潮”的反思

首先需要说明的是,“后现代思潮”最突出的根本特征就是强调“后现代性”,而“后现代性”与“现代性”之间关系极为复杂,加之它们各自在概念上本身就歧义百出,②要对“后现代思潮”作出一个全面的反思几乎是不可能的;加之本书题目所限,全面的反思也是不必要的。但由于这股强劲的风潮已经给我们的日常生活、文艺创作和学术研究等方方面面带来了巨大而深刻的影响,因此我们必须对它进行反思。

反思必须从界定概念开始。本书所用的“现代性”概念所表征的价值体系和思维方式,是近代理性主义哲学尤其是启蒙运动所确立的,它代表的是以“人道”、“理性”为基础,“自由”、“进步”为承诺的“后中世纪文明”的成果;而“后现代思潮”则是以反思和批判现代性文化的理论基础、价值取向、思维方式为基本使命,试图对整个“现代性”观念体系、思维方式和表达方式进行彻

① Paul Ricoeur, *Lectures on Ideology and Utopia*, ed. George H. Taylor, New York: Columbia University Press, 1986, p. 312.

② 道格拉斯·凯尔纳认为,有必要区分三种不同范畴的概念:(1)作为历史时代的“现代性”与“后现代性”;(2)作为艺术形式的“现代主义”与“后现代主义”;(3)作为理论话语及实践的两个对立模式的“现代理论”与“后现代理论”。参见:道格拉斯·凯尔纳、斯蒂文·贝斯特:《后现代理论——批判性质疑》,张志斌译,中央编译出版社2006年版,第1—6页。

底颠覆与解构,并要求用多元思维和多元话语去解释世界及其意义的一种广泛的文化思潮。从它们各自所表征的思想观念、思维方式和表达方式来看,二者之间存在着本质差异和尖锐对立:“现代性”更多的是“结构性”、“规范性”和“整一性”的,而“后现代性”更多的则是“解构性”、“情景性”和“差异性”的。

为了叙述和评析的方便,让我们先来简单勾勒一下“后现代思潮”的大体图景。在这股思潮中,无论是后现代性的研究者(如大卫·莱昂)还是现代性的辩护者(如哈贝马斯),都倾向于把尼采、海德格尔作为后现代思潮的先驱,把利奥塔、福柯、德里达、波德里亚、鲍曼等作为后现代理论的主要代表。据此,我将他们相关的主要主张提炼出来,简单拼接出这样一幅后现代思潮的图景:

尼采的“权力意志/非理性主义/虚无主义”理论:“上帝死了”;理性是虚构、道德是颓废,真理是幻觉;虚无主义将占据未来两个世纪;寄望于代表权力意志和永恒轮回的酒神精神之复活和艺术对生命意志的激发。

海德格尔的“终结形而上学”:“基础存在论”;哲学的终结与思的使命;对技术之普遍强制本质的忧虑;寄望于伟大的诗、伟大的艺术与真理之间的内在关联,重启“思与诗的对话”;以艺术重塑人类存在的“本源”。

利奥塔的“后现代状况”理论:对“科学知识”与“叙述知识”的区分;对“元叙述”或“宏大叙述”的怀疑;对现代性之“合法性功能叙述”的批判;强调语言游戏的“竞争”与“多元公正”规则。

福柯的“知识/话语/权力”理论:知识即话语,话语即权力甚至暴力;“知识考古学”、“对抗谱系学”;异端的权利、话语合法性问题;“人死了”。

德里达的“书写/延异/撒播”理论:反对语音中心主义和逻各斯中心主义;反对在场的形而上学;倡导“文迹学”(不断地改写与涂抹);强调话语的非同一性:只见“能指”的游动而不见“意义”、“意义”总是“延宕性”的和“差异性”的、“文迹”造就“意义的撒播”;语言游戏;寄望于文学对哲学的反抗。

波德里亚的“消费社会”理论:客体体系时代的来临;符号交换与符号消费;仿真—拟像、真实与虚拟界限的消亡;荒诞玄学与虚无主义:主体终结、劳动终结、生产终结、真实终结、意义终结、解放和进步的神话的终结;“凡生于意义者,必死于意义”,“玩弄碎片,就是后现代”。

鲍曼的"知识分子角色"理论:从"立法者"到"阐释者"。

有关后现代思潮及其系统研究的论著很多。① 下面,我只抓住几个与本书的论题紧密相关的问题,简要做一些清理和评析。

第一,后现代思潮猛烈批判现代性的"理性主义"观念,集中体现为对"元叙述"或"宏大叙述"的质疑和批判。

在后现代论者看来,现代性的"理性主义"观念使得它将知识的合法性基础奠定在形而上学的"元叙述"之上并且偏爱历史哲学之类的"宏大叙述"。利奥塔虽不是一个严格意义上的后现代理论家,但作为一位"现代性知识的批判者和后现代知识状况的提供者"(凯尔纳、贝斯特语),他号召向强调"整一化"和"普遍化"思想的现代性知识及其话语规则开火,②主张对"元叙述"或"宏大叙述"的怀疑和对充满具体性和差异性的"局域化叙述"的回归,而且强调叙述作为一种"语言游戏"应当遵循"竞争"与"多元公正"的规则;而解构主义者如德里达、福柯等则从根本上反对现代性思想观念中所体现出来的所谓"逻各斯中心主义"、"语音中心主义"、"本质主义"、"普适主义"等"理性思维"方式本身。他们都高度质疑一切有关"确定性"、"普遍性"、"同一性"和"连贯性"之类概念的合法性,强调"差异性"、"偶然(随机)性"、"不确定性"、"断裂性"、"文本间性"等等观念;主张采用"知识考古学"、"谱系学"、"文迹学"、"块茎学"③等等之类的研究范式来重建既非科学亦非哲学的"思想"。

第二,后现代思潮猛烈批判现代性的"启蒙理想",大肆解构其"自由"、"平等"、"文明"、"进步"等等"解放神话",力图摧毁一切"规范性叙述"之合法性基础。

在后现代论者看来,现代性观念确立的"启蒙理想"作为一种"宏大叙述"不过是虚构的神话,但却实实在在地带来了现实中的集权恐怖和对异端的压迫、理论中的话语霸权和对歧见的抹杀。利奥塔认为,现代性观念中那些靠诉

---

① 详情请参阅本书第一章第二节之第二小节(第16页)的相关注释。

② 利奥塔在《后现代状况》一书的结尾大声疾呼:"让我们向总体性开战"、"让我们激活差异"。J · F. Lyotard, *The Postmodern Condition: A Report on Knowledge*, Minneapolis: University of Minnesota Press, 1984, p. 66.

③ "块茎学"是德勒兹、加塔利在《千高原》一书中采用的一个基本概念,他们用"块茎"来比喻后现代不同于现代性的"树"状思维模式。

诸"元叙述"来使自己取得"合法性"的"基础主义主张",必然通过"使非合法化(delegitimation)"[①]的手段来排斥异己;而事实上一切话语都不过是叙述,不应当存在什么"特权叙述"。而福柯、德里达等人同样也认为,一切带有"基础主义"或"规范"色彩的诸如"主体"、"理性"、"科学"、"历史"、"知识"、"本质"等概念和诸如"真理"、"正义"、"道德"、"自由"、"进步"等观念都存在"合法性危机";在他们(特别是福柯)看来,一切知识都不过是话语,而话语背后都是一种权力。[②] 因此,他们都坚决反对假借这些概念或观念之名所做的"规范性叙述"。鲍曼更是明确主张,后现代的知识分子不再是"真理"、"公正"、"道德"之类的立法者、化身或代言人,而只是一个阐释者。[③] 总之,后现代论者都坚决反对任何人像传统"知识分子"那样以"立法者"和"训导师"的身份颁布关于全人类的任何普遍性的价值和规范。

第三,随前两者而来,主张"价值敉平"甚至"意义终结"。

早期的后现代论者肯定各种价值观念和价值取向的相对性和差异的合法性,认为社会中原本就实际存在多种同样合理性的价值系统,一切价值都全然平等,一切价值观念都有其存在的合理根据。因此,他们反对从某种特定的价值观念和价值取向出发对这些价值和价值观念进行等级划分;小到每个人、大到每个民族都有选择和拥有自己的价值观念和价值取向的自由和权利。到了波德里亚的"荒诞玄学"、"仿真—拟像理论"和"消费主义理论",则激进到了主张"意义终结"、"解放和进步的神话的终结"等等,宣称"凡生于意义者,必死于意义"[④],"玩弄碎片,就是后现代"[⑤];最后,后现代理论终于演变成了"怎

---

① 将异己的话语、规则、标准、形式等宣布、扭曲或"论证"为"非法的"的做法。

② 譬如福柯认为,正是"临床医学"的诞生导致了医学意义上的"精神病"的出现,疯癫的形成过程就是"理性"建立的过程,反之亦然;大而言之,"理性化"的过程就是"隔离"和"消除"异质因素的过程,也就是"主体"将一切"他者""客体化",最终把自己提升为"人类普遍理性"的过程。

③ 参见:Zygmunt Bauman, *Legislators and Interpreters*, Cambridge: Polity Press, 1987.

④ 这句后现代名言最初出自波德里亚1980年所做的《论虚无主义》的演讲稿。参见:道格拉斯·凯尔纳、斯蒂文·贝斯特:《后现代理论——批判性质疑》,张志斌译,中央编译出版社2006年版,第145页。

⑤ 语出波德里亚1984年所做的题为《残迹的游戏》的访谈录。参见:道格拉斯·凯尔纳、斯蒂文·贝斯特:《后现代理论——批判性质疑》,张志斌译,中央编译出版社2006年版,第146—147页。

样都行(anything goes)"的口号。①

不可否认,后现代思潮的确解构或摧毁掉了现代性中一些原本就子虚乌有或者予人过高期望的东西,譬如"可靠的基石"、"不变的本质"、"绝对的真理"、"永恒的正义"之类的"烤松鸡",或者关于"自由"、"平等"、"进步"之类的"解放神话",也建构起了一些很有价值的新观念。但我个人认为,在后现代论者的激进解构中,某些至今仍有价值的现代性思想也被简单粗暴地处理了。此外,作为一个中国学人,更应当考虑到中西方社会现实发展上客观存在的"历史落差",而不应该盲目地随着西方学者的步调起舞。简单地说,要想客观、公允地评价"现代性"和"后现代性"的功过是非牵涉到许多复杂的问题,切不可片面和独断。对此,我们最好要有比较清醒的认识。

首先,对于许多"现代性"观念,我们最好"抱持一种理解之同情去做同情之理解",原因在于:第一,"现代性"思想产生的背景和直接针对的对象,乃是"中世纪";第二,它的某些局限性,实则源于人类自身与生俱来的局限性;第三,作为"规范性叙述"的某些东西未必"客观存在",但对于人类社会的存在和发展来说却是"必须存在"的;第四,人及人类社会的存在和发展,离不开作为一种激励或慰藉的"乌托邦"。

其次,正如哈贝马斯所说,"现代性是一项未竟的事业"(Die Moderne—ein unvollendetes projekt),它还拥有"未充分实现的潜能"。现代性其实是一份双重性遗产,既有有价值的内涵譬如"个人自由"、"民主"、"批判理性"等,也存在一些问题和局限譬如"工具理性向所有生活领域的扩张"等;而且现代性的许多问题和弊端是可以通过改良得到某种程度的克服的,譬如"先验理性"、"主体主义"等"意识哲学"的顽疾,就可以通过交往行为建构"主体间性"的"交往理性"模式来解决。②

再次,后现代思潮本身存在许多偏颇或迷误之处。关于这一点,哈贝马斯在《现代性的哲学话语》一书中对最重要的后现代哲学家(除利奥塔外)的理论都有深入精辟的批评。此外,凯尔纳和贝斯特的《后现代理论——批判性

---

① 有趣的是,这是关于后现代知识状况的思想家利奥塔用来责备后现代建筑理论家詹克斯的一句话。

② 参见于尔根·哈贝马斯:《现代性的哲学话语》,曹卫东译,译林出版社 2004 年版;《交往行为理论》,曹卫东译,上海人民出版社 2004 年版。

质疑》同样如此。譬如对利奥塔，他们至少指出了以下六个方面的“困境”：1.“后现代性”或“后现代状况”这样的概念本身就是一种“大师叙述”、一种“总体化观点”；2. 将“大师叙述”与“宏大叙述”、“元叙述”与“社会理论叙述”、“共时性叙述”与“历时性叙述”等统统混为一谈，一味加以拒绝；3. 一边呼吁语言游戏的“多元性”和“异质性”，一边却排斥和弃绝“宏大叙述”与“总体化思想”；4. 在“规范性叙述”方面，一边反对“普遍标准”和“普适性原则”，一边又以立法者身份宣布另外一种形式的“普遍标准”和“普适性原则”；5. 一方面强调叙述是一种“语言的自由游戏”，一方面又在干着禁止某种叙述的“思想警察”的勾当；6. 其中最严重的深层问题，就是缺乏一套切实可行的社会理论和政治理论（这也是后现代论者们不同程度存在的通病）。[①] 凯尔纳和贝斯特对利奥塔的质疑和批判不仅是切实有力的，而且也是具有普遍意义的。

复次，我们还必须清醒地看到，从作为先驱的尼采的“上帝死了”到福柯的“人死了”和德里达的“语言死了”再到波德里亚的“意义死了”，后现代思潮始终无法摆脱“虚无主义”的梦魇、“流浪”与“迷失”的宿命。正如凯尔纳和贝斯特在评论波德里亚《论虚无主义》一文时所说：“在后现代世界里不存在意义；它是一个虚无的世界，在这个世界中，理论漂浮于虚空之中，没有任何可供停泊的安全港湾。”[②]虚无主义式的解构和摧毁无疑是畅快淋漓的，可是这样一来，一个尖锐的现实问题却摆在了我们的面前：面对“虚无的深渊”，我们将拿什么来为现实人生建基？

最后，后现代论者们自身的思想也在发生变化，而且大体上有一种向传统回归的倾向。譬如，德里达就体现了从前期的“唯有解构是不能解构的”的激进立场到后期的“唯有公正是不能解构的”的温和立场的转变。此外，近期的后现代论者也慢慢有了由摧毁性的“解构”向建设性的“重构”转变的迹象，如格里芬的“建设性的后现代主义”；詹克斯、福洛克的“重构的后现代主义”；斯普瑞特耐克的“生态后现代主义”等等。[③]

---

① 道格拉斯·凯尔纳、斯蒂文·贝斯特：《后现代理论——批判性的质疑》，张志斌译，中央编译出版社 2006 年版，第 198—206 页。

② 道格拉斯·凯尔纳、斯蒂文·贝斯特：《后现代理论——批判性的质疑》，张志斌译，中央编译出版社 2006 年版，第 145 页。

③ 参见吴伟赋著：《论第三种形而上学》，学林出版社 2002 年版。

总之，无论如何，后现代论者没有、也不可能彻底取消现代性的价值规范性话语及其规则。事实上，他们自己就俨然是在以“伟大的规范制定者”的身份宣布另外一套有别于现代性话语及其规则的新的价值规范性话语及其规则。[①] 此外，后现代论者没有、也不可能从根本上真正地拒斥和杜绝“乌托邦”，而不过是打碎了“现代性的乌托邦”而代之以“后现代性的乌托邦”；他们也并未真正弃绝或彻底避免“元叙述”或“宏大叙述”，而不过是换上了自己的“元叙述”和“宏大叙述”。道理很简单：若没有了价值规范性，话语就将成为无关紧要的纯粹能指的狂欢、毫无实际意义的语言游戏；若缺少了“乌托邦精神”，思想就将失去生动鲜活与动人力量；完全弃绝了“元叙述”和“宏大叙述”，理论就将不复存在。

三、对“消费主义文化”的反思

波德里亚在其《客体体系》一书的结论部分谈到他正在构思的《消费主义》一书的计划时说道：“从一开始就必须明确指出，消费是一种积极的关系方式（不仅于物，而且于集体和世界），是一种系统的行为和总体反应的方式。我们的整个文化体系就是建立在这个基础之上的。”[②]

很显然，波德里亚已经清醒地意识到了一个严峻的基本事实：消费已经成为当今社会我们整个文化体系的基础。但对于这一点，波德里亚似乎更多地抱持一种泰然任之、超然接受的基本立场和态度进行客观的描述，而对这一状况意味着什么、它的严重性如何似乎有些估计不足，尽管为该书（《消费社会》）作序的 L. P. 梅耶教授曾经为其进行了辩护。梅耶指出，“作为新的部落神话，消费已成为当今社会的风尚，它正在摧毁人类的基础，即自古希腊以来欧洲思想在神话之源与逻各斯世界之间所维系的平衡”[③]。囿于那种“安之若素”的立场和“客观描述”的态度，波德里亚本人对这一点的认识显然不如他

---

① 在《公正游戏》一文的最后，当利奥塔有些无奈地承认他的“多元公正”的叙述话语游戏规则本身也不得不非常悖谬地需要“某种普遍的价值规范来保证”时，他的对话者泰博揶揄利奥塔“说话的口气就好像他本人是位伟大的规范制定者”一样！参见道格拉斯·凯尔纳、斯蒂文·贝斯特：《后现代理论——批判性的质疑》，张志斌译，中央编译出版社 2006 年版，第 189 页。

② 波德里亚：《消费社会》，刘成富等译，南京大学出版社 2000 年版，“前言”。

③ 波德里亚：《消费社会》，刘成富等译，南京大学出版社 2000 年版，“前言”。

的朋友来得深刻。所以,斯捷番·莫斯却维克(Stjepan Mestrovic)批评说:"虽然波德里亚攫取了索斯汀·凡伯伦(Thorstein Veblen)对19世纪美国突出的消费现象的经典描述,但他却卸下了这种描述的驱动力:批判。"①曾经深入钻研过波德里亚的思想并对其早期、中期思想给予过很高评价的道格拉斯·凯尔纳也指出,波德里亚对消费社会的研究的最显著的特点之一就是,"他拒绝对消费社会作出道德化的批判",他只是对"该社会的符号和消费体系进行了描述性的解释学分析"。② 这话同样指出了波德里亚批判立场的缺位。

我个人认为,问题的关键在于弄清波德里亚"卸下批判"的根源何在。在我看来,波德里亚放弃批判立场的根源在于他的后现代虚无主义观念:"终结意义"。既然"意义已死",价值判断(包括批判)自然就既无意义,也无必要了。在《仿真》一书中,波德里亚在以前的"类象价值三阶段"的基础上又构想出了"第四个阶段":"价值的碎形阶段"。对这个阶段,波德里亚写道:"一种价值的瘟疫,一种价值的普遍扩张;一种迅猛的增殖和盖然性的扩散。为严谨起见,我们不应当再继续使用'价值'一词,因为这种加速增长及连锁式反应已经使得一切评估均告失败……每一种价值或价值的碎片都在类象的夜空中一闪而过,接着便消失在无边的虚空中……这就是碎形的真实情景,也是我们当前文化的真实情形。"③很明显,波德里亚是在觉得"一切评估均告失败",甚至觉得"价值"一词都"不应当再继续使用"的认知驱动下自觉放弃"批判立场"的;但他显然没有足够充分地意识到"消费主义文化"所带来的问题的严重性。

事实上,在消费主义文化主导的西方后现代社会中,遭到挑战和攻击的不仅仅是传统的制度与权威中心,一切现代性的"元叙述"、"宏大叙述"、"社会—历史理论叙述"等等都遭遇到了怀疑,都遭遇到了哈贝马斯所说的"合法

---

① Stjepan Mestrovic, *The Barbarian Temperament*, London and New York: Routledge, 1993, especially Chapter 1. Veblen's critique starts by denying that 'barbarian' can ever be contained by 'civilization'. P. 22. 转引自大卫·莱昂:《后现代性》,郭为桂译,吉林人民出版社2004年版,第97页。

② 道格拉斯·凯尔纳编:《波德里亚:一个批判性读本》,陈维振等译,江苏人民出版社2008年版,第6页。

③ 参见道格拉斯·凯尔纳、斯蒂文·贝斯特:《后现代理论——批判性的质疑》,张志斌译,中央编译出版社2006年版,第156—157页。

性危机";万物都被归结为偶然发生的短暂的随市场需求变动不居的"交换"价值,排除了所有"永恒"的、"普适"的价值;以致于让很多人担忧:"后现代状况会不会让我们漂浮在一个永恒的相对性之流上,一切都将听命于市场那独断专行的阴谋诡计?"①在《消费社会》一书中,波德里亚已经意识到了"越来越多的物对人的包围",以及随之而来的物欲横流和享乐主义盛行。在该书的结论部分,波德里亚专门以"先验性终结"为题写道:"消费并不是普罗米修斯式的,而是享乐主义的、逆退的。它的过程不再是劳动和超越的过程,而是吸收符号及被符号吸收的过程。所以,正如马尔库塞所说,它的特征表现为先验性的终结。在消费的普遍化过程中,再也没有灵魂、影子、复制品、镜像。再也没有存在之矛盾,也没有存在和表象的或然判断。只有符号的发送和接受,而个体的存在在符号的这种组合和计算之中被取消了……消费者从未面对过他自身的需要,就像从未面对过他自己的劳动产品一样,他也从未遭遇过自己的影像:他是内在于他所安排的那些符号的。再也没有先验性、再也没有合目的性、再也没有目标:标志着这个社会特点的,是'思考'的缺席、对自身视角的缺席。因此同样也不再有不祥恳请,比如魔鬼的恳请,您需要同他签订一个出卖灵魂的协议以获得财富和荣耀,事实上充满母性的祥和氛围,丰盛社会本身已经向您提供了这一切。或者应该说是整个社会、'股份社会'、有限社会与魔鬼签了合约,向他出卖了一切先验性、一切合目的性以换取丰盛,而此后便受到目的缺席的困扰。"②

话虽如此,"丰盛的神话"显然使得他并未充分估计到问题的严重程度究竟如何。其实齐美尔早就警告过我们:越是依附于"物的世界","人的世界"就越是贬值。同时还暗示我们,我们必须通过各种艺术的方式为自己设定一种"终极目标",以便"超越万物的相对性,超越人类存在的破碎感"。③ 令人不无遗憾的是,当怀特打出"Thrift is unamerican(节约就是反美)!"的标语时,我们能看见的只是"肉性的人"的贪婪与骄横;当听到"TRY JESUS(尝试一下耶稣)!"的口号时,我们能听见的只是灵魂的空虚与无聊。事实上,当越来越

---

① 大卫·莱昂:《后现代性》,郭为桂译,吉林人民出版社2004年版,第98—99页。

② 波德里亚:《消费社会》,刘成富译,南京大学出版社2000年版,第225—226页。

③ 大卫·莱昂:《后现代性》,郭为桂译,吉林人民出版社2004年版,第20页。

多的东西都可以作为商品来交换和消费的时候,神圣之物也就消失殆尽了;而神圣之物的消失,动摇的却是我们自己作为人而生存和存在的根基。

此外,凯尔纳和贝斯特还系统地批评过波德里亚理论的"困境与盲点"。譬如:认为他有关"价值碎形阶段"的观念"严重缺乏理论化";指出他的整个理论缺乏坚实的社会现实基础,而且"抹杀了人类的痛苦",也没看到美国社会繁荣丰盛的表象下面所掩藏的贫穷、疾病、压迫、性别和种族歧视等等,而误把它当做了一个"已经实现了的乌托邦";批评他的理论中太多肤浅、平庸、陈旧和自相矛盾之处;以及他企图超越一切政治倾向和立场的天真做法;等等。①

最后,在消费主义文化那种"虚无主义"的"意义终结"、取消"价值评判"的立场和态度影响下,文艺创作与批评自然会丧失其批判的立场和功能,放弃其代表审美正义、对社会现实进行良知拷问的神圣使命和职责,从而完全成为个人休闲、娱乐、释放感性欲望的工具,一种纯粹的消费品;或者主动与商业资本共谋、甚至完全沦为后者的奴隶。无论怎样,它都将丧失其赖以成就伟大作品的"文艺的超越性品格"。

四、后现代文艺理论与现时代文艺创作的误区

谁也无法否认,当今的文艺创作已经步入了许许多多严峻的误区和困境,其中一个突出的标志就是:具有超越性品格的伟大作品日益罕见。在前面谈到的"科学主义观念"、"后现代思潮"和"消费主义文化"三个方面中,"科学主义观念"没能建立起一套自己的独立完整的文艺理论,所以对文艺创作的影响是间接的,也相对较小;②"消费主义文化"虽然催生了自己某些相应的文艺思想观念,③但它原本就与后现代思潮两面一体,甚至可以说它本身就是后

① 参见道格拉斯·凯尔纳、斯蒂文·贝斯特:《后现代理论——批判性的质疑》,张志斌译,中央编译出版社 2006 年版,第 157—165 页。

② 由于与语言学关系紧密,俄国形式主义文论、英美新批评在某种程度上体现出了"科学主义"的倾向,确如海德格尔曾经在《尼采》中批评布克哈特和丹纳等人时所说的那样,将文艺创作及欣赏批评搞成了"专业技术分析的对象"。但其影响多限于"学院派"作家或研究者。

③ 请参阅波德里亚《消费社会》、《象征交换与死亡》和费瑟斯通《消费文化与后现代主义》等著作的相关论述;本书第一章第二节第三小节中也有相关梳理。

现代思潮的一个组成部分。

因此，为了节约篇幅和突出重点，我下面集中谈谈“后现代文艺理论与现时代文艺创作的误区”这一问题。

有学者考证指出，在西方思想史上，“后现代（Post-Modern）”一词很可能最先出现并流行于文艺创作和批评理论领域。① 值得注意的是，第二次世界大战结束后，“后现代”概念曾经让诗人、艺术家们倍感欢欣鼓舞，尤其是在战争中获利并迅速变得超级富强的美国。本来，面对战后满目疮痍的欧洲，英国历史学家阿诺德·汤因比曾对即将到来的“后现代时代”作了“末世论”预言，但美国诗人们不仅将“后现代”概念从悲观主义中打捞了出来，还把它视为一个崇高的时代来欢迎。查尔斯·奥尔森甚至憧憬道，在这个时代中“诗歌活动可以被定义为一种广义象征性的‘黎明考古学’（archaeology of morning）！”②

根据德国学者沃尔夫冈·韦尔施的研究，1959年，欧文·豪《大众社会与后现代小说》一文正式将“后现代”概念引入北美的文学理论与批评，并且哀叹当代文学不同于以叶芝、艾略特、庞德、乔伊斯为代表的现代的伟大文学，它的特点是启蒙理性主义的衰退、创造性潜能与说服力的减弱。可是到了20世纪60年代中期以后，后现代文学便开始得到了莱斯利·费德勒和苏珊·桑塔格等人的正面评价。1969年，费德勒在《花花公子》上发表了著名论文《跨越边界，填平鸿沟》（Cross the Border-Close the Gap），认为古典的现代文学尽管编制精巧，但却是为少数精英服务的；而后现代文学则试图从高雅的象牙塔中走出来，迈向普通大众。并且断言，以“现代”命名的文学“已经死了”：普鲁斯特、乔伊斯、托马斯·曼、艾略特、瓦莱里的时代已经过去了；在大众社会里，

---

① 1870年，美国沙龙画家查普曼（John Watkins Chapman）宣称，他和他的朋友准备向“后现代油画”进军，意思是要比当时最前卫的法国印象派绘画还要“现代”。见沃尔夫冈·韦尔施：《我们的后现代的现代》，洪天富译，商务印书馆2004年版，第18页。这是目前所知有关“后现代”的最早材料。此后，在西班牙诗人弗·奥尼斯（Federico De Onis）的《西班牙暨美洲诗选》（1934年）、爱尔兰小说家乔伊斯的《为芬尼根守灵》（1939年）、建筑艺术理论家J.哈德纳特的《后现代房屋》（1945年）、美国诗人兰德尔·贾雷尔一篇评论罗伯特·洛威尔诗歌的文章（1946年发表）中，都较早使用了“后现代”这一概念。

② 马泰·卡林内斯库：《现代性的五副面孔——现代主义、先锋派、颓废、媚俗艺术、后现代主义》，顾爱彬译，商务印书馆2002年版，第287页。

“为‘有文化的人’的艺术”和“为‘没文化的人’的亚艺术”这样的区分已经“使人感到厌倦了”;后现代主义填平了批评家与读者、艺术家与读者、职业化兴趣与业余爱好之间的鸿沟。于是,从前许多二元对立的质素被结合了起来,后现代作家也因此而成为了一个“双重间谍”。①

1975 年,查理斯·詹克斯和罗伯特·斯特恩将“后现代”作为一个标准词和积极概念引入建筑艺术领域。这年,詹克斯发表了论文《后现代建筑的兴起》(The Rise of Post-Modern Architecture),后来又出版了《后现代建筑的语言》一书,以挪用换算的方式表达了费德勒在文学领域表达的那些思想。认为“现代建筑的缺点在于它面向精英”;后现代建筑则“通过扩大建筑的语言,使之向不同的方向发展”,它至少同时使用两种建筑语言如传统与现代、精英与大众、国际与地区这样的“双重代码”。②

可是值得注意的是,直至 1980 年以前,西方绘画界和雕塑界都不主张使用“后现代”这一概念(如海因里希·克罗茨),或者认为“可以放心地放弃”这一概念(如哥特弗里特·波姆)。但该年意大利艺术史家波尼托·奥利维提出的“超—先锋派”却被公认为代表了绘画中的后现代立场。奥利维写道:“在人类的发展过程中,艺术始终表现为一种警报系统,一种人类学的威慑手段”;“从这个意义上说,艺术是危机的持续不断的实施方法”。而“超—先锋派”的“诗学是零星出现的,每个艺术家都借助于一种个人的价值观进行创作,这种价值观使社会的审美情趣片断化”;这种新的艺术旨在“生产不连续性”,生产“各种各样的游牧主义”。③ 对此,韦尔施指出,“超—先锋派”这一概念的主要特点是“要告别现代的先锋派的一个原则,即告别艺术的社会使命。也就是说,艺术家再也不愿意做审美的帮凶,或再也不想做某种社会乌托

---

① 参见沃尔夫冈·韦尔施:《我们的后现代的现代》,洪天富译,商务印书馆 2004 年版,第 21—26 页。另:从“大众社会”、从“精英”与“大众”或“高雅”与“通俗”的角度分析“后现代主义文艺”的研究者很多,除费德勒之外,还有迈克·费瑟斯通、安吉拉·默克罗比、罗伯特·皮平等。

② 参见沃尔夫冈·韦尔施:《我们的后现代的现代》,洪天富译,商务印书馆 2004 年版,第 28—32 页。

③ 波尼托·奥利维:《在艺术的迷宫里》,柏林 1982 年版,第 88、90 页;转引自沃尔夫冈·韦尔施:《我们的后现代的现代》,洪天富译,商务印书馆 2004 年版,第 39 页。

邦的宣传者。”①

总之,在韦尔施看来,对后现代艺术来说,起决定性作用的是它严格遵守多元性的个人主义,拒绝任何一种统一(整体化)方案,原则上告别一种乌托邦模式而向大量形形色色的试验过渡,让各种异质因素相互结合和相互渗透,是后现代艺术总的特点。② 这不难理解,韦氏在自我介绍其《我们的后现代的现代》一书的“主要论点”时,所谈的第一点、也是统率其他各点的核心论点便是:“后现代在这里被理解为彻底的多元性的状态,应该把后现代主义视为彻底的多元性构想,并加以捍卫。”③

当然,对文艺中的后现代主义颂扬最多、并使之得到最大普及化的还是哈桑。在20世纪70—80年代,他发表了一系列讨论后现代文学和思想的文章。但有意思的是,在1987年出版的《后现代转向》(*The Postmodern Turn*)一书中,哈桑一方面从众多学科和文学艺术各个领域为“后现代”开列了一个长达60余人的“豪华名单”;④另一方面又坦承自己60年代对此概念“未经深思熟虑就过早首肯,甚至有点虚张声势”,而现在的看法则是“双重”的。接着从10个方面探讨了“后现代主义”这一概念所存在的缺陷或问题(略),从33个方面比较了后现代主义与现代主义的不同:

现代主义:浪漫主义/象征主义;形式(连贯的,封闭的);意图;设计;等级;精巧/逻各斯;艺术对象/完成的作品;审美距离;创造/整体化;综合;在场;中心;作品类型/边界;语义学;范式;主从关系;隐喻;选择;根/深层;阐释/理解;所指;读者的;叙事/宏大的历史;大师法则;征候;类型;生殖的/阳物崇拜;偏执狂;本源/原因;天父;超验;确定性;超越性。而与之一一对应的是:

后现代主义:形上学/达达主义;反形式(断裂的,开放的);游戏;偶然;无序;枯竭/无言;过程/行为/即兴表演;参与;反创造/解构;对立;缺席;无中心;文本/文本间性;修辞学;句型;平行关系;转喻;混合;枝干/表层;反阐释/误

① 参见沃尔夫冈·韦尔施:《我们的后现代的现代》,洪天富译,商务印书馆2004年版,第36—37页。

② 参见沃尔夫冈·韦尔施:《我们的后现代的现代》,洪天富译,商务印书馆2004年版,第39页。

③ 参见沃尔夫冈·韦尔施:《我们的后现代的现代》,洪天富译,商务印书馆2004年版,第7—11页。

④ 参见哈桑:《后现代转向》第四章,俄亥俄州立大学出版社1987年版。

读;能指;作者的;反叙事/具细的历史;个人语型;欲望;变化;多形的/雌雄同体;精神分裂症;延异/痕迹;圣灵;反讽;不确定性;内在性。①

接着,哈桑又把"后现代主义"的本质倾向归结为"不确定的内在性"(indeterminence),即"不确定性"(indeterminacy)加"内在性"(immanence),但这和韦尔施将"后现代"归结为"多元性"一样存在着简单化的嫌疑。我个人觉得,还是他的具体比较更能贴近后现代主义文艺各方面的特征,也更有价值。虽然这个比较看上去有点儿琐碎和散乱,倒也还广泛而具体,有那么点儿后现代拒绝逻辑化和整体化的意思。

与哈桑等人的赞许或客观描述态度不同,也有文艺理论家对"后现代主义"表示担忧和批评,其中最具代表性的就是美国杜克大学的弗雷德里克·杰姆逊教授。

在他看来,后现代主义的出现与"晚期的、消费的或跨国的资本主义的新时期息息相关";②它大多是对占主导地位的"高级现代主义的刻意反动",体现为"主要边界和分野的消失",特别是传统的"高雅文化"与"大众文化"或"通俗文化"之间"区别的消弭",以致"高雅艺术"与"商品形式"之间的界限"越来越难以划清";③后现代文艺最显著的特征之一是"戏仿"和"拼贴":前者是对伟大的现代风格的一种嘲弄,后者是一种稳重而可笑的反讽。从杰姆逊的各种论述中,我们可以概括出后现代主义文艺的一些基本的审美特征:

第一,主体的死亡。在后现代文化氛围中,"个性本身终结"了,具有独特个性和私人身份的个人主体"已经死去",甚或是"从未真正存在过"的虚构的幻象。这就是说,曾经作为基础,成就过伟大的现代主义的独特自我、独特个性和独创风格已不复存在。于是,后现代主义文学艺术只能去"戏仿"或"拼贴",④它"最基本的主题就是'复制'";⑤它不再谈"天才",也不再论"个人风格"。⑥

---

① 参见哈桑:《后现代转向》第四章,俄亥俄州立大学出版社 1987 年版。

② 杰姆逊:《文化转向》,胡亚敏等译,中国社会科学出版社 2000 年版,第 19 页。

③ 杰姆逊:《文化转向》,胡亚敏等译,中国社会科学出版社 2000 年版,第 2 页。

④ 杰姆逊:《文化转向》,胡亚敏等译,中国社会科学出版社 2000 年版,第 5—7 页。

⑤ 杰姆逊:《后现代主义与文化理论》,唐小兵译,北京大学出版社 1997 年版,第 218 页。

⑥ 杰姆逊:《后现代主义与文化理论》,唐小兵译,北京大学出版社 1997 年版,第 165 页。

第二,深度的放弃。各种现代主义艺术“总是以这种或那种理论为指导”(龚巴依语),[①]力求表现“绝对”和终极真理、追求具有神圣性的崇高风格,“想要成为一个没有宗教的社会里的宗教”,力求写出“宇宙之书”一样的小说、“圣经一样的诗”,[②]“它相信为了成为真正的艺术,艺术必须在某些方面超越艺术”,现代主义美学可以称为一种“超美学”;[③]而与之相反,各种后现代主义艺术则放弃了作品本身的“深度模式”:包括空间的、时间(历史)的、文本阐释的(辩证法、精神分析、存在主义、符号学等)三方面的“深度模式”,[④]“出现了美的回归和装饰,它抛弃了被(现代——笔者注)艺术所声称的对‘绝对’或真理的追求,重新被定义为纯粹的快感和满足”。尤其是到了20世纪80年代以后,各种后现代主义艺术则“完全沉浸在灯红酒绿的文化放纵和消费之中”。[⑤] 永恒性、普遍性、神圣性等等“深度”元素均已不复存在。

第三,历史感的崩溃。在现代主义艺术中,作为叙事维度或视野的时间是有序的、有方向的,加上有“自由解放的乌托邦”的引领,历史总是不断“发展”和“进步”的,因而充满了“历史感”;而在后现代主义艺术中,“时间已断裂为一系列永恒的现在”[⑥],“那种从过去通向未来的连续性的感觉崩溃了”[⑦],时间“脱节”了,一切都变得支离破碎、杂乱无章,因此,“并置”、“循环”和“为了怀旧本身而怀旧”成了后现代叙事的维度或视野;德里达更是“恢复了”如梦魇缠绕般的“幽灵叙事”模式,总之“历史感”消逝无踪了。[⑧] 一切都偶然化、零散化、碎片化了。

第四,审美距离的消失。在现代主义艺术那里,审美距离是审美活动得以可能的必备条件。审美距离既是艺术和生活的界线,也是创作主体或审美主

---

① 语出龚巴依《现代性的五个悖论》,见杰姆逊:《文化转向》,胡亚敏等译,中国社会科学出版社2000年版,第116页。

② 杰姆逊:《后现代主义与文化理论》,唐小兵译,北京大学出版社1997年版,第175页。

③ 杰姆逊:《文化转向》,胡亚敏等译,中国社会科学出版社2000年版,第82页。

④ 杰姆逊:《后现代主义与文化理论》,唐小兵译,北京大学出版社1997年版,第199—208页。

⑤ 杰姆逊:《文化转向》,胡亚敏等译,中国社会科学出版社2000年版,第84页。

⑥ 杰姆逊:《文化转向》,胡亚敏等译,中国社会科学出版社2000年版,第20页。

⑦ 杰姆逊:《后现代主义与文化理论》,唐小兵译,北京大学出版社1997年版,第228页。

⑧ 杰姆逊:《文化转向》,胡亚敏等译,中国社会科学出版社2000年版,第183—184页。

体与审美客体的界线；在后现代艺术中，由于“艺术作品的自律性”和“美学的自律性”的观念都遭到了攻击，[①]艺术与生活、真实与拟像、高雅与通俗，甚至审美主体与文艺作品之间的界线都变得模糊了。杰姆逊甚至不无夸张地说：“后现代主义的全部特征就是距离感的消失。”[②]

第五，乌托邦精神的缺席。现代主义艺术总是在追求某种乌托邦理想：永久的青春、美满的爱情、深厚的友谊、自由的天地、美好的未来等等，给人幸福生活的愿望和愿望满足的承诺；后现代主义艺术则根本“不承认什么乌托邦”。[③] 在介绍后现代理论时，杰姆逊经常提及“乌托邦”这一概念。譬如在介绍“后现代的诸种理论”的一篇短文中，在评论汤姆·伍尔夫的文学作品和福柯、哈贝马斯、塔夫里等人的思想时，杰姆逊至少有六次明确提及“乌托邦”问题！[④] 其对后现代主义艺术中乌托邦的退场和缺席感触之深，由此可见一斑。

第六，批评立场和功能的丧失。“老的或者经典的现代主义是一种反抗的艺术”，“它总是以最隐蔽的方式，在既有秩序中起危险的、爆炸性的颠覆作用”[⑤]，“颠覆与批判伴随着现代艺术的始终”[⑥]；而在后现代主义文艺中无论形式或内容里“都鲜有为当代社会所不能容忍和觉得反感的东西”（甚至连那些现代经典在进入大学讲堂之后也被“掏空了它们以往的那种颠覆力量”），[⑦]相反，它们更多地是把冷峻的“现实转化为影像”，“复制或再造——强化——消费资本主义逻辑”[⑧]。在其中所体现的，是“虚假艺术与市场体系和商品形式之间深深的同谋关系”。[⑨]

毫无疑问，杰姆逊对后现代主义这些特征的把握和批评还是相当准确和

---

① 杰姆逊：《文化转向》，胡亚敏等译，中国社会科学出版社 2000 年版，第 108 页。

② 杰姆逊：《后现代主义与文化理论》，唐小兵译，北京大学出版社 1997 年版，第 211 页。

③ 杰姆逊：《后现代主义与文化理论》，唐小兵译，北京大学出版社 1997 年版，第 165 页。

④ 详情请参见：杰姆逊：《文化转向》，胡亚敏等译，中国社会科学出版社 2000 年版，第 21—27 页。

⑤ 杰姆逊：《文化转向》，胡亚敏等译，中国社会科学出版社 2000 年版，第 18 页。

⑥ 杰姆逊：《文化转向》，胡亚敏等译，中国社会科学出版社 2000 年版，第 115 页。

⑦ 杰姆逊：《文化转向》，胡亚敏等译，中国社会科学出版社 2000 年版，第 19 页。

⑧ 杰姆逊：《文化转向》，胡亚敏等译，中国社会科学出版社 2000 年版，第 20 页。

⑨ 杰姆逊：《文化转向》，胡亚敏等译，中国社会科学出版社 2000 年版，第 115 页。

到位的。唯一遗憾的是，他的行文风格比较随意和散漫，不喜欢就某个问题做比较系统、深入的探讨和论述，往往需要读者自己在他天马行空的谈论中去做梳理和寻绎，从而在某种程度上影响了他的深刻与力度。

抛开别的因素暂且不谈，仅就文学艺术的创作成就而言，一个让后现代主义文艺家和拥护者们感到尴尬的事实是：尽管后现代创作已进行多年，队伍人数也颇为壮观，作品也产生了不少，但他们的作品“还不足以成为新的经典——尽管某些后现代主义的倡导者有此类要求”。①

仅以后现代主义文艺运动风起云涌的美国的后现代文学为例。根据卡林内斯库的研究，它诗歌上的群体包括“黑山派”诗人（查尔斯·奥尔森、罗伯特·邓肯、罗伯特·克里利）；“垮掉派”诗人（艾伦·金斯堡、杰克·凯鲁亚克、劳伦斯·弗林格蒂、格雷戈里·科索）；“旧金山文艺复兴”代表人物（格里·施耐德）或“纽约派”成员（约翰·阿什伯里、肯尼斯·科克）；小说上经常被援引的有约翰·巴斯、托马斯·品钦、威廉·加迪斯、罗伯特·库弗、约翰·霍克斯、唐纳德·巴塞尔姆，以及“超小说派”的雷蒙德·费德曼和罗纳德·苏肯尼克等。但他们的作品的影响始终有限，很少具有国际性影响。反倒是被他们所声言的“先驱”或“大师”们诸如博尔赫斯、纳博科夫和贝克特之类的作家最终在扩大了的后现代主义群体中占据了核心地位，而他们自己倒被排除了。更重要的是，这些“先驱们”的“加入”，反而导致了对“现代主义”的一种新理解。② 因为无论是在意识形态还是在美学上，这些“先驱们”都几乎与任何早期美国后现代派所主张的东西相对立，③而更接近于现代主义作家。此外，博尔赫斯的小说美学是一种“困惑的诗学”，纳博科夫的小说美学是一种戏拟、自我嘲弄与游戏的“形式主义美学”，二者相去甚远；而贝克特的戏剧美学则是一种“不可能性诗学”，并且他常常反对将其纳入后现代主义群体。④

① 马泰·卡林内斯库：《现代性的五副面孔——现代主义、先锋派、颓废、媚俗艺术、后现代主义》，顾爱彬、李瑞华译，商务印书馆2002年版，第318页。

② 马泰·卡林内斯库：《现代性的五副面孔——现代主义、先锋派、颓废、媚俗艺术、后现代主义》，顾爱彬、李瑞华译，商务印书馆2002年版，第318—319页。

③ 马泰·卡林内斯库：《现代性的五副面孔——现代主义、先锋派、颓废、媚俗艺术、后现代主义》，顾爱彬、李瑞华译，商务印书馆2002年版，第321页。

④ 马泰·卡林内斯库：《现代性的五副面孔——现代主义、先锋派、颓废、媚俗艺术、后现代主义》，顾爱彬、李瑞华译，商务印书馆2002年版，第322页。

不仅如此,还有学者认为,后现代主义的最重要的创作主张——意义的"不确定性"(indeterminacy)或"不可决定性"(undecidability)诗学,原本也是"现代主义内部一个分支的继续"(如玛乔丽·珀洛芙就写出了自波德莱尔至当今的美国后现代派的事例翔实的诗歌不确定性历史)。[①] 这又说明,后现代主义文艺轰轰烈烈发展至今,在认识上至今仍与他们声言要弃绝的现代主义观念缠绕不清,并未形成一套真正属于自己的独特的创作理论和批评原则。

此外,还有学者概括说,后现代主义最大的优点、也是它最令人不安之处,是它开放的结构,自由、有时甚至是游戏的思想方式,对权威话语的破除,对传统的兴趣、利用和颠覆,对所有约定俗成概念的质疑,对宏大叙事结构的拒绝等等。结果一切都变得支离破碎,历史成了"一件破事接着一件——没完没了"。[②] 卡林内斯库认为,较显著的后现代主义手法包括:叙事视角主义的一种存在论或"本体论"的运用(现代主义中主要是心理学的运用);对开头、结尾和所叙活动的复制或多重复制;对作者的戏拟式变换;对读者的戏拟式的且更加令人迷惑的变换;为了强调不可决定性而将事实与虚构、现实与神话、真理与谎言、原创与模仿等量齐观;用自我指涉性和"元虚构"来表现循环性;"不可靠叙事者"的极端形式,被悖论式地用于缜密地建构的目的;风格上,除大量传统修辞手法具体的、常常是戏拟式的运用外,还偏好使用有意的时代错误、同义反复、翻案或悔言之类手法。总之,它是根据一种认识论上的虚无主义、不可能性以及本体论上的"不可能主义",按照一种根本的、不可超越的不确定性的普遍感觉来构造一个破碎、错乱、谜团一般的世界。[③]

最不容忽视的是,后现代文化艺术也在潜移默化中塑造着西方人的心态,且在某种程度上加剧了社会状况的恶化。1993 年,美国两岁儿童詹姆斯·巴尔杰竟被两个 10 岁大的男孩杀死,引起了社会强烈的"道德恐慌";1999 年,美国 FBI 在加州破获了一桩接连虐杀 4 个女人的系列杀人案。罪犯竟是个平

---

① 马泰·卡林内斯库:《现代性的五副面孔——现代主义、先锋派、颓废、媚俗艺术、后现代主义》,顾爱彬、李瑞华译,商务印书馆 2002 年版,第 319—320 页。

② 安吉拉·麦克罗比:《后现代主义与大众文化》"译者前言",田晓菲译,中央编译出版社 2001 年版。

③ 马泰·卡林内斯库:《现代性的五副面孔——现代主义、先锋派、颓废、媚俗艺术、后现代主义》,顾爱彬、李瑞华译,商务印书馆 2002 年版,第 324—332 页。

时极温和老实的汽车修理工。他自称从7岁时即开始幻想谋杀女人，希望根据他的杀人经过拍摄一部"本周最走红的电影"，并声称愿意和被害者家庭平分利润！只求"视觉震撼"而淡忘了价值评判和导向的后现代商业电影文化土壤，居然孕育出了如此冷酷的心灵！或许，对于蒙智未开的小孩儿来说，照电影示范的情节杀死一个同伴不过是因为模仿游戏的一时好玩儿；但对于一个原本温和老实、只是渴望出名的成年人来说，一连串血淋淋的谋杀居然不过就像一部恐怖电影，而且只希望吸引人们一个星期的眼球而已，这无论如何是一件极其可怕的事情！

与此同时，有意思的是，近些年来在西方文艺领域中悄然出现了一股"回归潮"。其中最为人所熟知的：一是故事情节简单、主题也异常传统的《廊桥遗梦》和《泰坦尼克》等作品的格外走红；二是曾为"耶鲁四人帮"成员之一的哈罗德·布鲁姆对解构主义文论的反戈一击，及其《西方正典——伟人作家和不朽作品》（未选任何一位严格意义上的"后现代"作家）一书的出版并获得巨大赞誉。这都特别值得我们深思。

总之，关注"文艺的超越性品格"，全面清理和批判继承中西方文论—美学中这个重要的思想资源，让它在新的时代语境下生成新的意义，已经作为一个紧迫的现实问题摆在了我们面前。而要从更深层次的思想观念上解决问题，我个人认为，其关键在于：重提人文学科研究中"价值理性"和"乌托邦精神"的意义。

五、现时代语境下重提价值理性和"乌托邦精神"的意义

从理论层面看，通过前面的简单分析和粗浅反思，我们已经可以看出，科学主义思潮的主要问题出在"科学不思"，忽视了社会科学、特别是人文学科与自然科学的区别，片面主张和机械固守所谓"价值中立"或"价值无涉"的原则；后现代思潮则基于反现代、尤其是反启蒙思想观念，主张以所谓"多元公正"原则反对"规范性叙述"，以"话语权力"理论解构启蒙理想的所谓"解放神话"，主张"价值敉平"甚至"意义终结"；而消费主义文化理论则在"丰盛社会"的表象和"消费逻辑"的眩晕下丧失了批判立场和批判能力，似乎认同了这个"价值碎形"、"意义已死"的"类象第四阶段"，任由人的一切超越性追求都在这个"物包围人"的"客体时代"里消亡殆尽。由此可见，拯救价值和意

义、尤其是一些超越性价值和意义，成为了现时代语境下人文学科研究的当务之急。

从现实层面看，人类正在逐步进入“消费社会”的时代。在消费时代里，“盲目拜物的逻辑就是消费的意识形态”①。如果对这种意识形态缺乏反思、批判的力量，任由人们物欲横流、享乐主义泛滥盛行，任由超越性追求日益枯萎、精神家园日益荒芜，那么必将出现这样一种局面：一方面是人对物的疯狂追逐、疯狂占有、疯狂消费，对自然生态环境的疯狂破坏；另一方面是物对人的极度物化和彻底的商品化：不仅人的物质生活将被彻底物化，而且人的思想、人的个性、人的社会身份和地位也将全面物化；不仅人的身体将成为“最美的商品”，②而且人的品德、爱、知识、意识等等所有的一切也将成为可以交换的商品。③ 从这个角度说，在现时代语境下重提价值理性和乌托邦精神的意义，也是社会现实的迫切需要。

诚然，某些不合时宜的思想观念和价值体系是可以而且应当解构的，但人类无法长期生存在一个意义虚无的荒诞世界中而不需要理念的支撑与灵魂的皈依；同样，在一个开放的社会和开放的时代里，理想价值的设定和价值取向的选择固然可以而且应当是多元的，但这些价值是否就真的没有等级差别了呢？譬如，即便就在“合乎道德”的范畴内，“理想道德”与“底线道德”是否就完全等值了呢？再说，人类也不可能长期生存在一个完全相对的无根的自由世界中迷惘彷徨而无所依傍。

一切人文学科中的理论诉求，多多少少总带有某些价值取向和乌托邦性质。毋庸讳言，价值取向及其所指向的某些价值设定，很容易成为某种带有说教性质的意识形态；而理想价值的设定，甚至连理想价值的取向本身也都在某种程度上带有乌托邦性质。随着社会和时代的变迁，对虚假、欺骗性质的意识形态展开批判，对荒谬、有害的乌托邦进行解构，当然是十分必要的。这种批

① 波德里亚：《消费社会》，刘成富等译，南京大学出版社 2000 年版，第 46 页。

② 波德里亚在《消费社会》一书的第三章中，专门花了一整节近 40 页的篇幅来谈论这个问题。参见：《消费社会》，刘成富等译，南京大学出版社 2000 年版，第 139—166 页。

③ Baudrillard, *The Mirror of Production*, St. Louis: Telos Press, 1975, P. 119. 转引自道格拉斯·凯尔纳编：《波德里亚——一个批判性读本》，陈维振等译，江苏人民出版社 2008 年版，第 104 页。

判和解构对于社会进步及思想发展可以发挥积极作用。但如果因此而将"意识形态"、"乌托邦精神"等等彻底"污名化",甚至提出所谓"终结论",却并不符合社会科学和人文学科自身的实际。

道理很简单,人类不可能没有自己的理想价值和精神之梦,社会科学和人文学科不可能没有自己的价值取向和人文关怀,因此不可能完全不体现某种"意识形态",更不可能不具备一种"乌托邦精神",虽然在特定时代里,究竟应当体现什么样的"意识形态"和应当具备怎样的"乌托邦精神"是可以充分讨论和批评的。从这个角度说,现时代语境下重提价值理性和乌托邦精神的意义,也是人文学科理论研究自身的本性所需。

更何况,根据阿尔都塞、伊格尔顿等人的研究,事实上包括文学、艺术在内的人类的一切文明和文化形式,归根结底,本质上都是特定社会阶层或利益集团站在自己的立场上表达的某种意识形态。① 这就是说,对一种"意识形态"的怀疑、批判、否定和拒斥,只不过意味着陷入了另一种"意识形态"而已。一个明显的例子是:当丹尼尔·贝尔在20世纪60年代宣布,随着法西斯主义、斯大林主义的结束,资本主义社会的巨大变化,"意识形态已经寿终正寝了"时,这背后本身就体现了众所周知的某种作为"政治无意识"的意识形态;至于福山的所谓"意识形态终结论",实质上更是赤裸裸的"自由资本主义的意识形态一统论"。因此,"意识形态"不应当被简单地等同于"虚假"、"谬误"、"谎言"等等的代名词,而应当被视为一个中性的、普遍的、描述性的概念。从这个角度上看,试图彻底解构价值理性和乌托邦精神既是不必要的,也是不可能的。

事实上,"乌托邦"的存在绝不仅仅是一种虚幻的逃避,它实质上也是立足于未来对现实的一种拒斥、否定和批判,它通过揭示和彰显横亘于"现实"与"理想"、"实然"与"应然"之间的差距和鸿沟,一方面具有一种向现实境况提出抗诉并试图冲破和超越现实境况的功能;另一方面由于它是对理想未来愿景的筹划与描摹、憧憬和指引,所以很容易转化成为一种实实在在的解放和创造的推动力量,正如布洛赫在一次访谈中所说的那样:"乌托邦不是一种神

① 相关论述可参见阿尔都塞的《意识形态和意识形态国家机器》、《自我批评材料》,以及伊格尔顿的《审美意识形态》等论著。

话，相反……是一种客观而现实的可能性”，“乌托邦不仅照亮未来，而且照亮当下”①。从这个角度上说，现时代语境下重提价值理性和乌托邦精神必将发挥重要的积极作用。

综上所述，秉持价值理性原则和“乌托邦精神”，表达人文关怀诉求，设定理想的价值取向，守护人类的精神家园，唤醒精神的还乡意识，这正是人文学科不可替代的独特的存在根据和存在价值所在。为此，在现时代语境下，有必要重提人文学科研究中价值理性和“乌托邦精神”的意义。与之相应地，它要求艺术家务必重新担当起追问人生意义、表达终极关怀与进行社会良知拷问的道义，坚守自己文艺创作中宝贵的“理想”质素，站稳自己“守望人类精神家园”的立场，发挥自己作品的“社会文化—审美批判”功能。一句话：重新铭记和坚守“文艺的超越性品格”。唯有这样，文艺创作才有望创造出一批高质量的伟大作品，作家、艺术家才无愧于存在历史所赋予自己的天职与使命。

近些年来，“科学主义观念”和“价值中立原则”、“后现代思潮”和“消费主义文化”，都是直接左右我们的文艺理论、美学研究的强劲思潮；而它们所暴露出来的局限性以及给现时代的文艺创作和批评所带来的某些负面影响也日益明显。在此时代语境下，海德格尔的相关思想资源对于推进我们对相关问题的反思，重新思考人文学科研究中“价值理性”和“乌托邦精神”的重要性和必要性，召唤现时代人们的超越性追求，走出某些精神误区等等，无疑都具有一种特殊的意义。

第二节 海德格尔关于“文艺的超越性品格”之思的当代意义

然危险之所在
救渡亦从生

荷尔德林如是说道。的确，在“超越”意识和追求倍受冷落的现时代语境

① 恩斯特·布洛赫：《乌托邦是我们时代的哲学范畴》，梦海译，《现代哲学》，2005 年第 5 期。

下，在重提人文学科研究中的价值理性和“乌托邦精神”的意义的努力中，海德格尔关于“文艺的超越性品格”之思对于我们有效地诊治现时代文艺创作和批评中的某些疾病症候并帮助其走出某些误区，清理和批判地继承中外文艺理论、美学中重视“文艺的超越性品格”的悠久传统，以及推进我们对于“文艺超越性品格”理论自身的研究等方面，都具有重要的理论价值和现实意义。

一、现时代对“文艺的超越性品格”的遗忘及其后果

在西方，当查拉等人尝试用剪刀剪接报纸词句来创作“Dada”诗歌，歇弗尔、凯奇、布列兹等人尝试录制自然界各种声响来创作“具体音乐”或者往钢琴里不断塞进橡皮擦、铁钉或照着揉皱的白纸弹奏“偶然音乐”之时，当杜桑、达利和沃霍尔等人尝试“新达达主义”或“波普”绘画，将模特儿涂上颜料在画布上随意翻滚，甚至成功地将大便做成的“艺术品”以天价卖进艺术展览馆之时，文艺显然已经出现病态了。

当西方后现代主义文艺思潮在艺术哲学上彻底否定艺术天才、否定艺术个性、否定高雅趣味、否定审美乌托邦、否定崇高、否定审美超越，而主张打破艺术与日常生活的界限、消弭高雅文化艺术与流行文化艺术的界限时，当戏谑取代严肃、偶然随意取代匠心独运、无穷复制取代独一原创、感官刺激取代深度思索时，文艺在迷途上就愈行愈远了。

而当消费主义文化将消费不仅变成后现代社会的核心主题，而且公开宣称“我们消费故我们存在”①、“我消费什么，我就是谁”②，从而将消费提升到规定现时代人的存在—本体论高度和“我”之为“我”、“我”之区别于“他人”的重要根据之时，尤其当越来越多的东西都可以作为商品来交换和消费从而使一切神圣之物消失殆尽之时，不仅文艺面临着灭顶之灾，而且我们作为人而生存和存在的根基也被彻底动摇了。如前所述，消费主义文化那“虚无主义”的“意义终结”、取消“价值评判”的结果，必然是文艺创作与批评之批判立场和功能的丧失，代表审美正义并对社会现实进行良知拷问的神圣使命和职责

① 大卫·莱昂：《后现代性》，郭为桂译，吉林人民出版社2004年版，第5页。

② 道格拉斯·凯尔纳用来概括波德里亚思想的话。参见道格拉斯·凯尔纳编：《波德里亚——一个批判性读本》，陈维振等译，江苏人民出版社2008年版，第3页。

的放弃,文艺完全沦为了个人休闲、娱乐、释放感性欲望的工具,一种纯粹的消费品。在这种境况下,文艺极易主动与商业资本共谋、甚至完全沦为后者的奴隶。

西方现时代文艺对"深度模式"的放弃,必然使自己丧失对"绝对"或"真理"的追求,沦为一种"纯粹的快感和满足","完全沉浸在文化放纵和消费之中";而"时间断裂"、"连续性感觉崩溃"和"历史感"消逝无踪之时,一切叙事都变得偶然、零散、支离破碎和杂乱无章,"并置"、"循环"甚至如梦魇缠绕般的"幽灵叙事"成为常态;而"距离感的消失"又导致了艺术与生活、真实与拟像、高雅与通俗,甚至审美主体与文艺作品之间界线的模糊;而批判立场和功能的丧失,文艺的"反抗性"、"颠覆作用"和"批判功能"便都不复存在或被"掏空",只剩下"复制或再造——强化——消费资本主义逻辑",[①]以及"虚假艺术与市场体系和商品形式之间深深的同谋关系"。[②] 当然,最具说服力的是:后现代文艺不仅至今尚未创作出自己的经典,"还不足以成为新的经典"[③];而且也没有形成一套自己的独特的创作理论和批评原则。此外,它开放的结构,自由、甚至是游戏的思想方式,对权威话语的破除,对传统的兴趣、利用和颠覆,对所有约定俗成概念的质疑,对宏大叙事结构的拒绝等等,不仅使历史成了"一件破事接着一件——没完没了",[④]而且还塑造出了一种令人担忧的心态,在某种程度上加剧了西方现实社会状况的恶化。

如果我们抱持一种实事求是的态度,就不能否认这样一个客观事实:近些年来我国的文艺创作和批评中也出现了某些令人不安的现象:

在文学、特别是网络文学中,广泛流行所谓"新写实"、"大话"、"戏说"、"恶搞"、"情色段子",各种"玩主"、"宝贝儿"、"美女(男)"、"城市边缘人物"的作家们竞相秀"身体(而且是'下半身')写作",各种欲望(甚至是个人的畸形欲望)"自由喷洒","我是流氓我怕谁"、"我堕落所以我快乐"。仅以目前

---

① 杰姆逊:《文化转向》,胡亚敏等译,中国社会科学出版社 2000 年版,第 20 页。

② 杰姆逊:《文化转向》,胡亚敏等译,中国社会科学出版社 2000 年版,第 115 页。

③ 马泰·卡林内斯库:《现代性的五副面孔——现代主义、先锋派、颓废、媚俗艺术、后现代主义》,顾爱彬、李瑞华译,商务印书馆 2002 年版,第 318 页。

④ 安吉拉·麦克罗比:《后现代主义与大众文化》"译者前言",田晓菲译,中央编译出版社 2001 年版。

读者群最为集中的网络小说为例。经常在知名网络文学网站上浏览的朋友们大概早已发觉，网络小说的题材、内容真是“百无禁忌”。如某小说网首页推荐的《老婆爱上我》，有些“自恋”症候的作者竟一口气为其男主角设定了7个年龄、性格、成长环境、人生经历各不相同的美丽女人，外加若干仰慕、觊觎其男人魅力的女性。于是，男主人公每天生活的主旋律就是周旋于妻子与若干情人之间，享尽艳福！这种现象生活中不能说没有。问题在于，作者总是在不遗余力地为其找理由、做解释，明显流露出“有能力的男人可以坦然享受事实上的‘一夫多妻’权力”的思想观念，这样的作品对于时下某些消极的社会现象自然无异于火上浇油。甚至像《贴身经理人》这类总的思想倾向还比较符合主流价值观的作品，也不同程度地染上了这种时弊。至于某些借着暴露社会阴暗面旗号大肆描写黄赌毒黑、社会潜规则的作品，譬如专门的“二奶小说”、“按摩女小说”、“黑社会小说”、“政坛黑幕小说”等等，那更是“讽一而劝百”。近年受到热捧的几部网络小说中，反映社会转型期都市冒险家生活的《欲氓》过于沉溺于身体狂欢，始终游走在色情的边缘；反映女大学生校园生活的《粉红四年》只见女生间的嫉妒与攻击，不见同学间的友情和温暖；反映日常家庭生活的《双面胶》以极端的婆媳矛盾为主线，叙事和人物刻画还算成功，结局也异常惨烈，但往往读后最强烈的感受便是：“千万别嫁东北男人！”《天使不在线》算是尺度把握得较好的一部，但其中大量网络色情、人的阴暗心理的描写，对于个别读者仍然无异于“讽一劝百”的诱惑。最令人遗憾的是，譬如像《流氓业务员》这样的作品，从思想境界到写作功底都十分糟糕，但却因为迎合了普通男人对权力、财富和女人的渴望而受到许多读者的热烈追捧。

总体上说，近些年来，我国文学作品中的理想性、超越性质素和批判精神正在剧烈流失。更严重的是，文学批评界对这些读者面极广的作品要么听之任之，要么不屑一顾。而其中某些质量低劣、思想内容也存在明显缺陷的作品由于迎合了普通人性的低俗部分而受到热烈追捧，并逐渐培养出一种“阅读畸趣”，日益排挤着“严肃文学”的生存空间。

同样，大量影视作品要么披着所谓“弘扬民族传统文化”、“召唤忧患意识”、“重读经典”等体面外衣大肆歪曲甚至篡改历史，牵强附会地随意垢污或美化历史人物，以期达到“解构英雄”而“凸显草根”的目的，大量的“历史连续剧"或者"名著改编剧"就是明证;要么一味地迎合部分国人狭隘的民族主义情绪,迎合世界对中国的想象,迎合民众的怀旧乃至虚荣心理,一切"看行情下菜";要么徒以怪诞的情节、宏大的场面、炫目的色彩掩饰其内容的苍白,一味迎合观众的猎奇心理和感官欲求。某些号称"巨献"、"大片"的制作也成了一种徒以"视觉震撼"为手段、徒以票房和收视率为目标的纯粹的文化商业运作的产物,其中《无极》、《夜宴》、《英雄》、《十面埋伏》和《满城尽带黄金甲》就是著例。然而,其票房或收视率的巨大成功却使之成为了竞相效仿的对象。

再如,"流行歌曲的低俗化"也成了这些年的一个热门话题。2008 年李松涛在《中国青年报》上发表的一篇文章中就提到了这些年流行歌坛上普遍存在的一个怪现象:"歌词越是无聊,歌就越流行。"不少流行歌曲的歌词低俗、无聊,甚至色情、变态,譬如《老婆老婆我爱你》、《老公老公我爱你》、《香水有毒》、《QQ 爱》、《两只蝴蝶》、《老鼠爱大米》、《求佛》、《狼爱上羊》、《那一夜》等广为流行的歌曲,都曾被批评为低级趣味。2006 年底,歌手杨坤更公开批评网络歌曲"让内地音乐倒退了十五年"、"残害了下一代";甚至部分网络歌手自己也承认,有些网络歌曲确实太粗俗,"简直不能算是音乐"。著名乐评人科尔沁夫说,近年来网络音乐相当有市场,原因是这些歌词低俗的歌看起来比较"草根",更容易流传。著名音乐人、华纳唱片中国区前总经理黄小茂分析说,歌词创作普遍低俗化与整个社会环境大有关系:全社会似乎被一种"猎奇心态"所左右,对正面的东西不感兴趣,对负面的东西倒趋之若鹜;加之许多媒体为了吸引眼球,热衷刺探和抖露艺人的"绯闻"、"隐私",客观上也起着推波助澜的作用。当然,从根本上说,低俗歌曲流行的内在根源有两个:一是音乐制作公司只追求商业价值、"市场效应",一味迎合部分听众低层次的心理需求,在歌词创作上出现了严重的媚俗倾向,艺术性被商业性剧烈扭曲、严肃性被娱乐性完全取代;二是部分听众的审美趣味低下、畸形,常常以追求新异刺激、获取感官享受为主导动机,并且常常误把庸俗当通俗、误把无聊当有趣,甚至误将变态当真爱,从而沉迷于那些格调低俗的歌曲,并为其盛行慷慨解囊或摇旗呐喊。李松涛先生谈到的上述现象是值得深思的。

此外,还有打着各种体面的名号满足自己"裸露癖"和观众"窥阴癖"的各种"行为艺术"或将精力更多地放在欺诈性炒作的"绘画艺术"等等。

总之,历来从道义上承载和担当着人文精神、终极关怀与社会良知的文艺创作,如今似乎已越来越乐于与商业资本、流行话语和时代风习等等“合谋”,自愿混迹于商业市场中大捞经济利益,丧失了自己宝贵的“理想”质素和“人文关怀”,丧失了自己“守望人类精神家园”的立场和进行“社会文化—审美批判”的功能。在这样一种时代语境下,海德格尔关于“文艺超越性品格”方面的思想资源便具有了一种特殊的意义。

二、疗治现时代某些文艺疾病和精神疾病的一剂良药

现时代的文艺创作之所以出现这些问题或误区,其中也许有很多可以理解乃至值得同情的原因:譬如现代人生活内容和生活方式所发生的深刻变化,生活压力的增大和生活节奏的加快对文艺提出的新的要求(如轻松、娱乐);商品社会里资本和商业逻辑的无孔不入、无坚不摧;后现代文化和诗学美学对传统文艺观念和诗学美学原则的大肆“解构”;信息网络时代里新的游戏规则的确立;后工业时代技术的“普遍强制”本质对文艺的消极影响;消费享乐时代里人们在艺术—审美观念方面的某些畸形取向等等。

但这些都只是现时代文艺疾病征候产生的表层的外部原因,导致现时代文艺疾病征候产生的最内在、最直接的根源,是作家、艺术家们对“文艺的超越性品格”的遗忘和放弃。如果进一步做学理上的追问,我认为它同我们近年来在人文学科研究(尤其是文论美学研究)中忽视价值理性,忽视“乌托邦精神”的特出意义是分不开的。

因此,重提人文学科研究中价值理性、“乌托邦精神”的必要性和重要性,重提“文艺的超越性品格”,全面清理和批判继承中西方文论—美学中这个方面的重要思想资源,让它在新的时代语境下生成新的意义,已经作为一个紧迫的现实问题摆在了我们面前。

荷尔德林说,“然危险之所在/救渡亦从生”。在我个人看来,现时代文艺创作和批评,最亟须和最匮乏的就是对“文艺超越性品格”方面的理论诉求。在此背景下,凭借其出自本源的深刻性,海德格尔的相关思想至今仍具极强的现实针对性和理论穿透力,可以成为疗治现时代某些文艺疾病和精神疾病的一剂良药。这包括两个层面:

首先,单就现时代文艺疾病征候的诊治来说,上述现时代文艺的种种疾病症候——譬如理想质素和人文关怀的缺失,与商业资本和流俗观念主动的共

谋,承载和担当审美正义、良知拷问、守望家园的立场和对社会进行文化—审美批判的功能的丧失等等,直接病根都在于"超越性品格"的遗忘与放弃。而海德格尔关于"文艺的超越性品格"之思正是对症之药,自然具有其特殊的意义。

具体地说,在现时代这样一个主要以后现代和消费主义文化为特征的社会里,包括文艺在内的整个"文化工业"的核心价值和全部目标都发生了严重的扭曲:首先是作家、艺术家将自己的天职与天命抛到了脑后,他们的职责沦落为仅仅为了"生产消费需求,并因此而为商品赋予或增加符号价值";其次是文艺作品的崇高地位不复存在,于是便有了"艺术作品进了猪肉食品店,抽象派油画进了工厂……","高级"文化、"伟大"画作、"经典"音乐等等也统统变成了"消费物品"的现象发生;再次是文艺批评家也放弃了自己与"伟大作品"进行"思与诗的对话"以使之"成为可以听闻的"之神圣使命,其新职责沦落为仅仅是扮演好艺术品交易的"掮客",而"美"和"美学"也沦落成了消费竞争社会中设计和包装各种商品的"文化赋值要素"和"市场营销手段",①纯粹为了迎合市场"媚俗"的需要而存在的"模拟美学"、"文化适应美学";②最后是"消费逻辑"终于取消了"艺术表现的传统的崇高地位",文艺本身沦落为一种只为适应消费需要而产生和存在的各种"流行艺术",生产的乃是只为消费而存在的"纯消费物品"。在这样一种境况下,下列情形的出现就在所难免:在绘画中,"完全外在"的视觉刺激取代了"深刻"的意义内涵,曾经造就了先前一切绘画殊荣的"内在光辉"荡然无存,而成为了一种"纯操作性的艺术",一种将商品"圣化"并为其"赋值"的"超级圣化符号"的艺术,③一种完全"与消费社会的黑暗现实妥协了并同谋着的艺术";④而"涂鸦符号"更成为了一种"既没有外延,也没有内涵……仅仅通过自己的在场本身来消解自己的符号";⑤而时装、广告、裸体照、裸体戏、脱衣舞等等,则"到处都是勃起与阉割

① 波德里亚:《消费社会》,刘成富译,南京大学出版社 2000 年版,第 108—113 页。
② 波德里亚:《消费社会》,刘成富译,南京大学出版社 2000 年版,第 113—116 页。
③ 波德里亚:《消费社会》,刘成富译,南京大学出版社 2000 年版,第 125—126 页。
④ 波德里亚:《消费社会》,刘成富译,南京大学出版社 2000 年版,第 120—122 页。
⑤ 波德里亚:《象征交换与死亡》,车槿山译,译林出版社 2006 年版,第 111—122 页。

的舞台剧",充满了色情、自恋、诱惑,仅只成为欲望的唤醒、勃发与阉割;①诗歌则"摧毁"了"一切朝向某个终点的通道"和"一切指涉,一切谜底",它所指涉的永远是"无",是"零所指",且正是通过这"所指位置的彻底空置所引起的晕眩"来构成自己的"力量";还公开宣称诗的快感来自"神的死亡和神名的死亡",它"召唤神就是为了把神处死",它的目的"不是让物呈现,而是把语言本身当做物来摧毁"。于是,诗歌最终成为了消解一切并自我消解的"价值的彻底丧失"。②

毋须赘言,上述文艺发展现状中诸多疾病症候的出现,直接根源就在于对"文艺的超越性品格"的遗忘和放弃;而要解决这些问题,唯有对症下药。此外,上述现象虽是西方学者对西方文艺发展现状的描述和分析,但却同样适合于对我国现阶段文艺发展现状的把握。我们的文艺理论界和批评界若对此无所作为,这样的状况就会日益加剧并持续恶化。而要解决这一问题,让文艺走出这些误区,重提"文艺的超越性品格"不失为一种明智的选择。正是在这里,海德格尔的相关思想体现了它的特殊意义。

其次,文艺的疾病症候归根结底是由现时代的某些精神疾病所带来的。单就文化特征而言,现时代是后现代主义加消费主义共同造就的一个特殊时代。在这个时代里,物欲不断膨胀,享乐主义盛行,人们的形上追求急剧消失,神圣崇高之物饱受亵渎。要解决现时代社会的这些精神疾病,一种作为现实的"异在"、"否定"、"反抗"和"批判"力量而存在的文艺可能成为一条"救渡之路"。从这个意义上说,海德格尔关于"文艺超越性品格"之思也正是对症之药,具有特殊的意义。

具体地说,现时代社会一个突出的精神疾病症候正如波德里亚所说,不仅整个社会仿佛成了"被围困的、富饶而又受威胁的耶路撒冷",③而且太多物品的"丰盛"神话使"我们变成了金钱的粪土",太多空闲的"荒诞自由"的存在神话又使"我们变成了时间的粪土"。④"盲目拜物的逻辑"变成了公众"意识

① 波德里亚:《象征交换与死亡》,车槿山译,译林出版社 2006 年版,第 149 页。
② 波德里亚:《象征交换与死亡》,车槿山译,译林出版社 2006 年版,第 312—355 页。
③ 波德里亚:《消费社会》,刘成富译,南京大学出版社 2000 年版,第 15 页。
④ 波德里亚:《消费社会》,刘成富译,南京大学出版社 2000 年版,第 173 页。

形态”，[①]超级购物中心变成了新的“万神庙”和“阎王殿”，“所有消费之神或恶魔都汇集于此”[②]。商品消费意识、商业运作模式和消费逻辑渗透到了一切社会生活领域。人们在疯狂追逐和占有“物”、“商品”的同时也被极度地“物化”、“商品化”，不仅人的身体成为了“最美的商品”，[③]而且连人的品德、爱、知识、信仰等精神品质也变成了可以出售和交换的商品。[④] 最后还催生出了一种奇特的思想与心态：它使人们误将物的丰盛错认为幸福的降临，误将消费的益处当做奇迹来体验，对消费的美好信仰变成了人们代代相传的集体无意识。[⑤] 于是，人越来越沦为“官能性的人”、“现代新野人”。[⑥] 其超越性追求日益枯萎，其精神家园也日益荒芜，而“价值碎形”、“意义已死”、解构崇高、亵渎神圣乃至摧毁一切“规范性叙述”亦接踵而至。终于，“虚无主义”的噩梦空前严重地降临，人们失去了“任何可供停泊的安全港湾”，[⑦]只能在一个完全相对的无根的自由世界中迷惘、彷徨，无所依傍的“流浪”与“迷失”遂成为了一种宿命。

从这个角度说，拯救价值和意义、尤其是一些超越性价值和意义，重提人文学科研究中价值理性和乌托邦精神的意义，已经成为了社会现实的迫切需要。在这样一种时代语境下，海德格尔关于“文艺的超越性品格”之思由于强调“文艺与人的历史性此在及其超越之间的内在关联”，强调文艺乃是“存在真理发生和保藏的突出方式”，强调文艺应当而且必须成为我们乃至一个民族历史性此在“依本源而居之先行的必需的本源”，强调作家艺术家应当勇敢地担当起自己的“天职与天命”等，在诊治现时代社会的某些精神疾病方面也具有一种特殊的意义。

---

① 波德里亚：《消费社会》，刘成富译，南京大学出版社 2000 年版，第 46 页。

② 波德里亚：《消费社会》，刘成富译，南京大学出版社 2000 年版，第 4—8 页。

③ 波德里亚：《消费社会》，刘成富译，南京大学出版社 2000 年版，第 139—166 页。

④ Baudrillard, *The Mirror of Production*, St. Louis: Telos Press, 1975, P. 119. 转引自道格拉斯·凯尔纳编：《波德里亚——一个批判性读本》，陈维振等译，江苏人民出版社 2008 年版，第 104 页。

⑤ 波德里亚：《消费社会》，刘成富译，南京大学出版社 2000 年版，第 9—10 页。

⑥ 波德里亚：《消费社会》，刘成富译，南京大学出版社 2000 年版，第 1—2 页。

⑦ 道格拉斯·凯尔纳、斯蒂文·贝斯特：《后现代理论——批判性的质疑》，著，张志斌译，中央编译出版社 2006 年版，第 145 页。

三、唤起对中西方文论—美学中一个源远流长的传统的关注

本来,在西方,从柏拉图的"非诗"、"驱逐(个别)诗人",亚里士多德的要求诗"按自然应当有的样子去模仿"、"诗比历史更富于哲学意味",到郎吉弩斯论述"文艺作品崇高风格的五大来源"、"崇高是伟大心灵的回声",普罗提诺要求文艺能反映"太一"的光辉,再到17世纪布瓦罗等新古典主义者对艺术与真理关系的强调,18世纪启蒙主义思想家如康德基于"实践理性"提出"美是道德的象征",再到19世纪浪漫主义者如黑格尔直接称艺术为"理念的感性显现"或"理想";从柏拉图的"代神说话",到中世纪的多次"偶像破坏运动"和奥古斯丁宣称"美是上帝的名字",托马斯·阿奎那宣称"事物(包括文艺作品)之所以美,是因为神居住在里面",再到荷尔德林、特拉克尔、里尔克等伟大诗人的"歌唱神圣"、"期待上帝";在中国,从老庄的"非文"、孔子的"删诗"和"远郑卫之声",到荀子、扬雄、刘勰、韩愈、柳宗元、欧阳修、周敦颐一直到章学诚等人的"文以明道"、"文以贯道"、"文以鸣道"、"文以载道",再到王国维先生的"境界"说,一直到现当代强调反映"生活本质"的"现实主义/浪漫主义"文艺理论,对"文艺的超越性品格"(包括形上之维、神性之维和源初道德之维)的强调和坚守,可以说是自"文化轴心时代"以来中西方文化的历代先贤们从不同角度反复强调的一个源远流长的文论—美学理论传统,也是古今中外众多伟大的文艺家和伟大的文艺作品创作实践经验的一个重要结晶。在这一方面,我们拥有丰富的思想资源宝库,一份重要的文化艺术遗产,一个悠久的文艺思想传统。

我们并不讳言,历史上曾经由于将这个传统过分神圣化和僵硬化而给文艺创作带来过束缚与伤害;但实践经验教训表明,对这一传统因噎废食式的简单抛弃,同样不利于文艺创作的健康发展。因此,在现时代语境下重新理性地审视、批判地继承和发扬这一传统的合理因素,并赋予它以崭新的时代内涵与意义,重新铭记和坚守"文艺的超越性品格",正是直接疗治现时代文艺的某些疾病征候的一条重要途径。

当然,这不是要简单地反对现时代的文艺创作为了适应商品消费社会的需要而适当调整应对策略(事实上资本的力量是难以抗拒的),也不是要故意同主流话语和时代风习相对抗(那无异于鸡蛋碰石头);不是简单否定快速的文艺生产方式本身(巴尔扎克的快速与多产照样产生了"世界名著"),也不是

主张在“表现什么”上面重新设置禁区（即便“表现情欲”本身也没什么不好，它照样能成就《金瓶梅》、《十日谈》和《查特莱夫人的情人》等不朽杰作）；不是说凭借自己的诚实劳动和精明经营挣得自己应得的名利本身有什么不对（劳动和智慧应当是有价值的），更不是要干预文艺家创作的自由（民主自由是天才的保姆）。

然而问题在于：文艺与商业资本、主流话语和时代风习的“合谋”应不应当有一个“底线”？是文艺家被迫还是主动放弃自己的“底线”？个人或群体“作坊”快速、批量化、流水线式的生产方式能否保证文艺作品的独创性、个性而不至于沦为一种“机械复制”？文艺家在“表现什么”上面当然有他自由选择的权利，但当他的“怎样表现”会对社会产生直接影响时他还有没有放弃对自己的作品负责的权利和自由？作为一个艺术家，当他在运用自己的智慧和劳动换取自己的所得时还应不应该“持存”点儿什么才配赢得社会的格外尊敬？所有的问题集中为一个问题：文艺创作能否变成生产“马桶”一样的体力劳动？文艺作品能否只是“面包”、“香皂”、“避孕套”一样的纯粹的“商品”？

要求文艺坚守“超越性品格”的理由很简单，我们可以从“底线”上做如是反向追问：人类在经过了几千年文明、文化的熏陶后还能否将自己的一切“灵性”内涵都斥为“虚妄”而加以“解构”和“抽空”，完全作为一堆“肉”、只像“一头愉快的野猪”那样生活？这样的生活是否就更加幸福和充满意义？当一个艺术家纯粹像一个工匠靠自己“取悦于人”的手艺换取“赏钱”并在其中“自得其乐”时，他的作品是否就会更有价值？

毋须赘言，作为“文化工业商品”制作的“文艺作品”与为满足审美及精神超越需要而创造的文艺作品、优秀的文艺作品与平庸的文艺作品，应该有所区别。即便不能作为衡量一个作品“是”与“不是”的标准，至少一个作品“优秀”、“伟大”与否，要看它是否具备“超越性品格”；当今文艺创作之所以日益丧失“理想”质素，步入越来越多“误区”，正是由于遗忘和缺失了“文艺的超越性品格”的结果。因此，重提“文艺的超越性品格”，全面清理和批判继承中西方文论—美学中这个重要的思想资源，让它在新的时代语境下生成新的意义，已经作为一个紧迫的现实问题摆在了我们面前。在现时代语境下，我们有必要重提人文学科研究中“价值理性”和“乌托邦精神”的意义。在这方面，“法兰克福学派”的社会批判理论、波德里亚和费瑟斯通等人有关“消费文化”的书籍、王元骧和周宪等先生有关“文艺超越性”方面的论著，可以给我们提供许多理论上的启示。

总而言之，海德格尔对于“文艺的超越性品格”的沉思和对荷尔德林等人的伟大的文艺作品的坚持不懈的阐释—批评，可以唤起我们对这个源远流长的重要传统的关注和反思。在这个意义上说，海德格尔关于“文艺的超越性品格”之思也具有特殊的时代意义。

四、促进对“文艺的超越性品格”自身的理论思考

毫无疑问，作为伟大的文艺作品必须具备的基本质素，作为诊治现时代文艺和社会某些疾病症候的一条可能的救渡之路，作为对中外文艺思想史上一个悠久传统的重新关注和批判继承，“文艺的超越性品格”自身应当、可能而且必须成为当下文艺理论和美学研究中一个重要而紧迫的研究课题。不幸的是，对这一课题的研究由于尚未引起足够重视而一再被延迟。

我个人认为，对“文艺的超越性品格”自身的理论思考至少应当包括两个层面：一是对历代先贤们相关思想资源的清理与审视；二是在批判地继承和发扬前人的相关思想成果的基础上我们自己对这一理论问题的探索。而无论是在清理和审视前人的相关思想资源方面，还是在我们自己进行相关的理论探索方面，海德格尔关于“文艺的超越性品格”之思都能给我们提供许多有益的启迪。

譬如，柏拉图的艺术哲学中虽然也涉及文艺与真理、文艺与道德，甚至可以说也涉及文艺与神性等等与“文艺的超越性品格”紧密相关的诸多问题，并提出了许多至今依然启人智慧的深刻洞见，但与海德格尔的相关思想对照，其局限性便昭然若揭：第一，与海德格尔颇多正面探讨不同，柏拉图的观点几乎都是从批评的角度提出的，正面论述则显得相对欠缺或不足；第二，柏拉图的“真理”观是以“理念”论为哲学基础的，而且是一种典型的“符合论真理”观；第三，他批评包括荷马在内的诗人“浇灌人们的情欲”、“歪曲神的形象”，最早提议设立“文艺检查制度”并要求将不合格的诗人“逐出城邦”，但他给人印象最深的是道德训诫，并未从艺术—审美超越的角度对文艺的形上之维、源初道德之维、神性之维作出令人信服的合理阐释。再譬如，奥古斯丁、托马斯·阿

奎那的美学、艺术哲学中虽然都涉及文艺与上帝(神)的关系等与"文艺的超越性品格"紧密相关的问题,但其局限性也十分突出:第一,正如海德格尔所说,是"神圣者"给出(gibt)"神性",而"神性"才给出"上帝"和"诸神",而不是相反。① 可是,在奥古斯丁和托马斯·阿奎那那里,与在其他神学家们那里一样,"上帝"即是一切的"开端"和"归属",而被如此理解的"上帝"只能代表绝对信仰的维度,与"文艺的超越性品格"中的"神性维度"则相去甚远。第二,在海德格尔的诗学、艺术哲学中,"神性之维"乃是作为"文艺的超越性品格"中的一个有机构成部分、作为"伟大的诗"和"伟大的艺术作品"的一个重要质素而存在的;而在奥古斯丁和托马斯·阿奎那的美学、艺术哲学中,"上帝"所代表的神圣存在乃是高高地凌驾于文艺之上的一种绝对的异在力量,而并非"文艺的超越性品格"自身的一个有机构成维度;中世纪里多次爆发大肆损毁古希腊、古罗马不朽的艺术杰作的"偶像破坏运动",就是有力的证明。而在海德格尔关于"文艺的超越性品格"的思想系统中,古希腊的诸神雕像、神庙建筑等,则是西方艺术发展的"顶峰时期"所创造的"伟大的艺术杰作"的范本。又如对中国儒家的"载道"论文论传统的审视和反思,海德格尔的相关思想同样能为我们提供有益的启示。譬如,两相对照,我们就很容易发现在前者中"神性之维"的长期缺失、对文艺"道德之维"的强调却多是"观念性道德"而非"源初道德"等等。

总之,中外历代先贤们对"文艺的超越性品格"提出过许多值得深思的问题,作出过许多卓越的思考,产生过许多闪烁着智慧光芒的思想,得出过许多发人深省的论断,从而为我们进一步推进对这一课题的研究提供了坚实的基础。但由于其时代和个人眼界的局限性,他们没有、也不可能对"文艺的超越性品格"理论自身作出深入、系统的思考和论述。这就为我们进行新的探索留下了空间。在清理、审视和批判地继承中外文艺理论、美学中的相关思想资源的基础上,"文艺的超越性品格"理论自身的研究也需要推

---

① 海德格尔这方面的论述很多,单是在《关于人本主义的书信》中至少就有两处明确谈到这一点:"唯有神圣者才是神性之本质空间,而神性本身又才允诺诸神和上帝之维度";"只有从神圣者的本质出发,神性的本质才会被思索。而只有按照神性的本质,'上帝'这一词语所命名的东西才会为人所思"。分别参见:Heidegger, M. *Wegmarken*, Frankfurt: Vittorio Klostermann, 1996, S. 339; S. 351.

进。它的基本概念的选择和界定、基本问题的拟定和思考、基本理论框架的确立和完善等等,都需要进一步摸索。在这一方面,海德格尔关于“文艺的超越性品格”问题所作的一系列卓越思考,也能够为我们提供许多值得借鉴的典范。

结语：珍视海德格尔诗学思想资源
坚守"文艺的超越性品格"

基于其对日常此在存在的生存论—存在论分析以及如何向本己本真存在超越的"存在之思"，基于其对"伟大艺术（作品）"的终生热爱和热切召唤，海德格尔以他毕生的精力关注"文艺的超越性品格"问题，并以长期坚持不懈的实际行动表达了对"文艺的超越性品格"的诉求与坚守，以及对于具有"超越性品格"的真正伟大的文艺作品的热爱，还据此作出了杰出的批评—阐释实践，最终建立起了关于"文艺的超越性品格"的一个卓越的、比较完整的思想系统。

在这个思想系统中，海德格尔基于"生存论—存在论"立场，通过一系列独特、新颖而又深刻的论述和阐释，对诸如"美"、"艺术"、"艺术作品"、"诗"、"真理"、"语言"等一系列"美学"、"艺术哲学"范畴，作出了全新的思考和界定；对诸如"文艺与真理的关系"、"文艺与此在在世存在的内在的本质关联"、"世界黑夜（贫困）时代里诗人和艺术家的天职与天命"等等一系列"美学"、"艺术哲学"重大问题，作出了全新的沉思和言述；对"美学"、"艺术哲学"的学科观念和研究范式，作出了全新的考量与确立；对历史上曾经被人们忽视甚至遗忘了的伟大艺术家及其伟大作品，作出了"重新发现"和杰出的"思与诗的对话"；还为我们"敞亮"了"文艺的超越性品格"的三个基本维度：即文艺的"形上之维"、文艺的"神性之维"和文艺的"源初道德之维"，从而为我们进一步思考"文艺的超越性品格"问题指明了一条"道路"并作出了"示范"。

这方面的思想不仅是海德格尔诗学思想的重要组成部分，同时还是准确理解其诗学思想实质的关键所在。而且，凭借其出自本源的深刻性，它们至今仍然具有很强的现实针对性和理论穿透力，是海德格尔诗学中极其核心、同时也是对我们当下的文艺创作和诗学—美学研究最具启发意义的思想。在现时代语境下，它可望成为有效疗治我们某些文艺疾病和精神乱象的一剂良药，它可望唤起我们对自“文化轴心时代”以来中西方文论美学中关注“文艺的超越性品格”这个源远流长的优良传统的重新关注，它也可望大大促进我们对“文艺超越性品格”本身的理论思考。

时下，后现代思潮气势汹汹，消费主义和享乐主义风起云涌，文艺创作的理想质素和人文关怀日益缺乏，而媚俗和主动与商业资本、流俗观念共谋的现象日益明显，审美正义、社会良知的担当精神和对现实的文化批判功能日益丧失。在此时代语境下，越来越多的有识之士将救治时代精神疾病和文艺疾病的希望寄托在了重提人文学科研究中的价值理性和“乌托邦精神”的意义，重提“文艺的超越性品格”上。

因此，我们有充分理由提出如下主张：珍视海德格尔诗学思想资源，坚守“文艺的超越性品格”。

参考文献

一、中文或译著部分

[德]阿多诺:《否定的辩证法》,张峰译,重庆出版社 1993 年版

[德]阿多诺:《美学理论》,王柯平译,成都人民出版社 1998 年版

[德]阿尔布莱希特·维尔默:《论现代和后现代的辩证法——遵循阿多诺的理性批判》,钦文译,商务印书馆 2003 年版

[德]阿佩尔:《哲学的改造》,孙周兴、陆兴华译,上海译文出版社 1997 年版

[美]阿瑟·丹托:《艺术的终结》,欧阳英译,江苏人民出版社 2005 年版

[美]阿瑟·丹托:《艺术的终结之后》,王春辰译,江苏人民出版社 2007 年版

[美]爱德蒙森:《文学对抗哲学》,王柏华、马晓冬译,中央编译出版社 2000 年版

[美]艾尔伯特·鲍尔格曼:《跨越后现代的分界线》,孟庆时译,商务印书馆 2003 年版

[英]安吉拉·默克罗比:《后现代主义与大众文化》,田晓菲译,中央编译出版社 2001 年版

[美]安东尼·吉登斯、斯科特·拉什、[德]乌尔里希·贝克:《自反性现代化——现代社会秩序中的政治、传统与美学》,赵文书译,商务印书馆 2004 年版

[美]安东尼·J. 卡斯卡迪:《启蒙的后果》,严忠志译,商务印书馆 2006 年版

[瑞]奥特著:《不可言说的言说》,林克、赵勇译,三联书店 1994 年版

[美]巴姆巴赫:《海德格尔的根——尼采,国家社会主义和希腊人》,张志和译,上海书店 2007 年版

[美]巴特雷:《非理性的人》,段德智译,上海译文出版社 1992 年版

[德]贝勒尔:《尼采、海德格尔与德里达》,李朝晖译,社会科学文献出版社 2001 年版

[德]本雅明:《经验与贫乏》,王炳钧、杨劲译,百花文艺出版社 1999 年版

[德]本雅明:《发达资本主义时代的抒情诗人》,王才勇译,上海三联书店 1989 年版

[德]本雅明:《德国悲剧的起源》,陈永国译,文化艺术出版社 2001 年版

[德]本雅明:《机械复制时代的艺术作品》,王才勇译,中国城市出版社 2002 年版

陈嘉明等:《现代性与后现代性》,人民出版社 2001 年版

陈嘉映:《海德格尔哲学概论》,三联书店 1995 年版

成穷、余虹、作虹:《海德格尔诗学文集》,华中师范大学出版社 1992 年版

[美]大卫·库尔珀:《纯粹现代性批判——黑格尔、海德格尔及其以后》,臧佩洪译,商务印书馆 2004 年版

[加]大卫·莱昂:《后现代性》,郭为桂译,吉林人民出版社 2004 年版

[英]戴维·弗里斯比:《现代性的碎片——齐美尔、克拉考尔和本雅明作品中的现代性理论》,卢晖临等译,商务印书馆 2003 年版

[美]道格拉斯·凯尔纳、斯蒂文·贝斯特:《后现代理论:批判性的质疑》,张志斌译,中央编译出版社 2006 年版

[美]道格拉斯·凯尔纳编:《波德里亚:一个批判性读本》,陈维振、陈明达、王峰译,江苏人民出版社 2008 年版

[德]法里亚斯:《海德格尔与纳粹主义》,郑永慧译,时事出版社 2000 年版

董志强:《消解与重构——艺术作品的本质》,人民出版社 2002 年版

[德]伽达默尔:《哲学解释学》,夏镇平、宋建平译,上海译文出版社 1994

年版

[德]伽达默尔:《真理与方法》,洪汉鼎译,上海译文出版社 1999 年版

[德]伽达默尔:《哲学生涯》,陈春文译,商务印书馆 2003 年版

[德]贡特·奈斯克、埃米尔·克特琳编:《回答——海德格尔说话了》,陈春文译,江苏教育出版社 2005 年版

[日]高田珠树:《海德格尔存在的历史》,刘文柱译,河北教育出版社 2001 年版

[美]哈罗德·布鲁姆:《西方正典:伟大作家和不朽作品》,江宁康译,译林出版社 2005 年版

[德]海德格尔:《存在与时间》,陈嘉映、王庆节译,三联书店 1987 年版

[德]海德格尔:《现象学之基本问题》,丁耘译,上海译文出版社 2008 年版

[德]海德格尔:《荷尔德林诗的阐释》,孙周兴译,商务印书馆 2000 年版

[德]海德格尔:《林中路》,孙周兴译,上海译文出版社 1997 年版

[德]海德格尔:《路标》,孙周兴译,商务印书馆 2000 年版

[德]海德格尔:《面向思的事情》,孙周兴译,商务印书馆 1999 年版

[德]海德格尔:《尼采》(上、下),孙周兴译,商务印书馆 2002 年版

[德]海德格尔:《在通向语言的途中》,孙周兴译,商务印书馆 1997 年版

[德]海德格尔:《形而上学》,熊伟、王庆节译,商务印书馆 1996 年版

[德]海德格尔:《演讲与论文集》,孙周兴译,商务印书馆 20066 年版

[德]海德格尔著,孙周兴编:《海德格尔选集》(上、下),上海三联书店 1996 年版

[德]汉斯·昆、瓦尔特·延斯:《诗与宗教》,三联书店 2005 年版

韩潮:《海德格尔与论理学问题》,同济大学出版社 2007 年版

[德]荷尔德林:《荷尔德林文集》,戴晖译,商务印书馆 2000 年版

何卫平:《通向解释学辩证法之途》,上海三联书店 2001 年版

[德]胡塞尔:《逻辑研究》(I/II),倪梁康译,商务印书馆 1994、1998、1999 年版

[德]胡塞尔:《纯粹现象学通论》,李幼蒸译,商务印书馆 1995 年版

[德]胡塞尔:《欧洲科学的危机与超越论的现象学》,王炳文译,商务印书

馆2001年版

胡自信:《黑格尔与海德格尔》,中华书局2002年版

黄裕生:《时间与永恒——论海德格尔哲学中的时间问题》,社会科学文献出版社2002年版

[美]杰姆逊:《后现代主义与文化理论》,唐小兵译,北京大学出版社1997年版

[美]金·莱文:《后现代的转型》,常宁生等编译,江苏教育出版社2006年版

[日]今道有信等:《存在主义美学》,崔相录、王生平译,辽宁人民出版社1987年版

[法]居伊·珀蒂德芒热:《20世纪的哲学与哲学家》,刘成富等译,江苏教育出版社2007年版

靳希平:《海德格尔早期思想研究》,上海人民出版社1995年版

[美]考夫曼编:《存在主义》,陈鼓应等译,商务印书馆1996年版

[美]拉塞尔·雅各比:《不完美的图像:反乌托邦时代的乌托邦思想》,姚建彬等译,新星出版社2007年版

[美]拉塞尔·雅各比:《乌托邦之死:冷漠时代的政治与文化》,姚建彬译,新星出版社2007年版

[美]劳伦斯·E.卡洪:《现代性的困境——哲学、文化和反文化》,王志宏译,商务印书馆2008年版

[法]勒维纳斯:《上帝·死亡和时间》,余中先译,上海三联书店1997年版

[法]利奥塔:《后现代状态》,三联书店1997年版

[美]理查德·罗蒂:《后哲学文化》,黄勇编译,上海译文出版社2004年版

[美]理查德·沃林:《存在的政治——海德格尔的政治思想》,周宪、王志宏译,商务印书馆2000年版

[美]理查德·沃林:《海德格尔的弟子——阿伦特、勒维特、约那斯和马尔库塞》,张国清、王大林译,江苏教育出版社2005年版

李文堂:《真理之光——费希特与海德格尔论SEIN》,江苏人民出版社

2002 年版

刘敬鲁:《海德格尔人学思想研究》,中国人民大学出版社 2001 年版

刘小枫:《诗化哲学》,山东文艺出版社 1986 年版

刘小枫:《拯救与逍遥》,上海人民出版社 1988 年版

刘小枫:《走向十字架上的真》,上海三联书店 1994 年版

刘小枫编:《海德格尔与有限性思想》,孙周兴等译,华夏出版社 2002 年版

陆扬、王毅:《文化研究导论》,复旦大学出版社 2006 年版

[美]罗伯特·皮平:《作为哲学问题的现代主义》,阎嘉译,商务印书馆 2007 年版

[德]马克斯·韦伯:《社会科学方法论》,朱红文等译,中国人民大学出版社 1992 年版

[法]马克·弗罗芒—默里斯:《海德格尔诗学》,冯尚译,上海译文出版社 2005 年版

[英]马尔霍尔:《海德格尔与〈存在与时间〉》,亓校盛译,广西师范大学出版社 2007 年版

[德]马尔库塞:《单向度的人》,刘继译,上海译文出版社 2008 年版

[德]马尔库塞:《爱欲与文明》,黄勇、薛民译,上海译文出版社 2008 年版

[德]马尔库塞:《审美之维》,李小兵译,上海三联书店 1989 年版

[美]马太:《现代性的五副面孔:现代主义、先锋派、颓废、媚俗艺术、后现代主义》,顾爱彬、李瑞华译,商务印书馆 2002 年版

[美]马歇尔·伯曼:《一切坚固的东西都烟消云散了——现代性体验》,徐大建、张辑译,商务印书馆 2004 年版

[英]迈克·费瑟斯通:《消费文化与后现代主义》,刘精明译,译林出版社 2000 年版

那薇:《道家与海德格尔相互诠释——在心物一体中人成其人物成其物》,商务印书馆 2004 年版

倪梁康:《胡塞尔现象学概念通释》,三联书店 1997 年版

倪梁康:《会意集》,东方出版社 2001 年版

倪梁康:《自识与反思》,商务印书馆 2002 年版

倪梁康编译:《面向实事本身——现象学经典文选》,东方出版社 2000 年版

彭富春:《无之无化》,上海三联书店 2000 年版

[英]齐格蒙特·鲍曼:《现代性与矛盾性》,邵迎生译,商务印书馆 2003 年版

[法]让·波德里亚:《消费社会》,刘成富、全志钢译,南京大学出版社 2004 年版

[法]让·波德里亚:《象征交换与死亡》,车槿山译,译林出版社 2006 年版

[德]萨弗兰斯基:《来自德国的大师——海德格尔和他的时代》,靳希平译,商务印书馆 2007 年版

尚杰:《归隐之路——20 世纪法国哲学的踪迹》,江苏人民出版社 2002 年版

尚杰:《德里达》,湖南人民出版社 2002 年版

[德]绍伊博尔德:《海德格尔分析新时代的科技》,宋祖良译,中国社会科学出版社 1991 年版

[德]施太格缪勒:《当代哲学主流》(上、下),王炳文等译,商务印书馆 2000 年版

[英]史蒂文·康纳:《后现代主义文化——当代理论导引》,严忠志译,商务印书馆 2007 年版

[英]斯坦纳:《海德格尔》,阳仁生译,湖南人民出版社 1988 年版

宋祖良:《拯救地球和人类未来——海德格尔的后期思想》,中国社会科学出版社 1991 年版

苏宏斌:《现象学美学导论》,商务印书馆 2005 年版

孙周兴:《说不可说之神秘》,上海三联书店 1994 年版

孙周兴:《我们时代的思想姿态》,东方出版社 2001 年版

涂成林:《现象学运动的历史使命——从胡塞尔、海德格尔到萨特》,中央编译出版社 2007 年版

[德]瓦尔特·比梅尔:《当代艺术的哲学分析》,孙周兴等译,商务印书馆 1999 年版

王恒:《时间性:自身与他者——从胡塞尔、海德格尔到列维纳斯》,江苏人民出版社 2005 年版

王庆节:《解释学、海德格尔与儒道今释》,中国人民大学出版社 2004 年版

王一川:《意义的瞬间生成》,山东文艺出版社 1988 年版

王一川:《语言乌托邦——20 世纪西方语言论美学探究》,云南人民出版社 1994 年版

王元骧:《审美超越与艺术精神》,浙江大学出版社 2006 年版

[德]威廉·狄尔泰:《体验与诗》,胡其鼎译,三联书店 2003 年版

[德]沃尔夫冈·韦尔施:《我们的后现代的现代》,洪天富译,商务印书馆 2004 年版

伍晓明:《有(与)存在:通过"存在"而重读中国传统之"形而上"者》,北京大学出版社 2005 年版

徐友渔等:《语言与哲学——当代英美与德法传统比较研究》,三联书店 1996 年版

叶秀山:《思·史·诗——现象学和存在哲学研究》,人民出版社 1988 年版

叶秀山:《当代学者自选文库·叶秀山卷》,安徽教育出版社 1999 年版

余虹:《思与诗的对话——海德格尔诗学引论》,中国社会科学出版社 1991 年版

余虹:《中国文论与西方诗学》,三联书店 1999 年版

余虹:《艺术与归家——尼采·海德格尔·福柯》,中国人民大学出版社 2005 年版

俞宣孟:《现代西方的超越思考——海德格尔的哲学》,上海人民出版社 1989 年版

[德]于尔根·哈贝马斯:《现代性的哲学话语》,曹卫东、何浩译,译林出版社 2004 年版

[美]约翰·凯里:《艺术有什么用?》,刘洪涛、谢江南译,南京译文出版社 2007 年版

[美]约翰逊:《海德格尔》,张祥龙等译,中华书局 2002 年版

[美]詹明信著,陈清侨等译:《晚期资本主义的文化逻辑》,三联书店1997年版

[美]詹姆逊:《文化转向》,胡亚敏等译,中国社会科学出版社2000年版

张国清:《无根基时代的精神状态》,上海三联书店1999年版

张世英:《进入澄明之境——哲学的新方向》,商务印书馆1999年版

张汝伦:《海德格尔与现代哲学》,复旦大学出版社1995年版

张汝伦:《思考与批判》,上海三联书店1999年版

张祥龙:《海德格尔思想与中国天道》,三联书店1997年版

张祥龙:《从现象学到孔夫子》,商务印书馆2001年版

张祥龙:《海德格尔传》,商务印书馆2007年版

章启群:《意义的本体论——哲学诠释学》,上海译文出版社2002年版

[新西兰]朱利安·扬著,陆丁、周濂译:《海德格尔·哲学·纳粹主义》,辽宁教育出版社2002年版

周春生:《直觉与东西方文化》,上海人民出版社2001年版

周国平:《诗人哲学家》上海人民出版社1987年版

周宪:《超越文学:文学的文化哲学思考》,上海三联书店1997年版

朱立元主编:《法兰克福学派美学思想论稿》,复旦大学出版社1997年版

二、外文部分

Biemel, W. & Friedrich – Wilhelm v. Herrmann, hg. *Kunst und Technik* , Vittorio Klostermann, Frankfurt am Main, 1989.

Gadamer, H. G. *Heidegger's Ways* , State University of New York, 1994

Gorden, H. *Dwelling Poetically: Educational Challenges in Heidegger's Thinking on Poetry*, Amsterdam–Atlanta, 2000

Graham, A. C. *Disputers of the Tao: Philosophical Argument in Ancient China*, Open Court, La Salle, IL, 1989,

Heidegger, M. *Poetry, Language, Thought*, trans. by Albert Hofstabter, Harper & Row, New York, 1971

Heidegger, M. *Sein und Zeit* (1927), Herausgeber: Friedrich – Wilhelm von Herrmann, Max Niemeyer, Tübingen, 1993

Heidegger, M. *Die Grundprobleme der Phänomenologie* (1927) Vittorio Klostermann, Frankfurt am Main, 1975

Heidegger, M. *Erläuterungen zu Hölderlins Dichtung* (1936—1968), Herausgeber: Friedrich-Wilhelm von Herrmann, Vittorio Klostermann, 1996

Heidegger, M. *Holzwege* (1935—1946), Herausgeber: Friedrich-Wilhelm von Herrmann, Vittorio Klostermann, 1994

Heidegger, M. *Einführung in die Metaphysik* (1935), Herausgeberin: Petra Jaeger, Max Niemeyer Verlag, Tübingen, 1976

Heidegger, M. *Wegmarken* (1919—1961), Herausgeber: Friedrich-Wilhelm von Herrmann Vittorio Klostermann, 1996

Heidegger, M. *Unterwegs zur Sprache* (1950—1959), Herausgeber: Friedrich-Wilhelm von Herrmann, Verlag Günther Neske, Stuttgart, 1997

Heidegger, M. *Zur Sache des Denkens* (1962—1964), Max Niemeyer, Tübingen, 1988

Heidegger, M. *Nietzsche* I \ II (1936—1946), Verlag Günther Neske, Pfullingen, 1961

Heidegger, M. *Vorträge und Aufsätze* (1936—1953), Verlag Günther Neske, Stuttgart, 1997

Heidegger, M. *Was heiβt Denken?* (1951—1952), Niemeyer, Tübingen, 1997

Heidegger, M. *Gelassenheit* (1955), Verlag Günther Neske, Pfullingen, 1999

Heidegger, M. *Der Satz vom Grund* (1955—1956), Verlag Günther Neske, Pfullingen, 1978

Heidegger, M. *Identitat und Differenz* (1955—1957), Verlag Günther Neske, Pfullingen, 1957

Heidegger, M. *Hölderlins Hymnen Germanien und Der Rhein*, Vittorio Klostermann, Frankfurt am Main, 1980

Heidegger, M. *Hölderlins Hymne Der Ister*, Vittorio Klostermann, Frankfurt am Main, 1980

Heidegger, M. *Aus der Erfahrung des Denkens* (1910—1976), Vittorio Klostermann, Frankfurt am Main, 1983

Heidegger, M. *Die Geschichte des Seyns* (1938—1940), Vittorio Kloster-mann, Frankfurt am Main, 1998

Heidegger, M. *Basic Writings*, ed. by David Farrell Krell, New York: Harper, 1977

Kockelmans, J. J. *Heidegger's "Being and Time": The Analytic of Dasein as Fundamental Ontology*, The Center for Advanced Research in Phenome-nology, Inc. & University Press of America, Inc., 1989.

May, R. *Heidegger's Hidden Sourse: East Asian Influences on His Work*, Routledge, 1996

Parkes, G. ed. *Heidegger and Asian Thought*, Honolulu: University of Hawaii Press, 1987

Trawny, P. hg. *Heidegger und Hölderlin*, Frankfurt: Vittorio Klostermann, 2000

Young, J. *Heidegger's Philosophy of Art*, Combridge: Combridge University press, 2001

后　记

时光飞逝。

2006年春天，年届不惑且已评定教授职称的我，为了心中的某个情结再次踏上了求学之路。这次，我走进了名师荟萃的复旦大学，跟随心中景仰已久的朱立元先生学习、深造。转眼间，竟已三易寒暑。

进入复旦，是我过往四十余年间第四次走进不同的大学校园求学。我喜欢求学这样一种生存体验。潜心向学，阅读思考。时时有良师可以请益，处处有同道可以切磋，烦恼诸事一应抛却，此何乐哉！

复旦三年，我感受最深的是复旦学风的严谨求实，师长们的认真负责。恰与我二十余年前在西南师大读书、在北大研修和数年前在川大攻博时的体验相映成趣。这四次求学经历，所获虽不尽相同，但都将作为我的宝贵精神财富，在我的学术生涯中留下深深的印迹。

如今，复旦三年所得成果即将结题，我的心中充满了感恩之情：

首先，我想把我的感恩献给我尊敬的导师——朱立元先生。初踏复旦之门，立元师的严谨求实和认真负责便给我留下了深刻印象。我是只带着一个宽泛的题目和粗疏的大纲进入博士后流动站的。记得在与先生第一次面谈选题时，立元师仔细听完我的初步构想后要求我限定题目，缩小研究范围，并在近日内拟定详细的研究纲要，写出《开题报告》。经过十来天的鏖战，《开题报告》草成，当我用电子邮件发给先生时已是夜里九点。没想到，大约两小时后竟接到了先生打来的电话。他已仔细读完我的《开题报告》，并提出了许多非常切实具体的修改意见，让我深受启发又感动不已。2007 年，我以修订后的研究课题设计申报中国博士后科学基金，获得第四十一批一等资助，实拜先生的大力指导和热情鼓励之赐。在《出站报告》的实际写作期间，先生亦时时挂怀，多有敦促指教。或电邮通联，或课后闲聊，虽要言不繁，但切中肯綮，常让我产生豁然开悟之感。此外，近年来阅读先生关于"实践存在论美学"方面的论著，亦大大开阔了我对海德格尔思想理解的视野。至于先生对我学术发展的鼓励和学术前途的关心，更是让我终生感念，难以言表。

其次，我想向复旦中文系博士后流动站诸位先生表达我诚挚的谢恩。您们在开题报告和中期考评过程中给我提出的宝贵意见和建议，对于严密、推进和完善我的思考助益良多；而您们在结题答辩时给出的"优秀"等级的评定，又使我有了将其出版面世的勇气。

再次，我要感谢熊伟、陈嘉映、王庆节、靳希平、孙周兴等几代海德格尔翻译家，假如没有他们准确优美的译文做蓝本，笔者对自己阅读和运用海德格尔原著的信心是远远不足的。（除目前未有中译本者为笔者试译外）本书中所引文献的中文译文，大体上是对他们译文的直接采用，特此说明并致谢忱；但由于笔者在仔细核对原文的基础上大多作过不同程度的改译，凡因改译产生的缺漏错误，概由笔者负责。感谢叶秀山、靳希平、俞宣孟、倪梁康、刘小枫、张祥龙、陈嘉映、余虹、宋祖良、彭富春、孙周兴等数辈海德格尔研究专家，特别是近年来一直致力于"文艺超越性"问题研究的王元骧、高楠等先生，假如没有阅读他们著作时所获得的启发与感悟，本课题的研究也是无法完成的。

复次，我的感恩还要献给"中国博士后科学基金会"，是他们提供的大力资助，使我获得了更多宝贵的研究资料和更多调研的机会，同时也要感谢四川师范大学文学院和科研处提供的资助，这些资助对本课题的完成给予了强劲推动。

又次，我要向我的导师阎国忠先生、曹顺庆先生、老师张法先生和学界前辈王元骧先生表达我特别的感恩，您们的谆谆教诲和无私帮助让我终生受益！念兹在兹，感激不尽。

最后，我要特别感谢四川外国语学院费小平教授和莫光华博士，你们在外语方面给我提供的帮助正如雪中送炭、酷暑甘霖；特别感谢四川大学王晓路教授和四川师范大学肖明翰教授，您们多年来在外文文献阅读方面给予我的释疑解惑让我受惠良多；特别感谢美国洛杉矶的海伦·江冰女士在百忙中为我搜寻并惠寄相关资料，使我对英语世界的海德格尔研究状况的了解得以扩展和提升；特别感谢《文艺研究》、《学术月刊》、《社会科学研究》、《四川大学学报》、《西南师范大学学报》、《四川师范大学学报》等杂志的编辑老师们，感谢您们在拙文发表上给予我的厚爱与扶持；还要特别感谢人民出版社田园副编审为本书的出版付出的辛勤劳动。

庄子云："人生于世上，若白驹过隙，忽然而已。"在短暂的一生中，我会加倍努力，让每一天过得更加富于意义。

2008 年 10 月于复旦

自 2008 年完成初稿，转眼间 3 年时间又过去了。如今拙著出版在即，欣喜之余又甚感惶恐。疏漏不足之处，望读者诸君不吝赐教。

2011 年 9 月于四川师范大学

责任编辑:田　园
帧设设计:东昌文化
封面设计:吴燕妮

图书在版编目(CIP)数据

文艺的超越性品格之思——海德格尔诗学新探/钟华 著.
-北京:人民出版社,2011.12
ISBN 978-7-01-010581-9

Ⅰ.①文…　Ⅱ.①钟…　Ⅲ.①海德格尔,M.(1889~1976)-诗歌研究
Ⅳ.①I516.072

中国版本图书馆 CIP 数据核字(2011)第 281421 号

文艺的超越性品格之思

WENYI DE CHAOYUEXING PINGE ZHISI

——海德格尔诗学新探

钟华　著

人民出版社 出版发行
(100706　北京朝阳门内大街 166 号)

北京市文林印务有限公司印刷　新华书店经销

2011 年 12 月第 1 版　2011 年 12 月北京第 1 次印刷
开本:710 毫米×1000 毫米 1/16　印张:18.5
字数:350 千字

ISBN 978-7-01-010581-9　定价:39.00 元

邮购地址 100706　北京朝阳门内大街 166 号
人民东方图书销售中心　电话 (010)65250042　65289539